L·E·O

Christine Dohler

AM ENDE DER SEHNSUCHT WARTET DIE FREIHEIT

L·E·O

Um Personen, die mich auf meinem Weg ein (kurzes oder langes) Stück begleitet haben, zu schützen, habe ich zum Teil Änderungen bezüglich Namen, Erscheinungsbild o. Ä. vorgenommen, damit sie nicht erkennbar sind.

LEO Verlag ist ein Imprint der Scorpio Verlag GmbH & Co. KG

1. Auflage
© 2018 LEO Verlag in der Scorpio Verlag GmbH & Co. KG, München
Umschlaggestaltung: Guter Punkt, München
Foto: Sebastian Fuchs Fotografie
Haare & Make-up: Sevgi Doganarslan
Satz und Layout: Danai Afrati & Robert Gigler, München
Druck und Bindung: Westermann Druck, Zwickau GmbH
ISBN 978-3-95736-111-0
Alle Rechte vorbehalten.

Für alle Träumer, die aufwachen

»Wonach suchst du? Nach Glück, Liebe, Seelenfrieden? Suche nicht am anderen Ende der Welt danach, sonst wirst du enttäuscht, verbittert und verzweifelt zurückkehren. Suche am anderen Ende deiner selbst danach, in der Tiefe des Herzens.«

TIBETISCHE WEISHEIT

INHALT

KAPITEL 1
Sterben, um zu leben 10

KAPITEL 2
»Du kannst das, fang einfach an!« 41

KAPITEL 3
Träumen und aufwachen 48

KAPITEL 4
»Wer bist du?« 74

KAPITEL 5
Trinke Kakao und heile dein Herz 105

KAPITEL 6
Sex neu verstehen 129

KAPITEL 7
Sei achtsam und wachsam 153

KAPITEL 8
Weg mit dem Mist 176

KAPITEL 9
»Du bist frei, flieg!« 199

KAPITEL 10
Übersehe ich etwas? 228

KAPITEL 11
Moment, ich komme an 246

KAPITEL 12
Happy, am Ende 282

Dank 287

SPOTIFY-PLAYLIST DES BUCHES

KAPITEL 1: »Teardrop« – Massive Attack
KAPITEL 2: »Rendezvouz« – Bender & Schillinger
KAPITEL 3: »Dreams« – Caroline Glaser
KAPITEL 4: »A Sorta Fairytale« – Tori Amos
KAPITEL 5: »For Love« – Nina June
KAPITEL 6: »We'll Grow« – Libby Kash
KAPITEL 7: »Trøllabundin« – Eivor
KAPITEL 8: »Shake it out« – Florence + the Machine
KAPITEL 9: »Roots« – Shimshai
KAPITEL 10: »Little Numbers« – Boy
KAPITEL 11: »I deserve it« – Madonna
KAPITEL 12: »Booty Swing« – Parov Stelar

Kapitel 1
STERBEN, UM ZU LEBEN

Stress und Ruhe zugleich, das kann klappen. Ich stecke in einem Taxi im Stau von Kathmandu fest. Draußen herrscht Chaos pur. Ich presse mir die Hand wie einen Mundschutz vors Gesicht, weil mir von den Abgasen schwindelt. Es bleibt eine Hand für ein Ohr frei, um nur das halbe Hupkonzert hören zu müssen. Der Fahrer scheint gelassen, obwohl klapprige Busse fast in uns hineindonnern und freche Mopedfahrer uns anhupen. Voller Vertrauen bahnt er uns einen Weg, Stück für Stück. Kühe wühlen unbeeindruckt in Plastiktüten am Wegesrand, nur die Hühner gackern beim Müllpicken.

Bei dem ganzen Trubel ist es ungewohnt still in mir. Ich muss im Kloster ankommen, weiter nichts. Mein sonstiges Leben habe ich wegorganisiert.

Es hat Jahre gedauert, bis ich endlich eine Reise unternehme, die in die Stille führt. An einen einzigen Ort. Und zwar nicht, um das Land und die Leute kennenzulernen, sondern ich folge eher meiner inneren Landkarte, die mich ins Leben bringen soll. Ein Kompass wäre jetzt noch gut, denn klar ist mir der Weg nicht.

Wie lange habe ich mir ausgemalt, mal aus allem rauszukommen, endlich abschalten zu können und einfach nur ich selbst zu sein, was auch immer das bedeutet! Etwas Neues über das Leben zu lernen, Gleichgesinnte zu treffen und zu schweigen. Mir selbst zu lauschen. Ich arbeite als Journalistin, und Worte sind sonst mein Revier, doch ich bin bereit, mich etwas Neuem hinzugeben: der Stille und den Lehren des Buddhismus.

Dafür kappe ich den Kontakt zu Familie, Freunden, Auftraggebern und zu dem Mann, bei dem ich gar nie weiß, ob wir überhaupt zusammen sind. Es scheint so, als würde man ab einem gewissen Alter nicht mehr darüber sprechen, ob man ein Paar ist. So bin ich einfach gefahren, als wäre ich Single, und habe ihm gesagt, dass ich erst im kommenden Jahr wieder erreichbar bin. Das klang so schön dramatisch, dabei ging es nur um ein wenig mehr als vier Wochen. Es ist ja schon Ende November. So lange checke ich in ein Kloster ein, das unter der Schirmherrschaft des Dalai Lama steht. Seit ich den berühmtesten Tibeter der Welt im Rahmen einer Pressekonferenz getroffen habe, lassen er und seine Worte mich nicht mehr los. Darüber hinaus hatte ich noch eine wundervoll berührende Dokumentation über die Suche nach der Reinkarnation eines großen Lehrers aus diesem Kloster in Nepal gesehen. Der engste Schüler des Lamas, also ein sehr hoher buddhistischer Gelehrter, begab sich nach dessen Tod auf die Suche nach der Wiedergeburt seines Lehrers. Dabei gab er nicht auf, obwohl er fast verzweifelte. Schließlich folgte er seiner Intuition und fand einen kleinen Jungen in einem Bergdorf an der Grenze zwischen Tibet und Nepal. Verblüffend, wie eng die Beziehung der beiden von Anfang an schien. Und der außergewöhnlich schlaue Kleine bestand alle Tests, die ihn als Reinkarnation des hohen Lehrers auswiesen. Der Dreijährige wählte zum Beispiel aus mehreren Gegenständen wie Gebetsketten zielsicher die aus, welche mal dem Lama (also ihm selbst im letzten Leben)

KAPITEL 1

gehört hatten. Ob man nun an ein Leben nach dem Tod glaubt oder nicht, dieser Film rüttelte an mir auf der Suche nach dem wahren Leben. Denn der Tod gehört, auch wenn er als Feind gilt, zum Zyklus dazu. Und gegen eine Wiedergeburt habe ich nichts einzuwenden. Aber erst mal gilt es, *diesem* Leben auf den Grund zu gehen.

Das Taxi schlängelt sich inzwischen einen Berg über der Stadt hinauf, und ich fühle mich, als würde ich in einen Elfenbeinturm reisen, raus aus der Welt – oder geht es in Wahrheit mitten hinein?

Der Taxifahrer fragt mich aus seiner Grundgelassenheit heraus: »Bist du gekommen, um zu meditieren?« Ich nicke, und er brummt ein »Mhm!«. Es hört sich ein bisschen so an, als ob er sich wundert, warum wir Menschen aus dem Westen dies besonders nötig haben und deswegen von so weit her anreisen. Doch das ist meine Interpretation des Moments.

Die Sonne färbt sich sekündlich immer röter, und ich halte meinen Rucksack auf den Knien fest, der alles enthält, was ich aus meinem alten Leben mitgenommen habe: ein paar funktionale Kleidungsstücke, mein Tagebuch und mein Mobiltelefon. Letzteres wird mir als Erstes abgenommen.

An der Klosterrezeption empfängt man mich routiniert. Ich hatte die Vorstellung, hier von nett lächelnden Nonnen herzlich umarmt zu werden. Doch ich bin eine von vielen, und die Nonnen sind in einem schäbigen Trakt weiter abseits untergebracht. Stattdessen nimmt ein gestresster Mönch kaum seinen Blick von der schier endlosen Teilnehmerliste und schiebt mein Handy in eine Plastiktüte, noch bevor ich eine letzte SMS tippen kann. Mein Kontakt zu Freunden und Familie in meiner Heimatstadt Hamburg verschwindet in einem Tresor, und ich fühle mich verloren.

Rund dreihundert Menschen aus der ganzen Welt reisen jedes Jahr zu diesem Kurs an, um für einen Monat die Philosophie des Buddhismus zu studieren und Meditation zu lernen. Ungefähr so viele Mönche und Nonnen aller Altersklassen leben hier permanent. Die Kleinen kommen meist im Schulalter ins Kloster. Für eine Familie aus Nepal verspricht es mehr als Glück, wenn ein Kind Mönch oder Nonne wird. Es garantiert ihm auch eine gute Ausbildung, ein Dach über dem Kopf und genug zu essen.

Da es nur wenige Klöster gibt, die sich westlichen Männern und Frauen öffnen, sind die Plätze für den Kurs heiß begehrt. Und die Zimmer vollgepackt. Der Mönch mit den Pausbacken muss gemerkt haben, dass ich gar nicht weiß, wo ich nun hingehöre und dass ich mir ein warmes Willkommen gewünscht hätte. Ich vertraue mich und mein Leben schließlich diesen Klostermauern an, die ich vorerst nicht mehr verlassen darf. Da schiebt er mir ein deutsches Schoko-Osterei über den Tresen. Ja, meine Vorstellungen von einem Kloster in Nepal kann ich auch gleich in den Tresor einsperren, sie sind nicht zu gebrauchen. Ein Osterei aus Deutschland im November, in Nepal, in einem Kloster? Passt alles nicht in meine Weltsicht, aber warum eigentlich nicht? Wo stehen die Regeln fürs Leben?

In Eile lotst der Mönch mich und das Osterei in meiner Hand an mehreren Gebäuden, gepflegten Gärten und goldenen Gebetsmühlen vorbei zu meinem neuen Zuhause. Ich versuche, ein Gespräch zu beginnen. Aus einem der flachen, orangegelb getünchten Häuser auf dem weitläufigen Gelände schallen fröhliche Kinderstimmen, die gemeinsam singen.

»Das klingt wunderschön, welches Mantra ist das?«, frage ich.

»Oh, die lernen nur das Abc«, sagt der Mönch nüchtern. Mein Gott, wie naiv von mir. Ich lasse das mit dem Reden, und wir

KAPITEL 1

kommen an meinem Gebäudetrakt an. Als ich das Zimmer betrete, in dem ich die nächsten vier Wochen schlafen werde, fehlen mir sowieso die Worte. Acht superschmale Pritschen stehen in einer dunklen, zugigen Abstellkammer. Sie ist nicht größer als eine durchschnittliche deutsche Küche. Es riecht nach einem chemischen Insektenbekämpfungsmittel. Ich mache alles mit, außer Bettwanzen – sage ich mir, denn den Mönch werden meine Befindlichkeiten nicht kümmern. Ich bin die Letzte, die in dieses Zimmer einzieht, deshalb bleibt mir das Bett direkt an der Tür mit löchriger Bettwäsche und einem Riss in der superharten Holzplatte, die der Lattenrost sein soll. Alle Schränke sind schon vollgestopft mit dem Zeug meiner sieben Mitbewohnerinnen. Ich hatte mich auf spartanische Verhältnisse eingestellt, doch das schaltet mich innerlich in den Jammermodus. Ich mag auch meine WG nicht, weil sich die Frauen so breitgemacht haben. Eine meiner Zimmergenossinnen, eine alte, resolute Dame aus Ungarn mit kurzen, rot gefärbten Haaren, sieht mein entsetztes Gesicht und schiebt mir wortlos-ruppig ein Regal aus dem Flur neben mein Bett.

Ich spurte hinter dem Mönch her, der schon mit wehendem orange-rotem Gewand wieder an die Rezeption geeilt ist. Ich frage außer Atem: »Gibt es noch irgendein anderes Zimmer? Ich schlafe überall, aber nicht da.« Er schaut nur kurz hoch, um ein ultimatives: »Nein!« rauszulassen. Und ich fühle mich, als hätte ich den ersten Verwöhntes-Ego-Test komplett nicht bestanden. Ein Klosterhund, der aussieht wie ein weißes Wollknäuel, kläfft mich verächtlich an. »Okay, okay, du Fußhupe, du hast ja recht, es bleibt mir nichts anderes übrig, als in diesem Bett zu schlafen. Ich mache es ja, sonst müsste jemand anderes leiden«, sage ich genervt zu ihm, er spricht zum Glück kein Deutsch.

Ist dies also Teil meines neuen Lebens: Opfer bringen? Oder positiv formuliert: Mit dem zufrieden sein, was man bekommt? Ich schlucke und schlurfe zurück. Mir kommen übermütig-zufrieden wirkende Menschen mit bunten Yogahosen und Jutetaschen entgegen. Ich bin zu müde für alles und falle nach einer eiskalten Dusche zitternd auf meine Pritsche, auf der ich nach einer Stunde wieder aufwache – mit Muskeln so verkrampft und hart wie das Brett, auf dem ich liege. Um mich herum wuseln die anderen Frauen, alle aus verschiedenen Ländern. Wenn sieben Menschen in ihren Taschen wühlen, ist das laut, wie mir gerade eben demonstriert wird.

Unterschiedlicher hätte man uns nicht zusammenwürfeln können. Im Team sind: Tomke aus den Niederlanden, Yen aus Vietnam, Olga aus Ungarn, Sofia aus Neuseeland (lebt in Finnland), Liu aus China (lebt in den USA), Ann aus Australien und Evgenja aus Russland. Sie können nichts für mein hartes Bett und meine Entscheidung für ein neues Leben, und so lächle ich ergeben in die Runde.

Bevor wir uns richtig kennenlernen können, bekommen wir die Klosterregeln erklärt. Eine Nonne, die ursprünglich aus Schweden stammt, erwartet uns in der großen Meditationshalle mit einem sechs Meter großen goldenen Buddha im Rücken. In unserem neuen Wohnzimmer sitzen wir auf kleinen, quadratischen Matten und Meditationskissen. Ich habe kaum jemals einen bunteren und friedlicheren Ort gesehen: Girlanden und Lichter schmücken farbenfrohe Gemälde sowie Buddhafiguren, darunter liegen Opfergaben wie Kekse und Blumen, und ganz vorne sitzt der Dalai Lama auf einem Thron – als Bild. Sein Lächeln gibt mir Zuversicht – wie damals auf der Pressekonferenz, als ich ihm live begegnete und er mich auf diesen Weg stupste. Ich weiß jetzt wieder, warum ich hier bin: Ich will, dass mein

KAPITEL 1

Leben beginnt. Der Dalai Lama zählt auf mich – darauf, dass ich erst mich befreie und dann andere. Ich möchte die Weisheiten und Geheimnisse der uralten Religion ergründen und mit nach Hause nehmen. Und so folge ich meiner Sehnsucht, nicht dem Verstand. Würde ich jetzt auf ihn und seine zehntausend täglichen Gedanken hören, würde er laut schreien: »Ich will mein altes, bequemes Leben zurück.« Aber diese Reise nach innen, auf die ich mich nun ganz bewusst begebe, scheint bunt und verrückt zu werden, auch wenn die Regeln dafür wie Kieselsteine auf mich einprasseln: Anwesenheitspflicht beim täglichen Unterricht und den Meditationen, keinen Schmuck, kein Parfüm und kein Make-up tragen, keine Lügen, kein Töten (auch nicht von Mücken), kein Stehlen, keinen Alkohol, kein Tanzen, Knie und Schultern bedecken, Schweigen beim vegetarischen Essen, zwischendurch wird es sogar eine zehntägige Fastenzeit mit Dauerschweigen geben. Davon wusste ich nichts. Ja, und Intimitäten mit anderen sind ebenfalls nicht erlaubt. Ich erinnere mich noch genau an die Worte der hageren Nonne mit dem schroffen Ton, die vielen von uns gekonnt den Spiegel vorführt: »Ihr seid nicht hier, um die Liebe zu einem anderen Menschen zu finden. Ihr seid hier, um die Liebe in euch zu finden.« Das klingt im ersten Augenblick ernüchternd und dann seltsam befreiend. Natürlich habe ich schon längst in die Runde geschielt, und unter den dreihundert bunt gemischten Menschen waren auch mindestens drei attraktive Männer in meinem Alter dabei. Wie praktisch wäre es, hier nicht nur Erleuchtung, sondern außerdem gleich einen Partner zu finden, der sich wie ich mit sich und dem Leben auseinandersetzt. Einen Soulmate! Doch es erleichtert mich auch, dass ich mir darum erst gar keine Gedanken zu machen brauche, denn Flirten ist ja tabu. Und schließlich bin ich wirklich hier, um herauszufinden, was Liebe bedeutet. Was heißt es, sich in sein Leben zu verlieben? Wie fühlt es sich an, wenn die Art der Arbeit, Beziehungen und das Aussehen kaum Bedeutung haben, weil die Liebe in mir angelegt ist? Es wäre doch praktisch, wenn das lang ersehnte Gegenüber man selbst ist.

Am Ende der Einführung wird die Nonne noch sehr herzlich und zuversichtlich. »Ihr kommt von weit her, aus der ganzen Welt, weil ihr etwas in eurem Leben vermisst und weil ihr euch voller negativer Emotionen fühlt. Ihr seid am richtigen Ort. Es liegt nun an euch, was ihr aus diesem Monat macht. Er kann euch für immer verändern oder nicht.« In mir regen sich viele Gefühle, eine Aufbruchsstimmung, Ängste und Hoffnungen. Es fühlt sich komisch an, nicht erreichbar zu sein. Die Nonne erzählt, dass ein Mönch mal in ein Drei-Jahres-Retreat gegangen sei und dachte, dass nach Ablauf dieser drei Jahre einige Menschen in seiner Familie gestorben seien. Stattdessen waren zwei Kinder geboren worden. Wie überflüssig Gedanken doch sind. Zuvor hatte die Nonne schon erklärt, dass wir unseren Geist und seine Stimmungsschwankungen einfach beobachten sollen, mehr nicht. Es brauche vier Wochen, um ihn zu beruhigen.

Und so fängt das Lernen an. Ich registriere, wie mein Herz pocht, wie es mir vor der Nacht graut und wie ich gleichzeitig denke: Ach, Spaß finde ich überall.

Ich weiß nicht, ob es ein Regelbruch ist, aber am nächsten Tag nehme ich mein Schicksal in die Hand und schiebe dem Mönch, der für die Zimmerverteilung zuständig ist, eine Tafel Schokolade über den Tresen und sage ihm, dass er mich gerne informieren kann, falls ein Zimmer frei wird. Ich hätte gestern gehört, dass fünfundzwanzig Prozent der Teilnehmer in den ersten Tagen abreisen. Aus dem Recherchemodus meines Berufs Journalistin bin ich längst noch nicht heraus. Vollkommen

KAPITEL 1

egozentrisch wittere ich meine Chance und hoffe, damit mein Karma-Konto nur leicht zu ruinieren. Denn wo hört der Egoismus auf und wo fängt die Selbstfürsorge an? Er sagt nichts, nimmt aber die Schokolade. Ich habe sie im Klosterkiosk besorgt, der erstaunlicherweise auf die Bedürfnisse von uns verwöhnten Buddha-Touristen eingestellt ist. Hier wird für uns gesorgt, es gibt in den Regalen vor allem Süßigkeiten, Chips und Klopapier. Im angrenzenden Café stehen Burger und Schokokuchen auf der Karte für alle, die nicht jeden Tag Lust auf vegetarische Currys und Nudelsuppen haben. Was für ein Luxus! Aber das Essen aus der Klosterküche ist ganz wunderbar. Brot, Porridge, Erdnussbutter, Salate und Eintöpfe sind alle frisch und selbst gemacht. Ich muss nichts schnippeln oder spülen, und ich genieße jeden Bissen auf der Terrasse, von der man auf den Himalaja und den Himmel blickt. Hier fühle ich mich so frei wie die Vögel, die vorbeiziehen. Dazu lausche ich den Gesängen der Mönche, die von durchdringenden Trompetenklängen begleitet werden. Die Mönche und Nonnen leben ein bisschen parallel zu uns, sie haben uns die große Meditationshalle für den Unterricht ausgeliehen. Ihre Praxis sieht anders aus als unsere, manchmal, als hätten sie eine riesige Party gefeiert. Nach ihren Ritualen ist der Boden voller Reiskörner, überall hängen Girlanden und sind ausgetrunkene Saftpäckchen oder Chipstüten verteilt. Was sie genau machen, ist zu fortgeschritten für mich. Ich traue mich auch nicht, einen Blick in die magischen Schriften in der Bibliothek zu werfen, die nur erfahrenen Praktizierenden zur Verfügung stehen, obwohl ich schrecklich neugierig bin.

Einmal erstellen die Mönche fünfzehn Tage lang ein wunderschönes Mandala aus bunten Steinen, um es dann am Ende in den Fluss zu schütten. So zeigen sie, dass alles vergänglich ist, auch Schönheit. Also besser auch nicht daran anhaften! Was so viel heißt wie: nicht klammern und denken, dass der Glückszustand ewig währt.

Manchmal lehne ich mich einfach nur an die Wände der Meditationshalle, um die Vibration zu spüren, wenn die Mönche singen. Das Schweigen gefällt mir, besonders, da ich beim Essen keinen Small Talk führen muss. Mit einer Decke um die Schultern wärme ich meine Hände am heißen Reisbrei und denke mir, wie einfach das Leben sein kann. Das Glück dauert fünf bis zehn Minuten ... und dann meldet sich schon wieder ein »Aber« in meinem Kopf. Bis die Zweifel und Fragen kommen, ist es schön. Dann frage ich mich immer mal wieder: Weshalb bin ich so getrieben? Wieso hocke ich hier und suche? Warum kann ich nicht in einem Eigenheim sitzen, mich über meinen Mann, meine Kinder und mein Auto freuen?

Nach dem Abitur dachte ich, ich würde während meines Studiums den Mann meines Lebens kennenlernen, mit ihm zusammenziehen, ihn heiraten, dann schwanger werden und zufrieden als Journalistin bei einem Magazin arbeiten. Und dann würde das Leben so laufen. Stattdessen scheiterte ich oft an meinen eigenen hohen Ansprüchen und fühlte mich innerlich nicht angekommen.

Gerade für mich als Frau ist es manchmal nicht einfach, die Balance zwischen Ehrgeiz, Sanftmut, Spaß, Karriere, Idealismus und Kinderwunsch zu finden. Ich stand dermaßen unter Druck, dass ich nachts meine Zähne so fest zusammenbiss und damit knirschte, bis einer durchbrach. Was bekommt man dagegen verschrieben? Eine Aufbissschiene, aber die Ursache war damit nicht geklärt. Da musste es noch mehr geben, war ich mir sicher. Aber wo? So zog ich von Mann zu Mann, von Ziel zu Ziel und nahm mich und meine engsten Freundinnen immer mit.

KAPITEL 1

Ich dachte, beim nächsten Mal wird alles anders. Aber das wurde es nicht. Und es machte mich zudem wütend, dass ich immer diejenige war, die sich selbst reflektiert. Im Gegensatz zu so manchen anderen Menschen in meinem Leben.

Hier im Kloster warte ich schon wieder darauf, dass etwas passiert, was meinen Schalter umlegt, und dass das Leben dann von selbst sprudelt. Ein Mitschüler im Kloster sagt zu mir: »Die meisten sind wohl hier, weil sie Probleme haben.« Das finde ich eine sehr simple Sicht der Dinge. Gilt man als problematisch, weil man nach mehr Tiefe im Leben sucht und die Gesellschaft hinterfragt? Ich lasse ja auch andere Fußball schauen und dazu Chips essen. Und ich frage auch nicht, ob sie glücklich sind oder resignieren. Ich kann nicht anders, die Sehnsucht pulsiert in mir, allem auf den Grund zu gehen. Immer tiefer einzutauchen mit der Lieblingsfrage aller Kinder: Warum ist das so? Ja, und wer bin ich eigentlich – wenn ich niemand sein muss? Der Dalai Lama war der Meinung, dass der Weg in die Welt bei einem selbst beginnt. Nach unserem Treffen in Hamburg nahm er meine Hände in seine Hände, drückte zu, schaute mir in die Augen. Und ich spürte so etwas wie einen Stromschlag und dass ich aus dieser Nummer nicht mehr rauskommen würde. Und so rassle ich jetzt freiwillig in meinen eigenen Tod.

Die Tage waren bislang vorbeigerauscht, in immer gleicher Abfolge. Die Regeln und die Routine, die mich sonst im Alltag so belasten, befreien mich hier. Es entsteht ein Rahmen, der mich hält. Und viel anderes gibt es für mich nicht zu tun, als darin präsent zu sein. Obwohl – doch: Vor Sonnenaufgang beginnt der Morgen mit Meditation, dann Frühstück, anschließend Unterricht in buddhistischer Philosophie, Mittagessen, Pause, wieder Unterricht, Diskussion in einer Kleingruppe über die Themen aus dem Unterricht (kurz gefasst: Karma, Ego, Ethik), Abendessen, Meditation und frühe Nachtruhe gegen 21 Uhr. Zwischendurch muss ich mich und meine Kleidung in eiskaltem Wasser waschen, einen Ort für meine Yogaübungen suchen, mir ein neues Bett organisieren, weil es in der fünften Nacht zusammenbricht, und, und, und.

Und dann sagt unser Lehrer eines Tages: »Heute sterben wir alle!« Das Thema Tod ist hier kein Tabu, das leuchtet mir ein. Fast jeden Tag erklärt einer unserer Lehrer eiskalt: »Denkt daran, ihr könnt jeden Moment sterben. Es ist auch schon passiert, dass jemand während des Kurses gestorben ist.« Sicher, das wird einem immer gesagt und steht auch in jedem Glückskalender: Carpe diem. Doch hier meinen sie es ernst und erinnern uns jeden Tag ganz deutlich daran, dass wir nicht unsterblich sind. Der Lehrer erzählt, dass eine Schülerin Nonne werden wollte und auf dem Weg ins Kloster war. Beim Stopover in Bangkok wurde sie ermordet.

Erst finde ich eine Meditation auf den Tod makaber, dann einfach nur ehrlich. Ich gewöhne mich daran, zucke dann aber doch innerlich zusammen, als es ernst wird. In einer geführten Meditation sollen wir den Prozess des Sterbens einmal durchleben, um für den Ernstfall gerüstet zu sein. Denn es sei unglaublich wichtig, im Moment des Todes bewusst und guter Dinge zu sein. Das entscheide darüber, wie glücklich unsere Wiedergeburt werde. Also, ob wir als Mensch oder Ameise weitermachen. Oder gar in einer der vielen Höllen landen. Ich schreibe das jetzt so lapidar, aber ich muss sagen: Ich glaube, da ist etwas dran. Ich finde, friedlich zu sterben ist wichtig. Außerdem habe ich das Gefühl, dass es weitergeht. Ich kann es nur nicht wissenschaftlich beweisen.

Und so sitzen wir alle auf unseren Meditationskissen und stellen uns vor, dass wir krank im Bett liegen und eine letzte

KAPITEL 1

Gelegenheit haben, reinen Tisch zu machen. Dazu bitten wir alle Menschen zu uns, mit denen wir noch etwas klären müssen. Es geht darum, zu verzeihen und um Verzeihung zu bitten. Es wühlt mich ganz schön auf, alle Ex-Freunde und ehemaligen Chefs in mein Zimmer zu bitten, wo ich geschwächt im Bett liege. Aber was gibt es in diesem Moment anderes zu tun, als zu vergeben und dem anderen alles Gute zu wünschen? Was ist wirklich wichtig im Angesicht des Todes? Mir fällt da nicht viel ein, außer ein letztes Mal Freude und Liebe im Herzen zu spüren. So setze ich mein bestes Lächeln auf und empfange erst alle Sorgenmenschen und danach meine Lieblingsmenschen. Ich schluchze laut, als der letzte geht, aber es fällt gar nicht auf, denn im Raum weint gerade jeder. Sogar die hartgesottensten Männer, die sonst die kritischsten Nachfragen stellen, wimmern neben mir. Ich würde gerne alle in den Arm nehmen, um mich abzulenken, aber ich habe mit mir zu tun. Nicht mehr lange und ich würde nicht mehr sehen können, darauf sollen wir uns vorbereiten.

Die letzte Person kommt jetzt zur Tür rein. »Und das seid ihr selbst!«, sagt der Lehrer. Ich bin geschockt. Als Letztes verabschiede ich mich also von mir – dem Menschen, der mir am nächsten steht. Und das haut mich wirklich um. Ich sehe mich, etwas abgekämpft, aber mit reinem Herzen, so viel Freude und Lebenshunger in den Augen. Ich rede mit sanfter Stimme und sehe dabei die Angst in meinem Blick: »Mach's gut, es war schön mit dir.« Ich werde von Liebe geflutet und kann mich wirklich schwer trennen. Ich nehme meine Hände und bedanke mich, will gar nicht mehr loslassen. Doch der Lehrer sagt, es sei nun Zeit für den letzten Atemzug. Ein tiefes Ausatmen. Gruselig. Ich denke daran, dass alles mal mit dem ersten Atemzug begann.

Anschließend versagen nach und nach meine Sinne. Ich kann nicht mehr sehen, hören, riechen, fühlen, schmecken. Ich sehe nur noch nach innen und zum Schluss schaue ich in ein gleißendes, weißes Licht. Finale. Hierauf soll ich eine Weile meditieren. Wie auch immer das geht. Ich sehe nur diese Helligkeit und falle von dort in eine wunderbare Leere.

Erst als der Abschlussgong ertönt, erwache ich aus der friedlichen Versenkung. Ich spüre, dass ich noch einen Körper habe, denn meine Füße sind eingeschlafen. Ich atme erleichtert und beruhigt. So schlimm war es nicht. Ich stehe auf und gehe nach draußen, sobald das Blut wieder überall im Körper fließt. Ich habe mich selten so gefreut, die Sonne zu sehen, die Vögel zu hören, und ich kröne das Ganze mit einem Ingwer-Honig-Zitronentee im Café. Neben mir sitzt Sofia aus meinem Zimmer, und wir reden über unsere Erfahrung mit dem Tod. Ich erzähle ihr am Ende, dass ich so erleichtert bin, jung und gesund zu sein. Und ich verspreche mir in diesem Moment, mich immer wieder daran zu erinnern, wie sehr ich mich und das Leben liebe, diesen Augenblick. Egal, was kommt.

Die Finnin Sofia, so alt wie ich, schaut mich ruhig aus hellblauen, wachen Augen an, die wie Wasser fließen, und sagt, völlig ohne Verbitterung: »Ich bin unheilbar krank. Ich weiß nun, was auf mich zukommt.« Ich sage nichts mehr, denn in diesem Moment wäre jedes Wort zu viel. Mein Herz wünscht Sofia stumm alles Liebe und fühlt mit. Nach einer Weile denke ich: Ich lebe so arrogant vor mich hin, als wäre ich unsterblich. Warum eigentlich? Mich könnte es sogar früher treffen, schon heute Abend.

Sofia schlägt vor, die Reliquien zu besichtigen. In einem verschlossenen Raum, der nur zeitweise geöffnet wird, sind in Glasvitrinen die Überreste des verstorbenen Lama ausgestellt,

KAPITEL 1

den ich aus der Dokumentation über Reinkarnation kenne. Nach seinem Tod wurde er verbrannt, und der Asche entnahmen die Mönche kostbare Überreste. Sie sollen besonders schön sein. Ich erwarte Knochen, doch als wir den Raum betreten, trifft uns emotional der Schlag. Sofia und mir laufen stumm Tränen über das Gesicht, als wir uns anschauen, was von diesem Menschen übrig blieb: wunderschöne, farbige Perlen. Es ist unfassbar, aber die innere Reinheit des Geistes soll diese Perlen in den Knochen geformt haben, die im Feuer nicht verbrannten. Ein junger Mönch erzählt uns, dass die großen Lamas durch ihren Tod das Leben demonstrieren. Manche meditieren noch tagelang auf das weiße Licht am Ende des Lebenstunnels, während der Körper verfällt, um ihren Schülern zu zeigen, was Bewusstsein und Ewigkeit bedeuten. Sie sitzen dann um ihren toten Lehrer herum und spüren, dass er nicht ganz von ihnen gegangen ist, der Kern bleibt. Ich rede für den Rest des Tages nicht mehr, obwohl das strenge Schweigen noch nicht begonnen hat.

Vor mir sehe ich die Bilder der heiligen Verbrennungsstätten in Kathmandu, die ich kurz nach meiner Ankunft besuchte. Dort verbrennen Hindus ihre Verstorbenen auf einer Bahre im Fluss. Die Familie nimmt das selbst in die Hand, auch Kinder legen ein Holzscheit auf die leblosen Körper ihres Opas oder ihrer Tante. Wenn man zuschaut, sieht es aus wie eine bunte Totenfeier, weniger wie eine schwarze Beerdigung. Ich habe niemanden von meinen verstorbenen Verwandten noch einmal tot gesehen, und ein Beerdigungsinstitut hat alles erledigt. Jetzt kommt mir das nicht mehr stimmig vor.

Am Abend sitze ich mit Sofia im Klostergarten unter einem mit Gold verzierten Stupa, einem heiligen Bauwerk. Wir halten uns in den Armen und erholen uns vom Tod und vom Leben.

Alles ist in diesem Moment, wie es ist. Ihre kurzen blonden Haare verstrubbeln im Wind, ihre weißen, kalten Finger ruhen in meiner warmen Hand. Sie riecht nach Meersalz und Rosen. Tiefe Liebe und Verbundenheit durchströmen mich. Zwischendurch muss ich über den Wahnsinn des Lebens lachen, sie stimmt mit ein. Meine Güte, wieso habe ich in der Schule so wenig über das Leben gelernt? Weshalb haben wir so viel Angst, wenn doch letztlich alles auf unserer Seite ist? Und wonach suche ich eigentlich noch? Habe ich sogar mehr Angst vor dem Leben als vor dem Tod?

Nach dieser intimen Nähe zu Sofia vermisse ich den Mann, den ich zuvor aus meinem Leben entlassen habe. War es ein Fehler, einfach zu gehen? Hatte ich zu früh aufgegeben? Hätte ich ihm einfach sagen sollen, dass ich ihn liebe – scheißegal, was er fühlt? Denn das war so. Mein Herz öffnet sich, wenn jemand ihm sehr nahekommt. Ich kann keine Affären, ich kann nur lieben. Wieso habe ich diese Angst, abgelehnt zu werden? Was haben seine Gefühle oder seine Reaktion mit mir als Mensch zu tun?

Ich bitte um eine private Audienz bei einem der Lehrer aus dem Westen und frage viele Dinge. Berufskrankheit! Etwa, woran ich erkenne, ob ich richtig meditiere. »Das wirst du daran merken, ob sich dein Leben verändert«, sagt Nil aus Israel gelassen, während er im Schneidersitz vor mir auf einer einfachen Bank hockt. Das finde ich sehr weise. Denn wer hat schon was von einem Menschen, der jeden Morgen meditiert und dann am Vormittag seine Mitarbeiter anschreit? Aber eigentlich will ich nur wissen, ob ich mit meinem Herzen bei diesem Mann in Hamburg bleiben soll oder nicht. Ich rede zwar mit einem Mönch, aber ich will es trotzdem wissen. Er sagt dazu mit Nachdruck: »Es spielt keine Rolle, ob du mit ihm zusammen bist oder

KAPITEL 1

nicht.« Darüber denke ich lange nach. Ich verstehe, was er meint, und dann wieder nicht. Natürlich ist mein Glück nicht davon abhängig, ob ich Single oder vergeben bin.

»Beziehungen sind eine große Herausforderung, denn da treffen zwei verrückte Egos aufeinander. Aber es ist auch eine wunderbare Chance, um daran zu wachsen«, sagt er noch. Ich kann nicht ignorieren, dass ich Entzugserscheinungen habe. Ich vermisse diesen Mann, und es zieht im ganzen Körper. Auch wenn ich mich in Eric aus meiner Diskussionsgruppe mit den wilden, dunklen Locken verlieben könnte und Sofia, mit der ich jede freie Minute verbringe, sowieso schon liebe. Der andere koppelt noch mit meiner DNA, er steht auf meiner Leitung. Seine starken Arme halten mich jede Nacht im Schlaf, obwohl ich Tausende von Kilometern entfernt bin und stur entschlossen, dass alles anders wird in meinem Leben. Auch mein Männergeschmack. Ich weiß, dass er zu unzuverlässig ist, um bei ihm zu bleiben. Dass er mich nicht so liebt, wie mich jemand lieben sollte. Aber erzähl das mal dem Herzen! Das ist ja nicht vernünftig und interessiert sich nicht für räumliche Distanz.

Meine Freundin Nina aus Hamburg nennt den Mann einfach immer nur den »Heiopei«. Da muss ich immer lachen, weil das Wort netter klingt als »Blödmann«. Gleichzeitig komme ich nicht von ihm los. Mein Herz schmerzt manchmal so sehr, dass ich laut »Aua« sage, wenn es keiner hört. Und ich verzeihe mir nicht, dass jemand so viel Macht über mich hat. Jemand, der sich fast immer danebenbenimmt, mich ständig versetzt. Ich bilde mir ein, dass ich auf sein Wesen schauen kann, und sehe da trotz allem nur sein liebevolles, wenn auch zugeschüttetes Herz und spüre seinen schönen Körper. Das konnten wir gut, zusammen nackt sein. Und verrückt sein. Und über alles reden. Mit ihm war jeder Moment aufregend, ich fühlte mich lebendig mit ihm. Alles andere war ein selbst gewählter Fluch. Bis nach Nepal folgte der mir jetzt. Verdammt!

So ist das wohl: Da geht man ins Kloster, und eigentlich sollte die Erleuchtung im Vordergrund stehen. Und doch will ich wissen, wie es mit der Liebe steht und wie das Leben nun genau weitergeht. Welcher Job, welche Freunde, welcher Wohnort, wie viele Kinder? Ich bin von diesem oberflächlichen, kontrollierenden Ich-Denken nicht frei. Ich schreibe sogar dem hohen Lama des Klosters, der nur für ein paar Tage zum Unterrichten vorbeikommt, einen Brief. Darin bitte ich extra nicht um eine tägliche Praxis, denn ich habe gehört, dass er dann manchen Schülern aufträgt, hunderttausend Niederwerfungen zu machen oder ein Mantra tausendfach zu rezitieren. Ich glaube, dass es hilft, um eine neue Perspektive auf das Leben zu bekommen und sich von Gedanken oder Anhaftungen zu befreien. Mir reicht vorerst die stille Meditation, bei der ich einfach gar nichts zu tun brauche. Ich würde mit solchen Aufgaben wieder zu sehr unter Druck geraten. Aber wenn der Lama einen Rat gibt, sollte man ihn befolgen, sonst kann man das mit seinem Karma gleich abhaken. Ich habe mir sagen lassen, dass ein Schüler die hunderttausend Niederwerfungen in vier Jahren schaffte und sich danach wie neugeboren fühlte. Eine junge Frau beobachte ich in jeder Pause, wie sie die Niederwerfungen ununterbrochen ableistet, was ziemlich anstrengend ist. Sie bekommt meinen vollen Respekt. Aber ich bin weder jemand, der murmelnd mit einer Gebetskette über den Hof geht, noch kann ich mich von allen wunderbaren Anhaftungen lossagen. Ich weiß schon, nichts ist von Dauer. Freunde kommen und gehen. Erfolge kommen und gehen. Vorbilder enttäuschen und von Schokolade bekomme ich Bauchschmerzen, wenn ich die ganze Tafel esse. Aber dieses Wissen vergesse ich immer wieder.

KAPITEL 1

Mir reicht es gerade schon, an diesem wunderbaren Ort zu sein, um mich auszuruhen. Die Bewährungsprobe würde dann wieder in Hamburg beginnen. Ich frage den Lama in meinem Brief also, was ich in meinem Leben ändern sollte, um der Menschheit besser zu dienen und mehr Erfüllung für mich zu finden. Ich warte die ganze Zeit ernsthaft auf eine Antwort. Sie kommt nicht.

Stattdessen winkt mich der Rezeptionsmönch zur Halbzeit in seine Machtzentrale. Er sagt mir, dass ich heute noch in ein Zweierzimmer wechseln könne. Und ich staune über mich selbst, als ich sofort ablehne. Aber diese sieben Frauen um mich herum sind mein Halt und meine Wärme, das lasse ich mir nicht mehr nehmen. Nachts wird es zwölf Grad kalt im Zimmer, ohne die vielen Frauen wäre es locker Eiszeit. Und jede von ihnen hat schon längst mein Herz erwärmt. Nicht nur die tapfere, schöne Sofia.

Alle sind mit einem Rucksack angereist und sortieren ihre Sachen jeden Tag: Wut, Unterwäsche, Trauer und Socken. Laut. Aber ich lerne von jeder etwas, von ihren Geschichten, ihren Fehlern, ihren Macken, ihren Leidenschaften und ihrer Stärke. Olga aus Ungarn, die Mutterfigur in unserem Zimmer, wollte an Tag eins noch Nonne werden, sie hätte sich sogar das Haar abgeschnitten. Zugegeben, es war eh schon superkurz, aber als Frau eine Glatze zu tragen ist eine echt toughe Loslösung von der Anhaftung ans äußere Erscheinungsbild. Nach einer Woche gestand sie, dass sie doch nicht Nonne werden möchte. Nach zwei Wochen entschied sie, sich stattdessen einfach von ihrem Mann zu trennen. Nach drei Wochen polierte sie mit mir in der Pause Buddhas, um ihr Karma aufzubessern. Bei der zehnten von hundert Figuren entschied sie, ein Frauenhaus zu eröffnen. Ich konnte mir das sofort vorstellen.

Evgenja, Studentin aus Russland mit harscher Stimme, befolgte in der ersten Woche alle Regeln am allerallerstrengsten. Ich hätte ihr nie gesagt, dass ich einmal das Kloster verließ, um in einem ganz normalen Café zu sitzen und in Zeitschriften ohne Buddhas Lehren zu blättern. Am Ende kam raus, dass sie eine Affäre mit einem Mitschüler hatte. Mittlerweile sind sie verheiratet, was alles andere rechtfertigt. Finde ich.

Yen im Bett neben mir war mir anfangs immer suspekt, weil sie nicht viel sagte und Essen auf dem Fußboden hortete. Da lagen also zwischen unseren Pritschen Pfannkuchen und hart gekochte Eier. Ich glaube, sie hat das alles nie gegessen. Sie war superschlank und zierlich. Das Schwerste an ihr waren die langen dunklen Haare, die ihr makelloses Gesicht verdeckten. Irgendwann erzählte sie mir, dass sie keinen Pfennig Geld besitze und deshalb immer etwas Extra-Essen horte für das Gefühl, genug zu haben. Sie hatte ihren Job bei einem Charityprojekt und ihr Land für einen Mann verlassen, der sie mitnahm auf eine endlose Reise durch die Welt. Nun sind die beiden im Kloster und können gar kein richtiges Paar sein. Vielleicht waren sie es auch nie gewesen? Nach der dritten Woche fehlte das Essen neben meinem Bett, und es lag ein hastig geschriebener Zettel dort: »Meine lieben Freundinnen, ich hätte mich gerne noch von euch verabschiedet, aber ich musste weiter. Ich will mit Ben zurück ins Leben und schauen, ob wir eine Zukunft haben. Ich habe gemerkt, dass ich immer verbitterter werde. Das möchte ich nicht sein. Deswegen gehe ich, notfalls allein, weiter. Aber nicht ohne jeder von euch das zu wünschen, wonach sie sucht. Alles Gute für eure Lebensreise!« Ich las die Zeilen und weinte, voller Stolz, viele Nächte neben einer so starken Frau verbracht zu haben.

Dann lebt da auch noch Liu aus China in unserer Ein-Zimmer-WG, die sich als Einzige traut, nachts in diesem Raum zu

KAPITEL 1

masturbieren, die jeden zweiten Tag den Unterricht schwänzt, um in der Gegend allein wandern zu gehen, die unfassbar schöne Naturbilder voller liebevoller Details malt, deren Herzensmann irgendwo in Indien auf sie wartet, bis sie hier fertig ist mit der Selbstfindung, und die nie eine Sekunde an der Tiefe dieser Liebe zu genau diesem Mann zweifelt. Sie infizierte jeden von uns mit so viel Optimismus, dass ich es bis heute spüren kann. Jedes Mal, wenn mich Zweifel plagen und Ängste mich zurückhalten, höre ich ihre Stimme in meinem Ohr: »Wieso ist es dir eigentlich so wichtig, was andere von dir denken? Mach einfach. Schreib ein Buch, schreib einen Blog über deine Erfahrungen hier. Wer das nicht versteht, für den ist es nicht geschrieben.« Und zum Thema Männer erlebe ich Liu auch verblüffend selbstbewusst. Wenn wir Singles im Raum davon schwärmen, den Mann fürs Leben zu treffen, uns ausmalen, wie er uns erobert, schaut sie uns nur ungläubig an: »Also, ich habe mir bisher alle meine Männer selbst ausgesucht! Ihr könnt doch jeden haben, den ihr wollt.« Und wenn sie heimlich ihren Lippenstift und die selbstbewusste Haltung dazu auflegt, dann glaube ich ihr das auch. Obwohl sie nicht aussieht wie die Models, die uns so vorgesetzt werden. Oder gerade deshalb?

Mit Ann aus Australien bin ich zweimal aus dem Kloster ausgebrochen, weil sie dringend illegal ins Internet musste und eine Partnerin in Crime brauchte. Sie hatte jeden Tag Angst, dass sich ihr Freund von ihr trennen würde. Einmal schrie sie sogar mitten ins Schweigen: »Ich will mein Leben zurück!« Ich fand, das war eine authentische Aktion, und applaudierte innerlich. Aber ihre Besorgnis schien ganz unbegründet zu sein, denn ihr Freund schrieb, dass alles okay sei.

Und dann ist da noch Tomke aus Holland, die jeden Tag gewissenhaft ihre Augengymnastik übt, weil sie nach einem

Burn-out mit Anfang dreißig einen Teil ihrer Sehkraft verloren hat. Nach zwei Wochen konnte sie sich selbst ein bisschen besser verzeihen, dass sie es so weit hatte kommen lassen. Nach Woche drei entschied sie, einfach weiterzureisen nach dem Kloster. Das alte Leben und die Arbeit, das hatte sie am weitesten von uns allen hinter sich gelassen, eine Rückkehr ist vorerst ausgeschlossen.

Und wie steht es um mich? Was erzählte ich eigentlich den anderen über mich? Wie würden sie mich hier beschreiben? Ann und Sofia lieben mein glockenhelles Lachen, sie baden sich gerne darin. Sie wissen zwar oft nicht, warum ich mich freue, aber ich habe meine Gründe und manchmal auch keine. Yen kann nicht verstehen, weshalb ich schreie, wenn ich eingeseift unter der Dusche stehe und noch nicht einmal kaltes Wasser kommt. Als ich unter meiner Matratze nachschaue, was da lebt, fragt sie nur: »Was suchst du, Christine?« Ich antworte ausweichend: »Erleuchtung!« Und ich stelle fest, dass sich Yen tatsächlich über nichts beschwert und nie schlecht über jemanden spricht. Karmisch und menschlich ist sie mir da weit voraus. Olga packt mich mal mit ihren starken Händen an den Schultern. Immer wenn sie etwas sagen will, nimmt sie vorher die Schleife, die wir als Symbol für selbst gewähltes Dauerschweigen tragen können, von ihrem T-Shirt und spricht dann erst: »Du brauchst einen starken Mann an deiner Seite, der dich wertschätzt. Vergiss das nicht!« Ich traue mich nicht, ihr zu widersprechen. Und Yen flüstert mal vor dem Einschlafen rüber: »Die Stärke, die du in mir siehst, ist ein Abbild von deiner.« Die Menschen um mich herum sind schon ziemlich weise. Und wie erfüllend ist es, wenn sich Frauen gegenseitig ihre Schönheit und Kraft spiegeln! Noch gibt es zu wenige Frauen, die offen als Lehrerinnen auftreten, sie wirken aber im Hintergrund. Aber der

KAPITEL 1

Dalai Lama kündigte bereits an: Er will als Frau im Westen wiedergeboren werden.

Die höchste Konzentration von altgedienter Weisheit versammelt sich in den Lamas, den buddhistischen Lehrern in einem Kloster. Dieses Kloster, in dem ich jetzt bin, wurde von zwei Lamas aus Tibet gegründet, die Ende der Fünfzigerjahre vor den Chinesen fliehen mussten, sich im indischen Flüchtlingslager trafen – und schließlich Anfang der Siebzigerjahre in Nepal den ersten Kurs gaben, mit fünfundzwanzig Teilnehmern aus dem Westen. Denn die beiden Lamas erkannten schon früh, dass ihre Lehren auch für uns wichtig sein können, man müsste sie nur etwas anders rüberbringen. Der Dalai Lama ermutigte sie dazu. Denn der westliche Geist tickt etwas anders, wir denken und zerreden viel mehr. Wir zweifeln und wir lassen uns nicht einfach darauf ein, stundenlang zu meditieren, ohne den Nutzen zu kennen und ein Ziel vor Augen zu haben. Gerade ich komme aus einer eher zynischen, zweifelnden und kritisierenden Welt. Journalisten vermeiden es meist, etwas gut zu finden, um unabhängig zu bleiben, was ja gut ist. Viele schreiben höchstens mal über Meditation, wenn es um Studien geht, die Stressabbau belegen. Alles andere bekommt den Stempel »zu eso«, also zu esoterisch. Was auch immer das bedeutet!

Die meisten Lamas waren schon einmal in einem CT und wurden von Kopf bis Fuß vermessen. Bei ihnen tickt irgendetwas anders, da stimmen auch die Maschinen zu. Aber die Technik kann bei Weitem nicht alles klären. Ich höre sehr gern Geschichten und Anekdoten über die Lamas. Alle haben ihre Eigenarten, was sie so authentisch macht. Einer der beiden Lamas, die dieses Kloster aufbauten, starb erst mit neunundvierzig Jahren, was einem Wunder gleichkommt. Denn die Ärzte hatten ihm ein kurzes Leben prophezeit: Er war mit einem Loch im Herzen geboren worden. Doch die buddhistische Praxis hielt ihn außergewöhnlich lange am Leben. Seine Schüler schwärmen bis heute von ihm, von seiner Freude und Güte. Von seinem großen Herzen, das anatomisch eigentlich nicht ganz war. Sie sagen, er hatte für jede Gelegenheit ein Mantra parat, mit einem putzte er sogar die Zähne. Besonders seine befreiten Lehrmethoden und sein unvergleichlicher Humor gefallen mir. Einmal bat er eine seiner begabtesten, aber schüchterne Schülerin (auch noch eine Frau aus dem Westen, das war nicht selbstverständlich!), ihn als Lehrer zu vertreten. Er wollte stattdessen für alle Kursteilnehmer kochen. Die junge Nonne schlug irritiert vor: »Lieber Lehrer, lasst mich doch bitte kochen.« Da sah er sie an und lächelte durch seine prominente Zahnlücke: »Liebes, du kannst doch gar nicht kochen!« Heute unterrichtet diese Schülerin im Kloster mit liebevoller Strenge und Selbstbewusstsein. Sie ist die Nonne aus Schweden, die uns ganz zu Anfang in den Kurs einführte.

Ich schaute mir vor meiner Reise alte Videos von seinen Lehren an und auch, wenn ich nicht alle Worte verstand, fühlte ich mich magisch angezogen und auf besondere Art berührt. So viel Güte, Freude und Liebe sprudelte aus diesem Menschen. Ich kenne kaum jemanden, der mich so anstecken kann mit Freude, abgesehen von Kindern. Ich hätte ihn so gern kennengelernt, und im Prinzip könnte ich es auch. Denn nach seinem Tod wurde auch die Reinkarnation dieses Lamas gefunden. Er wurde in Spanien wiedergeboren. Der Junge wurde zunächst im Kloster erzogen, verließ als Jugendlicher jedoch seine Ausbildung, um in der Welt zu leben, eine Freundin zu haben, ein Leben außerhalb des Klosters zu führen. Ich glaube, der verstorbene Lama hatte sich das genauso für sein Weiterleben vorgestellt. Mittlerweile ist er Anfang dreißig und unterrichtet seine Generation, postet auf Facebook und spricht vielen aus dem Herzen, tief verbunden mit der Tradition und der Essenz des Buddhismus. Das nenne ich authentisch und frei.

Auch dem noch lebenden Lama, seinem engsten Vertrauten, der heute über siebzig Jahre alt ist, kann ich in seinen stundenlangen Vorträgen nicht mit dem Verstand folgen, wohl aber mit dem Herzen. Er unterrichtet uns im Kloster immer nur, wenn er spürt, dass wir auch bereit dazu sind. Also, wenn wir auch wirklich Lust haben zu lernen. So sollen wir stets unsere Herzen dafür öffnen. Meist klappt es zu gut, und der Lama unterrichtet, manchmal acht Stunden ohne Pause. Anfangs versuche ich noch, aufmerksam zu folgen und mitzuschreiben. Doch nach einer Weile schließe ich einfach meine Augen und tanke die Energie, die mit den Worten mitschwingt. Natürlich auch, weil ich etwas müde im Kopf bin. Anfangs saß ich in den Pausen noch stundenlang in der Klosterbibliothek und versuchte, alles nachzulesen und zu begreifen. Aber ich spürte nach einer Weile, dass ich auch lernen kann, indem ich präsent aufnehme, von Herz zu Herz. So nehme ich die Medizin, die in den Lehren mitschwingt. Das ist auch der Grund, weshalb ich in an dieser Stelle keine buddhistischen Weisheiten und Lehren aufschreibe. Ich glaube, es ist besser, wenn jeder selbst danach sucht, was er über den Buddhismus wissen muss. Es gibt genug Bücher, Vorträge und Klöster. Dort kann man sich die Infos aus erster Quelle holen. Ich bin keine Buddhistin, ich komme nicht aus Tibet und ich durchdringe auch bis heute nicht gänzlich, was Karma bedeutet. Wird jemand ermordet, weil er selbst auch mal getötet hat?

Ich weiß nur, dass Meditation kein Hobby ist und dass ich es tatsächlich tun muss, nicht nur darüber reden. Und ich spüre, dass der Körper den Geist stützt und wir ihn deshalb ebenso trainieren und spüren sollten. In einer dieser Stunden, in der ich in der Meditationshalle sitze, entscheide ich mich, jeglichen Ehrgeiz aufzugeben und auch die Kopflastigkeit nicht auf diesen Weg, für den ich mich entschieden habe, mitzunehmen. Stattdessen vertraue ich darauf, dass ich das aufnehme, was ich kann und soll, dass ich keine Titel, keine Religion und keine Dogmen brauche. Ich glaube nicht an den Sinn des Zölibats für Frauen und wünsche mir, dass noch mehr Frauen inspirierte Lehrerinnen werden (können). Ich habe großen Respekt vor Weisheit und Freiheit und stelle nur eine Frage in der großen Halle: »Warum sind die Nonnen so viel schlechter untergebracht als die Männer und warum gibt es so wenige weibliche Lehrerinnen?« Ich bekomme keine zufriedenstellende Antwort.

Was ich vor allem von dem Lama lerne, ist Demut und Selbstlosigkeit. Immer wenn er die Meditationshalle betritt, wirft er sich vor der Buddhafigur und dem Bild des Dalai Lama rituell nieder. Ungeachtet, ob es ihn körperlich Mühe kostet, streckt er sich komplett auf dem Boden aus und richtet sich allein wieder auf, obwohl er durch einen Schlaganfall teilweise gelähmt ist. Einmal verlor er dabei seine Pantoffel, aber nicht seine Würde. Seine engen Schüler erzählen mir, dass er alle Wesen gleich behandle. Zu seinem Unterricht sind immer alle Straßenhunde und streunenden Katzen eingeladen, und sie kommen tatsächlich pünktlich. In den Pausen führen wir manchmal Ziegen um den Stupa, die der Lama vor dem Metzger gerettet hat. Um den Stupa zu gehen soll ja dazu führen, dass man freier wird. Was auch immer das bedeutet. Und wenn eine Ameisenstraße durch das Klostergelände verläuft, wird der Teil weiträumig abgesperrt und markiert.

Einmal war der Lama in einem besonders mückenreichen Gebiet in Indien unterwegs. Die Schüler richteten ihm sein

KAPITEL 1

Schlaflager (der Lama schläft nicht wirklich, sondern sitzt auch nachts aufrecht in Meditationshaltung, um keine kostbare Zeit zu vergeuden) und sicherten alles mit einem Mückennetz ab. Als einer in der Nacht nach dem Lehrer schaute, hatte dieser den Schutz abgenommen und sein Gewand hochgeschoben. Sein Rücken war schwarz vor Mücken, von denen er sich freiwillig stechen ließ – aus lauter Nächstenliebe. Jetzt werden einige den Kopf schütteln und erst recht achtlos eine Fliege zwischen den Händen erledigen. Bitte sehr! Ich mache das seitdem nicht mehr. Es ist meine Freiheit als Mensch zu entscheiden, wie ich handle. Und Töten kann ich vermeiden.

Dem Tod ausweichen, wenn er an die Tür klopft, das geht nicht. Sofia wird von Nepal direkt nach Neuseeland reisen. In das Land, in dem sie geboren wurde, um zu sterben. Mir fällt nach den vier Wochen mit ihr nichts Besseres ein, als sie mit einem herzlichen Lachen zu umarmen. Eine klare Ausweichhandlung, weil ich mit dem Abschiedsschmerz kämpfe. Das ist wohl der Preis, den ich zahle, wenn ich lebendig sein will. Wer im Fluss des Lebens schwimmt, wird auch nass. Sie drückt mir ein kleines Büchlein in die Hand, einen selbst gezeichneten Comic mit dem Titel *Christines Suche nach der Ruhe*. Die Geschichte beginnt so: »Es war einmal eine junge Frau mit goldenen Haaren und einem riesigen Lachen auf den Lippen. Sie brachte allen große Freude. Nur sich selbst nicht.« Mich hatte sie mit dem Einstieg schon. Und dann entwickelte sich die Story weiter, dass Christine im Kloster keine Ruhe fand, weil um sie herum alle anderen husteten, und in der Natur wurde sie beim Meditieren von einer Ziege gestört. Erst in einer einsamen Höhle fand Christine die Ruhe und damit die Weisheit und kehrte als alte Frau zurück zu den anderen Menschen, um ihre Lehrerin zu sein. Mit demselben Lachen, aber dieses Mal voller Weisheit. So geht das Märchen, in dem ich alt und weise werde. Und eine lachende Lehrerin.

Ich glaube, dass mich noch nie jemand in so einem schönen Licht gezeichnet hat. Und ich verspreche Sofia, diesen Weg irgendwie zu gehen, für uns, für alle Menschen, aber bitte nicht in einer Höhle. Ich sei ja keine Aussteigerin. Schon mitten in meinem Satz sagt sie: »Ich weiß!« Sie kennt mich. Ich verspreche ihr noch ohne Worte: Ich nehme dich in meinem Herzen mit. Unsere gemeinsame Reise endet hier, das wissen wir beide.

Bei meinem finalen Abschied aus dem Kloster lächelt mir der Mönch an der Rezeption noch einmal zu. Wir sind in den vier Wochen so etwas wie Freunde geworden, obwohl uns immer Welten trennten. Oft besuchte ich ihn in den Pausen auf einen Schokokeks, und wir philosophierten über das Leben oder scherzten. Er sagte dann so was wie: »Christine, ich verstehe Hochhäuser nicht. Warum bauen Menschen so etwas, weshalb setzen sie sich da freiwillig den ganzen Tag rein?« Ich wusste es auch nicht. Ich fragte ihn aus meiner Großstadt-Realität heraus, warum die Klosterhunde mich in der Dunkelheit immer aggressiv anbellen und am Tag sanft wie Lämmer von mir gestreichelt werden wollen.

»Ach, sie haben dich nicht gebissen?«, fragt er da.

»Nein!«, sage ich, die Augen weit aufgerissen.

»Normalerweise machen sie das. Sie denken, dass du ein Geist bist, wenn du nachts allein umherstreifst«, sagt er nüchtern.

Ich frage noch: »Wurde schon mal jemand gebissen?«

Er nickt nachdrücklich. »Und was habt ihr da gemacht?«

»Wir haben alle zum Arzt gefahren.« Ich pruste vor Lachen über diesen absurden Dialog, der Mönch nicht. Ich finde es bemerkenswert, dass noch nicht einmal bissige Hunde hier

KAPITEL 1

verurteilt werden. Und am Ende jedes Gesprächs sagt er zu mir: »Das Leben ist besonders, verschwende es nicht. Das wäre zu traurig.«

Zum Abschied fragt mich der Mönch jetzt, ob er mich in Deutschland besuchen könne, er wolle mal raus. Ich verstehe. Wir beide wissen, dass es nicht geht. Und ich frage ihn, wie er eigentlich heiße, ein reines Ausweichmanöver von mir. Dawa erzählt mir, dass er immer wieder Fluchtgedanken hatte, eine Zeit lang. Doch er blieb jedes Mal im Kloster, weil er merkte, dass er nicht anders könne. Eine tiefe Sehnsucht halte ihn hier. Nach einem Moment des Schweigens sagt er: »Na ja, ich kann auch noch im nächsten Leben die Welt bereisen.«

Kurz bevor ich aus den Klostermauern trete und die stinkende Großstadtluft schnuppere, fällt mir ein, dass der Lama meinen Brief nicht beantwortet hat. Er hatte doch fast vier Wochen Zeit! Etwas enttäuscht, aber nicht undankbar, setze ich mich ins Taxi. Ich nehme genug mit nach Hause in meinem Rucksack. Obendrauf liegen Zuversicht und eine unbändige Lebenslust. Was soll schon passieren? Ich kann nicht wirklich von dieser Welt fallen. Und wenn doch, geht es auch irgendwie weiter. Das hier kann nicht alles gewesen sein. Die Angst vor dem Tod steht hinter der Lust aufs Leben. Dazu habe ich jede Menge Demut und Hingabe an das Leben eingesammelt, man könnte es auch Vertrauen nennen, dass sich alles so entwickelt, wie es soll. Wenn ich es nur zulasse und endlich aufhöre zu kontrollieren. Meine Lehrer im Kloster haben es mir jeden Tag demonstriert. Und nicht nur sie. Ich glaube nicht, dass die Hunde und Katzen im Kloster in der Sonne lagen und grübelten, was morgen wohl passieren würde. Ein Hund würde nicht jammern, wenn er ein Bein verliert. Er lernt sofort neu, wie man läuft und dann weitergeht. Er lebt im Hier und Jetzt.

Und auch von meinen WG-Weggefährtinnen habe ich so viel gelernt: Danke Liu, dass du mir gezeigt hast, wie man sich frei und gleichzeitig mit anderen verbunden fühlt. Olga nahm mich zum Abschied auf ihre ruppig-charmante Art zur Seite und sagte: »Du weißt gar nicht, wie schön du bist. Schau endlich hin. Das ist doch sonst traurig.« Hab's kapiert, keine Widerworte. Tomke, du Kämpferin, ich wünsche dir alles Gute in der Welt! Du hast mir gezeigt, wie man eine Krise mit Würde meistert. Ann, danke fürs gemeinsame Regelnbrechen ohne schlechtes Gewissen, das hat Spaß gemacht! Yen, Mrs. Angstlos, ich ziehe meinen Hut vor dir und denke bei jedem Pfannkuchen an dich. Evgenja, folge weiter deinem Herzen! Sofia, ich liebe dich sehr, danke für das schöne Gefühl. Wir sehen uns im nächsten Leben!

Zuletzt, und das kenne ich ja schon von der Sterbemeditation, komme ich zur Tür rein. Ich nehme mich in den Arm, wie eine Mutter, Freundin und Liebhaberin zugleich, und bin so stolz: Christine, ohne dich hätte ich das sicher nicht geschafft. Und jetzt: auf in das alte-neue Leben! Bequemes Doppelbett, Cappuccino mit Mandelmilch und Mädels mit Prosecco, ich komme! Und dann würde die Arbeit beginnen, meine neu gelernte Lebensweise fortzuführen, denn im Kloster ist es ja leicht, bei sich zu sein. Doch mal sehen, was passiert, wenn ich mein Handy wieder einschalte.

Im Taxi treffe ich auf einen anderen Fahrer, aber dieselbe Gelassenheit wie vor vier Wochen. Und in Kathmandu ist immer noch Stau. Als ich aus dem Fenster blicke, kehrt tiefer Frieden in mir ein. Fast hätte ich die Gedanken nicht hereingelassen, die plötzlich anklopfen, so trainiert ist mein Geist schon. Doch dann merke ich, dass da die Antworten auf all meine Fragen aus dem Brief an den hohen Lama eintrudeln. Klar, hätte ich mir denken können, er würde sicher nicht den normalen Postweg

KAPITEL 1

für seine Nachricht nehmen. Ich bedanke mich auf dieselbe Weise von Herz zu Herz und schmunzele. In mir kribbelt und prickelt es, voller Leben.

»Der Kurs beginnt, wenn du fährst« – das haben wir mit auf den Weg bekommen. Und ich weiß, was ich tun werde, wenn ich in Hamburg lande.

Kapitel 2
»DU KANNST DAS, FANG EINFACH AN!«

Sechs Monate vor meinem Klosterbesuch begann meine Reise – im Jahresurlaub, in dem ich mich einfach nicht erholte: Dem Büroalltag kilometerweit entkommen, baumle ich auf den Fidschi-Inseln in einer rot-weiß gestreiften Hängematte – und hänge durch. Einen Grund dafür gibt es nicht. Ich schaukle im Luxus: keine Pläne, keine Termine, Sonne und Traumstrand satt. Gerade habe ich eine frische Kokosnuss geschlürft, ein amüsantes Buch gelesen und Schildkröten beim Schnorcheln entdeckt. Nun schaue ich auf puderweißen Sand und absolut glasklares Meer. Träge knipse ich ein Handyfoto von meinen frisch lackierten knallroten Zehennägeln, im Hintergrund das Paradies live und in Farbe. Ich ziehe einen Filter darüber und poste den angeberisch-oberflächlichen Beweis auf Facebook und Instagram: #welcometoparadise #happy #nowork #beachlife #dreamscometrue.

Während ich verfolge, wer meinen Beitrag alles kommentiert und likt, piepst mein Handy. Mein Kollege, der ebenfalls merkt, dass ich online bin, schickt mir eine Nachricht: »Christine, hast du mal eine Minute? Hier herrscht Chaos, weil wir die Bilder zu deiner Geschichte nicht finden und morgen gedruckt wird. Puh, du hast uns echt Arbeit hinterlassen. Aber erhol dich gut.«

KAPITEL 2

Ein Stress-Tsunami überflutet mich, wirft mich aus der Hängematte auf den Boden, und mit sandigen Fingern tippe ich sofort wie ein Roboter die Antwort. Ich fühle mich wie bei Regenwetter und Bürohektik in Hamburg. Und ich muss mir eingestehen: Abschalten konnte ich die letzten Tage nicht. Einfach den verdienten und längst überfälligen Urlaub genießen, nur daliegen und nichts tun – das fühlte sich fast wie eine Bedrohung für mich an. Würde ich etwas verpassen? Und schließlich galt es, das Paradies auszukosten. So plante ich meinen nächsten Schnorcheltrip und sorgte dafür, auch genügend andere Backpacker kennenzulernen, obwohl ich eigentlich gar keine Lust darauf hatte zu erzählen, wohin ich schon gereist bin und wie viele Kakerlaken in welchem Hostel leben. Was nützt einem denn das Paradies, wenn es nur im Außen existiert und innerlich Aufruhr herrscht? Noch nicht mal hier schaffe ich es, ganz zur Ruhe zu kommen.

Und schon nächste Woche würde ich zurück in Hamburg sein. An meinem Schreibtisch im Großraumbüro, einer Art Legebatterie für Ideen zwischen Konferenz und Mittagspause. Hier fand mein Körper jeden Morgen seinen Weg zur Arbeit; ich jettete mit ihm als rasende Reporterin um die Welt, besprach mein Leben mit meinen Freundinnen, ging in Klubs und entspannte beim Seriengucken. Ein bisschen wie eine leblose Hülle, der es nicht schlecht ging, aber auch nicht gut. Muss ja, passt schon. Wenn ich einen Mann wollte, holte ich ihn mir. Wenn ich ein neues Kleid brauchte, kaufte ich es. Wenn ich intellektuell gefordert werden wollte, ging ich ins Theater oder las ein umständliches Buch. Es lief. Kein Grund zur Klage.

Wirklich? Wenn ich innerlich die Stopptaste drückte, fühlte ich mich schal und leer, ich schaltete also schnell wieder auf Play. Den nächsten Artikel schreiben, ins Fitnessstudio gehen,

»DU KANNST DAS, FANG EINFACH AN!«

mit Freunden brunchen, die neueste Ausstellung besuchen und schon wieder ein Date. Ich dachte immer, wenn ich den perfekten Partner und Kinder, den erfüllenden Job oder die Idealfigur hätte, wäre alles gut. Dann würde es endlich losgehen: mein echtes Leben. Aber kaum war der Vertrag für die Führungsposition unterschrieben oder ein neuer gut aussehender, aber nicht beziehungsfähiger Mann verführt, fühlte sich auch das wieder nicht richtig an. Ich hatte keine Vorstellung davon, was das gute Leben ist. Aber ich hatte schon so eine Ahnung, dass es nicht im Außen liegen kann. Ich wünschte mir diesen Glow, diese Zuversicht, dass einfach alles ist, wie es ist. Und sich dabei erfüllt anfühlt – von innen heraus. Ich war aber stattdessen auf der Flucht und selten dort, wo sich der Augenblick abspielte, ich war sehr oft Gefangene meiner Gedanken und der daraus entstehenden Gefühle wie Angst, Traurigkeit und Einsamkeit.

Nur, wo geht man heutzutage hin, wenn es einem gut geht und man ganz viel Freude und Sehnsucht im Herzen spürt, sie sich aber nicht entfaltet, kein Arzt einem helfen könnte und doch etwas fehlt? Diese innere Leere, wie fülle ich die, ohne auf bewährte ablenkende Mittel wie Dates, Filmabende und Bücher-Welten zurückzugreifen?

Mein Leben war voller Überfluss: zu viel Arbeit, zu viele Menschen, zu viel Input, zu viel Konsum. Damit betäubte ich meine Gefühle, wurde aber nie satt. Ein innerer Hunger blieb. Ich schämte mich ohnehin, dass ich nicht glücklich war, obwohl ich so viel erreicht hatte und so ein abenteuerliches Leben führte, um das mich andere beneideten. Ich reise als Journalistin um die Welt, kann mich dabei als Frau freier bewegen als alle Generationen vor mir, lebe bis heute gesund im Wohlstand, in einem Land mit sozialer Hängematte, ohne Krieg, Hunger und große Katastrophen.

KAPITEL 2

Ich hatte echte »Champagner-Probleme«: Es gab nichts Konkretes, über das ich mich beschweren konnte, außer vielleicht zu viel Arbeit, zu viel Druck, die falschen Männer und zu wenig Zeit. Und doch fühlte sich das alles nicht nach mir an. Und mit diesem Problem, im falschen Leben festzustecken, fühlte ich mich allein. Oder war es ein gesellschaftliches Ding? Wenn alles möglich ist und dann doch nicht klappt. Wenn Beziehungen unverbindlicher werden, wenn Partner und Jobs so schnell gewechselt werden wie Schuhe. Wenn nicht klar ist, was Frausein bedeutet und die Männer verwirrt sind, wie sie mit uns umgehen sollen, genauso wie umgekehrt. Wenn es unzählige Methoden gibt, sich selbst zu optimieren und zu verwirklichen – das aber noch mehr Druck aufbaut. Das strengt an! Vor lauter »könnte«, »müsste« und »sollte« erlaubte ich mir nicht mehr, das zu genießen, was ich hatte. Ich wusste nicht einmal, was ich wollte oder was gut für mich war.

Und natürlich musste ich immer alles ausprobieren. Es könnte ja noch mehr geben! Ich konnte sicherlich immer noch besser aussehen, eine schönere Wohnung finden oder einen Job mit höherem Gehalt bekommen. Und bevor ich das nicht alles verwirklicht habe, bin ich eben nicht angekommen, so dachte ich.

Ich kenne noch mehr Menschen, die sich seit Jahren mit Fragen quälen wie: Soll ich lieber eine Wohnung mieten oder ein Haus kaufen? Trenne ich mich oder heirate ich? Schaffe ich mir eine Katze an? Ziehe ich aufs Land? Kündige ich oder frage ich nach einer Gehaltserhöhung? Aber sie ändern nichts. Sie wollen in Wirklichkeit Bücher schreiben, Bilder malen und am Meer wohnen. Oder die Welt mit einer besonderen Idee bereichern, anstatt immer für die Ideen anderer zu leben und zu arbeiten. Doch viele machen es nicht. Die meisten handeln nicht und

»DU KANNST DAS, FANG EINFACH AN!«

bleiben irgendwo zwischen ihren Träumen und der Realität stecken. In einem Leben, das sie gar nicht wollen. Das sie den ganzen Tag stresst und unglücklich macht. Es sei denn, es kommt eine Krise.

In diese Falle wollte ich nie tappen, und fühlte mich doch von ihr gefangen. Ich diskutierte all dies mit meinen liebsten Freundinnen, sie stimmten mir zu, und doch fanden wir keine Lösung, außer vielleicht ein schallendes »Ist halt so«-Lachen. Wir drehten uns im Kreis.

Dabei sendete mein Herz ständig Signale, ich hätte nur mal richtig hinhören müssen, was es mir zu sagen hatte: »Ich will frei sein, ich möchte eine erfüllende Partnerschaft, mein Ding machen, die Welt retten und ich will vor allem mehr Sinn im Leben.« Vielleicht hätte ich Kinder kriegen und aufs Land ziehen sollen? Erst wollte ich aber dies alles finden und dann eine eigene Familie gründen. Doch was machte ich? Ich weinte die Emotionen der Serienhelden, ich berauschte mich beim Weggehen an viel zu vielen Menschen, ich verinnerlichte die traurigen Geschichten meiner Interviewpartner und kümmerte mich um alles und jeden, außer um mich selbst. Ich reiste an so viele Orte, dass ich sie gar nicht mehr genießen oder in meinen inneren Speicher aufnehmen konnte. Sie rauschten einfach an mir vorbei, weil es zu viele Eindrücke waren und es zu wenige Momente gab, um mich wieder zu entleeren. Ich war wie ein Schwamm, der sich mit Wasser füllt, aber nie ausgedrückt wird. Ich ließ mich im Alltag davontreiben und verlor mich. Ich fühlte mich immer schwerer und zugebauter. Mit mir hatte das nichts mehr zu tun.

Und gleichzeitig fragte ich mich: Weshalb bin ich nicht glücklich? Wieso spüre ich diese unbefriedigte Sehnsucht nach mehr? Was ist Liebe? Wie geht das wahre Leben? Was ist der

KAPITEL 2

Tod? Was bedeutet Frausein? Wie kann ich noch mehr tun für die Welt? Was ist Intuition? Was bedeutet Loslassen? Wo liegen mein Potenzial und meine Kreativität? Woher bekomme ich Kraft? Wie kann ich meine Angst in Mut umwandeln? Wie kann ich lernen, auf mein Herz zu hören? Was ist meine Berufung? Es gibt so viele Ratgeber, Kurse, Beratungen und Tipps auf der Welt – doch nichts sprach mich an oder mit mir. Ich ahnte, dass ich mich selbst zusammenpuzzeln musste.

Ich nahm mir noch im Paradies, ohne echte Krise, vor, all diese Fragen zu lösen, sobald ich wieder zu Hause war. Ich wusste zwar noch nicht, wie ich das konkret bewerkstelligen sollte, aber ich schrieb mir selbst eine Postkarte als Erinnerung:

Liebe Christine, es ist Zeit. Wenn du dies liest, dann geh los. Lass dich nicht von Zweifeln oder Zweiflern aufhalten. Wenn nicht jetzt, wann dann? Du hast weder einen Burn-out, noch ist jemand gestorben, und du bist gesund. Nichts hält dich auf und du hast die Kraft. Suche dein echtes Leben. Finde deinen Weg zu dir, in deine Freiheit! Fang sofort damit an!

Herzensgrüße, deine Christine.

Ich fischte diese Aufforderung an mich aus meinem Briefkasten auf dem Weg zur U-Bahn, in der ich zwischen den ganzen gestressten Menschen kaum Raum zum Atmen fand, und las die Zeilen. Die Karte hatte mehrere Wochen bis zu mir gebraucht. Die Ecken waren abgestoßen und die Schrift durch einen Wasserfleck verlaufen. Doch jetzt war sie da! Sie hatte es bis zu mir nach Hamburg geschafft – und traf mich direkt ins Herz.

»DU KANNST DAS, FANG EINFACH AN!«

Tränen liefen mir über das Gesicht, die anderen gafften, aber jetzt gab es kein Zögern und kein Aufschieben mehr. Ich musste loslegen.

Wie es der Zufall (oder das Schicksal?) so wollte, war ich just an diesem Tag auf dem Weg zu einer Pressekonferenz mit dem Dalai Lama. Ob er mir weiterhelfen konnte? Ich kannte ihn bisher nur aus Kalendersprüchen.

Wie ändere ich mein Leben so, dass es erfüllt und glücklich ist?, hätte ich ihn am liebsten gefragt. Womit fange ich an? Mit dem Job? Mit meinen Beziehungen? Soll ich lästige Freunde aussortieren oder meine Wohnung wechseln? Mich vielleicht endlich politisch engagieren? Alles auf einmal oder immer ein bisschen? Doch natürlich konnte ich ihn das nicht fragen. In einem Raum mit fünfzig anderen Journalisten, von denen mindestens die Hälfte denkt, sie sei schlauer als der Dalai Lama, konnte ich nicht persönlich werden. Ganz businesslike und weil ich im Auftrag eines Magazin da war, und dennoch im eigenen Interesse, fragte ich: »Wie können Frauen die Welt verändern?« Der Dalai Lama richtete seine ganze Aufmerksamkeit auf mich, zeigte mit einem gewinnenden Lächeln auf mich und sagte: »Du kannst das, fang einfach an!«

Und damit hatte er meine eigentlichen Fragen auch irgendwie beantwortet. Einfach anfangen. Plötzlich wusste ich auch wie: Ich würde mir nicht nur durchlesen und anhören, was der Dalai Lama so schreibt und sagt. Ich wollte erfahren, wie er zu der Freude und Gelassenheit gekommen ist, die ihn so ausmacht. Es heißt doch: Wenn der Wille da ist, findet sich der Weg meist von allein. Und so hörte ich mich um und fand einen Anfang im Kloster des Dalai Lama in Nepal. Dort starb ich, um mich zu beleben. Alles Weitere kann jetzt folgen, auf dem Weg in die Freiheit.

Kapitel 3
TRÄUMEN UND AUFWACHEN

Das Abenteuer startet mit einer Jeepfahrt durch einen reißenden Fluss. Ohne mit der Wimper zu zucken, steuert unsere isländische Wanderführerin Sigrun das rappelige Ding in die Fluten. Zu ihren filzigen langen Haaren trägt sie den klassischen Wollpullover mit wild gestricktem Muster und einen langen Rock. Sie wird die Woche über das Outfit nicht wechseln. Natürlich bleiben wir stecken und müssen uns vom zweiten Jeep rausziehen lassen. Sigrun ist eigentlich Künstlerin, so wie gefühlt alle Isländer, und lebt im Winter in Stockholm, im Sommer führt sie Menschen durch die raue Natur Islands. Allein kann es brenzlig werden, sagt sie. Wer in den Fluss fällt, wird nie wieder gefunden. Wer auf dem Berg in den Nebel gerät, findet nicht mehr nach Hause. Und bei Sturm wird man vom Felsen gepustet. Aber der Fußweg zur Hütte dauere nur eine Stunde und sei für Anfänger, versichert Sigrun, nachdem sie den Jeep geparkt hat. Doch müssen wir zu Beginn gleich einen felsigen Abhang mit unserem Gepäck runterklettern. Die Retreatleiter aus Kopenhagen Christian und Jana, beide Therapeuten Ende vierzig, können hier schon mal mit ihrer Arbeit beginnen. Zwei von den sieben Teilnehmern bleiben stehen und bekommen eine Panikattacke. Ich tue so, als ob ich stark wäre, lasse mir von niemandem helfen. Typisch ich. Die Frau, die alles allein schaffen will. Der schwere Rucksack zieht mich nach unten. Es nervt manchmal, emanzipiert zu sein. Unten angekommen, merke ich, dass ich allgemein zu viel Ärger habe und sich viel zu wenig Wut entlädt. Am liebsten würde ich jetzt Sigrun verbal zusammenfalten, aber den Job übernimmt jemand anderes. Eine ältere Dame aus den USA prustet los: »Das ist doch kein Weg für Anfänger!«

Sigrun bleibt gelassen. »Bist du Anfängerin?«

»Ja«, sagt die Amerikanerin mit rotem Gesicht.

»Siehst du! Du bist hier unten angekommen. Also ist es ein Weg für Anfänger.«

Ich muss danach eher lachen als schimpfen und freue mich, als ich die Holzhütte sehe, in der wir nun ein paar Tage träumen werden. Erst später merke ich, dass ich wohl allein meinem Herzen gefolgt bin, nicht meinem Verstand. Denn schließlich kenne ich die Leiter des Retreats »Bewusst träumen« nur von ihren Bildern aus dem Internet: ein Paar aus Kopenhagen und eine isländische Wanderführerin. Ich weiß null, was da auf mich zukommt. Manchmal frage ich mich bei solchen spontanen Aktionen meinerseits: Wie hast du dir das alles vorgestellt? Aber am Ende weiß ich, wozu es gut war. Erst als mir die Wanderführerin ein Hammelbein kocht, wird mir klar, dass es kein streng vegetarisches Retreat werden würde. Ich bin Vegetarierin, aber ich bin ja nicht zum Essen hier, ich will mir ausmalen, wie dieses zweite Leben in mir aussehen soll, das geboren werden möchte. Was will ich wirklich, wirklich, wirklich? Also, nicht: Was erwarten andere von mir? Und ich werde die Ideen dazu tatsächlich in diesem verrückten Island erträumen.

Ein paar Wochen zuvor plagten mich noch Zweifel. Wenn ich von einer Reise nach Hause komme, den Koffer voller neuer Erfahrungen, das Herz erfüllt von wunderbaren Inspirationen,

KAPITEL 3

dann möchte ich ihn erst gar nicht auspacken und lieber wie im Tagtraum das Erlebte immer wieder nachspielen. Zu Hause ist ja alles beim Alten geblieben, so scheint es. Zwei Zimmer, Küche, Bad – und das Büro wartet auch schon, der Briefkasten quillt über. Während meines vierwöchigen Aufenthalts in Nepal haben mich keine Nachrichten erreicht, und ich habe nichts verpasst. Die Welt hat sich in Hamburg bewegt, aber nicht mitbewegt, scheint es mir. »Wie war es?«, werde ich da gefragt. Und am liebsten würde ich gar nicht so viel erzählen, damit niemand etwas infrage stellt oder gnadenlos kaputtredet. Zweifler finden komisch, was ich so erlebt habe, obwohl sie auch nach Abenteuern gieren, denke ich. Ich bilde mir ein, dass sie wollen, dass ich mittrotte in diesem Gewohnheitsleben, das sich für mich nicht richtig anfühlt.

Zugegeben: nicht alle. Meine Herzensfreunde befeuern mich und nehmen an allem teil, was ich erlebe. Aber ich habe ab und zu das Gefühl, dass ich mitleidig angeschaut werde, als ob ich diese ganze Sinnsuche brauchen würde, weil ich sonst nicht klarkäme. Weil ich immer überlege, meinen guten Job zu kündigen. Weil ich keine Kinder habe. Sie denken vermutlich, dass ich etwas aus der Spur geraten bin, dabei finde ich sie gerade. Wie soll ich jemandem erzählen, dass ich niemals persönlich mit dem Lama in Nepal gesprochen habe – er mir aber alle Fragen beantwortet hat? Wie kann ich erklären, wie sich Stille im Herzen anfühlt und tiefe Verbundenheit mit Menschen, die ich kürzer kenne als langjährige Freunde? Wie kann ich jemandem den Geschmack von Wasser beschreiben, wenn er es nie gekostet hat? Und würde es überhaupt Sinn ergeben? Denn es schmeckt doch für jeden anders.

Und bald fängt die Arbeit im Büro wieder an. Die Tage im Kloster hatten auch eine feste Struktur, doch die ergab für mich mehr Sinn als diese hier mit den Endlos-Konferenzen, dem Kaffeeklatsch in der Küche und der Fließband-Textproduktion zwischendurch. Nach so einem Tag auf dem Bürostuhl kippen meine Schultern nach vorne, sind meine Batterien leer, und ich weiß nicht, wie ich sie nachhaltig aufladen kann. Die Tage ziehen wieder leblos dahin. So melde ich mich wenigstens schon einmal bei einem Swing-Kurs an, um das lebendige Gefühl nicht zu verlieren. Mir fehlen aber die zauberhaften Glocken aus dem Kloster, die murmelnden Gebete der Mönche, und vor allem vermisse ich *mich*. Die Verbundenheit mit mir und anderen verliere ich in meinem Alltag. Der Retreat-Jo-Jo-Effekt setzt ein: Es ist alles noch schlimmer als vorher. Die Cafés sind mir plötzlich viel zu laut – wie soll ich mich hier in Ruhe unterhalten? Und über was überhaupt? Es kann sein, dass ich abhebe, aber mich interessiert es immer weniger, über Menschen zu reden, die nicht anwesend sind. Zu bewerten, zu verurteilen. Daraus bestehen ja viele Gespräche: andere Menschen oder die eigenen Probleme. Und oft fällt dann das Negative schneller auf als das Positive. Ich glaube, das raubt mir mehr Energie, als es mir welche gibt. Und doch mache ich mit, obwohl ich es besser weiß. Erstaunlich. Mir ist immer noch wichtig, was andere von mir denken, bloß nicht auffallen.

Und mich allein hinzusetzen zum Meditieren fällt mir auch schwer. Wenn ich die Augen schließe und nur noch meine eigene Stimme höre, ist die so wahnsinnig laut und schreit mich an: »Mach doch was, Christine! Befrei dich von dem Wahnsinn!« Der angeschriene Teil von mir stottert dann nur hilflos. Natürlich sitze ich weiter, aber ein Auge schielt schon immer auf das Smartphone, und allein fehlt mir die Disziplin, lange so zu sitzen. Zwischendurch erreicht mich eine Nachricht von Sofia aus Neuseeland. Ich habe ihr vor einer Weile mal geschrieben, um

KAPITEL 3

zu hören, wie es ihr geht. Ihre Antwort: »Ich weiß nicht viel. Aber ich weiß: Ich liebe dich.« Ich breche sofort in Tränen aus. »Ich dich auch!«, schreibe ich und bekomme nie wieder eine weitere Nachricht.

Und nun? Ganz aussteigen ist ja nicht so meins. Die Erfahrungen aus dem Kloster sind nicht verschwunden, aber ich stehe vor der Aufgabe, sie nun zu leben. Wie? Indem ich mir selbst treu bleibe und nicht von meinem Weg abweiche, würde mir jetzt die Kloster-Crew raten. Stattdessen schlinge ich eine zu große Portion Wahnsinnsleben mit Arbeitsmarathon und Tagen ohne Meditation herunter, um dann Bauchschmerzen zu bekommen und ganz schnell freiwillig wieder zum bewussten Leben zurückzufinden. Nicht einfach.

Für die tief greifenden Antworten brauche ich wieder die Stille, um zu hören: Wie finde ich heraus, was ich eigentlich will, was ich so im Keller horte und was ausgepackt werden möchte? In Selbsthilferatgebern heißt es oft, dass man sich dafür mit seinem inneren Kind verbinden soll, den Träumen und Sehnsüchten, die damals so hochkamen. Wahrscheinlich, weil diese ungefärbt und rein waren. Ich überlege, wo ich immer schon mal hinfahren wollte, als Kind. Jedes Land bringt andere Facetten in einem zum Vorschein, deswegen reise ich so gerne. Auch wenn ich mich schon ein paar Jahre kenne, woanders entdecke ich mich stets neu. Ich träumte mich damals als Schulkind nach Island, weil ich die Serie »Nonni und Manni« unheimlich gern mochte. Ich verliebte mich nicht nur in den Hauptdarsteller, sondern auch in die Landschaft mit ihren wilden Pferden und den lebendigen Vulkanen. So mache ich es mir auf der Suche nach meinen inneren Sehnsüchten und Träumen einfach und tippe »Island + Retreat« in die Suchmaske. Und siehe da: Es gibt nur ein Angebot. Hauptthema: bewusst träumen. Gut, wenn ich mich mal nicht entscheiden muss. Gut, dass es ums Träumen geht.

Island ist eines der Länder, das mich sofort packt. Entweder ein Ort kriegt mich, oder nicht. Das ist gar nicht rational zu erklären. Schon als ich Island von oben aus dem Flugzeug im Wasser schwimmen und Rauch aus einer heißen Quelle aufsteigen sehe, fühle ich mich wie ein Kind unterm Weihnachtsbaum. Sollen doch alle sagen, dass es hier immer regnet, dunkel ist und keine Bäume auf dem tristen Vulkanstein wachsen. Ich steige aus dem Flieger, ziehe die schwefelige Luft ein, und die kleine Christine schaut aus dem Autofenster, sieht einen Regenbogen und fühlt sich gleich angekommen. Ich spüre die Energie der Vulkane und die stolze Eigenständigkeit dieses abgelegenen Flecks Erde, das frei und verbunden mit dem Rest der Welt ist. Denn Island ist supermodern und am Puls der Zeit, auf jeden Fall die Hauptstadt. Die Einwohner machen hier gefühlt alle ihr Ding, da kann ich was lernen.

Ich steige für die erste Nacht im Land, noch vor dem Retreat, in einer WG auf der Hauptstraße Reykjavíks ab. Als ich den Besitzer frage, wie es ihm gehe, antwortet Matti: »Ach, ich fühle mich gerade wie der Wind.« Und schon fliegt er die Treppen hinunter, um irgendwo in der Natur zu sein. Genau das habe ich nun auch vor: eine Woche nur in der Natur sein. Wandern, meditieren und träumen. In dem Land, wo die Einwohner die Extreme lieben: Softeis im Winter und danach ein Bad im 42 Grad heißen Thermalbecken, in denen sie den neuesten Klatsch austauschen. Jeder kennt fast jeden ein bisschen, behaupte ich jetzt mal. Die Isländer würden mich nun tadeln und sagen: »Christine, du bedienst Klischees!« Aber ich habe es so erlebt.

Hier blühe ich auf, wo die Menschen Lehrer sind, nebenbei Krimis schreiben und zusätzlich einen Kaugummiautomaten

KAPITEL 3

betreiben. Ich glaube, das brauche ich, dass jemand mich nicht schräg anguckt, wenn ich nicht nur einen Beruf ausüben möchte, wenn ich mich mal wie die Sonne oder der Wind fühle und wenn ich sage, dass ich Elfen spüre. Gleich an meinem ersten Tag hat sie mir Matti gezeigt, in einem Grünstück, das niemals bebaut werden würde, weil hier eben die Elfen und andere unsichtbare Wesen leben. Ich habe sie nicht gesehen, aber wieso sollte es sie nicht geben? An diesem Ort zu sitzen und zu meditieren hat sich besonders angefühlt, so als würde mich jemand permanent kitzeln. Aber die meisten Menschen werden für verrückt erklärt, wenn sie etwas fühlen, das für andere nicht sichtbar ist. Mir ist das mittlerweile egal, denn ich vertraue nur noch dem, was ich wahrnehme. In Nepal habe ich für kaum etwas den Beweis geliefert bekommen, weder für die Existenz der Hölle noch für das Nirwana. Und genauso wenig konnte mir jemand erklären, warum in diesem Land Menschen ein siebenjähriges Mädchen als Arbeitssklavin verkaufen, für vierzig Euro im Jahr. Diese Welt ist unerklärlich, finde ich.

Ich bin dankbar, dass meine Reise in Nepal begann, denn das hat mich nachhaltig auf den Boden gebracht. Zum ersten Mal in meinem Leben habe ich wirklich bewusst erkannt, wie privilegiert und frei ich bin. Meine Eltern haben mir nie etwas vorgeschrieben, mir hat es nie an materiellen Dingen gefehlt, ich bin topfit und ich kann überall hinreisen. Ich kann meinen Partner, meinen Wohnort und meinen Beruf frei wählen. Ich darf entscheiden, ob ich blonde oder rote Haare haben möchte. Sogar meinen Namen und meine Religion kann ich mir aussuchen. Mein Ausweis und mein Gepäck werden überall auf der Welt immer durchgewinkt. Ich bin frei, nur will ich mich auch so fühlen.

Hier auf Island liegt Freiheit in der Luft. In einem Land, wo der Boden außer ein paar Wikingerschlachten kein Blut aufgesogen hat. Wo die emanzipiertesten Frauen leben, was auch immer das heißt und wer das nun wieder mit Studien belegt hat. Wo die Natur in Ruhe gelassen wird und die kleinen Pferde (niemals »Pony« sagen, es sind keine Ponys) selbst entscheiden, wen sie aus dem Sattel werfen.

Hier also verziehe ich mich mit einer Gruppe für eine Woche in eine Holzhütte mitten in die Wildnis im Osten der Insel.

Ich teile mir ein Stockbett mit der amerikanischen Dame Rose, die so freundlich ist, dass ich sie manchmal gar nicht greifen kann. Ab und zu kommt auch Sigrun bei uns vorbei und fummelt an dem Telefon an der Wand herum. An Tag drei atmet sie auf und murmelt vor sich hin: »Okay, so funktioniert also das Notfalltelefon.« Ich erzähle es keinem. Sigrun hat auch vergessen, wo überall in dieser Hütte unser Essen für die nächsten Tage gelagert ist. Sie hat es im Winter per Motorschlitten hierherfahren lassen, weil das einfacher ist, als es im Sommer runterzutragen, dann hat sie alles unter den Betten und in Schränken verteilt wie Ostereier. Und nach und nach entdecken wir Nudeln, Kichererbsen und Müslitüten. Auch das erzähle ich keinem, (denn glücklicherweise bekommt niemand der anderen Teilnehmer etwas von Sigruns und meinen Funden mit), damit hier nicht die Panik ausbricht. Wir sind eh angehalten, zu schweigen. Heißt es nicht immer, man müsse die persönliche Komfortzone verlassen, um zu wachsen? Ja, aber wir haben hier schon genug Herausforderungen. Wenigstens will ich gerettet werden können, wenn ich mir hier ein Bein breche. Das ist ja zum Glück jetzt, wo das Nottelefon benutzt werden kann, kein Grund zur Sorge mehr.

Wir stellen uns unseren Ängsten, suchen unsere Träume und wandern im Schweigen. Das bringt viele an ihre Grenzen. Ich flippe aus, weil das Wasser nur dafür reicht, dass jeder

KAPITEL 3

einmal in dieser Woche duschen kann und es heute nur Trockenfisch und Kichererbsen gibt und weil ich keine eigenen Vorräte mitgenommen habe. Ich fange wie ein kleines Kind an zu heulen. Nanu? Ich wundere mich über mich selbst und kann es nur damit erklären, dass ich über Nacht zwanzig Jahre jünger geworden bin. Maria, eine junge Schwedin, überlässt mir sofort ihre Dusche und ihre Süßigkeiten. Und ich schäme mich ein wenig, dass ich alles sofort annehme. Aber etwas Sicherheit muss her. Ich weiß nicht, warum. Doch ich habe Angst, dabei soll ich nur träumen und meiner Sehnsucht folgen, die ja schon seit Jahren anklopft.

Wir tauchen hier nachts tief in unsere Träume ein und schauen sie uns am nächsten Tag an. Wenn man sich vornimmt, sich an seine Träume zu erinnern, und wenn man sie gleich am nächsten Morgen aufschreibt, dann bleibt etwas. Und wenn es nur eine Farbe oder ein Gefühl ist. Die Kursleiter Jana und Christian sind erfahrene Therapeuten, die uns mit Meditation und Traumanalyse nach dem Schweizer Carl Gustav Jung, einem Schüler von Freud, knacken wollen. Man verbringt wohl nachts mindestens zwei Stunden träumend. Insgesamt sind das sechs Jahre während eines gesamten Lebens. Ich behaupte sogar, dass mir manchmal das Leben wie ein Traum vorkommt und der Traum wie das Leben, und ich frage mich oft: Was ist denn nun eigentlich die Realität?

Ich erfahre: Träume behandeln alle Themen, die momentan wichtig sind. Sie geben versteckte Hinweise auf gegenwärtige Probleme und auch auf ungelebte Ressourcen. Und davon, so vermute ich, hat jeder eine ganze Menge!

Wir malen die Traumfetzen auf, an die wir uns am nächsten Tag noch erinnern, und sprechen darüber. Ich kann nicht malen, spreche aber trotzdem über die Strichmännchen und Farbklekse auf meinen Bildern. Und was da so rauskommt, ist, dass in mir ein kleines Mädchen im Käfig sitzt, obwohl es frei sein könnte. Trotzig wirft dieses Mädchen in der Pause Steine in den Fluss, verweigert sich der Tageswanderung und ist von Christian genervt, der alle Befindlichkeiten aufs Ego schiebt und über mich lacht, weil ich seine Regeln nicht akzeptieren kann. Dazu gehört eine Redezeit von zehn Minuten. Ich mag keine Regeln, ich habe mich zu lange angepasst.

»Ich rede so lange, wie ich will!«, sage ich. Und Christian lacht wieder, findet mich wohl niedlich. Ich will aber ernst genommen werden. Also rede ich lieber mit den Schafen als mit den Menschen – und träume in der Nacht, dass ich mit Zwillingen schwanger bin, einem Jungen und einem Mädchen. Und das Absurde daran: Ich hole die Kinder immer heimlich raus und stecke sie dann wieder rein. Sie können schon laufen, aber geboren werden sie nicht. Ich wundere mich über mich selbst, was ich so alles kann. Und ich muss sagen, dass Jana und Christian ganz kluge Einschätzungen meiner Lage parat haben. Ich erkenne, dass sie für uns die Rollen fürsorglicher Eltern übernehmen, was sie sehr gut machen. Sie riskieren, auch doof gefunden zu werden. Und wir können einfach mal wieder nur spielen. Sie weisen mich darauf hin, dass ich in mir meine weibliche und männliche Seite gerade zusammenpuzzle und meine Ideen längst reif sind, um rauszukommen. Ja, jetzt hört sich das alles logisch an. Aber man muss erst mal hinter die absurde Fassade dieses Traums kommen. Und Jana, ein engelsgleiches Wesen mit langen blonden Haaren, sagt mir etwas, das meinen inneren Widerstand sofort schmelzen lässt und mich zum Weinen bringt: »Jetzt bist du schwanger, also pass gut auf dich auf. Kümmere dich um dich und deine Babys und lass sie dann auf die Welt kommen.«

KAPITEL 3

Ich fasse mir an den Bauch und komme endlich mal zur Ruhe. Ich lege mich in mein Bett und mache nichts. Nicht mal schlafen, einfach ruhen. Das habe ich seit Jahren nicht geschafft. Alles schiebe ich auf meine »Schwangerschaft« und nicht auf Faulheit oder Erschöpfung. Und ich frage mich: Wer oder was hält mich eigentlich davon ab, meine Babys rauszulassen? Das kann ja nur ich selbst sein.

Als hätten die Kursleiter meine Gedanken gehört, stellen wir uns am nächsten Tag unseren Dämonen. In einer geführten Meditation sollen wir uns unsere größten Ängste vor dem inneren Auge vorstellen. Sofort bäumt sich vor mir ein roter, fauchender Drache auf. Er ist zum Fürchten, aber ich finde ihn auch cool, weil er so viel Energie hat. Ich glaube, meine Angst hat auch nur Angst.

Die Übung geht damit weiter, dass wir mit dem Dämon sprechen sollen. Mal fragen, was er wirklich will und von uns braucht. Ich hake beim Drachen nach, und er hat sofort eine Antwort: »Ich will deine Liebe!« Ich frage ihn, wie ich die rüberschicken kann, und er will mein Blut durch einen Strohhalm trinken. Gut, das machen wir so, und ich werde immer größer und stärker, der Drache schrumpft. Und siehe da, plötzlich verwandelt sich das Ungetüm in einen kleinen, schlauen Igel mit Brille, der sich hinsetzt, Pfeife raucht, mich anschaut und fragt: »So, Christine, wo soll es denn nun hingehen? Ich berate dich, ich bin dein Wegweiser.« Der Igel ist mir gleich sympathisch, er passt irgendwie zu mir. Bis auf die Pfeife. Vorsichtig bin ich auch, dennoch zielstrebig. Wir sind sofort Freunde, aber das kann man eigentlich niemandem erzählen.

Wir gehen in den nächsten Tagen öfter zusammen spazieren und schmieden Visionen, Zukunftspläne und Wünsche. Er ist immer da, wenn ich eine Hand auf mein Herz lege. Dann spüre ich den Puls im Körper und dass es keinem Gesetz, sondern eher einem Strom folgt. Den kann ich nicht steuern, sondern nur leben. Der Igel und ich sind uns bald einig, dass ich viel ändern werde, und es soll damit beginnen, dass ich meinen Job kündige.

Übrigens, eins der Schafe, mit dem ich besonders viel Zeit verbringe, war über Nacht Mutter von Zwillingen geworden. Ich muss wohl jetzt nicht dazusagen, dass es ein Junge und ein Mädchen waren, wie in meinem Traum. Die anderen machen noch viel abgefahrenere Erlebnisse und bewegen mich alle mit ihren Geschichten. Die junge Schwedin, das erfahre ich dann, ist Waise. Sie hat ihre Eltern bei einem Unfall verloren und fasst gerade wieder Lebensmut. Mein Herz hüpft jedes Mal vor Freude mit, wenn ich sie lachend über die Wiese rennen sehe, und ich gebe ihr die Süßigkeiten zurück. Meine liebe Zimmergenossin Rose, schon über siebzig Jahre alt, entdeckt in ihren Träumen ihr Klavier wieder. Sie hatte es für ihren Mann in den Keller geräumt und bekommt jetzt schon leuchtende Augen bei dem Gedanken, es zu entstauben und dann wieder in die Tasten zu hauen. Es gibt noch so viele berührende Geschichten von meinen Weggefährten, doch ich habe versprochen, ihre Träume nicht mit anderen zu teilen. Zu schnell werden solche magischen Momente zerredet und entwertet. Aber ich trage sie immer noch in meinem Herzen und habe in jeder Geschichte auch einen Teil von mir nachempfunden: Angst vor dem Scheitern, fehlende Kraft, Selbstzweifel, Unsicherheit, neue Hoffnung, gewagte Wünsche und diese vielen Stimmen in einem. Ich bekomme eine Ahnung davon, dass wir nie alleine mit unseren tiefsten Sorgen sind.

Es bestärkt mich zu wissen, dass meine Träume eine eigene Sprache haben und auf kreative Weise zu mir sprechen. »Träume lügen nie«, sagt Jana. Und ich ärgere mich, dass ich den Botschaften nicht schon früher gefolgt bin. »Träume urteilen nicht

KAPITEL 3

und haben keine Moral. Sie zeigen dir Schatten oder Teile von dir, die du ignorierst.« Ich glaube nun, was Künstler und Kreative von anderen unterscheidet, ist, dass sie in den sprichwörtlichen Keller gehen und schauen, was sie da für Leichen, aber auch Schätze haben. Dann öffnen sie die Truhe und lassen alles raus, was ja extrem verletzlich macht, aber am Ende können sich so andere in den Erfahrungen und Gefühlen wiederfinden. Keiner möchte sich allein fühlen. Und Träume wollen uns letztlich nur ausbalancieren. Und wir alle haben noch Hühnchen zu rupfen mit anderen Menschen. Habe ich schon erwähnt, dass ich mich einfach nicht mehr bei dem Mann gemeldet habe? Er war raus aus meinem Leben, aber präsenter als je zuvor in meinem Inneren. Ich wollte nicht mehr darauf warten, dass sich an unserer Beziehung etwas ändert und die Verbindlichkeit einzieht, denn das tut es ja selten, wenn man klammert. Ich glaube an keine Ausreden mehr. Und wenn sich der andere nur sporadisch meldet, dann liegt das nicht daran, dass der Handyakku ständig leer ist. Doch es ist das eine, jemanden auf den Mond zu schießen, das andere sind die Erinnerungen, die bleiben. Und meist sind dies ja die schönen Momente der Zweisamkeit: die zarten Berührungen, gemeinsames Lachen und Hand in Hand durch Hamburg laufen.

Zum Glück bin ich jetzt nicht alleine. Unsere Leiter kümmern sich auf so liebevolle Art und Weise um uns alle, dass wir uns gleich adoptieren lassen wollen. Zwischendurch üben wir mit dem Gruppenleiter, der auch Meditationslehrer ist, aus der tibetischen Tradition kommt und dessen Lehrer der Lama aus dem Kloster in Nepal ist (Zufall?) liebende Güte, eine meiner Lieblingsmeditationen für das Mitgefühl. Dabei schickt man Liebe und gute Wünsche an sich selbst, an seine Liebsten und dann an die schwierigen Menschen in seinem Leben. Eine wunderbare Übung, weil ich diese Liebe an den Kern der Menschen schicke und ich mir vorstelle, wie sie wären ohne ihre komischen Eigenarten, die sich auch nur durch Verletzungen gebildet haben. So entwickele ich Mitgefühl für mich und andere. Ich glaube, dies ist stärker als Liebe – oder ist es die wahre Liebe?

Der Gruppenleiter liest uns auch oft aus der Biografie von Dipa Ma vor, einer buddhistischen Lehrerin mit einem stolzen Weg. Die Inderin war eine Hausfrau, die zwei Kinder und ihren Mann verlor – vor Kummer wurde sie sehr krank und begann aus Verzweiflung zu meditieren. Dies heilte und erleuchtete sie. Ihre Geschichte beruhigt mich, denn insgeheim habe auch ich Angst, dass mir Schicksalsschläge das Leben rauben. In diesem Fall schenkte es Leben. Sie gab ihr Wissen vor allem an andere Hausfrauen weiter und motivierte sie mit ihren Worten: »Du bist zu allem in der Lage, was du tun willst. Das Einzige, was dich abhält, ist dein Glaube, du könntest es nicht.« Mich beeindruckt diese Frau, und ich lerne fast lieber von ihr als von Männern in Roben und mit Titeln. Dies wirkt auf mich authentisch: eine Frau, die mitten im Leben aufwacht und andere inspiriert, die nicht wochenlang ins Kloster gehen können. Ich werde spontan geflutet von Liebe. Und mir wird auch klar, dass man so einen Weg zu sich immer auch für andere geht. Denn nur durch eigene tiefe Erfahrungen kann ich andere wieder inspirieren und mitnehmen.

In meinem Zustand der »Schwangerschaft« sehne ich mich natürlich danach, nicht allein zu sein. Ich lasse mich von einem der männlichen Teilnehmer, er heißt Jeppe, öfter in den starken Arm nehmen, und wir ruhen uns zusammen aus, schauen den Sternenhimmel an, und alle meine Hoffnungslampen gehen an. Jeppe ist wortkarg und geheimnisvoll, aber immerhin spricht er in der Gruppe über seine Gefühle und rührt in seiner emotionalen Suppe. Das finde ich ja schon mal attraktiv. Außerdem beruhigt er mich durch seine stille Anwesenheit. Und am letzten Abend sehen wir am Nachthimmel ein Polarlicht aufleuchten. Es ist ganz zaghaft, erst nur wie ein schmaler Strich, und öffnet sich dann für einige Sekunden zu einem Farbenmeer. Magisch werde ich in dieses Licht gezogen und verschwinde darin. Als ich wieder auftauche, sage ich: »Wow, was für ein tolles Pink!« Und Jeppe sagt: »Nein, das war doch grün!« Hätten wir besser weiter geschwiegen, für diesen Moment der Erleuchtung hätte ich ihn nicht gebraucht.

Auch dieses Retreat endet in Harmonie, und ich schwebe mit strahlenden Augen raus, voller Zuversicht. Ich will lebendig sein und mich gleichzeitig sicher fühlen. Ich will meine kindliche Kreativität nicht verlieren, aber ebenso eine starke, moderne Frau sein. Ich glaube, dass es für mich gilt, noch einmal richtig erwachsen zu werden. Und frei sowieso. Eben hüpfte ich noch über Mooshügel, weil mein inneres Kind danach verlangte, bald muss ich Rechnungen bezahlen, Entscheidungen treffen und sie dann auch durchziehen.

An irgendeinem Punkt zerspringt die Retreatblase so richtig. Besser, das vorher zu wissen. Bei mir war das spätestens dann, als ich mit Jeppe nicht mehr auf der Wiese, sondern in einem Hotelzimmer liege und die Idee von uns beiden wie eine zu sehr vorher durchgeträumte Illusion zerplatzt. Ich habe gar keine Lust auf ihn, sondern eher auf den Hamburger Mann, und er erzählt mir, dass er sich eigentlich in die junge Schwedin verliebt habe. Ich bin enttäuscht und atme gleichzeitig auf.

Am nächsten Tag ziehe ich wieder bei Matti in der WG ein, und der Mann verschwindet. Und ich werde sauer auf mich, dass ich nicht gleich gemerkt hatte, dass dieser Mann quasi eine Kopie meines Ex-Freundes ist, charakterlich wie optisch, nur mit dunkleren Haaren, und somit eine Zeitverschwendung. Ich hänge wohl in dem Muster fest, dass ich auf unnahbare Männer stehe. Das ist mir nun klar. Aber wie ich da rauskommen soll, weiß ich nicht.

Einsamer als je zuvor wälze ich mich in meinem Bett. Ich träume darin schlecht, von meinem Ex-Freund in Hamburg. Nichts klappt, keine meiner Meditationsübungen. Schwanger fühle ich mich auch nicht mehr, aber mir bleiben noch wie Wochen im Lieblingsland.

Ich fliehe in mein Lieblingscafé in Reykjavík mit der Sonnenterrasse, auf der einem eher der Wind kalt ins Gesicht bläst. Das war mir gerade recht. Durchgepustet werden, aufwachen! Ich habe lang genug in einer Fantasiewelt gelebt.

An der Café-Pinnwand entdecke ich einen Flyer, auf dem steht, dass ich in einen magischen Bus einsteigen kann, der mich zur Kakao-Zeremonie bringt. Klingt traumhaft. Ich steige ein und werde wenig später an einem Sommerhaus mit See abgesetzt. Im Raum sitzen rund zwanzig Frauen. Und komischerweise fühlt es sich so an, als würde ich sie bereits kennen. In solchen Momenten sagen manche spirituell interessierte Menschen, dass sie sich aus früheren Leben kennen. Ich finde das genauso kurz gedacht wie Auralesen, Schutzedelsteine um den Hals und Engelkarten. Ich meine, das ist alles ja gut und schön, aber ich möchte nicht so ein Mensch sein, der sich ständig vor negativen Einflüssen schützen muss und für den alle nicht-empathischen Menschen Energievampire sind. Ich will auch keine Engel um Rat fragen, sondern selbst genau wissen, was ich will.

Ich möchte einen besonderen Moment nicht bedeutender machen, indem ich ihn erkläre. Aber immerhin kann ich sagen, und das hört sich vielleicht auch esoterisch an: Obwohl

KAPITEL 3

ich hier niemanden kenne, komme ich nach Hause. Ich setze mich neben Aki, und mir gefallen sofort ihre unrasierten Beine und dass sie zur Begrüßung rülpst. Diese Isländerin aus dem Klischee-Bilderbuch sieht aus wie ein Model, aber es ist ihr egal. Augenblicklich legt sie einen Arm um mich, und ich schwöre, sie hat sofort gespürt, wie einsam ich mich wirklich fühle. Ohne etwas dazu zu sagen, was mich in diesem Moment genervt hätte. So sitze ich da und trinke Kakao. Denn das ist es, was wir heute gemeinsam machen: Kakao trinken und meditieren, ehrlich von uns erzählen. Ich kenne das ja bereits und weiß, wie es ist, in solchen Runden über mich zu sprechen. Und meine Stimme bleibt mir dabei immer weniger weg. Dieser Kakao schmeckt anders als alle anderen, die ich vorher getrunken habe. Bitter, dick und porös wie eine Schaufel Erde. Aber er soll angeblich magische Kräfte haben, erzählt die Gruppenleiterin. Sie hat ihn aus Guatemala von einem Kakao-Schamanen. Und dieser wiederum erhielt die Heilpflanze von den örtlichen Maya. Die Kakaobohnen haben nie eine Maschine gesehen und sind keine hybriden Züchtungen. Auch wurden sie nicht von Kindern aus sklavischer Arbeit in Afrika geerntet. Das bedeutet, dass man hier von einem fairen Superfood sprechen kann, das angeblich wirklich glücklich machen soll durch einen Cocktail aus Theobromin, Kalzium und noch mehr als tausend weiteren Wirkstoffen. Roher Kakao enthält so viele Antioxidanzien und Magnesium wie kein anderes natürliches Lebensmittel. Das Phenethylamin sorgt wohl dafür, dass man sich ein bisschen wie verliebt fühlt. Es soll im Kopf klar und wach machen sowie das Herz ein wenig höher pulsieren lassen. Die ungesättigte Fettsäure Anandamid wurde bisher nur in Kakao nachgewiesen und soll für Freude sorgen. Das klingt für mich wie ein Zaubertrank! Der Kakao wird einfach im Wasser geschmolzen wie

Schokolade und roh getrunken. Den bitteren Geschmack kann man sich mit Honig oder Zimt versüßen.

Nach drei Schlucken rutsche ich komplett in mein Herz und ertrinke darin. Die Tränen fließen, und ich lache gleichzeitig, damit die anderen nicht denken, es ginge mir schlecht. Wie kann in einem so grundfröhlichen Menschen, der immer auf sein lautes Lachen angesprochen wird, Traurigkeit wohnen? Sie muss alt sein, beschließe ich!

Ich halte eine Hand auf mein Herz und sage laut »Aua«. Ups! Aber ich habe echte Schmerzen. Und ich bin fast froh, dass ich den Kummer fühlen und verorten kann. Dann muss ich ihn doch auch beseitigen können!

Keiner lacht, alle schauen mich liebevoll und offen an.

»Ich fühle mich einsam, obwohl ich gerne allein bin«, sage ich. Und schon allein es einfach nur zu sagen, tut gut. Ich glaube, das habe ich noch nie getan, aber es ist authentisch und befreiend. Die Leiterin spricht in meine stummen Tränen: »Wir sind doch niemals allein, erinnere dich!« Simpel gesagt, aber mir geht es schlagartig besser, und mein Herz fühlt sich seit langer Zeit endlich nicht mehr kalt, sondern warm an. Tatsächlich spüre ich, dass mein Herzschlag leicht erhöht ist, mein Blut schneller pulsiert und mein Kopf sich hellwach anfühlt, die Gedanken klar. Ich fühle mich zusätzlich voller Energie und Tatendrang. Dieser Kakao schießt mir durchs Blut. Das Gefühl kenne ich: Es stellt sich ein, wenn ich leicht verliebt bin oder mich besonders auf etwas freue und irgendwie alles gut ist. Das ist es aber doch nicht, denke ich. Oder doch?

Die Harmonie im Raum kann ich greifen. Jede Frau erzählt einfach frei, was ihr so auf dem Herzen liegt. Endlich fließen die Tränen bei mir ohne Scham weiter. Einen ganzen Nachmittag verbringen wir gemeinsam, sprechen über unsere Gefühle und

KAPITEL 3

nehmen uns am Ende in die Arme. Danach laufen wir alle nackt und kreischend in den kalten See, um zu baden. Als ich mich schlotternd abtrockne, fühle ich mich bestärkt und wie neugeboren. Außerdem finde ich an diesem Tag zwei neue Freundinnen, Aki und Soley. Schwestern, so fühlt es sich sofort an.

Ich buche meinen Flug um, wie fast immer auf meinen Reisen, und ziehe bei Aki ein. Ihr neun Jahre alter Sohn Bjarne muss noch zustimmen. Er checkt mich kurz ab und sagt dann, ich könne sein Zimmer bewohnen, wenn ich sein Schlagzeug nicht anrühren würde. Deal. Ein verrücktes, freies und harmonisches Leben startet. Mit Aki hält es kaum jemand aus, weil sie so authentisch ist und einfach immer macht, was sie will. Dabei kratzt sie an den Grenzen des Egoismus, finde ich. Nachdem sie als Model gearbeitet und ein spießiges Familienleben nach der Norm geführt hatte, brach sie einfach aus. Seit der Trennung und seitdem sie in bunten Gewändern ohne BH rumläuft und andere in Yoga unterrichtet oder mit den Händen heilt, wird sie für verrückt erklärt, sogar ihre Mutter wollte ihr schon den Sohn wegnehmen. Aki sprach im Radio öffentlich darüber, dass Frauen ihre Vagina heilen müssten und dass sie selbst viel dafür getan habe, um nun wieder befreit Sex zu haben, da sie als junge Frau missbraucht worden war.

Über das Thema Sex reden wir auch viel. Aki ist schamlos, was ich bei Frauen selten erlebe. Ich kann ihr alles erzählen, und sie packt ebenso aus. Ich fühle mich trotz allem, was man ihr vorwerfen könnte, einfach nur wohl bei ihr und erlebte sie in wichtigen Momenten immer bei völlig klarem Verstand und wirklich anwesend. Sie redet nie schlecht über jemanden, obwohl viele schlecht über sie reden. Sie gibt nie jemandem die Schuld für irgendetwas. Sie traut mir alles zu und lässt mich komplett unbewertet, und ich sie. Nur einmal, als ich in Selbstmitleid versinke, sagt sie zu mir: »Liebes, wir sind alle so abgefuckt!« Und ich lache befreit, weil sie es ernst meint und recht hat.

Ich liebe es, dass sie morgens erst einmal nackt im Wohnzimmer tanzt, ohne die Vorhänge zuzuziehen, und unter der Dusche irgendwelche Laute produziert. Ihr Sohn, ein kleiner Spießer, reagiert mit seinen eigenen Tönen wie ein Walbaby auf seine Mutter. Ich stehe mal bei so einem »Gespräch« mitten zwischen den beiden und bekomme überall Gänsehaut. Was für eine schöne Verbindung von Mutter zu Sohn!

Wenn Aki meditiert, dann spielt Bjarne für sich, ohne sich zu beschweren, denn er weiß, dass Mama danach wieder ganz für ihn da ist und ihn ansonsten einfach machen lässt. Er komponiert kleine Lieder und zaubert mit einem Zauberstab. Na, wenn das so sein kann, will ich auch Kinder. Wenn ich für sie nicht mein eigenes Leben aufgeben und sie mit dem Schnuller im Café ruhigstellen oder mich irgendwelchen Krabbelgruppen anschließen muss. Okay, ich erwähne jetzt mal nicht, dass Aki ihren neunjährigen Sohn sogar Vespa fahren lassen wollte, aus lauter Vertrauen und Regelfreiheit. Irgendwann sagte Bjarne dann, das sei nicht erlaubt, also sei es besser, er fahre mit dem Rad zur Schule. So war die Sache ja auch geregelt.

Ein Kumpel von Aki war schon oft kurz davor, für verrückt erklärt zu werden. Aber ihm verzeiht man wohl eher als Aki, weil er ein alleinstehender Mann ist und auf seinem Waldgrundstück, wo auch schon Björk eines ihrer Lieder geschrieben haben soll, jede Menge psychedelischer Pilze wachsen, die er sehr gern selbst isst. Aber wen soll man da bestrafen, wenn die Natur die kleinen Dinger vor die Haustür stellt? Immer wenn wir ihn besuchen, fackelt er gerade ein riesiges Feuer ab oder hackt Holz im Wald. Wir haben immer ein bisschen Angst vor ihm und dieser Axt, sind aber trotzdem gern in seiner Nähe, weil es

KAPITEL 3

lustig ist. Und jedes Mal erzählt er mir: »Du könntest mich jetzt mit der Axt umbringen, ich hätte keine Angst zu sterben, so frei bin ich.« Ich denke lange darüber nach. Außerdem sagt er mal: »Gestern hatte ich in meinen Träumen Sex mit dir, jetzt ist das auch erledigt.« Das lasse ich dann mal so stehen, Aki lacht einen Tag darüber. Ich finde es ein bisschen übergriffig, denn was ist ein Traum und was ist das Leben? Gefragt wurde ich nicht. Außerdem plädiere ich dafür, Träume auszuleben.

Ab und zu empfängt Aki Botschaften für mich von ihren unsichtbaren Begleitern, die alle sehr hilfreich scheinen. Meistens ist sie sogar zu egoistisch, mir diese mitzuteilen. Einmal sitzen wir im Café, sie legt sich gerade die Karten, und ich muss mich mit mir selbst unterhalten, weil sie gerade so in ihrem Flow ist. Plötzlich schüttelt sie sich, als müsste sie einen Parasiten loswerden, und sagt: »Jetzt nicht!« Ich frage, was los sei, doch sie schaut gar nicht auf und erklärt nur: »Oh, Liebes, ich kriege gerade eine wichtige Botschaft für dich.«

Ich reiße die Augen auf, sie legt weiter Karten. »Das ist doch wichtig«, sage ich ungewohnt forsch. Da schaut sie genervt hoch. »Okay, es geht um deinen Liebeskummer. Ich soll dir sagen, dass du den Typen vergessen sollst. Es geht auch gar nicht um ihn, sondern du suchst eigentlich immer Männer, die genauso unnahbar sind wie dein Vater. Du denkst, das sei normal. Aber das ist es nicht, und schon gar keine Liebe, kapier das endlich!« Erstarrt sitze ich da und schnappe nach Luft. Wie ein Igel rolle ich mich ein. Und Aki packt nun doch das Mitgefühl. Sie stoppt ihren Flow und drückt mich an ihre riesigen Brüste, Stacheln hin oder her. Sie sagt: »Liebes, dieser Mann geht schlafen, und du wachst auf. Lass dich nicht aufhalten!«

Am nächsten Tag schickt sie mich zu einer weisen, alten Frau. Es kommt mir so vor, als habe hier auf Island jeder so eine

Frau zur Hand, die einem hilft. Keine Therapeutin, auch keine Wahrsagerin oder selbst erklärte Heilerin oder Schamanin. Einfach eine weise Frau. Mir gefällt das System, und ich rufe sie gleich an, um einen Termin zu vereinbaren.

In der Nacht träume ich wild, und ein kleines Mädchen erscheint mir. Sie sieht mir ähnlich und fragt fordernd mit Panik in den Augen: »Was ist passiert, als ich sieben Jahre alt war?« Ich kann ihr keine Antwort geben, aber die Frage macht für mich aus einem unerklärlichen Grund Sinn. Irgendetwas war da geschehen, ich erinnere mich nur nicht.

Am nächsten Tag fahre ich zu der weisen Frau und denke, ich würde in einer Waldhütte landen. Stattdessen spuckt mich der Bus in einer spießigen Reihenhaussiedlung aus, und eine ganz herkömmliche Dame im Rentenalter, die genauso gut auf einem Kreuzfahrtschiff Bingo spielen könnte, öffnet die Tür. Ich kann nicht sagen, dass sie mich besonders herzlich empfängt, dafür aber mit Klarheit. Das Erste, was sie sagt, bevor überhaupt ein Wort aus meinem Mund fällt, ist: »Endlich kommst du.« Und dann fragt sie direkt noch: »Christine, was war denn jetzt, als du sieben Jahre alt warst?« Ich habe ihr bei unserem vorhergehenden Telefonat nichts erzählt von meinem Traum, ebenso wenig habe ich ihn Aki gegenüber erwähnt. Ich schlucke und erhole mich, bis wir beide in einem kleinen Raum Platz genommen haben, ich auf einem schwarzen Ledersofa, sie auf einem passenden Sessel davor.

Sie schaut mich aus stahlblauen Augen an und lässt mich damit nicht los. Immer wieder fragt sie mich diese Frage. Wahnsinn.

»Ist da jemand gestorben?«, fragt sie.

»Nein!«, antworte ich verzweifelt – und einige panische Atemzüge später fällt mir die Antwort ein. »*Ich* wäre fast gestorben!«,

KAPITEL 3

bricht es aus mir heraus. Auf diese Information reagiert die weise Frau erleichtert und froh. »Das ist es!« Sie hatte seit unserem Telefonat nach einer Antwort gesucht. Jetzt konnte sie loslegen.

»Ja, das ist es, was dir Angst gemacht hat. Du warst dem Tod als Kind so nahe, hast Dinge gesehen, mit denen du nicht umgehen konntest, und dann hast du einfach alle Kanäle dichtgemacht!«

Ja, ich hatte als Kind eine Routine-OP, mir wurden die Mandeln rausgenommen, und dabei wäre ich fast verblutet. Jahre zuvor bin ich einmal fast im Teich ertrunken. Ich erinnere mich jetzt daran, dass ich im Krankenhaus mindestens zwei Tage lang Panik hatte und mir niemand helfen konnte. Alle dachten, ich sei von der Narkose etwas durchgeknallt oder würde träumen. Ich musste da sehr einsam gewesen sein. Das sollte mir noch nachhängen? Interessant. Doch ich merke, dass allein durch die Erinnerung und die Bestätigung, dass meine Erfahrungen alle wahr und kein Traum waren, innere Ruhe in mir einkehrt.

»Jetzt fasse Vertrauen in deine Wahrnehmung und öffne dich dem Leben!«, rät mir die weise Frau.

Gleichzeitig entgeht ihr natürlich auch nicht, dass mein Herz gebrochen ist. Sie schiebt für dieses Thema ihre Brille auf die Nasenspitze und rät mir ungefragt, diesem Mann und mir selbst zu vergeben, dass das mit uns nicht geklappt hat. Dafür müsse ich mir final eingestehen, dass es wirklich vorbei sei. Ich will es versuchen, auch wenn ich daran zweifle. In mir drinnen spüre ich diese magnetische Anziehung, diese Sehnsucht und sehe tatsächlich ausschließlich die positiven Aspekte dieses Mannes. Alle anderen finden ihn nur schrecklich, vor allem für mich. Ich nicht, das ist das Problem. Sie sagt mir, dass er auf meiner Leitung stehe und ich niemand anderen kennenlernen würde, wenn ich nicht alle Verbindungen zu ihm trennen würde.

»Ich sehe ihn doch gar nicht mehr«, protestiere ich panisch. Sie winkt gleich harsch ab, richtig herzlich ist sie ja nicht. Aber klar und überzeugend, das macht sie authentisch.
»Hast du aus deiner Wohnung alle Spuren von ihm entfernt?«
»Ja!«
»Bist du sicher?«
»Ja!« Sie zweifelt und schaltet sich in mein System. Ihre Augen suchen.
»Nein, da ist noch was in der Küche. Ein Magnet, den er dir geschenkt hat. Den wirfst du sofort weg!« Sie hat recht. »Am besten wickelst du ihn in Alufolie und vergräbst ihn.« Ich bin an dem Punkt, alles zu tun. Auch komische Dinge.

Zum Schluss bekomme ich noch einen Rat von der weisen Frau mit auf den Weg: »Du solltest immer vierzig Tage warten, bis du mit jemandem Sex hast. Das ist die richtige Zeit, um den anderen kennenzulernen. Wenn du einmal körperlich verbunden bist, ist es für dich schwieriger, klar zu sehen und dich emotional zu trennen, falls es nicht passt.« Ich finde vierzig Tage erst viel, und dann doch nicht. Wenn ein Mann nicht einen Monat und zehn Tage warten kann, dann ist er vermutlich auch nicht wirklich an mir interessiert.

Ich glaube, da müssen noch ein paar Meditationsrunden vergehen und noch ein paar Kakaos getrunken werden, um diese Stunde bei der weisen Frau und diese Traumreise zu verarbeiten. Fürs Erste brauche ich Erholung von dem ganzen Selbstfindungskram und mache Quatsch, wie um Mitternacht mit Aki im Fluss zu baden.

Ich treffe mich auch mit meiner zweiten neuen Schwester Soley, die mich in allen meinen Ideen bestärkt. Wir verstehen uns so gut, weil wir beide aus demselben Material gestrickt sind. Wir sind auf der einen Seite sehr sensibel, flippen in lauten Räu-

KAPITEL 3

men innerlich aus und brauchen viel Zeit für uns. Auf der anderen Seite sind wir Macherinnen und werfen uns immer wieder ins Leben, trotz der Durchlässigkeit, mit der dünnen Haut. Ewig werde ich ihr dankbar sein, dass sie einfach komplett an mich glaubt und keinen Zweifel zulässt. Ich brauche solche Menschen, es gibt zu viele Zweifler, vor allem in mir selbst. Obwohl sie lange blonde Haare hat, ist sie nie süß. Sie kann sogar sehr harsch werden und nur noch in Ausrufezeichen reden, wenn meine Selbstzweifel sich wieder melden: »Natürlich interessieren sich andere für deine Erfahrungen, fang endlich an, ein Buch zu schreiben! Keine Ausreden mehr!« Und: »Du musst deine Erfahrungen weitergeben und anderen Meditation beibringen! Schau mal, wie weit es dich schon gebracht hat! Es wäre egoistisch, das für sich zu behalten!« Man kann und darf ihr nicht widersprechen. Und ganz oft sagt sie zu mir: »Sei ehrlich zu dir selbst!«

Das nervt, aber ich finde es gleichzeitig wichtig, denn wie oft mache ich Sachen, die ich nicht will oder sage nicht, was ich wirklich, wirklich denke und fühle. Aus Angst vor Ablehnung oder einem Konflikt. Aus Angst, dass mich jemand sieht und dann kaputtmacht.

Manchmal macht sie mir sogar etwas Furcht, wenn sie mich zurechtweist und ihr schönes Gesicht eher männlich aussieht. Aber sie erklärt dies damit, dass sie mich in unseren früheren gemeinsamen Leben auch öfter mal umgebracht habe. Aber die meiste Zeit waren wir wohl Schwestern. So fühlt es sich jedenfalls für mich an. Und Schwestern zanken sich, die Grundliebe bleibt. Ich lerne von ihr, dass ich es nicht immer allen recht machen sollte und Konflikte befreiend sein können.

Ich liebe diese isländischen Frauen, die einfach nicht zu bremsen sind, nicht an Magie und nicht an sich zweifeln. Ich bin jetzt eine von ihnen und sehe auch so aus. Wach und voller Träume.

Und damit ich das alles nicht vergesse, bastle ich mir, zurück in Hamburg, eine magische Box, male sie golden an und packe alle meine Träume da rein. So, als seien sie schon real. Ich schreibe also alles so auf, als sei es bereits in meinem Leben. Ich fühle es. Ich versiegele die Box und stelle sie auf meiner Fensterbank in meiner Wohnung in die Sonne. Zum Wachsen.

»Wenn du etwas ganz fest willst, wird das ganze Universum darauf hinwirken, dass du es verwirklichen kannst«, so steht es in *Der Alchimist,* einem meiner Lieblingsbücher. Ich würde die Traumbox am Ende der Reise öffnen. Wenn ich Träumerin deswegen für verrückt erklärt werde, macht mich das stolz.

Kapitel 4
»WER BIST DU?«

Während ganz Deutschland noch schläft, sitze ich um 4:30 Uhr in einer Meditationshalle auf einem Holzbänkchen, darunter eine dunkle Matte. Die Halle ist so groß wie ein Schwimmbecken. Ich hocke unter einer niedrigen Decke und schaue durch eine breite Fensterfront auf einen See und Tannen. Die Wolken hängen tief am dunklen Himmel. Neben und hinter mir reihen sich ordentlich meine vierzig stummen Mitsitzer ein. Ihre Kleidung ist dunkel, der Raum schlicht, damit so wenig wie möglich ablenkt.

Dunkle Farben sind nicht meine, 4:30 Uhr nicht meine Tageszeit, und schweigen will ich erst im Grab. Ich bin hier falsch! In einem stillen Raum voller formaler Regeln, mit mehr Männern als Frauen. In einer uralten Tradition aus Japan, die nach Disziplin schreit. Gleichförmigkeit will ich nicht, Anpassung erst recht nicht. Ich bin die Raupe, die ein Schmetterling werden möchte! Lasst mich doch alle in Ruhe, ich mag lieber laut lachen! So fluche ich anfangs still durch das Zen-Kloster im Allgäu. Äußerlich schweigend und bewegungslos sitzend, innerlich brodelnd.

In Nepal habe ich viel über Meditation und den Geist gelernt, aber nicht wirklich, wie das Meditieren in Stille gelingt.

»WER BIST DU?«

Ich landete auch hier, weil ich im Hier und Jetzt leben wollte, nicht mehr auf der Überholspur. Etwas, das mir immer sehr abstrakt vorkam. Ich verstand die meisten Bücher nicht, die ich über Zen las. Ich bin nicht dumm. Aber ich kann einfach nicht fassen, dass ich mich selbst so verrate und von meinen Gedanken manipulieren lasse. Dass ich immer überall bin, nur nicht im Moment. Ich wollte dieses Hier und Jetzt live erleben und greifen. Jemand sollte es mir vorturnen. Außerdem wollte ich mein Inneres auf null setzen. Ich buchte also für diesen Schritt zu mir das Zen-Seminar, packte wie gewünscht dunkle Kleidung und mein Tagebuch in eine Tasche und checkte zu einem einwöchigen Sesshin, also Retreat, in dem Kloster ein. Ich wollte mich neu sammeln, zur Ruhe kommen und vor allem in mich reinhorchen. Anscheinend wollte mir da jemand was sagen.

Es ist zu Beginn wirklich furchtbar, wenn die Alltagsaktivitäten enden und das stille Rumsitzen namens Meditation beginnt. Draußen lacht einem die Sonne ins Gesicht, und die Kühe auf den saftig grünen Wiesen im friedlichen Allgäu schauen einen zufrieden an. Doch viel bekomme ich von der Idylle nicht mit. Meine Welt ist achtzig mal achtzig Zentimeter groß: eine schwarze Matte.

Wie man den Raum betritt und sich auf die hölzerne Meditationsbank kniet, ist choreografiert: dreimal verbeugen beim Rein- und Rausgehen, mit dem linken Fuß zuerst auf die Matte steigen. Zuerst wehre ich mich dagegen, doch nach einer Weile merke ich, wie mir die Form auch Halt gibt. Immerhin muss ich nicht mehr darüber nachdenken, wie ich mich wo hinsetze. Für die kommenden sieben Tage besitze ich einen festen Platz in dieser Welt: dritte Matte vorne rechts. Ein Anfang, ein Innehalten.

Wenn meine Augen beim Meditieren geschlossen sind, der Körper ruht und der Geist hellwach umhertanzt, gibt es keine

KAPITEL 4

äußere Ablenkung mehr. Nur noch Kopfkino. Die Gedanken rattern höllisch laut, daraus entstehen unangenehme Gefühle wie ein Schwarm Mücken, und kaum fange ich mich und habe einen Teil der Unruhe innerlich abgeschüttelt, geht es wieder los: Dann kriecht Angst in meinem Magen herum, oder auf dem Herzen bildet sich ab und zu ein Nebel aus Traurigkeit. Wie ein Horrorfilm spulen sich vor meinem inneren Auge alle Szenen im Leben ab, die ich nicht loslassen kann. Ich bin von mir genervt. Und natürlich brennen zu diesem Horrorfilm als schmerzhafte Untermalung die Knie. Fünfundzwanzig Minuten lang nacktes, blankes Ausgeliefertsein. So lange dauert eine Meditationsrunde. Dann sind fünf Minuten Pause. Trinken und Toilette, und es geht weiter.

In mir spukt es, alle Geister der Vergangenheit und Schreckgespenster der Zukunft begrüßen mich. Ich kann nicht die Glotze einschalten, mir keinen Snack holen und auch keine Freundin anrufen. Ja, sogar Langeweile zählt als ein Gedanke, lerne ich. Ich dachte immer, es wird ruhiger und entspannter in einem Kloster. Aber die Gedanken und diffuse Ängste nehmen mit jedem Atemzug nur zu. Sie schreien mich an. Das Hier und Jetzt ist für mich eine Achterbahnfahrt in der Geisterbahn.

Von außen betrachtet wirkt so ein Zen-Retreat harmlos und schlicht. Jeder Tag von insgesamt sieben ist gleich, sie verschwimmen zu einer fließenden Masse: Von 4:30 Uhr bis zum Frühstück um 7:30 Uhr meditieren. Dazwischen Gehmeditation. Ab 10 Uhr geht es weiter, bis um 12:30 Uhr Mittagessen ist. Nach einer langen Pause für Sport und Ausruhen geht es um 16 Uhr in der Zendo (Meditationshalle) weiter mit einem Vortrag vom Zen-Meister Hinnerk Polenski, um 18:30 Uhr Abendessen und dann ab 20 Uhr wieder Meditation, ab 23 Uhr auch gern freiwillig (!) die Nacht durch.

»WER BIST DU?«

Auf einem ehemaligen Hotelgelände hat sich die deutsche Zen-Gemeinschaft komfortabel eingerichtet. Die Zimmer sind so gut wie in einem Mittelklasse-Hotel, und die Verbote halten sich in Grenzen. Ich muss weder mein Handy abgeben noch meinen Schmuck ablegen oder das Zölibat leben. Nur Schweigen beim Meditieren und Essen ist Pflicht. Das ist für mich das geringste Problem, denn ich habe ohnehin so viel mit mir selbst zu tun, dass ich gar nicht erst beim Frühstück quatschen und mich in den Geschichten der anderen Teilnehmer verlieren möchte. Da fängt nur das Vergleichen an. Und all diese Gedanken müsste ich dann später wieder mühsam wegsitzen. Da ich bequem bin, halte ich die Klappe.

Das Schweigen unterstützt mich dabei, mich zu leeren und Grenzen einzuhalten. Und ich genieße die Erlaubnis, mich einfach auf mich zu besinnen. Wie oft habe ich schon Small Talk geführt über das Wetter, doofe Chefs oder unsinnige Fernsehsendungen, wenn ich lieber einfach geschwiegen hätte. Auch wenn manche Teilnehmer heimlich in den Ecken quasseln, ich halte gerne meine Energie bei mir. Höchstens ein paar SMS funke ich nach Hamburg. Da möchte man wissen, ob ich noch lebe oder bereits Teil einer Sekte geworden sei. Ich tippe: »Also, ich atme. Sekte und Guru gibt es hier nicht.«

Es gibt den Zen-Meister Hinnerk. Täglich sehe ich ihn in einem Vieraugengespräch in seinem Raum, in dem es nach Räucherstäbchen duftet und es außer ein paar Buddhafiguren nichts zu sehen gibt. Leere. Erhaben und freundlich kniet der Zwei-Meter-Mann in einer braunen Mönchsrobe mit einem Holzstab vor mir, und ich weiß gar nicht genau, was ich zu ihm sagen soll. Ich wünsche mir naiv, dass er mich mit dem Holzstab wie Gandalf verzaubert und mich glücklich macht. Und er merkt es: »Christine, ich bin kein Zauberer!«, sagt er in dem Moment, als

KAPITEL 4

ich dies denke. Ich fühle mich ertappt und durchleuchtet. Kann dieser Mensch mich lesen wie ein Buch? Ich versuche, meine Festplatte zu löschen.

»Deine Gedanken und Gefühle interessieren mich nicht!«, sagt er. Schon wieder erwischt. Absurd, dass ich als emanzipierte Frau vor einem Mann knie – denke ich. Aber dieser Lehrer schaut mich wohlwollend und abwartend an, nicht urteilend. Ich vertraue ihm und so frage ich, ganz Journalistin, warum es sinnvoll ist, so lange zu meditieren und dann Knieschmerzen zu bekommen.

»Die Schmerzen gehen vorbei!«, sagt er da – und läutet mit seiner Glocke. Das bedeutet, dass ich gehen darf. Zusammen mit meiner gerunzelten Stirn und meinen steifen Knien stakse ich wieder auf meine Matte.

Anstatt mir eine Antwort auf meine Tausenden von Fragen zum Leben zu geben, wirft mir der Zen-Meister in den folgenden Gesprächen nur wieder eine Frage zurück: »Wer bist du?« Es nervt. Da will ich lieber wieder abreisen, als da tiefer einzutauchen, meine Gedanken laufen über: Ich kenne die Antwort auf diese geheimnisvolle Frage nicht, obwohl ich so viel Zeit mit mir verbringe. Ich weiß doch nicht, wie das wahre Leben geht! Es kommt mir so lächerlich vor und gleichzeitig ahne ich, dass es nicht um meine selbst geschaffene Identität geht mit Beruf und Lebensstil, sondern um die Essenz, diesen unsterblichen Kern.

Ich ahne, dass die Antwort auf diese Frage nur in diesem Hier und Jetzt liegt, denn das, was da immer in die Zukunft und Vergangenheit wandert, kann unmöglich ich selbst sein. Ich grübele, und es führt mich nirgendwohin.

Nach außen hin reagiere ich stumm. Ich war nie gut darin, das laut auszusprechen, was wirklich in mir vorgeht, aus Angst, verurteilt zu werden. Auch deswegen bin ich Journalistin geworden. Die Worte fließen stumm aus mir heraus, da muss ich nicht reden. Und meist geht es dabei nicht um mich.

In diesem Moment des Schweigens und Nichtreagierens sehe ich in den Augen des Lehrers etwas aufblitzen, das ich auch haben will: so eine gelassene Freiheit, eine Art geheimes Wissen. Ein Wort dafür finde ich nicht. Ich will nur an diesen anderen, freien und wahrhaftigen Ort, wo mein Lehrer sich gefühlt befindet – obwohl wir uns direkt gegenüber knien, komme ich aber nicht ans andere Ufer. Also bleibe ich. Mein Kopf prustet los: »Jetzt verlier dich doch nicht hier!« Mein Herz flüstert: »Willkommen zu Hause!«

Ich beobachte, wie Gefühle aus der Kindheit in mir hochsteigen, ich will am liebsten in den Arm genommen werden wie eine Sechsjährige. Ich fühle mich einsam. Es ist verführerisch, von einem verständnisvollen Lehrer zu erwarten, dass er die Mutter oder den Vater für einen spielt und alles, von dem man nicht genug bekommen hat, ausgleicht. Und tatsächlich ist der Meister streng wie ein Vater, wenn es um die Konzentration auf die Übung (Atem betrachten, nicht denken) geht und gutmütig wie eine Mutter, wenn Tränen fließen. Dann wird seine Stimme sanft, und er sagt etwas Motivierendes wie: »Schau da noch mal hin und dann wirst du es bald los sein. Diese Traurigkeit bist nicht du.« Doch erwachsen werde ich nicht, wenn ich nicht lerne, für mich selbst zu sorgen, beschließe ich. Und im Hier und Jetzt bin ich alt genug. Also setze ich mich auf die Bank am See und nehme mich selbst in den Arm. Ist mir egal, wie das aussieht. Aber verdient habe ich es, und praktisch ist es auch noch: Wenn man sich selbst knuddelt, liebt und sich jeden Tag sagt: »Du bist wunderbar« – was soll einem da noch passieren, so unabhängig von den Gefühlen anderer? Ich bin

KAPITEL 4

einfach mein eigener Glücks- und Liebesautomat, so der Plan. Die Erkenntnis zerschießt sich teilweise später selbst: Denn leider kann man sich nicht selbst berühren, sodass es prickelt, deshalb braucht es auch menschliche Nähe zu anderen.

Da ich genug Zeit habe, verwende ich so manche Meditationsrunde heimlich dafür, mir auszumalen, wie ich die Kündigung einreiche. Ich spiele den ganzen Film so oft durch, dass ich plötzlich wirklich das Gefühl habe, frei – ähm, arbeitslos – zu sein.

Und einen nicht ganz unerheblichen Teil investiere ich anfangs auch dahinein, mir meinen Traummann auszumalen, um nicht an den zu denken, den ich gerade aus meinem Leben verbannt habe. Da der Zen-Meister glücklicherweise selbst eine feste Partnerin hat und mitten im Leben steht, kann ich mir auch zu dem Thema einen Tipp holen. Es ist eigentlich nicht sein Job, mein Therapeut oder Liebescoach zu sein, aber da ich schon mal hier bin, frage ich ihn: »Welchen Mann soll ich mir fürs Leben aussuchen?«

Er hat sofort eine Antwort parat: »Das nächste Mal nimmst du nicht jemanden, der schwächer ist als du, sondern genauso stark. Der sich mit dir auf Augenhöhe befindet. Da wirst du dich umschauen, wenn er dir mal eine Ansage macht.« Ich ziehe meine Unterlippe ein und fühle mich schon wieder ertappt und geröntgt. Ja, so könnte es sein: Aus Angst, mich einzulassen, aus Furcht vor Konflikten und wegen meines geringen Selbstwertgefühls hatte ich mir bisher nur Männer ausgesucht, die entweder gar nicht emotional zu haben waren oder die ich unterbuttern konnte. Ich beklagte mich, dass sie nicht verfügbar waren, dabei war ich es nicht – oder sagen wir, der fremdgesteuerte Teil in mir, der nicht ich bin. Die Erkenntnis ist bitter. Ich will aus dem Strudel raus. Doch wer ist ein starker

»WER BIST DU?«

Mann? Bestimmt nicht die mit Tattoos und breiten Schultern, davon hatte ich genug. Ich weiß es nicht. Aber es beschäftigt mich.

»Lass die bedingungslose Liebe in dein Leben und liebe vor allem erst einmal dich selbst«, so spricht der Meister freundlich, aber unverbindlich.

Ausbrüten muss ich die Bedeutung der Worte allein. Ich brauche eine Pause. Nach dem Mittagessen bleiben jeden Tag drei Stunden Zeit zum Spazierengehen, in denen ich allein grübelnd durch den Wald streifen könnte, aber ehrlich gesagt lieber schlafe. Ich bin müde, und die Schmerzen sind für mich real, auch wenn der Meister sie auf mein Ego schiebt, was mich wütend macht. Dem zeige ich es! Gepackt vom Ehrgeiz, meditiere ich wieder bis zum Abendessen, und danach sitze ich schweigend bis tief in die Nacht. Dabei verliere ich den Klammergriff der Gedanken auf einmal und falle wie Alice im Wunderland in ein Loch und lande in wundersamen Welten von Licht und Liebe. Ja, wirklich! In diesem Nirgendwo fühlt sich alles ewig und genau richtig an. Endlich bin ich weg und doch ganz da, aber die Gedankenmonster fressen mich nicht auf. Mir fehlen die Worte. Und ich will auch nicht zu viel davon verraten, damit der Überraschungseffekt bleibt, für alle, die es selbst erleben möchten. Als ich wieder zurück bin, frage ich mich: War heute gestern, ist heute schon morgen?

»Es gibt gar keine Zeit, sondern nur den Augenblick«, sagt der Zen-Meister in einem seiner Vorträge. Das verstehe ich nicht, aber es kickt mich, denn solch rätselhafte Andeutungen lassen mich fühlen, als wäre ich in einem Hollywood-Film. Ein bisschen wie bei »Matrix« oder eben »Alice im Wunderland«. Nur ist es hier wesentlich actionfreier.

KAPITEL 4

Ich landete beim Zen, weil ich ohne Schnickschnack oder Religion meditieren lernen wollte. Ich dachte immer nur, dass es eher etwas für Männer ist, weil ich damit Samurai-Kämpfer, Kampfsportler, Meister und Mönche verband. Bei einer Zen-Gruppe und einem Vortrag in Hamburg lernte ich viele starke Frauen kennen, darunter auch die Zen-Meditationslehrerin Constanze, die mich bis heute fasziniert, weil sie eine unglaublich kraftvolle und gleichzeitig sanftmütige Art hat. Bisher kannte ich fast nur Männer als Lehrer, dabei bin ich eigentlich jemand, der lieber von Frauen lernt. Die Lehrerin schickte mich indirekt zu ihrem deutschen Zen-Meister, der in Japan ausgebildet wurde und die Lehre in den Westen brachte – und für uns Europäer anpasste. Weil er so eine beeindruckende Frau ausgebildet hatte, wollte auch ich von ihm lernen.

Mit dem Zen ist es allerdings so eine Sache: Für mich kommt eigentlich nichts infrage, das älter ist als zehn Jahre. Ich bin ein Fan des modernen Lebens und neuer Methoden. Doch was mich reizt: Ich liebe das Geheimnisvolle, Starke und die Nachhaltigkeit. Wer sich aufs Zen richtig einlässt, schnuppert nicht mal hier und dort, er ist auf dieser Spur, die keine ist. Diese Lehre wurde so viele Jahrzehnte erprobt und weiterentwickelt. Zen ist eine Tradition, die mehr als zweitausend Jahre alt ist und von Indien über China nach Japan wanderte. Dort ist es wahnsinnig hart, als Mönch in einem Kloster zu lernen. Sicherlich befreit man sich zwangsläufig komplett vom Ego, wenn man bei zehn Grad regungslos meditieren muss, zwischendurch gehetzt Miso-Suppe schlürft und vor dem Meister sogenannte Koans lösen muss – das sind Rätsel oder Fragen, die man nicht mit dem Verstand lösen kann, sondern nur über die Meditation. Es kann einen wahnsinnig machen, stundenlang über einer Lösung zu brüten, schlimmstenfalls Jahre. Wenn aber die Antwort kommt, soll das ein wunderbares Geschenk sein. Ein Funken Weisheit, der im Inneren sprüht.

Sich mit den Zen-Meistern der Jahrhunderte (leider sind die bekannten Meister fast alle Männer) zu beschäftigen macht Freude, wenn man Anekdoten liebt. Auch wenn die Welten, in denen sie lehrten, anders waren, gibt es ein universelles Wissen, das bis heute gültig ist. Oft hinterließen die großen Meister im Moment ihres eigenen Todes eine ihrer größten Lehreinheiten. Einer lud seine Schüler dafür mal in die Meditationshalle, stieß vor seinem Ableben einen kraftvollen Schrei aus, und der Körper fiel danach vor den Augen aller einfach um. Als Zeichen dafür, dass Sterben nicht schwach und endgültig ist. Der Geist bleibt klar und wach, auch wenn der Körper seine Funktion aufgibt. Diese Meister werden oft ziemlich alt, die meisten über hundert. Sie sehen aber gar nicht so aus. Allein das ist ja schon der Beweis, dass Meditation einem nur guttun kann.

Im Zen steckt für mich etwas Grandioses: eine schlichte Einfachheit des Seins. Eine Leichtigkeit, eine absurde Freude – die nicht auf den ersten Blick erkenntlich ist, wenn man auf die Menschen in schwarzer oder dunkelblauer Kleidung blickt, die da auf hölzernen Bänken hocken, zwischendurch im Gleichschritt gehend meditieren und sonst schweigen. Und gleichzeitig hat es etwas Befreiendes: Hier zählen weder Beruf noch Kleidung. Ich kenne von niemandem das Alter oder sein stummes Leiden. Und gleichzeitig fühle ich mich meinen Sitznachbarn näher als so manchem meiner Bekannten.

In Japan meditieren die Mönche einmal im Jahr an den sieben Tagen, als Buddha bis zur Erleuchtung saß, komplett durch. Das bedeutet, es gibt keinen Schlaf. So an die Grenze gebracht, sollen die Mönche an einem Punkt erkennen, wer sie wirklich sind. »Kensho« nennt man diese Erfahrung, wenn plötzlich das

Ego abfällt und man eine tiefe Einsicht in sein wahres Wesen gewinnt. Die deutsche Lightversion eines Intensiv-Retreats kann diese Erfahrung auch auslösen, doch darin liegt die Falle: »Erfahrungen anzustreben funktioniert nicht richtig, ohne Willen zu meditieren auch nicht. Es geht darum, die Mitte zu finden zwischen An- und Entspannung«, erzählt mir eine ältere Schülerin. Was das nun wieder heißt? »Das bedeutet, sich selbst auszugleichen, damit ich unterscheiden kann: Was ist gut für mich und was nicht? Damit man handlungsfähig ist und genug Kraft hat, sein Leben zu gestalten. Dazu gehört Anstrengung genauso wie das Loslassen in voller Hingabe«, erklärt sie. Ich mache es einfach so: Ich hocke kerzengerade auf meinem Bänkchen, aber im Inneren fliege ich frei. Ich setze mich auf null.

Beim Zen gefällt mir das Schnörkellose. Es ist ruhig und bescheiden, gleichzeitig kraftvoll, es geht um das Wesentliche: sich immer wieder ins Hier und Jetzt zu bringen, sich mit jedem Ausatmen tiefer fallen zu lassen, den Unterbauch als das eigene Kraftzentrum zu spüren und damit real Energie zu aktivieren. Ich dachte immer, Meditation sei zum Entspannen da, aber ich fühle mich nach und nach klarer im Kopf. Ich halte den Fokus bei mir und merke, dass etwas hinter meinen Gedanken schlauer ist, dass die Gedanken nur Programme sind, der Computer bin aber ich und ich kann entscheiden: Ist heute ein guter Tag oder ein schlechter? Egal, was um mich herum passiert. Es gibt kein schlechtes Wetter. Wenn es regnet, dann regnet es. Das »schlecht« packe ich dazu und vermiese mir damit selbst den Tag. Wäre ich komplett frei davon, könnte ich unabhängig glücklich sein. Es ist absurd, dass es mir so schwerfällt, einfach im Moment zu verweilen und diesem natürlichen Zustand zu vertrauen. Es macht mich fast traurig, dass ich daran vorbeilebe und dadurch so viel verpasse. Es gehört wohl Vertrauen dazu,

»WER BIST DU?«

sich dieses Verweilen zu erlauben, wenn um einen herum die meisten Mitmenschen im Chaos versinken. Ich habe es nicht anders gelernt, es ist gesellschaftskonform.

Es gefällt mir, nun auszubrechen und etwas völlig Abnormales zu tun: sieben Tage lang (fast) ohne Schlaf durchzusitzen. Niemand würde das allein schaffen, keiner macht das richtig freiwillig.

»Die Müdigkeit ist dein Freund«, sagt der Zen-Meister. »Sie killt das Ego.« Ja, schon: Wenn man so richtig wenig geschlafen hat, ist einem irgendwann vieles egal. Da bleibt kaum Energie zum Denken. Im Büro ist dies der Abgrund, hier darf ich mitten in mich reinspringen und mich selbst vergessen. Oder vielmehr: diesen denkenden Teil von mir, der ich ja nicht wirklich bin. Mein Wesen ist frei von Sorgen wie: Sollte ich eine Berufsunfähigkeitsversicherung abschließen?

Langsam bekomme ich eine Idee von meinem Kern, er kennt keine Wut und keine Angst. Ich denke: Mein Gott, wieso mache ich mir das Leben eigentlich so schwer? Warum koche ich mir eine Suppe, die mir nicht schmeckt? Es bringt nichts, außer Energieverlust.

Irgendwann geht mir sogar die Lust auf diese Fragen aus. Ich kann mich auch nicht mehr über schnaufende Nachbarn aufregen. Mein Smartphone lache ich in den Pausen aus und fange an, mit ihm zu reden: Achtzig Prozent deiner Nachrichten sind überflüssig! Sogar die innere Unruhe setzt sich langsam wie bei einer Sanduhr. Erstaunlich. Ich merke, wie mein Atem tiefer wird und mein Körper dem Sog der Schwerkraft immer mehr nachgibt und ich mich angedockt fühle. Ich nehme wahr, dass ich überhaupt einen Körper habe. Ich hätte nie geahnt, dass dies eine meiner verblüffendsten Erkenntnisse ist: Ich habe einen Körper – und ihn wirklich zu spüren und wahrzunehmen

KAPITEL 4

macht mich kraftvoll. Bis hierhin hatte ich den Körper oft nur getrimmt und verurteilt. Selten ließ ich ihn, wie er ist, und hörte einfach in ihn hinein. Ich erinnere mich, dass ich als Kind oft vor Wänden und geschlossenen Türen stand. Ich fragte mich damals: Warum kann ich da nicht einfach durchgehen? Ein Hobby-Psychologe hätte mir wahrscheinlich bescheinigt, dass ich mit dem Kopf durch die Wand will. Dabei fühlte ich mich einfach körperlos. Ich redete mir ein: Der Körper hinderte mich, frei zu sein, so dachte ich. Ich begann, ihn abzulehnen oder ändern zu wollen. Dabei ist er das Einzige, was wirklich mir gehört. Er ist der Teil von mir, der immer in der Gegenwart ist, als Basis und wichtiger Wegweiser: Grummelt es unangenehm im Magen, wenn ich eine Person treffe, kann ich dem Unwohlsein trauen – dann ist was faul. Auf die Botschaften des Körpers kann ich mich immer verlassen. Fängt mein Herz an, vor Freude zu schlagen, bin ich am richtigen Ort. Nur habe ich nicht immer danach gehandelt. So was weiß man, es steht in unzähligen Ratgebern. Aber dies auch zu spüren ist eine berührende Erkenntnis. Als ich gegen Ende des Meditations-Marathons so dasitze und mich spüre, laufen die Tränen endlich wie ein natürlicher Wasserfall und ich lache: Letztlich ist der Körper der Anker im Hier und Jetzt. Er ist auf dem Weg, er heilt, er wacht auf. Ach ja, und kein Wunder, dass Sex so eine tolle Beschäftigung ist.

So meine Theorie, aber die Praxis? Noch fällt es mir sehr schwer, komplett loszulassen. Von einem Leben auf der Überholspur an einem Ort zu landen, an dem es nichts zu tun gibt, bedeutet für mich schon einen harten Cut. Mein Ego fallen zu lassen, diesen Teil sterben zu lassen, um wirklich zu leben – das ist mir einfach noch zu viel auf einmal. Zu abstrakt. Gleichzeitig magisch und unerreichbar. Und doch will ich hier nicht ohne

»WER BIST DU?«

Erfolg gehen, das ist einfach nicht meine Art. Ich mache gleich wieder das nächste Projekt aus dem Meditieren. Ein Teil von mir will die Beste sein, vom Meister gelobt werden. Als jüngste Frau der Gruppe arbeite ich mit jedem Atemzug darauf hin, superschnell zu dieser magischen Erleuchtung vorzupreschen. Völlig planlos. Um mich herum sitzen mehr Männer als Frauen, die meisten über vierzig. Ich denke zwischen dem Nichtdenken: Die überhole ich alle, damit ich nicht mehr so viel rumhocken muss und zurück in mein Leben kann. Später merke ich: Dabei ignoriere ich, dass alles bereits das Leben ist – auch dieses Sitzen. Und dass es meine Aufgabe ist, innerlich wieder vollständig zu werden anstatt zerstreut und gestresst.

So sitze ich aber da, immer noch als zerlegtes Puzzle: Ein Teil von mir will nur seine Ruhe haben, dichtmachen, abschalten. Ein kindlicher Teil will gesehen werden. Meine innere Frau sucht nach einem männlichen Gegenüber. Mein spirituelles Ego will diese Welt verlassen. Ein abgelenktes Ich horcht in den Raum hinein: Neben mir meditiert eine zehn Jahre ältere Frau und weint stumm, pausenlos. Wie viele Tränen kann man in sich haben? Mein Impuls ist, sie zu trösten. Doch jede Bewegung wird vom Retreatleiter, der ganz vorne vor den streng nebeneinander platzierten schwarzen Matten als Aufpasser sitzt, getadelt. Ich finde das gefühllos und leide stumm mit, obwohl es mir gerade gut geht. Der Meister merkt es, und ich bekomme beim nächsten Vieraugengespräch einen Hinweis: »Du musst den Unterschied zwischen Mitleid und Mitgefühl lernen. Wenn du bei dir bleibst, unterstützt du die anderen mehr, als wenn du deren Leid mitnimmst.«

Als ich die Frau später frage, ob sie traurig sei, antwortet sie: »Nein, ich war noch nie so glücklich.« Sieh einer an, wie ich mich täuschen kann! Es ist so schön einfach, sich mit den

KAPITEL 4

Problemen anderer abzulenken. Wie oft mache ich mir Sorgen oder spreche über andere, nur um mir selbst auszuweichen.

Kaum besinne ich mich wieder auf mich, erwischt es mich schließlich selbst. Ich weiß nicht mehr genau, an welchem Tag, denn alles ist irgendwie zeitlos. Tief in meinem Inneren ruckelt es wie bei einem Erdbeben, mein Herz sticht unangenehm, ich schnappe nach Luft, und die Tränen platzen aus mir heraus. Ich weiß nicht, woher sie kommen und was sie auslösen, doch ich kann sie eh nicht stoppen oder wegwischen. Ich schäme mich, als ich laut schniefe. Und erinnere mich an meine beste Freundin, die vor einiger Zeit nach Barcelona gezogen war. Das Erste, was sie mir nach dem Umzug am Telefon sagte, war: »Tine, endlich kann ich auf der Straße weinen. Und die Menschen nehmen mich einfach in den Arm, anstatt mich komisch anzuschauen!« Ja, Fühlen ist etwas, was wir uns hierzulande wieder mehr selbst erlauben könnten – sage ich mal ganz überheblich und allgemein. Dabei gibt es einen Unterschied zwischen Gefühlen wie Angst, die durch Gedanken und Projektionen entstehen, und dem Fühlen, das ich über den Körper wahrnehme – und gar nicht bewerten mag. Bewegungslos beobachte ich, was in mir und mit mir passiert. Das Absurde ist, dass ich die ziehende Traurigkeit und auch die steinharte Wut im Bauch spüre, aber gleichzeitig auch eine leichte Fröhlichkeit, die dazwischen flimmert. Und so suche ich erst gar nicht nach der Quelle für die Tränen, sondern freue mich einfach über das schöne Gefühl der Freude, das nach dem Tränenguss automatisch durch meinen Körper schießt wie Adrenalin. Beim Beobachten stelle ich plötzlich fest, dass meine Schmerzen, an die ich mich so geklammert habe, plötzlich weg sind. Magisch!

Und obwohl ich in meinem Leben noch nie so wenig geschlafen habe, nur ungefähr zwei Stunden pro Tag, ist mein Körper komplett energiegeladen. War die Wut also nur eine Energie, die für mich da sein kann, wenn ich sie freilasse, und die mich stärkt – und nicht ausbremst? Auf jeden Fall fühle ich mich so stark, als könnte ich dem Meister jetzt mein Holzbänkchen vor die Füße werfen. Nur so als Demonstration meiner Stärke, dass ich mehr bin als die nette, fröhliche, fragende, sensible Christine.

Ich tänzle zum nächsten Vieraugengespräch mit dem Lehrer, knalle tatsächlich die Bank auf den Boden vor ihm und posaune sofort heraus: »Die Schmerzen sind weg!« Doch anstatt sich mit mir zu freuen, bleibt sein Gesicht unverändert.

»Und jetzt? Meine Liebe, auch das geht vorbei.« Und die Klingel schickt mich wieder raus. Wumms! Das sitzt – und danach sitze ich einfach weiter wie ein Schulkind, das die falsche Antwort gegeben hat. Und doch habe ich in diesem Augenblick so wahnsinnig tief verinnerlicht, was es bedeutet, wenn irgendwo weise steht: »Alles ist vergänglich, halte dich an nichts fest, mach dich unabhängig.« Und ich bekomme eine Ahnung davon, dass da noch viel mehr Kraft in mir steckt, die aktiviert werden will. Aus einem Buch hätte ich das nie gelernt.

Ein Retreat ist eine verdichtete Form des Lebens für mich. Wenn es so wenig Ablenkung gibt und alle auf sich selbst zurückgeschleudert werden, kann sich ein Tag so intensiv anfühlen wie ein Jahr. Wie auf Wellen reite ich gemeinsam mit den Mitsitzern durch tiefe Trauertäler und über absolute Glücksberge. Und kaum beginne ich mich zu fragen: Warum bin ich jetzt eigentlich so glücklich?, ist es schon wieder vorbei, und ich gerate in den Teufelskreis von Gedanken, Gefühlen, Gedanken. Dabei hätte ich auch einfach mühelos von Moment zu Moment schwimmen können.

Nach etlichen Gesprächen mit dem Meister versuche ich erst gar nicht, besonders kraftvoll in den Raum zu marschieren.

KAPITEL 4

Das wäre erfunden. Meine Augen sind eh verheult, mein Körper schlaff. Ich knie mich einfach in Meditationshaltung vor ihn und mache nichts. Ist das Hingabe oder Aufgabe? Es ist mir so was von egal! Da sagt er: »Endlich hast du aufgehört, Fragen zu stellen!« Ich nicke und meine zu verstehen, was das bedeutet. Wir schweigen zusammen. Und plötzlich spüre ich, dass wir trotzdem kommunizieren, in einer anderen Sprache, auf einer anderen Ebene. Es findet ein Energieaustausch statt, würde ich sagen. Etwas in mir kopiert einfach diesen Bewusstseinszustand des Lehrers im Inneren. *Copy and Paste.* Von Herz zu Herz. Das hätte ich nie über eine Meditations-App erlebt.

Doch als ich wieder sitze, weiß ich erst mal gar nichts mehr. Langsam finde ich allein den Weg zurück an den Ort, den der Lehrer mir im Inneren gezeigt hat. Ich spüre, dass es Zeit braucht, um zu reifen. So final bei mir und im Leben anzukommen. Ich bin geduldig, was bisher nie zu mir passte. Dazu müssen noch mehr Schichten abfallen. Und ich ahne, dass der Meister nur ein Bergführer ist auf dem Weg zur Spitze.

Zum Glück gehe ich nicht ganz allein: Die anderen Teilnehmer sind ebenfalls hier, um etwas loszuwerden. Der Raum, in dem wir sitzen, wird nach und nach zu einer Müllhalde, auf die alle ihren Ballast schleudern. Die quälenden Gedanken sollen sich hier in Luft und Liebe auflösen. Man kann sie vorbeiziehen lassen wie Wolken am Himmel. Ich fühle, wie alles in der Meditationshalle herumfliegt, und denke mir mehrmals: »Urlaub wäre jetzt auch schön, machen ja alle anderen auch.«

Kummer, Ängste, alte Beziehungen, Verstrickungen, stummes Leiden ... das sind die Steine, die den Berg hinabrollen dürfen. Manchmal rollen sie aber einfach auf magische Weise wieder nach oben, und man muss die Hindernisse erneut loswerden.

»WER BIST DU?«

Es wird aber immer einfacher, weil man den Stein schon mal angefasst hat, merke ich.

Ich baue mir langsam einen Ort in mir, an dem ich langfristig bleiben kann. Zen ist sicher nicht der einfachste Weg zu mehr Freude und Gelassenheit, aber ein direkter.

»In dem Moment, in dem du dich selbst erkennst, fällt der ganze Mist ab!«, sagt mein Lehrer. »Jetzt lass mal ein paar Züge abfahren!« Ich glaube ihm, auch wenn ich noch nicht da bin. Meine innere Schneekugel der Gedanken und Gefühle ist noch voll in Bewegung. Und ich finde, dass es okay ist. Es nimmt mir den Druck, dass Meditation nicht bedeutet, dass plötzlich alles im Kopf weg ist. Es gilt zunächst, nicht darauf einzusteigen. Diese ganzen Geschichten, die ich mir immer wieder selbst erzähle, sind jetzt da, um zu gehen. Ich miste aus. Allein zum Thema »Ungerechtigkeiten« horte ich ein ganzes innerliches Archiv. Der Praktikumschef, der mir mal als fröhlicher Achtzehnjähriger ins Gesicht sagte: »Sie lachen zu viel. Aus Ihnen wird nichts!« Der Ex-Freund, der nichts im Leben auf die Reihe bekam, und mir sagte: »Dein Problem ist, dass du dich selbst nicht liebst!« Alle Kämpfe, die vielleicht gar nicht so schlimm waren. Ja, so ist das: Auf den negativen Erlebnissen kaue ich noch herum. Meine Aufbissschiene schützt meine Zähne, aber räumt noch lange nicht in mir auf. Meditation schon. Schritt für Schritt.

Mir fiel es anfangs so schwer, zu ruhen. Kein Wunder, meine Füße waren die vergangenen Jahre nur in Bewegung: Nach Äthiopien jetten und über die Hungersnot berichten, danach einen D-Promi im Fußballstadion interviewen und zwischendurch private Backpacker-Touren. Sogar im Urlaub zog ich voller Entdeckungslust rastlos von Ort zu Ort, um auch ja alles zu sehen. Ich sog alles auf und bediente kein Ventil, bis ich fast platzte. Es gehört für mich jetzt viel Selbsterlaubnis und

KAPITEL 4

Vertrauen dazu, das Leben einfach mal laufen zu lassen, ohne zu planen und zu kontrollieren. Dieser Flow, von dem alle reden. Ich war es so gewohnt, laufend zu planen, anstatt einfach nur zu gehen oder zu stehen. Wenn ich saß, ging ich im Inneren schon. Und umgekehrt.

An Tag vier im Kloster fühlt es sich für mich beunruhigend an, so lange nichts zu tun. Würde alles ohne mich weitergehen? Das war ungewohnt und unbequem! Dieses Leben mit all seinen Möglichkeiten muss genutzt werden, denke ich. Doch als ich mich mit der Situation abfinde, dass es nichts zu tun gibt, entspanne ich mich innerlich Atemzug für Atemzug.

»Es gibt kein Richtig und kein Falsch«, erklingen die Worte des Meisters in meinem Ohr. Es ist schön zu wissen, dass ich gar nicht versagen kann. Und bereichernd, im Inneren statt im Äußeren zu reisen.

Da gongt es leise in mir, so zwischen Frühstück und Mittagessen: Ich surfe wie auf einer Welle. Und es fühlt sich gut an. Ich höre eine neue Stimme in mir: Was wäre, wenn du einfach alles laufen lässt? Von Moment zu Moment. Ich kichere in mich hinein: So einfach soll das Leben sein? Denn der Atem fließt ja wirklich von selbst, eine praktische Sache. Im Zen heißt es immer: Nur der Moment ist entscheidend. Das Hier und Jetzt. Die Vergangenheit kann man eh nicht mehr ändern, die Zukunft nicht steuern. Diese absurde Gelassenheit, nur den Augenblick zu leben, klingt verdammt einfach. Und es klappt hier auf der Matte für Momente schon ganz gut. Aber was ist mit dem Alltag? Wer ist schon mit seiner ganzen Aufmerksamkeit, seinen ganzen Sinnen und Gedanken nur im Moment? Spürt seinen Körper, wie die Füße den Boden berühren, hört die Vögel und hat die Gedanken abgeschaltet? Der Zen-Meister vielleicht. Doch der übt schon seit vierzig Jahren und hat den Weg zu seiner Berufung gemacht.

»WER BIST DU?«

Bringt es denn dann eigentlich etwas für mich als Laien, hier zu üben – außer dass ich zeitweise zur Ruhe komme?

Ich frage bei dem Sesshinleiter Martin nach, denn den Meister will ich nicht mehr mit meinen Anfängerfragen langweilen. Martin ist ein erfahrener Schüler, der für einen geregelten Ablauf sorgt und uns alle motiviert, jeden Tag einfach weiter zu sitzen. Auch wenn wir keine Lust mehr haben, Schmerzen fühlen oder Widerstände zeigen.

»Ja, jede Meditation bringt etwas. Das garantiere ich dir«, sagt Martin, ein bescheidener Mann in der Lebensmitte, mit stahlblauen Augen und sanfter Stimme. Aber – und das fand ich damals neu – er besitzt eine besondere Energie und Kraft. Eine Klarheit und Entschlossenheit, die ich selten erlebt habe, ruhen in seinem Blick. Pure Freude und absolute Freiheit strahlen aus ihm heraus, eine Unabhängigkeit. Martin ist so ein Mensch, der es nicht nötig hat, über andere schlecht zu reden. Er motiviert und will so viele Menschen wie möglich dahin lotsen, wo er sich befindet: grundsätzlich im Reinen mit sich und dem Wahnsinn der Welt. So jemandem in die Augen zu schauen ist erleichternd. Denn ich fühle mich völlig gesehen – jenseits von aller Kritik darf ich einfach so sein, wie ich bin. Ebenfalls sanft. Ich bin niemand, der gerne laut mit der Faust auf den Tisch haut. Aber ich fühle mich trotzdem als eine starke Frau, die klarkommt, ohne Versorger oder Beschützer. Bewiesen habe ich es. Die Gesellschaft hat mir allerdings immer wieder weismachen wollen, dass man nur laut durchs Leben komme und besonders als Chefin Härte zeigen müsse. Doch das alles war für mich als Führungskraft nie stimmig. Diesem Gefühl hätte ich nur schon eher trauen sollen.

Mit allen Macken, mit allen Mustern, mit allen Gedanken und mit meinen Zweifeln kann ich einfach da vor Martin sitzen, in einem schlichten Seminarraum ohne Räucherstäbchen und Buddhafiguren – und da sein. Ich schalte nach einer Weile Schweigen in eine andere Frequenz. Ich spüre, dass wir ohne Worte kommunizieren. Es gibt diese Sprache tatsächlich. Jedenfalls empfange ich seine Frequenz und sende zurück.

Ich erinnere mich wie heute an unsere erste Begegnung in Zweisamkeit. Nicht an die Worte oder das Schweigen, sondern an die Schönheit: Liebe, Lebenslust, Freude, Leichtigkeit, Verbundenheit und Tiefe. Ich fühle mich leicht, erleichtert und richtig. Ich bin seitdem nicht mehr allein, auch wenn ich mich ab und an so fühle.

So muss sich Liebe in ihrer reinsten Form anfühlen, denke ich danach. So muss sich Dornröschen gefühlt haben, als sie aus ihrem hundertjährigen Schlaf erwachte, will ich es später einordnen. Aber es fühlt sich nicht wie die bedingte Liebe zu jemandem an, sondern nach etwas Unerschöpflichem, ohne Fragezeichen und Wünschen, nach mehr. Die Erschöpfung einer langen Suche fällt von mir ab. Doch was hatte ich verloren, an das ich mich jetzt erinnere?

Innerlich gehe ich in den Empfangsmodus und versuche, wieder per *Copy and Paste* so viel von dem aufzunehmen, was mir da gespiegelt wird. Ich fühle mich, als würde ich in einen endlosen Strom eintreten, in einen Fluss, der jenseits des Alltäglichen strömt. In eine tiefere Wahrheit, einen Sinn. Frieden. Wie kann es dafür Worte geben? Und wieso will ich dies jetzt eigentlich beschreiben, bewerten und erklären? Vielleicht, um zu sagen: Es gibt mehr, holt es euch!

Heute weiß ich: In diesem Moment sah ich mich selbst in den Augen von Martin – und war schlagartig verliebt. In wen? Ich schmunzle. In mich natürlich! Lieben heißt, im anderen sich selbst zu erkennen – habe ich mal gehört. Ich kann es bezeugen.

»WER BIST DU?«

Natürlich ist Martin sofort klar, dass ich trotz aller Erkenntnis eine Wackelkandidatin auf dem Zen-Weg bin. Zweifelnd, bunt und vielseitig neugierig. »Der Zweifel wird dich weit bringen«, ermutigt mich Martin, anstatt mich kleiner zu machen. »Er zeigt dir den Weg zu dir.« Er sieht auch meine Stärke: »Freude ist dein Motor«, sagt er zu mir. »Lass ihn einfach laufen.« Ich breche in schallendes Gelächter aus, weil es so einfach klingt, und er stimmt ein. Ich spüre, wie sich durch das befreiende Lachen eine unbändige Kraft in mir entwickelt. Und die ist voll im Moment. Und er hat noch mehr alltagstaugliche Tipps für mich.

»Schau mal, Christine. Jedes Mal, wenn du während deiner Meditation innerlich den Koffer packst, weil du lieber etwas anderes machen würdest, trainierst du deine Standfestigkeit. Denn du bleibst ja sitzen, egal was ist. Und drei Minuten später kann es dir schon wieder gut gehen. Was für eine wichtige Erfahrung fürs Leben!«

Ich nicke.

»Die Meditation erdet dich und macht dich gelassen. Wenn du deinen Körper fühlst, dann hast du nicht mehr das Gefühl, verloren zu sein. Du bist sehr sensibel, aber das ist deine Stärke. Du kannst viel mehr wahrnehmen als andere. Mach was daraus!«

Ich nicke. Wieso lernt man das nicht in der Schule?

»Alles kommt und geht. Du bist hier in diesem Moment, aber wahrhaftig. Da liegt die ganze Kraft.«

Ich verstehe, und die »Aber« schalten sich ein.

»Aber ich habe keine Zeit zum Üben«, merke ich an. »Ich habe nicht vor, überhaupt nicht mehr zu arbeiten.«

»Wie viele Stunden schläfst du?«, fragt Martin da.

»Wenn ich kann, so acht Stunden.«

KAPITEL 4

»Perfekt, dann bleiben dir pro Tag sechzehn Stunden zum Üben.« Er will mir damit sagen, dass ich jeden Augenblick üben kann, im Moment zu sein. Darüber hinaus macht mir Martin deutlich, dass die Meditation auf der Matte und Sport wichtige Trainingseinheiten als Grundlage sind, aber dass dies alles nur etwas bringt, wenn man es in das Leben integriert. Das bedeutet: Jedes Warten an der Ampel oder am Bus kann man nutzen, um seine Füße auf dem Boden zu spüren und sich in den Moment zu holen. Bei jedem Streit hat man die Wahl, sofort zu reagieren oder nach ein paar Atemzügen angemessen zu handeln. Und wenn es der Hinweis ist: »Ich gehe jetzt erst mal auf die Toilette und dann reden wir weiter.«

Ich beschließe in dem Moment, dem Zen eine Chance zu geben: Wenn der Weg zur Freiheit über stummes Rumhocken und Atmen in den Unterbauch führt, bin ich dabei! Immerhin habe ich damit einen Weg. Und ich sage es gern noch einmal: Denn ich will frei sein, authentisch leben, mich nicht selbst verraten. Ich will wirklich wissen, wer ich bin und wie ich in dieser Welt wirken kann. Das Zen ist für mich ein gutes, sicheres, über Jahrtausende erprobtes Fundament, um die Reise zu vertiefen.

Bei meinem letzten Gespräch mit dem Meister fühle ich mich voller Energie. Und anders. Diese neu gefasste innere Stärke und Zuversicht in mir haben tatsächlich auch für mich etwas Männliches. So bedingungslos und auch ein wenig brachial-störrisch. Und gleichzeitig bleiben auch meine sanfte Stimme und meine weibliche Herzlichkeit. Ich kann beides da sein lassen – und fühle mich schon viel zusammengesetzter.

»Ja, Christine! Deine Sanftheit ist deine Stärke. Aber jetzt kannst du auch einen Kampfjet fliegen, mal einen unbequemen Artikel schreiben oder einen Mann abschleppen!«, sagt der Meister am Ende meines siebentägigen Westernritts auf der Matte.

»WER BIST DU?«

Ich lache laut los – und liebe meinen Meister dafür, dass er die richtigen Worte findet, in meiner Sprache. Ich umarme ihn, ohne dabei etwas von ihm zu erwarten und ohne zu wissen, ob sich das gehört. Ich seufze und erkenne: Der Weg geht weiter, und ich gehe ihn allein. Weil es der einzige Weg ist. »Okay!«, rufe ich laut, fast wie eine Samurai-Kämpferin.

Hinnerk sagt: »Christine, die nächsten Jahre bin ich für dich da. Den Weg zu dir gehst du aber allein.« Und er gibt mir einen japanischen Namen als Erinnerung daran: Jimon. Er bedeutet: Tor des Mitgefühls. Meine Aufgabe ist es, diesen Namen zu leben. Für mich und andere.

Später weine und lache ich gleichzeitig. Weil ich die Richtung nicht weiß, so denke ich. Weil ich spüre, dass es nicht immer einfach werden wird. Weil ich Ungewissheit hasse – und weil mir da jemand glaubhaft versprochen hat, mich nicht komplett allein zu lassen. Zum ersten Mal in meinem Leben sieht jemand, wer ich wirklich bin. Auch wenn ich es noch nicht verstehe.

Martin gibt mir ebenfalls etwas mit auf den Weg, einen rätselhaften Satz, eines dieser uralten Zen-Meister-Zitate, das bei mir aber wie ein Blitz einschlägt: »Ich wünschte, ich könnte dir den Mond schenken.« Erst lache ich, aber diese Worte sprechen direkt mit meiner Sehnsucht, die vor Freude weint. Der Satz löst sich in meinem Herzen wie eine Brausetablette auf und wirkt immer noch.

Mit diesem großen Gepäck an neuen Erfahrungen steuere ich zurück in den Alltag. Im stillen Kloster abzuschalten ist ja ein Kinderspiel. Hier wurde sogar für mich gekocht. Doch wohin des Weges bei akutem Abgabestress eines Artikels, einem Streit mit einer Freundin, einem nervigen Anruf und unerfüllten Sehnsüchten? »Unabhängig von allem, folge dem Weg deines

KAPITEL 4

Herzens!«, das ist der Rat meines Meisters. Ich horche in mich hinein, fühle meinen Herzschlag und ein freudiges Kribbeln über dem Brustbein.
Meine Sinne sind durch das Meditieren so geschärft und offen, dass ich plötzlich genau höre, wie der Wind die Blätter an den Bäumen zum Rascheln bringt. Es zwitschern nur noch die Vögel, nichts mehr in mir. Ich muss jetzt nicht mehr aufgeweckt werden. Ich schaue auf die Wolken, dann auf den Himmel und spüre in mir: Wenn ich mehr der Himmel als die Wolken bin, hört das Auf und Ab vielleicht auf. Wie aufregend und wunderschön, im Moment zu sein – und keine Ahnung zu haben, wie es weitergeht. Die Vergangenheit ist vorbei, die Zukunft kenne ich nicht. Also atme ich. Voller Hingabe. Voller Lebensmut. Beherzt. Das ist alles. Toll, dass es nicht mehr zu tun gibt.

Noch nie habe ich etwas wirklich täglich geübt. Meine Tage gestalte ich extra immer anders, weil ich Routinen nicht mag. Doch seit meinem ersten Kontakt mit der Zen-Meditation sitze ich jeden Morgen noch im Pyjama auf meinem Bänkchen und übe. Das habe ich nach Nepal nicht geschafft. Aber mit dem Zen bin ich während der Zeit so tief in Kontakt gekommen, dass ich meine Meditationsform gefunden habe, und nun höre ich einfach nicht mehr auf.
Ich lasse für mindestens fünfundzwanzig Minuten die Gedanken vorbeiziehen wie Züge auf dem Bahnsteig und versuche, meine Emotionen zu durchschauen: als Energie, die ich umpolen kann. Aus Traurigkeit kann ich Sehnsucht bauen, aus Angst kann ich meist Mut basteln. Ich mache das, indem ich das Gefühl im Körper finde und fühle. So lange, bis ich erkenne, dass es eigentlich eine Form der Energie ist, die ich umbenennen kann. So finde ich immer wieder meine Mitte: Ich vergrabe

die Emotionen nicht, ich kann sie sogar alle intensiv fühlen, auch die schönen. Aber sie überwältigen mich nicht.

Das klappt natürlich nicht immer so perfekt. Gedanken sind einfach hartnäckig, Gefühle oft sehr stark bei mir. Da hilft häufig nur, danach eine Runde zu walken oder ein paar Liegestütze zu machen, um den Körper zu spüren und mich damit im Hier und Jetzt zu verankern. Immer wieder. Meditiere und laufe ich einen Tag nicht, merke ich gleich, wie ich in Gedankenschleifen festhänge und sich Emotionen melden, die ich nicht zuordnen kann. Ich plane trotzdem oft schon den kommenden Tag beim Meditieren, spüre den Druck der ganzen Aufgaben in meinem Leben, bis mir schwindelig wird.

Oft genug verspüre ich Wut im Bauch statt Freude. Ich muss mich oft richtiggehend dazu überreden, auf das Meditationsbänkchen zu steigen, auch wenn ich weiß, dass danach alles besser ist. Und natürlich kann man Menschen nicht ändern oder auf dem Weg mitnehmen.

Ich achte seit meinem ersten Retreat darauf, genug Zeit für mich und die Meditation zu haben und auch darauf, mehr Energie zu bekommen, als zu verlieren. Ich verkaufe meinen Fernseher, esse mehr Gemüse und hole meine Gitarre wieder aus dem Keller, ohne dass ich es in einem Ratgeber gelesen habe. Der Wunsch entsteht in meinem Inneren. Zum ersten Mal im Leben habe ich das Gefühl, dass das ein Weg ist, von dem ich nicht mehr abkommen kann. Mit dieser Sicherheit im Rücken traue ich mich zu fliegen.

Es folgten viele weitere Sesshins mit Höhen und Tiefen. Aber vor allem mit dem Gefühl, immer stärker zu werden. Fasziniert beobachte ich im Alltag zunehmend meine eigene Gelassenheit. Ich bin weniger genervt, und die wenigsten Menschen nerven mich. Unter der Dusche plane ich nicht immer gestresst den

KAPITEL 4

Tag, sondern spüre fröhlich pfeifend, wie das Wasser meinen Körper berührt. Ich sage ganz oft Nein zu lästigen Verabredungen, ausgelaufenen Freundschaften sowie unsinnigen Pflichten und freute mich über das große Ja, das ich mir damit selbst gebe. Ich sage Aufträge ab, die nicht hundertprozentig zu mir passen, und konzentriere mich immer mehr auf die Dinge, die ich wirklich machen will: Geschichten von Menschen für Menschen erzählen. Den Zeitgeist einfangen, auf gesellschaftliche Missstände hinweisen, Orientierung geben, den Schwachen eine Stimme leihen, mit meinen Erfahrungen inspirieren. Und ganz oft fühle ich einfach Dankbarkeit im Herzen für dieses Leben, einfach so.

Eines Tages schreit mich ein Vorgesetzter cholerisch an, doch anstatt mich zu ducken oder zurückzupoltern, meditiere ich einfach auf meinem Bürostuhl. Nach einer Weile verebbt seine sinnlose Rage und er schnauft: »Jetzt sag doch auch mal was!« Ich versuche, Mitgefühl zu entwickeln, den Kontakt zu mir und meinem Körper genau jetzt zu spüren, und lasse einfach nüchtern die Worte aus mir rausfallen, die in mir aufsteigen: »Ich nehme deine Wut nicht an!« Da ist er sprachlos.

Wenige Tage später kündige ich. Ohne darüber nachzudenken. Die Entscheidung dazu habe ich gar nicht getroffen, sie war nicht vernünftig, aber einfach da – im Unterbauch.

Ich habe jetzt kein äußeres Gerüst mehr, das mich hält, aber ich habe die Meditation. Es gibt einen festen Platz in meiner Wohnung nur für mich, direkt neben dem Bett, wo ich gleich am Morgen meditieren kann. Allein diesen Platz in meinem Leben einzurichten brauchte eine Woche, aber verändert so viel. Da ist Raum für mich. Ein Ort, an dem ich einfach sein kann. Ohne etwas leisten zu müssen, ohne beobachtet zu werden.

»WER BIST DU?«

Sehr viel passiert äußerlich nicht auf der Matte, aber mein Leben kommt von dort ins Rollen. Ich habe mir dadurch nicht nur einen Zufluchtsort geschaffen, sondern auch eine Abmachung getroffen: Ich werde den Weg zu mir jeden Tag Atemzug für Atemzug gehen. Nicht als Nonne, nicht im Kloster, sondern mit dem Lehrer namens Alltag. Egal, was kommt. Und es würden noch so viele Wellen in den kommenden Jahren über mir brechen. Die meisten unerwartet.

Dass ich nun frei arbeite und keinen festen Job mehr habe, fühlt sich trotz aller Bedenken wundervoll erleichternd an. Ich kann im Café oder zu Hause arbeiten, zu meinen Zeiten. Ich muss nicht von neun bis neunzehn Uhr funktionieren und für die Ideen von anderen leben. Andererseits zahlt niemand meine Miete, wenn ich mal keine Aufträge an Land ziehe oder krank werde. Und ich bin nicht mehr nur Journalistin, sondern auch Buchhalterin, Klinkenputzerin und Webseiten-Entwicklerin. Das darf man nicht unterschätzen, alles hat seinen Preis, und ich zahle ihn.

Sicherheit gibt mir die Meditation. Die falsche Sicherheit, an die ich mich in der Festanstellung klammerte, war auch nur eine Illusion. Als Freie verliere ich natürlich auch Auftraggeber, aber ich bin unkündbar. Es ergibt sich immer etwas Neues. Klingt simpel, aber stimmt. Es gibt beim Meditieren auch oft diese Momente, in denen ich mich wirklich wie meine eigene Chefin fühle, mir selbst bewusst bin und in der Lage, alles zu meistern. Ich merke, wie ich mit jedem Atemzug Kraft und Fokus tanke. Nicht, um mein Ego zu stärken und am Ende mit dem Gefühl aufzustehen: Ich bin die Beste, alle anderen können mich mal! Ich stehe nicht auf diese »Fuck off«-Mentalität, sondern eher auf: Hey Welt, was ist los? Ich reite alle deine Wellen. Ich werde nicht untergehen.

KAPITEL 4

Der Trick ist für mich nun, zu atmen – und mich mit möglichst vielen Gleichgesinnten zu umgeben. In der Zen-Gemeinschaft fand ich zahlreiche enge Freunde fürs Leben. Und ich verlegte meinen Arbeitsplatz, als mir nach ein paar Monaten im Homeoffice die Decke auf den Kopf fiel und ich das Gefühl bekam, ich sei der einzige Mensch auf der Welt. Ich zog in einen Coworking-Space in Hamburg. Das ist ein Ort, wo vor allem Freiberufler ihre Ideen ausbrüten und ins Leben werfen wollen: Sie programmieren Roboter, die Pizza ausliefern, entwickeln Dating-Apps, importieren Rosinen aus Chile oder entwickeln Coaching-Programme für Superhelden. Im Betahaus betrat ich plötzlich eine bunte Welt, in der meine Ideen befeuert wurden und sich niemand wunderte, wenn ich sagte, dass ich Journalistin bin, aber auch Coach und Meditationstrainerin. Da fragt niemand: Mensch, willst du dich nicht mal entscheiden? Da geht man los und schaut, was passiert. Hier kann ich authentisch sein und frei atmen. Durch die Meditation habe ich auch genug Kraft bekommen, um alle Ideen umzusetzen. Schnell merke ich, dass ich genau mit diesen offenen Menschen arbeiten will – und meditieren. Ich wusste, dass Meditation einem in der Gruppe leichter fällt und dass man auch viel über sich lernt, wenn man das Wissen an andere weitergibt. Ich gründete also nach Monaten der eigenen Praxis und einer Ausbildung durch meinen Lehrer eine Meditationsgruppe mitten im Arbeitsumfeld.

Ich hatte beim ersten Treffen echt Angst, dass niemand kommen würde. Doch zum ersten Termin stolperten fünfzehn neugierige Menschen in den Raum. Dort war es alles andere als ruhig. Während wir da so still hockten, verhandelte im Nebenraum ein Anwalt lautstark für seinen Mandanten, im Flur kicherten zwei junge Frauen, und von unten knallte der Tischkicker. Was für eine wunderbare Übung im Alltag! Denn schließlich kann sich jeder entscheiden, ob ihn die Geräusche wütend machen oder ihm egal sind. In dieser Gruppe landen Menschen, die sich unter anderen Umständen nicht gefunden hätten: Computer-Programmierer meets Künstlerin. Doch von Sitzung zu Sitzung entwickelt sich unter ihnen ein feines Band des Vertrauens. Obwohl sie vorher kaum miteinander redeten, verabreden sie sich nun auf einen Kaffee, helfen sich gegenseitig beim Umzug, starten gemeinsame Projekte oder fahren zusammen in den Urlaub. Ich sehe ihnen an, wie sie gelassener werden, offener, fokussierter oder fröhlicher. Oder auch komischer, weil sie endlich authentisch zeigen, wer sie wirklich sind. Eben auch manchmal wütend.

Ich lerne so viel dazu. Gerade, wenn man etwas anders macht und sagt, dass man Vegetarier ist oder Meditation unterrichtet, wird man oft ganz genau unter die Lupe genommen. Oh, du trägst Lederstiefel! Oh, du regst dich jetzt auf! Oh, du lästerst über jemand anderen! Als ob ich alles richtig und perfekt machen würde und immer die Ruhe selbst wäre, weil ich meditiere und meine Erfahrungen weitergebe. Ich halte mich manchmal auch nicht an meine eigenen Regeln. Ich versuche nur, so wenigen Menschen wir möglich auf den Geist zu gehen, indem ich meinen trainiere.

Ich dachte mal, dass durch die Meditation Leere und Problemfreiheit entstehen würden, doch es gibt viele Leiden, Glaubenssätze oder im Körper gespeicherte Emotionen, von denen ich mich nur langsam befreie. Ich hadere ab und zu damit, dies zu akzeptieren. Und ich erwische mich dann dabei, dass ich trotzig werde und denke: Wieso wühle ich eigentlich im Dreck, während andere ihn einfach unter den Teppich kehren? Und dann gehe ich doch weiter und tiefer oder auf Reisen. Je mehr ich

KAPITEL 4

mich mit mir beschäftige, je mehr Energie ich in mir spüre, desto mehr Aufgaben präsentiert mir das Leben und desto schneller ändert sich die Welt um mich herum: Alte Konflikte kommen hoch, abgehakte Menschen tauchen auf und ich habe nun auch als Freie mehr zu tun als in der Festanstellung. Vermutlich, weil ich dies alles ertragen kann, weil ich dazulernen soll. Das ist meine Erfahrung. Alles mit nur einem Ziel: dass ich immer mehr erkenne, wer ich bin. Ein Mensch, der aufwacht. Mitten in diesem verrückten Leben. Ich häute mich wie eine Zwiebel und werfe alles ab, was nicht zu mir gehört. Ich entspanne mich in meine Kraft im Unterbauch und spüre einfach nur, wie es dort prickelt und pulsiert. Da beginnt für mich die wahre Freiheit, dort fühle ich mich.

Kapitel 5
TRINKE KAKAO UND HEILE DEIN HERZ

Ich wünsche mir oft, dass ich manches wie auf einer To-do-Liste abhaken kann. Zack, erledigt! Doch leider ist es so, dass mich gewisse Themen immer wieder einholen. Meistens genau dann, wenn ich dachte, dass sie durchgestanden sind. Hatte ich da nicht gründlich genug aufgeräumt?

Ich lebe immer mehr mein Traumleben, und doch spüre ich, dass da ab und zu eine dunkle Wolke aus meinem Inneren aufsteigt und auf mich regnet. Was ist hier los? Was oder wen vermisse ich? Kurz innehalten! Oje – es ist der Mann, den ich verlassen habe, der schon monatelang hinter mir liegt und trotzdem noch in meinem Herzen haust. Ich flippe aus – und buche ein Ticket nach Guatemala zur Quelle des Kakaos. Der soll mein Herz heilen!

Die Nachfahren der Maya sagen, je größer die Probleme auf der Welt werden, desto schneller wächst der Kakao. Dafür gibt es keine wissenschaftlichen Belege, aber ich mag daran glauben: Kakao ist die Medizin des Herzens. Und ich brauche die volle Dosis!

Ich mache mein Büro nun mobil und traue mich als digitale Nomadin, einfach an meine Lieblingsorte zu reisen, von dort aus frei zu arbeiten und gleichzeitig Neues zu entdecken. Ich

KAPITEL 5

kann auch in Barcelona Texte schreiben. Ich miete mir dafür eine Wohnung woanders, suche mir ein Yogastudio und eine Meditationsgruppe. Und schon fühle ich mich überall zu Hause und lerne neue Menschen kennen. Natürlich erfordert dies auch eine gewisse Disziplin und Tagesroutine, denn ich kann nicht den ganzen Tag am Pool liegen, sondern verlagere einfach meinen Arbeitsplatz an den Strand oder in ein Straßencafé. Es fühlt sich wahnsinnig frei an. Helge Timmerberg, einer meiner Lieblingsautoren, macht das schon seit Jahrzehnten so. Ich dachte bislang, das wäre nur etwas für Outlaws und Mutige. Doch heute sind die Spuren in der Welt so ausgetreten, dass man ohne Probleme in viele Teile der Erde reisen kann und eine gute digitale Infrastruktur vorfindet.

Viele Nomaden wurden von Vorreitern wie dem Amerikaner Tim Ferris inspiriert, der den Bestseller *Die 4-Stunden-Woche* schrieb. Es ist natürlich eine Utopie zu glauben, dass man als Freie nur noch vier Stunden pro Woche arbeitet. Die meisten werkeln sogar viel mehr als in einer Vierzigstundenwoche, aber sie lieben es. Und sie lieben sich. Deswegen achten viele der digitalen Nomaden darauf, durch gesunde Ernährung, Meditation und Sport fit zu bleiben. Außerdem engagieren sie sich für soziale Projekte und geben ihr Wissen freigiebig weiter. Vieles bringen sie sich selbst durch Online-Kurse bei. Ein Nomadenfreund half mir zum Beispiel, meine Homepage aufzubauen, ohne eine Gegenleistung zu erwarten. Konkurrenz oder schlechte Laune habe ich nie erlebt. Wir wollen alle gemeinsam wachsen und die Welt ein wenig aus den festen Strukturen heben. Beliebte Nomaden-Mekka sind Thailand, Bali, Brasilien, Lissabon, Vietnam, Berlin oder Mexiko. Wir treffen uns regelmäßig bei Digitalen Nomadenkonferenzen in Berlin oder Lissabon. Das Tolle: Wenn ich woanders bin, fließen automatisch frische

Ideen, und Abenteuer erleben sich von allein. In Indien wird man sicher angesprochen, ob man in einem Bollywood-Film mitspielen will. Die suchen immer europäisch aussehende Touristen. Ich war schon eine Schweizer Businessfrau und eine deutsche Touristin.

Natürlich gibt es auch bei dieser Lebensweise Schattenseiten: Einsamkeit, Heimweh, verlorene Auftraggeber oder Menschen aus der Heimat, die einen dringend persönlich sehen wollen oder immer anrufen, obwohl man per Mail erreichbar ist. Natürlich kommt ab und zu die Stimme zu Besuch, die sagt: Wie hast du dir das alles vorgestellt? Willst du nicht mal ankommen? Und kann ich mir das überhaupt erlauben? Wo ist der Halt? Dann besinne ich mich, schalte zurück in den Flow und habe keine Fragen mehr.

Vor allem Ablenken macht alles schlimmer. Das Thema, über das man brütet, kommt doch irgendwann hoch. Wie bei mir, es brodelt und ruft nach Guatemala. Außerdem hat mich der magische Kakao, den ich zum ersten Mal auf Island schmeckte, nicht losgelassen.

War es Zufall oder nicht? Soley und Aki, meine selbst gewählten Schwestern auf Zeit aus Island, haben sich fast zur gleichen Zeit ebenfalls ein Ticket nach Guatemala gebucht, und ich würde sie dort wiedersehen. Wir alle wollten unsere Wunden lecken, magische Momente sammeln, den Kakao am Baum wachsen sehen und den Kakao-Schamanen kennenlernen, der mehrmals in der Woche einzigartige Zeremonien auf seiner Veranda veranstaltet.

Soley reist einen Tag später als ich in Guatemala City an, ich hole sie vom Flughafen ab. Es ist, als hätten wir uns erst gestern das letzte Mal gesehen. Und wenn man mit der selbst gewählten Verwandtschaft auf Reisen geht, kann nicht viel schiefgehen.

KAPITEL 5

Wir lassen uns von einem Fahrer gleich an den Atitlán-See bringen. Während der drei Stunden Fahrt reden wir nicht viel. Ich erzähle, dass es mir supergut gehe, dass alles laufe. Soley schaut aus dem Fenster und sagt: »Und was ist mit der Traurigkeit in dir?« Da schaue ich auch aus dem Fenster.

Draußen sehe ich am Straßenrand unzählige Familien, die in dem Müll, den die Autofahrer aus dem Fenster warfen, etwas zu essen suchen. Schlagartig schäme ich mich, will in meinem Sitz versinken, denn ich mache mir gerade Gedanken darüber, nicht so viele von Soleys Snacks zu essen, die sie zwischen uns gelegt hat. Unser Fahrer erzählt uns, dass die Menschen im Wald in einfachen Zeltlagern leben und tagsüber auf der Straße betteln. Ich habe auf meinen Reisen und Recherchen bittere Armut gesehen und erlebt und bin dafür sehr dankbar. Mich erfasst jedes Mal ein tiefes Mitgefühl, aber gleichzeitig auch ein komplettes Unverständnis, warum es so etwas auf der Welt gibt.

Es gibt keine gute Überleitung zurück zu meiner Geschichte, die eine andere ist. Und doch glaube ich, dass ich, die ich privilegiert bin, den Weg zu mir besonders intensiv gehen sollte. Ich bin frei, dies zu tun. In meiner Heimat gibt es keinen Krieg, wir leben in einem grundlegenden Wohlstand. Endlich können wir uns um uns kümmern, insbesondere Frauen.

Schweigend erreichen wir den See, der tiefblau in der Abenddämmerung schimmert, eingerahmt von Vulkanbergen. Als wir mit dem Schnellboot beim Holzsteg des kleinen Hippie-Städtchens San Marcos La Laguna anlegen, bin ich mal wieder angekommen. Wir rollen unsere Koffer in unsere gemietete Ökohütte. Als uns jemand fragt, warum wir nicht mit Rucksack reisen, findet Soley wie immer zuerst Worte: »Sehen wir etwa aus wie Backpacker?« Nein, die Ära ist für uns vorbei. Wir suchen uns nicht mehr das billigste Loch zum Schlafen, wir kochen selten selbst, und wir gönnen uns oft eine Massage. Das alles verbuche ich unter Selbstfürsorge und Selbstliebe.

Mein persönlicher Luxus ist eine Badewanne. Ich habe nie eine eigene gehabt. Obwohl ich selten an einem anderen Ort so gut entspannen kann, wenn alles, was ich so aufgesammelt habe, eingeweicht und abgespült wird. Mehr brauche ich eigentlich nicht, vielleicht noch einen netten Mann, der mir vorliest oder vorsingt, während ich bade.

In unserer Ökohütte gibt es nur eine kalte Dusche mit haardünnem Strahl und Ameisenstraßen. Unter dem Label »Öko« kann man einfach alles verkaufen. Ich ahne, dass die Zeit hier für mich nicht so entspannend werden würde, wie ich gehofft habe. San Marcos ist so ein Ort, an dem man mit jedem Atemzug spürt, dass die Energie verdichtet ist. Wie ein Wirbel pulsiert alles, und ich kann nichts verstecken. Es wird alles durchgepustet und dabei jede Emotion aktiviert.

Aki war schon mitten im Auge des Sturms. Als wir sie in der Villa besuchen, die sie für einen reichen Geschäftsmann hütet, fliegt sie irgendwo im Universum umher. Für uns landet sie kurz. Ihr Sohn wohnt nun dauerhaft bei seinem Vater, und sie sagt uns, dass sie für immer hierbleiben würde. Sie empfängt uns natürlich nackt, nur in einen pinken Buddha-Bademantel gehüllt. Sie hat schon zehn Kilo abgenommen, weil sie so viel loslässt, dass sie ständig zur Toilette muss. »Cosmic Shitting« nennt sie das. Ihre Ausstrahlung ist durchlässig-weich, aber auch abweisend. Wir fühlen uns in ihrem Kosmos nicht willkommen, das tut uns weh. Wir waren auf Island oft zu dritt unterwegs und sahen dabei aus wie Schwestern: drei blonde Frauen. Soley die kleinste und dünnste, dann kam ich, dann Aki. Aber so ist das wohl, wenn Menschen sich verändern und

KAPITEL 5

an anderen Orten sind, obwohl sie neben einem stehen. Dann passt der Flow auch mal nicht mehr. Ich frage sie, ob sie ihren Sohn vermisse. Das ist die falsche Frage. Ich mache mich manchmal unbeliebt damit, wenn ich ausspreche, was ich wahrnehme.

Dass Aki nun von außen betrachtet so auf dem Egotrip ist, hat eine Vorgeschichte. In ihrer Jugend ließ sie sich auf Männer mit Alkoholproblemen ein und wurde gleich doppelt abhängig – von dem zerstörerischen Mann und vom Alkohol. Danach rettete sie sich mithilfe der Anonymen Alkoholiker und dem eigenen Willen und entschied sich für einen netten Mann, der ihr zehn Jahre lang Sicherheit schenkte und einen Sohn. Doch das andere Extrem engte sie genauso ein, sie ließ sich in eine gegensätzliche Richtung verbiegen und brach auch da wieder aus. Jetzt hat sie nichts mehr: kein Geld, kein Zuhause, keinen Job, keine Familie und jetzt auch kein Sorgerecht mehr für ihren Sohn, weil sie das Land verließ.

»Ich habe alles verloren. Genau davor hatte ich immer Angst. Doch ich bin dankbar für diese Lehre in Demut«, sagt sie, und ich weiß nicht, ob sie vor Glück, Befreiung oder Trauer weint.

Aki hat aus ihrer Wahrnehmung auch noch einen Tipp für mich: »Honey, finde deinen Frieden mit den Männern. Bestrafe nicht alle dafür, dass du wegen ihnen leidest.« Und weil sie gerade für niemand anderen da sein kann außer für sich selbst, schickt sie mich zu Dr. Pitt.

»Ich bin nicht krank!«, sage ich. »Und Dr. Pitt ist kein normaler Arzt«, entgegnet sie.

Bei mir kribbelt es, weil jetzt das Abenteuer richtig beginnt. Wir gehen die schmale Gasse mit Restaurants und Superfood-Cafés hoch, die Hauptschlagader des Dorfes, von der kleinere Adern abzweigen. Überall sehen wir Yoga- und Meditationszentren mit positiven Namen wie »Smile-Center«; man kann sich in die Zukunft schauen oder seine Aura reinigen lassen und Tantra-Workshops ausprobieren. Doch ich will in diesem Supermarkt nicht shoppen. Ich bin schon vergeben, ans Zen und an die Gegenwart.

»Soley, ich will das alles nicht, ich brauche eine Pause. Ich will nur Kakao«, sage ich noch. Sie nickt: »Wir gehen ja nur zu Dr. Pitt.«

Und generell lasse ich nicht so gerne etwas mit mir machen. Wenn, dann lege ich mir selbst Karten oder reinige meine Aura allein. Falls das überhaupt nötig ist. Viele spirituell interessierte Menschen machen sich so eher zu Opfern oder abhängig, wenn sie andere immer die Arbeit machen lassen oder überall Narzissten und Energieräuber vermuten – das habe ich so erlebt. Aber einen Rat kann man sich natürlich holen und Unterstützung, denn meine eigenen Schatten übersehe ich oft. Wichtig ist bei allem, dass man nicht die Bodenhaftung verliert, finde ich.

Dr. Pitt lebt in einem Häuschen, das man über einen Elefantenrüssel betritt, der eine Treppe ist. Bescheuerter kann man nicht bauen. Sein junger Assistent empfängt uns mit einer langen, ausgedehnten Umarmung, die von einem tiefen, zufriedenen Brummen begleitet wird. Ich glaube, er nimmt mehr von uns, als er zu geben vorgaukelt. Ich wehre mich immer gegen diese Umarmungen, kenne sie aber aus der Szene. Ich bleibe dabei: Auch wenn wir alle miteinander verbunden sind, umarme ich nur meine Herzensmenschen lang und intensiv, begleitet von Geräuschen. Da mag ich komisch sein.

Zuerst wird Soley verarztet, dann ich. In einem dunklen, unordentlichen Raum voller Bücher, in dem Dr. Pitt auf einem Stuhl sitzt, schon etwas erschöpft. Ich mag die unaufgeregte Atmosphäre spontan. Hier gibt es keine Kristalle, keinen guten

KAPITEL 5

Duft, und Dr. Pitt trägt einen alten Wollpulli in den Tropen. Witzig ist, dass ich später erfahre, dass er tatsächlich Tropenmediziner ist und hier jahrelang die indigene Bevölkerung behandelt hat. Dabei behandelten sie ihn, glaube ich, insgeheim auch, denn er entdeckte nach einiger Zeit noch andere Fähigkeiten an sich: Er sieht angeblich den Lebensweg der Menschen.

Er stellt mich vor eine weiße Wand, um besser zu sehen, was sich alles in meinem Energiefeld befindet, und er schaut so, als werde er geblendet.

»Oh, du strahlst superhell«, sagt er. Und dann fängt er an zu erzählen, welche Beschützer und Unterstützer neben mir und um mich herum stehen.

Ich frage ihn und meine dies ernst: »Hast du Drogen genommen?« Er lacht etwas zynisch und antwortet: »Ich wünschte, ich wäre auf Drogen. Aber ich bin absolut nüchtern und sehe diese ganzen Dinge. Ich bin Wissenschaftler und nun lese ich Menschen. Ich habe mir das nicht ausgesucht, aber es unterstützt sie manchmal mehr als ein Arzt, der den Menschen noch nicht einmal in die Augen schaut. Doch es macht mich auch müde.«

Ich bekomme Mitleid mit ihm, und er merkt es: »Du hast einen Krankenschwestern-Hut auf. Du hast ein großes Herz und so viel zu geben.« Dann verfinstert sich seine Miene, und er sagt: »Aber du musst lernen, nicht von deiner persönlichen Energie zu geben. Jemand raubt sie dir nämlich.«

Ich protestiere: »Nein!« Und er schlägt seine Hände zusammen, als würde er eine Fliege töten.

»Diese leidige Zwillingsflamme muss gehen! Merkst du nicht, wie du Energie über die Niere verlierst?«

Ja, schon. Ich habe in letzter Zeit das Gefühl, ein Loch in meiner rechten Niere zu haben, weiß aber nicht, wie ich es stopfen soll außer mit einem warmen Bad. Manchmal lege ich auch meine Hand darauf. Jetzt steht der friedfertige Dr. Pitt auf und läuft wie Rumpelstilzchen durch den Raum. »Mach Schluss!«

Ich stottere und will ihm erklären, dass ich das längst getan habe. Doch Dr. Pitt hört nicht auf: »Ich meine es ernst! Lösch ihn aus deinem System! Ich sehe da einen wunderschönen Mann für dich in deiner Lebensakte. Aber erst muss diese verdammte Zwillingsflamme gehen, die du retten willst. Das kannst du aber nicht! Dieser Mann will immer noch mit dir zusammen sein und saugt an dir, aber für ihn ist eine andere Frau ebenfalls besser.« Das trifft mich. Interessant, dass ich wieder zuerst an sein Wohlergehen denke und weniger an meins. Dr. Pitt redet auf mich ein wie ein Vater auf sein Kind – und ich bin ihm jetzt sehr dankbar dafür. Manchmal brauche ich klare Worte von einem Fremden, damit ich verstehe, dass ich mich trennen kann und trotzdem energetisch in Verbindung bleibe – ob ich will oder nicht. Ein Programm in mir lenkt mich in die falsche Richtung, zu einer Nicht-Beziehung, die sich nach Partnerschaft anfühlte, aber eigentlich nur eine emotionale Verstrickung war und nichts mit freier Liebe zu tun hatte. Immerhin zeigt mir der Schmerz, was ich noch heilen sollte, um frei lieben zu können. Die Anziehung ist aber trotzdem verflixt stark.

Später sprechen wir noch über angenehmere Dinge. Ich frage ihn natürlich über meinen passenden Partner aus, der wohl schon irgendwo in der Welt auf mich wartet. Hat Dr. Pitt gesagt. Da ist meine Neugier nicht zu bremsen, auch wenn es natürlich Quatsch ist, sich die Zukunft zeigen zu lassen. Sie ist nicht komplett gesetzt. Aki zum Beispiel sollte in Guatemala ihrem Traummann begegnen, das versprach ihr ein Hellseher. Doch sie geriet nur an einen dicken, windigen Geschäftsmann, der ihr die Welt versprach und nichts hielt. Der war es nicht. Aber immerhin, sie hatte auch wieder was gelernt.

KAPITEL 5

Dr. Pitt verrät mir nicht viel, nur dass mein Mann in der Zukunft einen knackigen Po habe. Wir lachen minutenlang. Aber der Arzt hat mich erwischt, denn darauf stehe ich tatsächlich.

Dr. Pitt sieht, dass ich mal dort leben würde, wo Bambus wächst. Das gefällt mir weniger, denn der gedeiht ja nur in den Tropen. Und mir ist es hier zu heiß. Außerdem verordnet er mir einen speziellen Atemkurs, Singen und Kakao. Diese Medizin gefällt mir. Dr. Pitt will, dass ich mein Herz noch mehr öffne, meinen eigenen Schatz hebe, um diesen mit der Welt zu teilen. Er meint, ich hätte all dies die ganzen Jahre versteckt, um es zu schützen. Auch damit sei nun Schluss. Und er zeigt in sein Regal: »Nächstes Jahr steht dort dein Buch. In der Zukunft ist es schon geschrieben.« Er lächelt verschmitzt und winkt den nächsten Patienten rein.

Aber erst mal muss ich die bittere Pille schlucken und das Loch in meiner Niere flicken. Dafür überliste ich mein Herz, denn es hängt noch an diesem Mann. Es gab andere, und wir waren auch nicht jahrelang zusammen. Ich habe viel über ihn geschimpft. Aber trotz allem erreichten wir eine Tiefe damals, die erst noch einmal durch eine noch tiefere Tiefe ersetzt werden muss. Er begehrte mich so sehr, wenn wir uns mal sahen, dass ich mich für diese Intensität öffnete. Ich gab mich komplett hin, ich ließ mich nehmen. Ich hatte beim Sex nicht jedes Mal einen Orgasmus, aber darum ging es nicht. Ich konnte manchmal nur durch eine kurze Berührung sofort kommen, wie ein Blitzeinschlag. Dieser Mann forderte mich, das war gut. Ich sah direkt auf sein Herz. Aber da bekam er Angst, weil er noch nie so verletzlich war und weil er nicht aus seinem Herzen lebte. Mit ihm zusammen zu sein fühlte sich an wie Sterben, aber das tat mir in dem Moment gut. Früher oder später wäre ich an seiner Seite verschwunden. In zu viel Hitze verbrenne ich. Mein Fehler war, dass ich nicht bei mir blieb. Aber zwischen uns spannt sich noch dieses Band, das ich nun zerschneiden möchte. Er fragte immer noch, wann wir uns wiedersehen, und nun antworte ich endlich. Ich schreibe ihm: »Nie wieder!«

Außerdem schreibe ich einen Abschiedsbrief, den ich als Flaschenpost in den See werfen werde. Es geht ja nicht wirklich ums Ankommen, der Brief hilft mir, abzuschließen. Ich bin im Schreiben besser als im Reden. Und dass ich dabei so viel weine, beweist, dass der Mann und ich noch nicht miteinander fertig sind. Ich wundere mich über mich selbst, dass ich so vieles in meinem Leben hinbekomme, aber nicht diese dämliche Trennung von einem Mann, der mir Energie klaut.

Soley ist auch schon genervt von dieser Sache, aber sie sitzt geduldig neben mir und trocknet jede Träne persönlich. Sie liebt mich, egal wie ich aussehe, welche Stimmung ich durchlebe oder wie oft ich dieselben Geschichten erzähle. Danach gehen wir Burritos essen.

Dann tanzen wir, das hilft immer. Je bescheuerter das aussieht, umso besser. Soley macht viel mehr mit sich selbst aus als ich, das war schon in unserer ersten gemeinsamen Zeit in Island so. Ich frage zwischendurch: »Hat dir der Arzt auch so verrückte Dinge erzählt?« Sie nickt. »Aber es tut gut, mal gesehen zu werden.« Wir beschließen, uns das Ermutigende herauszupicken.

In der Nacht träume ich, dass ich mit Soley an einer außerirdischen Universität studiere, ich sehe meine Hände im Boden graben und mich ein Zentrum eröffnen, in dem ich zwölf Stunden am Tag Menschen unterstütze, sich zu heilen und zu sich zu finden. Dabei geht meine Energie niemals aus. Ich habe einen Blumenkranz um den Hals hängen, deswegen glaube ich, dass ich auf Hawaii bin. Und ich sehe, dass mein Mann eine Schildkröte tätowiert hat und sich liebevoll um unsere beiden

KAPITEL 5

Kinder kümmert, während ich arbeite. Das alles schränkt den Kreis der Kandidaten natürlich drastisch ein. Ich denke, diese verrückten Bilder kommen von Dr. Pitts Behandlung. Und doch nehme ich einige seiner Ratschläge an.

Zuerst melden Soley und ich uns für einen Atemkurs an. Atmen können wir schon, aber es geht vor allem darum, mithilfe bestimmter Techniken loszulassen. Das wollen wir: uns von dem Mist befreien, den wir nicht mehr brauchen. Ich denke, mit meiner Atem-Vorerfahrung und meiner Meditationsübung, die ich immer noch jeden Tag mindestens eine halbe Stunde praktiziere, wird das ein Spaziergang. Hochmut kommt vor dem Fall.

Wir treffen unsere Lehrerin Jane aus Australien in einem tropischen Garten. Sie ist immer komplett in Weiß gekleidet, und ihre langen, dunklen Haare streicheln ihre Hüfte beim Atmen. Um mich herum sprießt Bambus, und ich denke an Dr. Pitt, der mich in seiner Vision von mir umgeben davon sah. Hier ist er also jetzt schon. Mit uns lassen sich zehn weitere Atmer auf den Kurs ein, der auf eine Woche täglich zwei Stunden gemeinsames Atmen ausgelegt ist. Ein bunter Haufen von Männern und Frauen aus allen Generationen und Kontinenten. Das ist das Schöne, hier spielen Herkunft und Alter keine Rolle.

Die genaue Atemtechnik ist geheim und darf nur von Lehrer zu Schüler weitergegeben werden, deshalb kann ich nicht darauf eingehen. Jane hat ihre Ausbildung in Indien erhalten. Ich spüre gleich, dass es intensiv werden würde. Soley auch. Sie weint schon nach der ersten zehnminütigen Runde – vor Glück. Sie hat ihre fünf bis zehn Minuten, in denen sie zu einer Einsicht gelangt, die sie selbst nicht erklären kann. Warum nehmen Menschen Drogen und atmen nicht einfach? Dann komme ich an die Reihe. Ich tippe erst nur mit der Fußspitze ganz vorsichtig an der Übung. Und dann reicht ein tiefer Atemzug mit dem Wunsch, mich zu befreien von allem, was nicht zu mir gehört – Luft anhalten und dabei alle Sinne verschließen: Augen, Nase, Ohren zu. Ich sehe den Urknall und schlage auf.

Das Nächste, woran ich mich erinnern kann, ist, dass ich auf dem Boden aufwache und der Bambus ein anderes Grün hat. Ich rede nicht mehr, bekomme Angst und weiß: Alles muss raus! Ich schaffe es gerade noch bis in unsere Ökohütte, und dann schießt alles aus meinem Körper, wo es nur rauskommen kann. Es ist schlimm. Danach lege ich mich ins Bett, und mir geht es schlecht. Soley bringt mir eine Kerze und Blumen ans Bett. Ich kann noch matt protestieren: »Ich sterbe nicht!« Doch Soley kann man nichts vormachen: »Du siehst aber so aus!« Toll! Ich bin körperlich fertig und fertig mit dem Selbstfindungskram. Noch bevor ich endlich einschlafe, schwöre ich ihr und mir, dass ich nicht weiterreise: »Ich heirate einen Beamten, lasse mir ein Haus bauen, ein Kind machen und mich fest anstellen.«

Ich bin auch noch am nächsten Tag die wehleidigste, schlecht gelaunteste Frau der Welt, doch Soley hält mich aus. Das macht mir Hoffnung. Ich verliere sonst nie mein Lachen. Ich fühle mich fast so, wie dieser Mann phasenweise drauf war. Vielleicht lasse ich nun seine ganze Negativität gehen? Soley ist davon überzeugt und sagt: »Hast du nicht gemerkt, dass dein Leben ein bisschen beschissener wurde mit ihm?«

Auf jeden Fall möchte ich mal selbstfürsorglich sein und so sage ich Jane am nächsten Tag, dass ich den Kurs nicht weitermachen werde, doch sie erlaubt es nicht. Sie schiebt das Leiden auf mein Ego. Alle anderen Teilnehmer schweben, sprechen von »Glückseligkeit« und Frische durch das Atmen, nur ich kacke ab.

Später sagt Jane zu mir: »Du bist diejenige, die wirklich tief geht. Also, schlepp dich durch das Tal.« Immer ich. Gehen kann

KAPITEL 5

ich nicht mehr, ich schleiche. Ich fühle mich komplett kraftlos, kann nicht essen und habe Fieber. Krank bin ich nicht.

Mich durchströmen wie bei einem Fieberschub Trauer, Widerstand und Freude bei diesem irren Loslassen. Ich habe auch Angst vor der Leere. Was ist, wenn das Vertraute weggeht? Ich halte mich an meinem Herzen fest und beobachte, wie einzelne Zellen in mir absterben, um sich zu erneuern. Ich habe mal gelesen, dass die Zellen des Herzens sehr viel länger für die Erneuerung brauchen als andere im Körper. Zwischendurch raffe ich mich auf und setze mich zu Soley, meiner Verbindung zur Welt. Sie ist fleißig, immer in Aktion. Ich sehe zu, wie sie atmet, Tagebuch schreibt und zwischendurch auf einer Dating-App chattet. Könnte ja sein, dass der Traummann im Umkreis von einem Kilometer erscheint. Dr. Pitt hat ihr gesagt, dass gerade acht Kandidaten in der Nähe herumlaufen. Das motiviert natürlich.

Ich lehne mich an die Steinwand unserer Naturbude und streife etwas Bewegliches. Ich drehe mich ruckzuck um und sehe einen riesigen Skorpion hinter meinem Rücken umherwandern. Ich schreie mit meinen letzten Kräften und robbe zurück ins Schlafzimmer. Soley versucht heldenhaft, das Ding mit einem Glas einzufangen, doch das Monster passt nicht drunter. Wir sind hilflos, werfen unsere feministischen Ideale über Bord und rufen nach einem Mann: »Hennnnnriiii!«, dem Besitzer des Hauses. Doch der glaubt uns das mit dem Skorpion nicht, und als er nach einer halben Stunde ins Wohnzimmer schaut, ist der Eindringling verschwunden.

Als ich am nächsten Tag Jane davon erzähle, gratuliert sie mir und fragt, ob er mich denn auch gestochen habe. Und ich fühle mich wirklich nicht ernst genommen. Sie meint, dass Skorpione auftauchen, wenn man in einer gewaltigen Transformation sei. Wenn er mich gestochen hätte, wäre das quasi wie eine Medizin. Ach ja, und es würden in so einem Fall von starker Transformation immer drei Skorpione hintereinander erscheinen.

Vor dem Schlafengehen checke ich alle Ecken dreimal. Ich lege mich hin, mein ganzer Körper tut weh, ich fühle mich schwach und immer noch elend. Wo sind meine Kräfte? Genervt strecke ich beide Mittelfinger hoch in den Raum, vielleicht sieht jemand Unsichtbares sie ja. Leider ist mein Zuschauer mehr als sichtbar. Er lauert direkt über mir an der Decke. Der zweite Skorpion, eher Glasgröße. Dieses Mal fängt ihn Soley heldinnenhaft, und ich habe ein schlechtes Gewissen, denn es ist ja meine Transformation.

Machen wir es kurz: Am nächsten Tag treffe ich den dritten Skorpion, als ich nachts ins Bad robbe und mich mal wieder übergeben muss. Er ist schneller als ich, größer als die beiden anderen, und ich habe die Nase voll. Ich wecke Henri und dieses Mal glaubt er mich wohl tatsächlich in Gefahr. Er schießt aus dem Bett, zieht sich seine Cowboystiefel anstatt der Flipflops an und pflückt ein großes Bananenblatt. Als er den Skorpion sieht, zuckt er zusammen. Henri hat auch Angst, will es aber krampfhaft verbergen. Niedlich.

»Sie ist schwanger und deswegen so riesig«, murmelt er konzentriert.

»Nicht töten!« rufe ich. Akrobatisch fängt er die werdende Mutter. Ich kann seit Tagen endlich wieder befreit lachen und liebe mein abgefahrenes Leben – diese Skorpionjagd mit dem Bananenblatt ist einfach zu komisch. Soley und ich in unseren alten Nachthemden, mit verstrubbelten Haaren mitsamt unserem Retter in Cowboystiefeln in den Tropen.

Am nächsten Tag ist der Atemkurs vorbei, ich kann wieder laufen und essen. Wir verbrennen alles Alte in einem Feuer. Ich

KAPITEL 5

muss wohl nicht sagen, wer bei mir lodert. Dazu packe ich noch etwas Kerosin in Form von Selbstzweifeln, Ängsten und Mitleid. Der Fluch erlischt.

Ich habe vier Kilo abgenommen. Wieso schwachsinnige Diäten machen, wenn man einfach emotional loslassen kann? Durch Atmen.

Damit kein Jo-Jo-Effekt entsteht, schleppe ich mich zum sogenannten Kakao-Schamanen. Endlich fühle ich wieder meine geliebte Leichtigkeit und Freude. Ich bin innerlich freier von Leiden, aber glaube immer noch, mein Herz müsste heilen. Den Rest sollen nun der Kakao-Schamane und sein Zaubertrank erledigen. Ich habe genug geschuftet.

Auf dem Weg zu seinem Haus muss ich daran denken, wie mich letztlich auch die Einsamkeit und der Liebeskummer hierhergebracht haben. Gut, dass ich auf Island in den magischen Bus gestiegen bin und etwas Neues wagte: die Kakao-Zeremonie.

Ganz sicher geht auch alles ohne Kakao, er ist auch keine Droge, wie die legalen Drogen der Gesellschaft, die dazu dienen, Dinge zu unterdrücken. Kakao steht in Resonanz zum Herzen und bringt Themen an die Oberfläche, um uns zu befreien. Er macht dabei keine Türen auf, sondern geht nur mit uns hindurch. Das ist das Gegenteil von Drogen wie Alkohol – ein soziales Gleitmittel, das Angst unterdrückt – oder Zigaretten, die Wut kurzzeitig in Rauch auflösen, aber das Herz vernebeln, und Marihuana, das Traurigkeit verschleiert. Kakao ist eher eine Schaufel, die einem beim Graben auf den Grund unterstützt.

Der Arbeitsplatz des Kakao-Schamanen befindet sich vor seinem bescheidenen Häuschen auf einer Mini-Terrasse. Ich bin erst etwas enttäuscht. Dies soll nun der legendäre Ort sein, wo Magie passiert? Ich sehe nur ein paar verstaubte Kissen auf dem Steinboden, auf denen die Hauskatze ihre Haare verteilt hat. Die grauen, strähnigen Haare des Hausherrn samt Bart sind seit Jahrzehnten nicht geschnitten worden, und sein verwaschenes T-Shirt passt so gar nicht zu seiner bunten Flatterhose. Der Hippie-Gandalf sitzt in einem klapprigen Campingstuhl, während seine Frau mit ebenso langen grauen Haaren und unachtsamer Kleiderwahl den Kakao verteilt. Aber dies mit so viel Liebe, dass ich mich schlagartig wieder von diesen oberflächlichen Schubladen löse. Wieso gehen die überhaupt immer noch auf?

Hippies haben sich vielleicht nicht gewaschen, aber die Pfade geebnet und die Lage in der Welt gecheckt, sodass wir nun bequem überall Bananen-Pfannkuchen essen können und magische Orte wie San Marcos keine Geheimtipps mehr sind. Der Schamane, der sich selbst nicht so bezeichnet, ist einer von ihnen. Er reiste vor fast fünfzehn Jahren nach Guatemala, in dieses Maya-Dorf, und probierte seine erste Tasse Kakao.

Ein indigener Mythos erzählt: Wenn das Gleichgewicht zwischen Mensch und Natur bedroht ist, kommt der Geist des Kakaos aus dem Regenwald, um die Herzen der Menschen zu öffnen und den Planeten wieder in einen Zustand der Harmonie zu begleiten. Der Spirit des Kakaos besuchte auch ihn, erzählt er. Er ist weiblich, voller Liebe, Freude, Kraft und auch sexy. Der Schamane ließ sich von der Dame überreden, hierzubleiben und die Heilpflanze zu erforschen. Wenn er Rat braucht oder auf der Suche nach den besten Kakaobohnen ist, dann ruft er sie auf dem kosmischen Telefon an – sagt er.

Kakao ist wirklich eine der großen Medizinpflanzen, wurde aber lange übersehen, da er keinerlei psychedelische Wirkung besitzt. Aber er hat Tiefe und die Kraft, Herzen zu öffnen und zu heilen.

Der Schamane ist kein Kolonialherr, der das Wissen der Maya nimmt und Zeremonien in ihrem Stil macht. Wäre dies der Fall,

KAPITEL 5

würde ich nicht zu ihm gehen, sondern direkt zu den Maya. Seinen Weg mit Kakao hat er in jahrelangen Studien selbst gefunden, sein eigenes Ding daraus und das Wissen für Westler zugänglich gemacht. So ist er auch ein Brückenbauer zwischen altem Wissen und der Moderne. Er ist Lehrer einer Schule für empathische und sensible Menschen, denen er erst beibringt, sich selbst zu heilen, um dann andere Menschen zu unterstützen. Er lehrt seine Schüler, wie man von einer universellen Energie gibt und nicht von seiner persönlichen. Und der Kakao, die sensibelste, aber kraftvollste Pflanze von allen, unterstützt uns.

»Ich lehre, dir selbst aus dem Weg zu treten und so mehr von der Magie erwachen zu lassen, die du bereit bist, sie zu erinnern und damit zu spielen.« Er erklärt, dass viele Menschen mit übersinnlichen Fähigkeiten als Kinder so missverstanden werden, dass sie immer das Gefühl haben, falsch zu sein. Deshalb haben sie mit einem schwachen Selbstwertgefühl zu kämpfen oder Angst vor Ablehnung. Denn wer andere Menschen wirklich sieht und fühlt, beunruhigt diese auch. Irgendwie wollen viele Menschen ihr Inneres und wahres Selbst verstecken. Ich will manchmal weniger sein, um nicht zu viel für andere zu sein. Aber damit darf auch mal Schluss sein, mit diesem Kleinmachen.

Der Kakao ist nur ein Verstärker dieser Prozesse. Er hilft, an das reine, magische, klare und kreative Selbst anzudocken, an unser individuelles Wesen. Der Kakao schreibt auch gerade mit mir dieses Buch, damit ich von Herzen und mit Fokus schreibe und nicht aus dem Verstand. Nicht mit der Angst, was andere über meine Worte und mich denken, sondern mit der Freiheit, meine persönlichen Erfahrungen zu teilen.

Ich und rund dreißig andere Schüler sitzen also auf der kleinen Veranda und hören zu. Wir erfahren zuerst alles über das

Missverständnis mit der Schokolade. Dass in unseren Tafeln nur ein Prozent der Originalwirkung stecke und nicht jede Kakaofrucht das energetische Vermögen habe, uns auf diesem Weg zu uns selbst zu begleiten.

Und dann geht es um uns. Der Lehrer schaut in die Runde und spürt, wer eine Frage hat oder Unterstützung braucht. Er sucht oft diejenigen aus, die sich gar nicht melden. So spricht er eine junge, zarte Frau an und fragt sie, welcher Schmerz sich gerade bei ihr öffne. Sie weint und weint, es bricht schlagartig heraus, sie kann nicht reden. Ich denke: Ah, sie hat bestimmt ebenfalls Liebeskummer, und ich möchte auch, dass mir geholfen wird. Da schaut er mich bereits an.

»Du kannst zu mir nach vorne kommen und lehren. Du scheinst genau wahrzunehmen, was hier passiert.« Ich drehe mich um und denke, er meint jemand anderen, den er schon lange kennt.

»Nein, du!«, sagt er, und ich will anmerken, dass ich selbst Schmerzen habe. »Komm aus deinem Schrank!« Und das erinnert mich an Harry Potter, der in einem Schrank unter der Treppe gehaust hatte, bevor er zaubern lernte. Der Lehrer dirigiert mich schon zu der anderen jungen Frau. Ich soll ihr Herz heilen. Bähm, da bin ich dran! Ich setze mich zu ihr und will mit ihr reden.

»Nein, du musst gar nichts sagen. Heile mit deinem Herzen.« Mehr Hinweise erhalte ich nicht. Der Lehrer macht einfach weiter. Und so sitze ich der weinenden Frau gegenüber, schalte meine Gedanken ab wie in der Meditation, rutsche ins Herz und lasse es mal machen. Es geschieht alles wie automatisch, als würde ich mich erinnern, wie es geht. Ich fülle mein Herz mit Mitgefühl, wie ich es oft geübt habe, und stelle mir vor, wie diese Energie mein Gegenüber komplett einhüllt. So lange, bis die

KAPITEL 5

Frau keine Tränen mehr hat. Zwischendurch nehme ich ihren Schmerz, den sie mir gibt, in kleinen Portionen zu mir und lasse ihn aber gleich in den Boden abfließen, damit er nicht an mir haften bleibt. Und ich packe auch eine Dosis von meinem eigenen Mist dazu. Nach einer halben Stunde öffnet die junge Frau ihre Augen und sieht geklärt aus wie nach einem Regenguss. Sie sagt aus vollem Herzen »Danke!«, und wir fühlen uns beide gut. Das war meine Lektion. Mein Lehrer zwinkert mir nur zu.

Soley ist übrigens zwischendurch schon gegangen. Sie wurde hier nicht warm, aber so ist das. Nicht alle harmonieren mit allen, es gibt viele Lehrer. Und in San Marcos gibt es viele Orte, an denen man Kakao trinken kann: Kakao im Café, Kakao mit Tanz oder Kakao mit Gesang. Er wirkt nachhaltig belebender als Alkohol oder der Zucker im Kuchen. Ich finde, es müsste Kakao-Cafés auf der ganzen Welt geben. Wer Kakao trinkt, lässt das mit dem Alkohol bis auf besondere Anlässe und ernährt sich fast zuckerfrei. Irgendwann kommt einem alles so süß vor, wenn man mal den rohen, zunächst bitteren Kakao geschmeckt hat. Ich fühle mich genährt und habe ansonsten weniger Hunger.

Den Kakao-Schamanen treffe ich noch mehrere Male, und wir meditieren zusammen. Er erzählt, dass er sich selbst weder als Hexenmeister, Schamanen noch sonst etwas sieht. So nennen ihn die anderen.

»Die Menschen brauchen diese Labels für das Unerklärliche«, erklärt er. Er zeigt mir seine Lieblingsmeditation »Go to Glow«. Dafür gehen wir einfach in uns auf der Suche nach dem inneren Lächeln und lassen es den ganzen Körper ausfüllen und von dort noch weiter in die Welt strahlen. Wenn wir in uns einen Schatten entdecken, dann lassen wir das Licht auch dahin fließen und lösen das unbequeme Gefühl auf. Wir fühlen uns nach einer Weile nur noch gut und alle anderen um uns herum auch. Die Hauskatze ist auf dem Boden in eine Art Trance gefallen. Sie liegt mit offenem Mund zwischen uns. »Das hat sie noch nie gemacht«, sagt er.

Fast zwei Stunden surfen wir zusammen auf dieser Welle. Er in seinem ollen Campingstuhl und ich auf einem genauso ollen Plastikstuhl auf der abgerockten Veranda. Und in meinem Lieblingskleid entdecke ich drei Mottenlöcher. Barbara macht auch mit. Wer nicht richtig hinschaut, könnte meinen, sie sei die Frau im Hintergrund, die den Kakao kocht. So ist es nicht. Sie hält die ganze Zeit voller Würde die Energie aufrecht, während ihr Mann erzählt und lehrt. Ohne sie geht hier nichts auf der Veranda.

Sich mit dieser immer verfügbaren, nie endenden Glow-Energie zu verbinden ist einfach und macht riesigen Spaß. Ich fühle mich nicht nur genährt, ausgeglichen, richtig, sondern auch angekommen. Und es bleibt fast keine Frage mehr offen, außer: »Warum machen wir das nicht alle zu jeder Zeit, immer?«

Er sagt: »Weil nicht alle dazu bereit sind. Wenn wir im Drama gefangen sind, Schmerzen haben oder leiden, müssen wir einen Weg finden, diese aufzulösen. Sonst sind unsere Herzen nicht frei und offen, wir können nicht aufwachen in ein neues Bewusstsein.«

Ich frage ihn nach einem Rat für meinen eigenen Weg, nach den Zeichen, auf die ich achten soll. Und er antwortet: »Folge immer der Freude. Mache die Dinge, die dich am meisten begeistern. Damit machst du dich und andere glücklich.« Sofort denke ich: »Ach, das wäre ja schön!« Und merke, dass ich mich wieder selbst sabotiere. Diese Muster und Gewohnheiten sind einfach hartnäckig. Man kann sie nicht wegdenken, sie leben in den Zellen.

KAPITEL 5

Der Lehrer sagt: »Kein ›müsste‹, ›hätte‹, ›sollte‹, ›aber‹, ›wäre‹, ›könnte‹!« Ich nicke und spüre die Verantwortung für mein Leben, aber auch die schöne Aufgabe, dies mit anderen zu teilen. Beides macht mich froh. Und er warnt mich, in das Drama der anderen einzusteigen: »Das sind nicht deine Affen, das ist nicht dein Zirkus!«

Ich habe gelernt, dass ich von dieser universellen Energie des Herzens so endlos viel teilen kann, ohne mich zu verlieren. Sie hat nichts mit Christine zu tun und sie wirkt unabhängig von allem. Dafür kann das Herz sogar tausendfach gebrochen sein. So gehe ich durch die Straßen von San Marcos und sprühe mit jeder Bewegung Liebe und Freude in alle Ecken. »Love-Tai-Chi« nenne ich die Übung übermütig. Warum auch immer.

Den Rest der Zeit in San Marcos nehme ich mir frei. Mein Herz ist noch nicht repariert. Aber ich spüre, dass es wieder vollständig wird, als ich dies akzeptiere. Ich singe, meditiere, schreibe, trinke Kakao und schwimme jeden Tag nackt im magischen See mit Blick auf die Vulkanberge. Ich genieße die Ruhe nach dem Sturm und fühle mich ein bisschen wie neu. Die Tage sehen aus wie ein perfekt inszenierter Instagram-Moment. Nur wenn ich an die Rückreise denke, wackelt das Gefühl. Werde ich den ausgeglichenen Zustand halten können?

Eine Bewährungsprobe kommt als Nachricht von einer Freundin. Sie schreibt mir besorgt, dass der Mann, den ich gerade aus meinem System gelöscht habe, völlig verloren in einem Klub herumhänge und am Rad drehe. Ich ignoriere dies wie ein Junkie seine Drogen und schreibe zurück: »Nicht mein Affe, nicht mein Zirkus!«

Soley und ich bekommen keinen Besuch mehr von Skorpionen, aber langsam wird uns die Ökohütte zu eng. Wir streiten uns, wer neues Toilettenpapier besorgt, weil wir eigentlich mehr Raum für uns brauchen. Unsere enge Beziehung hält das aber aus, und ich übe mich in Konflikten, die ich eigentlich nicht mag.

Als wir ausziehen, hat Henri noch eine Bitte: »Schreibt nicht in der Bewertung meines Hauses, dass hier Skorpione waren. Dann kommen keine Gäste mehr.« Wir lachen gelöst und ich sage selbstsicher: »Die Skorpione kommen nicht mehr.«

Ich schleppe meinen Koffer mit vierzig Paketen Kakao auf das Boot und ein paar Stunden später durch den Zoll. Ich schalte den Go-to-Glow-Modus an, winke dem grimmigen Beamten zu und rufe fröhlich: »Ich habe den ganzen Koffer voller Schokolade!« Er lacht lauthals und winkt die verrückte Deutsche durch.

Ich bin wild entschlossen, den magischen Herzensheiler Kakao nach Hamburg zu bringen. Und nicht nur das. Ich will einen Raum für Menschen schaffen, wo sie so wachsen können wie hier auf Guatemala. Wo sie von Herzen sprechen, ohne verurteilt zu werden, und wo alle motiviert werden, ihrer inneren Freude zu folgen. Es geht um dasselbe wie in meiner Zen-Gruppe, doch würde es eine andere Brücke bauen, denn nicht alle können 25 Minuten in Stille sitzen.

Ohne zu zögern, starte ich im bodenständigen Hamburg Cacao-Rituale, bei denen ich Menschen zum Meditieren und Kakaotrinken versammle. Keiner versteht so richtig, was ich da starte. Es herrscht die gute alte deutsche Skepsis und der Esoterik-Alarm. Beim ersten Mal sitze ich also alleine da, dann kommen Freunde, dann deren Freunde und schließlich das Fernsehen. Seitdem sind die Rituale immer voll, und ich beobachte jedes Mal wieder mit Erstaunen, wie Kakao in Kombination mit Meditation den Schleier hebt. Bei manchen Teilnehmern rollen nach dem ersten Schluck sofort die Tränen, andere reden plötzlich drauflos über Dinge, die sie noch nie geteilt haben. Wieder

KAPITEL 5

andere werden ganz ruhig und schreiben sich die ganzen Ideen auf, die plötzlich durch ihren Kopf rauschen. Und alle freuen sich, dass sie so sein können, wie sie sind. Ohne Maske. Sie berichten, dass sie Ruhe im Herzen finden. Sie bekommen Kontakt zu ihren Gefühlen. Manche sagen nichts, finden vielleicht auch alles doof. Andere versöhnen sich mit Verlusten, und sie fühlen, wie es ist, wenn sie mal nicht denken.

Plötzlich werde ich für alle möglichen Anlässe gefragt, ob ich ein Cacao-Ritual mache, sogar auf einem Elektro-Festival. Die jungen Menschen meditieren erst mit mir, dann gehen sie feiern. Es hat sich gelohnt, einfach für mich und andere Kakao zu kochen und zu meditieren. Ich lasse mich nicht mehr entmutigen, wenn ich von etwas überzeugt bin – und es Freude bringt.

Kapitel 6
SEX NEU VERSTEHEN

Es hätte nicht passender sein können, dass eine Redakteurin einer Frauenzeitschrift bei mir anruft und mich fragt: »Würdest du für uns Orgasmische Meditation testen?« Ich sage sofort Ja. Ich probiere alles aus und liebe meinen Beruf dafür, dass ich mich dabei hinter der Rolle der Reporterin verstecken kann.

Ich schaue mir ein Video dieser Meditation im Internet an – und bekomme eine Panikattacke. Ich rufe die Redakteurin an: »Das soll ich machen?« Sie stottert etwas verlegen: »Also, du musst es nicht selber machen, du kannst auch andere Frauen dazu interviewen.« Damit bin ich erst mal beruhigt. Denn diese Praxis namens OM wird im Netz so dargestellt, als sei sie eine bewusstseinserweiternde Übung, ähnlich wie Yoga oder Meditation. Harmlos. Doch ganz praktisch geht es darum, dass ein Mann meine Klitoris für fünfzehn Minuten mit dem Zeigefinger berühren soll. Bähm!

Durch das Meditieren hat sich meine sexuelle Sehnsucht verändert, Kakao ist sowieso ein natürliches Aphrodisiakum. Seit ich mit meinem Körper enger verbunden bin und meine Lebensenergie angestiegen ist, wünsche ich mir nicht nur mehr Sex, sondern auch mehr erfüllende Nähe mit einem Mann. Das ergibt auch Sinn, da ich meinen Körper immer mehr wahrnehme

KAPITEL 6

und die Energie in die Hüftregion atme. Gleichzeitig befinde ich mich aber auch in dem Dilemma, dass ich nicht mit irgendjemandem schlafen möchte, da ein One-Night-Stand selten diese Tiefe erreicht. Was macht man da, wenn man keine feste Beziehung hat? Kitzeln kann ich mich schließlich auch nicht selbst.

Ich recherchiere und unterhalte mich mit so vielen Frauen über Sex in und außerhalb von Beziehungen, bis ich alle nerve. Ich lese Bücher wie *Slow Sex* von Nicole Deadone, schaue noch einmal »Sex and the City« und mache einen Tantra-Kurs für Frauen, der damit beginnt, dass wir zuerst ekstatisch tanzen, und damit endet, dass mich zwei Frauen langsam massieren. Ich fühle mich sicher dabei, aber nicht so schön gefordert wie bei einem Mann, dessen Körper und Art mir fremder sind.

Doch ich will das Thema Sex noch tiefer außerhalb meiner Wohlfühlzone ergründen, denn es ist nicht nur meins. Kaum eine Frau, mit der ich offen spreche, scheint sexuell erfüllt. Also, so richtig.

Als ich mich öffne und erzähle, dass ich zwar keine Probleme mit dem Orgasmus oder Sex habe und er meist auch gut ist, aber mir trotzdem die Tiefe und Verbindung fehlen, beginnen sie auch zu erzählen: dass sie noch nie einen Orgasmus hatten, dass sie schon monatelang nicht mehr mit ihrem Partner schlafen, dass sie es eher über sich ergehen lassen, dass sie beim Sex Schmerzen haben, dass sie ihr Oberteil anlassen, dass ihre Dates keine Kondome verwenden wollen, dass sie nur Sex haben, um schwanger zu werden, dass sie mit Anfang dreißig noch nie eine feste Beziehung hatten, dass ihr Mann plötzlich in Lack und Leder im Schlafzimmer sitzt, dass Ehemänner über Dating-Apps ihren Sex holen und sie wegsehen, dass sie eine Affäre mit einer Frau haben. Männer erzählen mir, dass ihre Freundinnen keine

Lust haben und sie sich abgelehnt fühlen. Sie berichten von dem Druck, unter dem sie stehen, dass sie nicht so lange eine Erektion halten können, wie ihre Partnerin sich das wünscht, dass sie süchtig nach Sex sind, dass es ihnen manchmal auch egal ist, in wem sie stecken, dass sie für ihre Partnerin ihre eigenen Bedürfnisse vernachlässigen. So viele Themen, die sie sicher selten bis nie mitteilen.

Da gibt es wohl noch einige Tabus zu brechen, und zuerst das Schweigen. Denn wenn ich eins schon beobachtet habe: Wenn eine Frau nicht mit ihrer Sexualität verbunden ist, dann fehlt ihr Kraft. Wenn es Männern nur um den Höhepunkt geht, dann verpulvern sie ihre Energie. Wie kommen wir zusammen, damit beide daran wachsen?

Ist Orgasmische Meditation so ein Übungsweg? Ich schaue mir wieder das Video an: Eine Frau führt mit einem Partner vor, wie man es macht: Sie liegt auf dem Rücken mit geöffneten Schenkeln, der Mann sitzt seitlich neben ihr, ein Bein über ihrem Bauch, mit Blick auf das Geschlecht und streichelt mit dem Zeigefinger für fünfzehn Minuten die linke obere Ecke der Klitoris. Er bleibt angezogen, sie ist ab der Hüfte entkleidet. Ein ungewohnter Anblick von Intimität. Mein Verstand schreit sofort: »Niemals, danke!« Doch in meinem Körper beobachte ich eine Wärme im Bauch und ein Kribbeln in den Beinen.

Der Dalai Lama hat schon oft gesagt, dass die westlichen Frauen die Welt ändern können, weil sie frei sind. Die Amerikanerin Nicole Deadone, Gründerin von One Taste und Initiatorin von OM, ist der Meinung, dass die wachen, angetörnten Frauen dies besonders gut können. Sie höre aber noch zu oft das Mantra der westlich-modernen Frauen, dass ihnen alles zu viel sei, sie aber doch einen Mangel spüren würden, obwohl ja eigentlich alles vorhanden sei. Ein Paradoxon? Ich glaube nicht! Ich denke,

KAPITEL 6

dass wir Frauen im Westen nun endlich Raum und Zeit haben, uns mit unseren Körpern und Bedürfnissen zu beschäftigen.

Nicole Daedone hält viele ihrer Vorträge breitbeinig sitzend, so wie Männer es täglich in der U-Bahn und in Meetings tun. Ein Freund von mir findet das spontan unmöglich von ihr. Ich finde es geil! Und ich sage: »Frauen dürfen ja mittlerweile auch breitbeinig reiten!«

Dennoch zweifele ich an OM, verstärkt von Freundinnen, die mich schräg bis entsetzt ansehen und meinen: Dass du das nötig hast! Ich werde mehr verurteilt, als wenn ich gesagt hätte: Ich war gestern sturzbetrunken und hatte einen One-Night-Stand. Eine Freundin schreit laut »Ihhhhhhh!«, wird komplett rot im Gesicht und ist kurz vorm Heulen, als ich ihr davon erzähle. Sie ist eindeutig getriggert. Ich merke, da geht es wirklich um etwas, und ich bin immer entschlossener, es doch selbst zu machen.

Spontan gefällt mir, dass die Frau im Mittelpunkt steht. Interessanterweise wundern sich viele, was der Mann wohl davon habe. Er bleibt ja angezogen und unberührt. Wieso denken manche, der Mann sei benachteiligt, wenn eine Frau sich ihm vollkommen intim und verletzlich hingibt und von ihm so berührt wird, dass sie in Verzückung gerät? Es wird immer spannender, und ich merke, dass ich ab und zu auch gern provoziere. Aber vor allem bin ich hoffnungslos neugierig und offen. Das ist ein Anreiz für mich, es mal zu wagen mit dem OM.

Durch meinen Kopf rattern schon wieder lauter Fragen, ich lasse mich daher von einer OM-Trainerin in Hamburg aufklären. Mit einem auffälligen Funkeln in den Augen und einer sprühenden Ausstrahlung erzählt sie mir bei einem Tee, dass OM eine Praktik wie Yoga sei, die zu innerer Ruhe, einem guten Selbstwertgefühl und einer erfüllten Sexualität führe. Es gehe dabei weder um Sex noch darum, einen Orgasmus erleben zu müssen. OM bedeute, im Hier und Jetzt wahrzunehmen, was gerade ist. Das kommt mir bekannt vor. »Die klassische Meditation ist für den Geist, und OM fokussiert sich auf den Körper«, sagt die Trainerin. Das spricht mich an, denn ich weiß schon, wie wichtig es ist, den Körper beim Meditieren zu integrieren, ihn immer wieder zu spüren und wahrzunehmen, jenseits der Gedanken. Das funktioniert auch mit Sport, mir gefällt aber spontan diese Variante noch besser, weil für mich damit noch mehr Freude verbunden ist. Die Klitoris ist der Punkt mit den meisten konzentrierten Nervenenden im weiblichen Körper. Diesen Ort bewusst berühren zu lassen muss elektrisierend sein. Ein gegenseitiger Moment der Lust, so könnte man es sehen, wenn es beim Sex nicht nur um den Höhepunkt gehen soll, sondern wenn auch echte Tiefe darin erlebt wird. Die orgasmische Energie sei wie ein Flow. Der Druck zu »kommen«, fällt beim OMen für beide weg. Was für eine Erleichterung, auch gerade für den Mann, wenn er nicht rätseln muss, was die Partnerin will. Denn ich glaube, viele Frauen denken, dass er das schon wissen müsste, wenn er sie liebt. Aber eigentlich könnte es auch so sein, dass wir Frauen uns so gut kennenlernen sollten, dass wir genau, und zwar millimetergenau, sagen können, was wir brauchen und was uns Freude bereitet.

Ich finde OM feministisch und deshalb sinnvoll, denn so modern sich unsere Gesellschaft auch darstellt, ich sehe, dass Männer sehr oft bevorzugt werden. Diese Welt ist in großen Teilen noch von und für Männer ausgerichtet, und wir alle tragen es mit. Viele Männer erklären sich in Talkshows die Welt, sie besorgen sich gegenseitig die besten Jobs, lachen über sexistische Witze und hieven sich auf Podien. Wenn man dann fragt, wo die Frauen seien, dann heißt es oft, dass sie keine qualifizierte gefunden hätten. Und dass keine der Frauen gern auf der Bühne spreche. Das mag sein, aber oft wird auch nicht richtig gesucht, so mein Verdacht. Und was ist, wenn die Bedingungen oder das Umfeld nicht passen? Das ist ein Thema, das mich trotz Meditation immer wieder auf die Palme bringt: weil die Diskriminierung nicht immer so offensichtlich ist wie bei Donald Trump, sondern subtil, und man deshalb nicht immer den Finger darauf legen kann. Viele Männer reden mit Männern anders als mit Frauen. Dazu mischt sich ab und zu noch eine Portion passive Aggression sowie stilles Einverständnis unter den Männern. Sie kickern unter sich, sich trinken unter sich. Ich fühle mich in manchen reinen Männerrunden ab und zu so wenig ernst genommen, dass ich nicht mehr frei reden kann. Da passiert es mir, dass die Worte nicht rauskommen, weil ich mich unwohl fühle.

Als ich mit den taffsten Frauen, die ich kenne, darüber spreche, überraschen mich die Reaktionen. Ich dachte, sie hätten schlagfertige Antworten und Tipps für mich, aber sogar Soley aus Island, einem der Länder mit der höchsten Gleichberechtigung, sagt: »Ich glaube, da muss jede Geschäftsfrau in ihrem Leben durch. Ich habe mir mal in Konferenzen eine Zeit lang eine Brille mit Fenstergläsern aufgesetzt und meine Stimme tiefer gestellt, um gehört zu werden.«

Ich frage mich, wie ich meine Rollen alle ausfüllen soll. Ich habe das Gefühl, dass von mir nicht nur verlangt wird, dass ich mal Job und Familie in einem perfekten Haushalt gut unter einen Hut bekomme. Ich soll gleichzeitig noch schlank und frisch aussehen, mir die Türen selbst aufhalten und andere auffangen.

Ich kenne etliche schlaue Super-Frauen, die sehr viel in ihren Traumjob investiert haben und erfolgreich darin waren. So sehr, dass sie ihren studierenden Mann lange durchgefüttert haben und in den Hintern traten. Wenn dann aber das erste Kind kommt, gehen sie in Teilzeit, verlieren ihre beruflichen Ziele aus den Augen und machen sich finanziell abhängig, während der Mann mit der Karriere durchstarten kann. Sind die Bedingungen für Frauen mit Kindern in der Arbeitswelt so schlecht? Ich kann es nicht beurteilen, aber viele meiner Freundinnen berichten davon, wie sie als Mütter aus ihrem Job gemobbt wurden oder keine Möglichkeit bekamen, wieder einzusteigen. Was ich schade finde, ist, dass wir Frauen oftmals nicht zusammenhalten. Eine Auftraggeberin verweigerte mir mal ein höheres Honorar, weil ich ja keine Familie zu ernähren habe.

Das einzig Gute daran, dass Donald Trump zum Präsidenten der USA gewählt wurde, ist, dass dieses Ereignis viele Frauen wachgerüttelt hat. In ihnen steigt seitdem der Widerstand, und plötzlich gehen auch die auf die Straße, die noch vor Kurzem Feministinnen als zu radikal müde belächelt haben. Auch ich versprach mir am Wahltag, auf meine Art kämpfen zu wollen und so viele Frauen wie möglich zu unterstützen. Meine wilden, freien Freundinnen und meine tollen männlichen Freunde stärken mich mit Vertrauen, sagen mir oft, wie großartig sie mich und meine Arbeit finden. Und sie treten mir auch gehörig in den Hintern, wenn ich meine »Mimimi«-Phasen habe und aufgeben möchte.

Auch beim Thema Sex werden Männer immer noch mehrheitlich anders bewertet. Eine Frau, die selbstbewusst auftritt und ihre sexuelle Freiheit lebt, wird oft als billig abgewertet – auch von anderen Frauen. Da spaltet sich die Damenwelt in die Heiligen und Huren. Der Mann dagegen gilt oft als der Held, wenn er so viel Sex wie James Bond hat. Ich habe mich schon selbst dabei erwischt, wie ich beispielsweise eine Frau verurteilte, die während eines Retreats einen Mann nach dem anderen verführte. Damals fand ich das irritierend, und natürlich lenkte sie sich damit auch ab und folgte ihrer Lust. Aber kaum jemand von den Meditierenden lebt das Zölibat, zum Glück. Solange LehrerInnen nichts mit ihren SchülerInnen anfangen, ist es doch toll! Sex gehört dazu, wenn wir uns selbst kennenlernen und wachsen wollen: Wer bin ich im Bett und was ist mein Orgasmus?

Um diese Frage zu beantworten, starte ich also den OM-Weg. Das einzige Problem dabei: Ich habe Angst, zu OMen. Sicherheit finde ich in dem festen Rahmen und dem genau definierten Ablauf, die im Gegensatz stehen zu frei improvisierten Tantra-Sitzungen. Bei denen befürchte ich, dass ich den Mann nicht stoppen kann und ich, weil alles so freizügig ist, verklemmt rüberkommen könnte, und dem keine Grenzen setzen kann. So ist es wahrscheinlich nicht, aber für mich bedeutet die klare Form des OM einen sicheren Anker, so empfinde ich es auch beim Zen. Mir geht es auch erst einmal nicht um ein besseres Sexleben, sondern darum, in meinem Körper noch mehr anzukommen und mich von Scham zu befreien. Ich suche auch hier Freiheit und Selbstbestimmung.

Final überzeugt haben mich die anderen Frauen, die ich auf Kennenlernabenden in Cafés treffe und die so dastehen wie ich: mitten im Leben. Und dass die Männer bereit sind, sich einfach nur einzufühlen.

So tue ich es endlich – mehrfach, mit verschiedenen fremden Männern, für die ich keine starken Gefühle habe und denen ich nicht gefallen möchte. Das fühlt sich wunderbar befreiend an. Ja, es hat mich Überwindung gekostet, mich das erste Mal zu entblößen. Doch nach dem dritten OM kann ich alle Blockaden auflösen und die Reise zunehmend genießen. Es gibt verschiedene Termine in der Woche in festgelegten Räumen, oder ich verabrede mich privat. Dafür frage ich einfach in der geschlossenen OM-Community: »Willst du mit mir OMen?« Als Antwort reicht ein schlichtes »Ja« oder »Nein«. Für mich beginnt bereits damit die erste Übung, denn ich begegne meiner Angst vor Ablehnung und der Scheu, »Nein« zu sagen.

Mit mir üben Paare, die ihr Sexleben neu entfachen wollen; Frauen, die sich mehr spüren möchten; Männer, die sich ihren Unsicherheiten stellen. Da liege ich dann Matte an Matte – und alle üben synchron dieselben Schritte: Nest aus einer Yogamatte und Kissen bauen, Handschuhe anziehen, Beine spreizen, Finger auflegen. Von außen betrachtet sieht das ganz absurd aus, aber bleibe ich nur im Gefühl, dann ist dies ein sehr konfrontierender und deshalb wundervoll intimer Moment. Für mich sieht es erst nach einer reinen Frauensache aus, wenn ich nach links und rechts schaue und neben mir selbstbewusste Frauen leise stöhnen. Aber die Männer im Raum wirken auf mich genauso schön, weil sie sich so sehr darauf fokussieren, dass es uns gut geht. Wie wertvoll, dass es solche Orte der Selbsterfahrung in unserer immer noch schambesetzten Gesellschaft gibt, denke ich, obwohl es gar nichts zu denken gibt.

Wie wirkt es nun? Die Erfahrung ist so unvergleichbar – mit Sex, Masturbation oder auch Meditation. Es ist kein Ersatz für Sex. Was mich berührt: achtsame, sensible Männer, die voller Hingabe Frauen erforschen und mit denen man sich offen über Sex austauschen kann. Männer, die einen wirklich anschauen und präsent im Moment mit mir verbunden sind. Sie sind nicht in Gedanken beim Fußball oder der Arbeit, sie überfallen mich nicht mit ihrem Trieb. Ich bin gemeint, wenn sie mich berühren. Frauen, die gemeinsam mit mir mit ihren Körpern und ihrer Lust in Kontakt kommen, sich ohne schlechtes Gewissen und ohne Gegenleistung nähren. Ich habe mich ganz bewusst von den Wünschen meiner intimsten Stelle führen lassen, um diesen inneren Hunger zu stillen. Ich habe mir erlaubt, intensiv hinzuspüren: Mal fangen meine Oberschenkel an zu zittern, mal spüre ich kleine Stromschläge im Nacken, ein Kribbeln im linken Fuß. Ich finde langsam heraus, was mir guttut, und dirigiere den Mann mit klaren, freundlichen Ansagen dorthin: Bitte mehr rechts, weniger Druck. Das hat mich sehr viel Überwindung gekostet, weil ich meinen OM-Partner schonen möchte – aber als er sich herzlich für meine Korrekturen bedankt, kommen mir fast die Tränen! Ich bin geschockt und erstarre vor Scham, als er mir wiederum als Teil der Übung das Aussehen meines Geschlechts schildert (wieso habe ich da nie selber bewusst hingeschaut?) – danach fühle ich mich seltsam gesehen und akzeptiert. Währenddessen komme ich ganz entspannt und von selber. Es ist nicht das Ziel, aber es passiert. Es soll sogar besser sein, die Energie zu halten und nicht zu entladen. Anfangs erlaube ich es mir nicht, aber dann umso mehr. Dabei denke ich viel weniger als beim Sex: Wie sehe ich aus? Gefällt es ihm auch? Sollten wir die Stellung wechseln? Es fühlt sich eher wie eine Meditation an, die sehr körperbezogen ist. Ich bin energiegeladen, lebendiger, überwinde meine Scham stückweise. Aber zwischendurch meldet sich meine zweifelnde Stimme: Bist du noch ganz bei Sinnen? Mein neugieriges und von gesellschaftlichen Vorstellungen freieres Selbst antwortet: »Ja! Ich erforsche meinen Körper, meine Lust, meine Sehnsüchte und bekomme dafür sanfte Unterstützung!« Die Männer kitzeln mit dem Finger auf meiner Klitoris etwas bisher in mir Schlummerndes heraus: einen tiefen Kontakt zu meiner Frauenkraft. Bei jedem OM laufen mir Schauer durch den ganzen Körper, als würde ich neu belebt werden. Für Sex oder intime Zweisamkeit fehlt jegliche Romantik in diesem sterilen , und die Berührung konzentriert sich auf wenige Millimeter. So wird Raum für eine neue Erfahrung geschaffen: Nach und nach baue ich eine Beziehung zu meiner Weiblichkeit auf, die mir erschreckenderweise gefehlt hat, ohne dass ich es gemerkt habe. Das macht mich wirklich traurig.

Ich mache mir bewusst, dass ich dieses wunderschöne, besondere Körperteil (wie soll ich es überhaupt nennen?) immer versteckt habe. Ich habe meine Periode jahrelang verflucht und hatte immer Angst, dass jemand etwas davon mitbekommen würde. Etwas sehen, mir meine Krämpfe anmerken könnte. Nur um dem Schwimmunterricht zu entkommen, gebrauchte ich sie als Ausrede. Anstatt die sensiblen Tage vorher und währenddessen für innere Einkehr zu nutzen, litt ich und nahm dann mehr als vierzehn Jahre die Pille. Natürlich, um nicht schwanger zu werden, aber auch, damit meine Regel schwach wurde und ich sie kontrollieren konnte. Nahm ich die Hormone einfach durch, so wie es mir auch mein Frauenarzt empfahl, war ich das Thema los. Wie unnatürlich! Ich bereue sehr, dass ich die Pille so lange genommen habe. Seitdem ich meditiere, lasse ich sie weg. Ich kann sie einfach nicht mehr schlucken. Inzwischen weiß ich, warum: Ich spüre mich und meinen Körper viel mehr, seitdem ich sie nicht mehr nehme. Meine Stimmungen fühlen sich authentischer an. Ja, meine Regel ist jetzt stärker, aber das bin ich auch. Sie ist keine Krankheit, keine Last. »Das gehört wohl zu Ihnen«, sagte meine neue Frauenärztin kürzlich. Plötzlich bin ich stolz auf meine enorme Weiblichkeit.

Den Artikel für die Frauenzeitschrift habe ich längst abgeliefert, aber ich bin noch nicht fertig mit dem Thema. Damals schrieb ich den Text noch unter einem Pseudonym, weil ich Angst hatte, verurteilt zu werden, und mir die Geschichte zu

KAPITEL 6

privat war. Doch jetzt glaube ich, das Thema ist nicht nur meins, es ist gesellschaftlich relevant.

Losgelöst von dem ganzen Sexuellen und Körperlichen, geht es auch um Sehnsucht und einen inneren Hunger, der weniger mit sexueller Befriedigung zu tun hat. OM stimuliert mich eher, mein Leben noch mehr in die Hand zu nehmen und zu empfangen.

Sexualität rückt immer mehr als Motor und Kraftquelle in mein Bewusstsein. Um dies zu ergründen, besuche ich eines der OM-Wochenend-Seminare in London mit dem Namen »Desire« und ein anderes namens »Healing«. Interessant, dass es da gar nicht vordergründig um Sex geht, sondern alleine um die Frage: Was willst du wirklich im Leben? Und was in dir sollte heilen, damit du die Kraft und das Vertrauen hast, dorthin zu kommen?

Viele meiner Freunde gehen davon aus, dass bei solchen Events nur traurige, frustrierte und nicht besonders attraktive Menschen aufschlagen. Das ist nicht so! Ich betrete einen Ort voller Leben und gegenseitigem Respekt: Menschen, die sich gern sehen und umarmen in einem nahezu leeren Raum, darunter viele Frauen und Männer, die dem gängigen Schönheitsideal mehr als entsprechen. Es gibt Erdbeeren mit Schokolade, feine Tees mit Mandelmilch und lässige Soul-Musik. Ich komme mir vor wie in einem Szene-Klub. Auf jeden Fall trägt hier niemand Batikhosen und Schlabbershirts. Der urbane, alltägliche Stil gefällt mir; ich habe nicht das Bedürfnis, mir Federn ins Haar zu stecken oder einen Glitzerstein auf die Stirn zu kleben, wenn ich meditiere.

Bei den Model-Typen hier fühle ich mich aber auch ein wenig unwohl, weil ich denke: Ist OM doch oberflächlich? Die Kurse sind auch sehr teuer: Werde ich ausgenommen? Aber dann erinnere ich mich, dass hier vor allem mutige Menschen dabei sind, die nach Tiefe und Intensität im Leben und beim Sex suchen. Bisher haben sie dieses Verlangen möglicherweise mit Partys und Drogen gestillt, jetzt retten sie sich selbst vor der Selbstaufgabe. Letztlich folgen auch sie ihrer Sehnsucht. Ich bin mir sicher, dass viele dieser Menschen sich manchmal anders fühlen, als würden sie den Erwartungen der Gesellschaft nicht entsprechen – so wie ich auch, unverstanden und suchend. Voller Fragen und intensiver Empfindungen, die neue Fragen aufwerfen.

Ich streune alleine durch die Menschengruppe, mich grüßt niemand außer meinen Selbstzweifeln: Fragt mich hier bei der großen Auswahl an extrem attraktiven Frauen überhaupt jemand nach einem OM? Die Frauen sind leicht in der Überzahl gegenüber den Männern. Geht es am Ende darum, jemanden für mehr zu finden? Ich beobachte Frauen, die ungehemmt die schönsten Männer belagern. Warum auch nicht? Ein Mann, der sich dieser Übung stellt und lernt, einer Frau empathisch und offen zu begegnen, ist für viele automatisch attraktiv. So schweifen auch meine Blicke immer mal wieder durch den Raum, und ich freue mich auf eine ganz besondere Übung im Desire-Kurs. Es geht ums Anfassen, darum, zu spüren, ohne das Erlebte durch visuelle Eindrücke zu beeinflussen. Die Männer tragen eine Augenmaske, und wir dürfen sie, die im Raum verteilt einfach nur bewegungslos stehen, fast überall respektvoll berühren. Also umarmen, streicheln, an den Po fassen. Ich muss heute noch darüber lachen, wie ausgelassen die Frauen sich bei den Männern das holen, was sie brauchen. Ohne Gegenleistung, ganz anonym. Ich mittendrin. Es ist einfach absolut geil. Auch die Männer genießen es sehr. Ihre Augen leuchten danach.

Was wir an dem Wochenende sonst noch machen? Das OM gerät eher in den Hintergrund und wird an dem Wochenende vielleicht drei Mal geübt. Krass wird es aber dennoch: ein Raum

KAPITEL 6

mit sechzig Menschen, die eine gewaltige orgasmische Energie aufbauen. Wenn dreißig Frauen mit dir stöhnen, sich hingeben, sich öffnen, weinen, lachen, strahlen und die Männer den Rahmen halten und uns sanft berühren, das ist eine unvergleichbar intensive Erfahrung voller Höhen und Tiefen. Ich traue mich nicht, die superschönen Männer anzusprechen, und ärgere mich später darüber. Und dann auch wieder nicht, denn die Augen habe ich eh zu. Einmal gehe ich leer aus, weil ich ein Nein verteilt habe. Aber auch das ist okay. Während die anderen OMen, meditiere ich. Ich möchte an dem Wochenende kaum essen oder schlafen. Kaffee brauche ich auch nicht, ich bin hellwach, lebendig, ein bisschen drüber. Nur wenn jemand mit der Brille der üblichen Gewohnheiten von außen in den Raum schauen würde, wäre dies ein Schock.

Wie ein aufgezogenes Rädchen verteile ich bei einer Übung (ohne OM) Post-Its im Raum mit all meinen geheimen Wünschen, die ich mir noch nicht erlaubt habe. Ich höre gar nicht mehr auf zu schreiben und die Fenster zu pflastern. Mir wird von den Coaches versichert, dass ich alles haben kann, was ich möchte. OKAY! Ich bin so aufgepeischt, dass ich es glaube, fühle und schon vor meinem inneren Auge genau sehe: noch mehr Unabhängigkeit, noch mehr Liebe, noch mehr Bewusstsein, noch mehr Vision und eine Reise nach Hawaii.

In öffentlichen Einzeltrainings wird dann noch der Rest aus uns verbal rausgekitzelt, der beim OM noch nicht angetriggert wurde. Alle Ängste, Selbstzweifel und Selbstverbote. Ich frage, woher ich das Vertrauen nehmen soll, dass auch alles so passiert, wie ich es möchte, und ich nicht vorher von der Klippe stürze. Die Lehrerin des Kurses, eine superschick gestylte Amerikanerin im schwarzen Overall, die auch eine Schauspielerin bei »Friends« sein könnte, schaut mich durchdringend an und sagt vor allen anderen in klaren Worten zu mir: »Du bist die Klitoris des Raums!« Ich will lautstark protestieren, doch dann verstehe ich, dass dies ein Kompliment sein soll. »Du fühlst den ganzen Raum, lässt dich von der Energie streicheln und strahlst mit verzückter Freude zurück. Ich beobachte dich schon das ganze Wochenende. Du fühlst Menschen, mach was draus! Aber dafür musst du deiner Wahrnehmung vertrauen.« Schon wieder sieht jemand mehr in mir als ich selbst. Stehe ich denn so sehr auf dem Schlauch, dass ich mich selbst verunsichere? Na, dann ist das wohl so! Ich finde dieses OM plötzlich so passend, weil es besonders Frauen wie mich mehr ins Leben schubst, sie groß, lebendig und kraftvoll macht.

Ich beobachte, was mich abhält, meiner Lust zu folgen, meine Freiheit mit voller Verletzlichkeit zu leben. Ich erstelle eine Liste mit all meinen Ängsten und mache Inventur. Besonders stark ist die Angst, abgelehnt und verletzt zu werden. Diese Angst ist bei mir so einprogrammiert, dass ich sie mir selbst nicht ausreden kann. Das strengt natürlich wahnsinnig an, wenn man immer alles kontrollieren möchte, was man gar nicht kontrollieren kann. Ein »Nein« von einem Mann ist Klarheit und gibt einem die Chance, weiterzugehen. So würde es eine starke Frau nehmen. Mich stürzt eine Ablehnung in den Abgrund. Wenn ich ein Nein verteile, was mir schwerfällt, dann ist das ja letztlich ein Ja für mich selbst. Warum sage ich es dann nicht? Wieso sind mir die Gefühle des anderen wichtiger als meine Grenzen? Dazu fällt mir ein Songtext von Dota Kehr ein: »Warum schützt man die Grenzen der Staaten so gut und die Grenzen der Menschen so schlecht?«

Ich lese meine Angstliste einer Weggefährtin laut vor. Das gehört zu einer der Übungen, die man regelmäßig begleitend zu der Praktik trainiert. Am Ende zerreiße ich den Zettel und

KAPITEL 6

wünsche mir, dass sich diese Ängste transformieren. Eine meiner Zuhörerinnen sagt zu mir: »Christine, fuck up your life! Trau dich und wachse daran.« Das gefällt mir. Auch die Idee, aktiver zu werden und mir selbst einen Mann zu suchen, anstatt darauf zu warten, dass mich jemand anspricht. Oder auf einem weißen Pferd vor mir steht.

Am Rande bekomme ich natürlich schon mit, dass viele der Teilnehmer irgendwann auch weitergehen und das OM als Sprungbrett ins Bett nutzen. Erst bin ich empört, dann gelassen. Einmal gerate ich mit einem OM-Partner in einen Streit, weil ich das Gefühl habe, dass er nicht wirklich meditiert und übt, sondern mich anbaggert. Ich breche das Ganze ab und fühle mich benutzt. Aber natürlich ist es oft schwierig, sexuelle Projektionen und Übung zu trennen. So werde auch ich neugierig und habe mit einem meiner OM-Partner Sex, weil wir bei der Übung wahnsinnig gut harmonieren – in fünfzehn Minuten komme ich drei Mal. Ist doch interessant, was man mit einer Fingerspitze erreichen kann. Und dann machen sich manche Männer Druck, nicht leistungsfähig zu sein. Allerdings hat sich die Übung bei uns nicht ins Leben übertragen, der Sex ist nicht mehr achtsam, er geht mir zu schnell und verläuft mir zu sehr nach dem üblichen Muster: ein bisschen dies, ein bisschen das und dann doch das Ziel Orgasmus im Visier. Ich werde wieder passiv, verliere mich in der Hastigkeit, gehe aus dem Kontakt, anstatt meinen Sex und meinen Orgasmus zu besitzen und zu führen. Da hätten wir beide doch noch mehr üben sollen. Es ist mir zu anstrengend, ihn zu korrigieren, und mache lieber einen Haken drunter. Faul vielleicht, aber das Gefühl stimmt für mich dabei eh nicht. Außerdem lebt dieser Mann, wie so viele hier, das Prinzip, mehrere Partner zu haben. Da kann ich mich nicht wirklich fallen lassen.

Ich beschäftige mich auch damit, offene Beziehungen zu führen oder gar als Frau einfach so frei zu leben, dass ich mehrere Männer gleichzeitig haben könnte. In Büchern lese ich, dass Frauen vor Jahrtausenden so lebten, und ich denke an Daenerys in der Serie »Game of Thrones«, die Herrscherin, die den schönsten Mann aus ihrer Armee regelmäßig in ihr Bett holt und sonst autonom bleibt. Sind dies am Ende sogar die Frauen, denen viele Männer zu Füßen liegen? Ich treffe einige von ihnen in der OM-Community, und sie wirken alle extrem sexy und kraftvoll, vielleicht etwas überdreht.

So treffe auch ich mich irgendwann mit mehreren Männern gleichzeitig, ganz transparent. Einer, mit dem ich stundenlang lachen kann. Einer, der mir vorliest. Einer, der einfach nur sexy aussieht. Einer, der mich in den Schlaf kuschelt. Aber dies bringt mich bald an den Rand eines Männer-Burn-outs, weil sich zu viele verschiedene Energien, Interessen, Termine und Geschichten vermischen. Als ich dann einmal mit den Namen durcheinanderkomme, höre ich auf. Die Theorie gefällt mir bis heute, die Praxis nur momentweise.

Eine bekannte Coachin warnt mich, dass Männer, die man in Yogakursen oder bei Meditationen findet und die sich als Frauenversteher ausgeben, hochgradig gefährlich sein können. Ich dachte bis dato, dass Männer, die meditieren, die besseren seien, stelle aber fest, dass dies nicht zwangsläufig stimmt. Ich habe viele Männer getroffen, die einen riesigen Mutterkomplex, Probleme mit echter Nähe oder ihrer eigenen Männlichkeit haben. Das ist ja alles okay, wird aber problematisch, wenn jemand vorgibt, er wäre da schon drüber. Das gilt natürlich auch für Frauen. Es reicht nicht, den Kopfstand beim Yoga perfekt zu können und dabei gut auszusehen oder exzessiv Sport zu machen, um damit seine Emotionen wegzudrücken. Ich

KAPITEL 6

habe genug Menschen in der sogenannten spirituellen Szene kennengelernt, die trotz Meditation und Selbstreflexion an ihren brenzligen Punkten vorbeischippern. Deshalb lasse ich mich regelmäßig von meinen Mentoren durchchecken, denn ich weiß, sie schubsen mich, wenn nötig, zurück zu mir selbst. Ein paar Wochen später, während des OM-Healing-Seminars, frage ich mich, wie wir überhaupt zueinanderfinden bei den ganzen Wunden, die wir so mit uns herumtragen, aus der Kindheit, aus früheren Beziehungen oder gar früheren Leben. Schon kleinste Erfahrungen können großen Schäden anrichten. So wie ich haben viele Frauen einfach zu viel mit sich machen lassen, wir sind zu oft über unsere eigenen Grenzen gegangen. Jede Frau, mit der ich spreche, hat schon einmal Sex über sich ergehen lassen, obwohl sie ihn doof fand, Schmerzen dabei hatte oder sogar in dem Moment prinzipiell keine Lust hatte, mit einem Mann zu schlafen. Warum? Weil wir oftmals nicht über diese Themen sprechen und uns selbst die Schuld geben zum Beispiel? Weil wir gefallen wollen? Weil wir es einfach manchmal nicht besser wissen oder Männer und Frauen grundverschieden ticken?

Und dann denke ich: Man kann es alles nicht genau definieren, planen oder die beste Lösung finden, weil es ja auch DIE Frauen oder DIE Männer nicht gibt, sondern immer Menschen, die sich begegnen. Mit ihren Erfahrungen, Hoffnungen, Verletzungen und ihrer eigenen Version von Liebe.

Während einer Übung im Healing-Kurs geht es darum, sich die eigenen Wunden noch einmal genauer anzuschauen. Der Raum ist durch ein Seil geteilt, man soll einfach über diese Grenze gehen, wenn man die vom Coach gestellte Frage mit »Ja« beantworten kann. Also: Hast du schon mal jemanden betrogen? Bei »Ja« gehen die betroffenen Teilnehmer über die gezogene Grenze und danach wieder zurück zur Gruppe. So machen sie sich still sichtbar. Bei der Frage »Wurdest du schon mal mit sexueller Gewalt konfrontiert?« überqueren so gut wie alle Frauen das Seil. Manche brechen kurz vor der Linie weinend zusammen. Ich will eine Frau auf die andere Seite mitnehmen, merke aber, dass dieser eine Schritt für sie noch zu viel ist.

Ich bin rübergegangen, weil ich in der Öffentlichkeit schon öfter am Busen oder auch im Intimbereich ungefragt angefasst wurde. Ich frage mich: Zählt das? Doch ich weiß noch, dass ich jedes Mal emotional so fertig war, dass ich auch jetzt noch wütend darüber werden kann. Einmal griff mir ein Mann beim Vorbeigehen von hinten richtig fest in den Schritt, meine Hände hielten beide Einkaufstüten. Ich ließ sie vor Schreck fallen, und weil der Mann weiterging, als wäre nichts gewesen, blieb ich einfach wie erstarrt stehen und fing an zu heulen. Von den Passanten wurde ich wie eine Irre angeschaut, niemand blieb stehen und half mir, meine Einkäufe von der Straße aufzusammeln. Weil dieser Arsch aus unerklärlichen Gründen gerade eine Frau erniedrigt hatte, stand ich wie eine Dumme da. Ich hatte noch zwei Tage danach Schmerzen. #metoo

Ich habe viele Geschichten über Missbrauch gehört, einige Frauen erzählen sie mir zum ersten Mal in ihrem Leben bei meinen Coachings. Viele erinnern sich erst durch die Meditation, wenn sie in ihren Körper zurückkehren, den sie damals verlassen haben, an das Trauma. Und oft geben sie sich selbst die Schuld an dem Erlebten. Ich weiß, Täter sind oft auch Opfer. Aber in Momenten wie diesen finde ich, dass es eine schwierige Übung ist, zu verzeihen und Empathie zu empfinden. Aber es ist vermutlich der einzige Weg, um die Opferrolle aufgeben zu können. Auf Island habe ich in einer Meditationsgruppe eine Frau kennengelernt, die zwischendurch zusammenbrach und

KAPITEL 6

so herzzerreißend schrie, dass es uns allen durch Mark und Bein ging. Später erfuhr ich, dass sie in dem Moment endgültig ihr Trauma losließ, indem sie den ganzen Schmerz noch mal fühlte, der ihr durch ihren damaligen Freund zugefügt worden war. Er hatte mal wieder einen Vollrausch und misshandelte sie ohne Unterlass, so sehr, dass er sie beinahe umbrachte. Sie überlebte nur knapp. Ich flippe innerlich vor Wut aus, als ich das höre. Die Frau aber sagte zu mir: »Christine, ich habe ihm verziehen, ich bin frei.«

Manchmal denke ich an eine Reportage zum Thema weibliche Genitalverstümmelung in Äthiopien zurück, die ich vor einiger Zeit recherchiert habe. Damals wäre ich bei den Gesprächen mit betroffenen Frauen fast ohnmächtig geworden. Für mich repräsentiert diese grausame Tradition die brutalste sichtbare Form von weiblicher Unterdrückung. Und dann ist es auch noch so, dass ausgerechnet Frauen die jungen Mädchen beschneiden müssen. Solange es solche Prozeduren in der Welt gibt, sind wir noch bei Weitem nicht auf Augenhöhe mit den Männern.

Die Gespräche, die ich mit Frauen und Männern in dem Umfeld OM geführt habe, berühren mich bis heute. Dieses OM, es ist aufwühlend. Auf der einen Seite triggert es mich intensiv, bricht mich auf, schult die Körperwahrnehmung und schafft eine neuartige Intimität zwischen Menschen. Ich glaube, dass viele dieses Hungergefühl haben, vielleicht deswegen sogar in eine Essstörung oder Depression schlittern, weil die tiefe Verbindung zu sich selbst fehlt, die erst eine Verbindung mit anderen ermöglicht.

Ich habe übrigens auch oft mit Frauen geOMt, und es fühlt sich gar nicht anders an. Auch hier geht es darum, gemeinsam den Punkt der höchstens Intensität und des Glücksgefühls zu finden. Es braucht oft nur einen Millimeter zwischen absolutem

Wohlempfinden und unangenehmem Gefühl – aber diesen Punkt bei sich zu spüren und jemand anderen dahin zu dirigieren kann eine echte Herausforderung und totale Befriedigung sein. Ich gebe nie auf, bis es sich für mich wirklich gut anfühlt. Meine letzten OMs übe ich ohne Selbstbetrug oder falscher Harmonie. Ich gebe mit klarer und fester Stimme ganz genaue Anweisungen. Ich lasse nichts mehr über mich ergehen. Sage Ja, sage Nein, sage rechts, oben, schneller, noch ein bisschen schneller, sanfter, wieder mehr links. Meine Orgasmen sind der Hammer. Und irgendwann bin ich satt.

Nach ein paar Monaten habe ich das Gefühl, dass es nun reicht. Ich bin ein paarmal über meine persönliche Grenze gegangen, etwa indem ich mit Männern übte, die eine ungute Ausstrahlung hatten und andere Absichten verfolgten, als zu üben. Dazu verschreibe ich mich nicht gern einer bestimmten Gruppe. Außerdem ist mir die Übung zu sehr auf einen Punkt fixiert, es gibt ja auch noch Brüste, Hals, Vagina und Lippen. Ich verlasse den Übungs-Container und integrierte diese neue, sehr weibliche, sehr mächtige, nennen wir sie mal in Anlehnung an Daenerys Drachenenergie, in mein Leben. Wie? Ich setze mich weiterhin jeden Morgen auf mein Bänkchen und übe Zen-Meditation, was mich jedes Mal wirklich erdet und wieder in meine Balance bringt. Ohne das Zen wäre ich vielleicht auch nicht bei mir geblieben in diesem OM-Rausch.

Aber ich glaube, ich habe noch nie in meinem Leben so viel auf einmal geschafft wie mit der OM-Energie in meinem Körper. Ich schreibe einen Artikel nach dem anderen, mir kommen so viele Ideen, ich schiebe alle meine schon längst geplanten Projekte an. Ich finde es wichtig, einfach loszulegen und zu machen. Dann werden sich die Dinge entweder finden oder zerschlagen. Nur nicht zu lange grübeln oder in der Theorie ausmalen, habe ich gelernt. Es kommt dann doch immer anders. Und es setzt sich die Idee durch, die passt.

Ich versuche auch, einen neuen Blick auf Beziehungen zu entwickeln. Ich habe verstanden, dass eine heilsame Partnerschaft beim Erwachen und Selbsterforschen hilft. Das ist für mich ein starker Anreiz, mich endlich wirklich einzulassen und empfangen zu können. Ich habe in Beziehungen bisher immer mehr gegeben als bekommen, das war mein Muster. Durch OM habe ich verstanden, dass man erst die Frau werden muss, die eine heilsame Beziehung und alle anderen Sehnsüchte empfangen kann. Wünsche müssen konkret sein, ganz genau, man muss sie fühlen, ihnen vertrauen, an sie glauben und die Empfangsfrequenz bei sich einstellen, bevor sie wahr werden. Was ich noch gelernt habe: Ich bekomme immer den Mann präsentiert, der gerade passt (auch wenn er nicht zu passen scheint und unbequem wird) und mich an den Stellen berührt und triggert, die gerade akut sind. Durch OM habe ich eine neue Beziehung zu mir, meinem Körper und meiner Sinnlichkeit entwickelt. Ich traue meinen Gefühlen, Empfindungen und ich liebe meine Sensibilität. Ich fühle mich wacher und lebendiger. Ich liebe meine Pussy, das kann ich nun endlich laut sagen. Und ich schätze und liebe Männer, die mich berühren und meine Weiblichkeit ebenso schätzen und lieben. Die Welt und wir Frauen brauchen diese Männer. Ohne ihre sanfte Unterstützung hätte ich das alles nicht entdeckt. Danke!

Natürlich ist mir nicht entgangen, dass plötzlich viel mehr Männer auf mich fliegen, geradezu wie Motten auf das Licht, obwohl ich mich äußerlich nicht besonders verändert habe. Es sind die Energie und die Ausstrahlung, wie bei vielen Dingen. Meine Magnete sind aktiv. Ich bin satt, glücklich und froh – und das ist attraktiv.

Ich sage der OM-Gemeinschaft und meinen polyamourösen Großmachtfantasien Adieu – und entscheide mich für Tim, zum ersten Mal ein jüngerer Mann in meinem Leben. Bisher habe ich nur ältere Männer für Beziehungen ausgesucht. Ich finde ihn über das Internet, aber wir telefonieren sofort viel bis zum ersten Treffen. Wie magisch werden wir voneinander angezogen und können uns die ganzen leidigen Kennenlernspielchen sparen. Entweder es fließt, oder man kann es gleich vergessen. Ob er sich meldet oder nicht, davor habe ich weniger Angst. Wir fühlen, was der andere macht und wie es ihm geht, ohne in einem Raum zu sein. Wir rufen uns alle paar Stunden an und treffen uns so oft wie möglich. Es ist einfach klar, dass wir klicken, und das leben wir schamlos aus. Unsere Körper passen wie bei einem Puzzle zusammen, ich finde alles an ihm schön. Der Sex fühlt sich spätestens ab dem zweiten Mal tief und achtsam an. Ich komme klitoral, vaginal, über den G-Punkt, im ganzen Körper. Wie im Lehrbuch. Ich fühle mich in diesen Momenten erleuchtet, aber würde dies nie dem Dalai Lama erzählen.

Tim hat Tantra geübt, ich OM. Er hat sich von der Orgasmus-Sucht gelöst, wie er sagt, und kommt nicht mehr mit einem Samenerguss, sondern im ganzen Körper. Dies allerdings hinterlässt bald bei mir ein Gefühl, dass etwas fehlt, dass ich nicht alles von ihm bekomme. Und trotz der tiefen Verbindung bleibt eine Unverbindlichkeit.

So wache ich wenige Wochen später tatsächlich aus dem Traum auf und erkenne, dass sexuelle Anziehung nicht immer in Liebe oder einer Beziehung endet. Ich habe mich geirrt und etwas verwechselt. Vielleicht sind wir auch zu weit gegangen mit dem Erforschen? Ich habe irgendwann keine Lust mehr, beim Sex immer zu reden und alle Bedürfnisse und Empfindungen bis ins kleinste Detail mitzuteilen, auch wenn Kommunika-

KAPITEL 6

tion wichtig ist. Ich werde süchtig nach dem nächsten Orgasmus und schreie voller Verlangen danach wie ein Baby nach dem Schnuller. Doch auch ein Schnuller ersetzt nicht das Gefühl von Liebe.

Mir fehlt bei der wunderbar funktionierenden Technik, den Übungen, der Tiefe, der zügellosen Leidenschaft und Achtsamkeit etwas: das Gefühl, die Erinnerung an Liebe in meinem Körper. Ich kann sein Herz nicht komplett spüren – oder meins? Vermutlich, weil dieser Mann mich oder auch sich nicht liebt. Ich bin verwirrt und doch klar. Wahrscheinlich ist es sogar schlauer, sich erst einfach toll zu finden, sich zu verlieben und dann entsteht die Anziehung? Und die Verbindlichkeit. Alles, was ich von meiner ersten großen Verliebtheit zu Studentenzeiten kannte. Und dann fällt mir auch noch die Vierzig-Tage-Regel ein, die ich noch nie eingehalten habe.

Tim möchte eine offene Beziehung leben und sich mit so vielen Männern und Frauen wie möglich teilen – hätte ich es mal geahnt. Ich lasse die Information eine Minute in den Körper einwirken und merkte, dass hier ein Alarm in der Magengegend und ein Vulkanausbruch im Herzen losgehen. Er ist es nicht für mich. Ich kenne einige Paare, die eine offene Beziehung leben, bei manchen funktioniert sie auch. Doch ich glaube, dafür braucht man eine sehr stabile Basis, sonst ist das Modell für mich nur eine Ausrede, sich nicht richtig einlassen zu müssen.

Ich wünsche mir eine tiefe, nährende Verbindung in Zweisamkeit. Ich will nicht nur wie eine schöne Blume gepflückt werden, in der Tiefe der Umarmung von Körper und Seele brauche ich keine Technik. Ich weiß, dass ich das haben kann! Das Universum wurde von mir millimetergenau gebrieft. Ich gehe allein weiter, ohne Zweifel. Mit Vertrauen – und ganz viel weiblicher Kraft.

Kapitel 7
SEI ACHTSAM UND WACHSAM

In der zweiten Nacht kracht das Himmelszelt über mir zusammen, der Endgegner packt mich. Es ist zu spät, um zum Basislager zurückzukehren. Jetzt loszurennen, durch den Wald, wäre reiner Fluchtinstinkt. Zum Glück bin ich kein Tier, sondern kann rational entscheiden. Noch nie in meinem Leben habe ich mich so voller Adrenalin, so lebendig gefühlt, geradezu elektrisiert. Aber ich habe gleichzeitig eine riesige Angst zu sterben. So nah beieinander sitzen Leben und Tod auf meinen Schultern. Doch ich entscheide als Chefin: Nicht jetzt, ich sterbe nicht auf dieser selbst gewählten Mission! Wie war ich nur hier allein im Wald gelandet? Das war wieder so eine wahnsinnige Idee von mir: Ich stelle mich meiner Einsamkeit!

Ein paar Wochen zuvor: Der älteste Baum in meinem Vorgarten in Hamburg fällt in dem Moment um, als ich das Gefühl habe, das Alte endlich los zu sein. Ich habe vieles hinter mir gelassen. Ich betrauere den toten Baum wie ein geliebtes Haustier und lasse den Stumpf als Erinnerung stehen. Aber als ich genauer hinschaue, sehe ich junge Triebe, die nun Platz zum Atmen haben und sich ihren Weg ins Leben bahnen. Würde ich die Natur nur mit dem Kopf wahrnehmen, könnte ich das Lebendigsein nicht spüren. Berge wollen nicht bezwungen werden, Bäume

KAPITEL 7

nicht abgeholzt. Der Baum, der den für sich passenden Zeitpunkt zum Sterben gefunden hat, und die frischen Triebe als Zeichen des Neuanfangs, machen mir Mut.

Als ich so in meinem Garten den Stamm zersäge und im Kamin beerdige, ruft meine uralte Nachbarin vom Balkon runter: »Wieso macht das nicht Ihr Mann?«

»Ich hab keinen!«

»Och, meiner ist auch gestorben!«, ruft sie da. Meine alleinstehende Nachbarin, die mir manchmal Dinge von oben auf meinen Balkon wirft, damit sie einen Grund hat, mich zu besuchen, erinnert mich oft ans Alleinsein.

Alle Männer sind raus aus meinem Herzen und Bett. Ich fühle mich zwar befreiter, aber auch einsamer als zuvor, so ganz ohne Liebeskummer. Und das, obwohl ich ständig unter Menschen bin und so viele erfüllte Beziehungen lebe.

Man könnte denken: Ist sie jetzt mal durch? Aber je tiefer ich in mich eintauche, umso mehr fische ich an die Oberfläche.

Mir geht es ab und zu auf die Nerven, alles alleine zu machen, obwohl ich eigentlich gerade das will und gern mit mir selbst zusammen bin. Ich weiß schon, dass diese Einsamkeit in mir keinen Grund hat. Dieses Gefühl kenne ich auch aus Zeiten, in denen ich in einer festen Beziehung war. Manchmal fühlte ich mich dann sogar noch einsamer als während meiner Zeit als Single.

Mein Freund und Mentor Martin aus dem Allgäu-Retreat sagte mal zu mir, dass wir alle diese Einsamkeit spüren, aber kaum einer sich dem Gefühl stellt. Denn Wissen sei nicht dasselbe wie tiefe Erkenntnis. Da packt mich mal wieder der Forschungsdrang.

Ich plane die krasseste Solo-Zeit meines Lebens: eine Visionssuche. Ich habe vor Jahren etwas darüber gelesen; es handelt sich um ein altes Initiations-Ritual von Naturvölkern, bei dem man sich selbst im Spiegel der Natur begegnen soll. Die Idee: vier Tage (und vier Nächte!) allein im Wald verbringen. Sonst nichts. Ohne Kontakt zu Menschen. Ohne Essen. Ohne Zelt. Nur mit mir. Obwohl, das wäre gelogen. Mich begleiten Spinnen, Käuzchen, die Sonne, die Sterne und meine Sehnsucht. Meine romantische Vorstellung ist, Zeit zu haben und dabei Schmetterlinge zu beobachten. Wenn ich die Wildschweine ausklammere, sehe ich mich wie Pocahontas durch den Wald streifen und mit den Vögeln singen. Ich will mir beweisen, dass ich dem Alleinsein ins Auge schauen kann, dass ich frei bin.

Zivilisationsfrei zu leben ist nicht mehr so einfach. Mir erzählte mal ein Mönch in Nepal, dass er drei Jahre in die Einsamkeit hatte gehen wollen und dafür ein Jahr lang nach einem Ort hatte suchen müssen, wo garantiert niemand vorbeistiefeln und mit ihm reden würde. Er war schließlich auf einer einsamen Insel irgendwo vor Australien gelandet.

Ich will in den Wald, nicht in die Wüste oder auf eine Insel. Besonders nicht für drei Jahre. Weil ich im Herbst aufbreche, muss ich den deutschen Jägern ausweichen. So reise ich in die Toskana auf ein Landgut, das von einem privaten Grundstück umgeben ist. Ein Tal voller Wildnis, in dem sich die Natur frei ausbreiten kann. Wie in meinem Lieblingsfilm »Into the Wild«. Was ich dabei nicht bedenke: Wenn es keine Jäger gibt, leben hier umso mehr Wildschweine und Hirsche.

Vor meiner Visionssuche bereite ich das Abenteuer mit Ulrich aus Niederbayern vor. Ulrich ist über sechzig Jahre alt und hat Visionssuchen nicht nur oft selbst gemacht hat, sondern leitet auch andere an. Wir telefonieren vor meiner Abreise häufig, und er will alles über meine Intention wissen. Denn ohne die würde man nicht losgehen, meint er. Natürlich will er auch

KAPITEL 7

abklopfen, ob ich geistig und körperlich fit bin. Alles kreist sich bei mir um die Wildschweine. Ulrich kann mich einfach nicht beruhigen. Wie ein Hundebesitzer sagt er: »Die tun dir nichts. Nur wenn man sie stört und sie ihre Jungen verteidigen wollen, wird es brenzlig«, erklärt er. »Wildschweine können nicht klettern. Im Notfall suchst du dir also einen Baum.« Das Problem: Ich kann auch nicht klettern. Diese Tiere werden langsam zu einem Running Gag. Als ich ihn frage, was ich anziehen solle, meint er: »Ein bisschen hübsch solltest du dich schon machen – für die Wildschweine.« Wir verstehen uns. Mit Humor kommt man durch, auch als Großstadtpflanze alleine im Wald. Aber ich habe immer noch keinen Plan A, B, C, wie ich mir die Wildscheine vom Hals halte. Den besten Rat gibt mir Luna, die Tochter einer Freundin. Sie hat im Fernsehen bei Löwenzahn gesehen, dass der dicke Nachbar seine Wildschweine immer mit einer Trillerpfeife vertreibt. Ich kaufe mir die schrillste überhaupt und mache mich auf den Weg nach Florenz. Von da nach Siena, danach immer tiefer in die Provinz, bis ich auf einem typischen Landgut ankomme, wie man es sich in der Toskana vorstellt. Das Erste, was mir auffällt, ist die Luft dort. Sie hängt voller Blüten- und Kräuterduft. So, als hätte gerade jemand gekocht. Und die Geräusche klingen ganz anders als in der Großstadt. Zirpen statt hupen.

Schnell wird es wild. In die malerische Ruhe donnert ein aufbrausendes Bellen wie ein Warnschuss. Ein schwarzes Wolfswesen springt an mir hoch und möchte mir den Eintritt durch das Steintor verweigern. Erst als Ulrich erklärt, dass ich zum Rudel gehöre, lässt die Wachhündin Tula von mir ab. Na toll! Genau das habe ich gebraucht, gleich angefallen zu werden. Eigentlich habe ich Angst vor solchen Hunden.

Neben Ulrich betreut mich seine Assistentin Vera, eine deutsche Kletterlehrerin, die für mich zur Begrüßung eine Tomatensuppe gekocht hat. Sie ist so jemand, der sich völlig sorglos mit seiner Flöte in den Wald setzt und sich nicht diese Gedanken macht wie ich. Für sie lauert keine Gefahr in der Natur. Ich beobachte sie in den kommenden Tagen, wie sie gazellenhaft stundenlang freiwillig allein durch den Wald streift. Sie sammelt Kräuter und wird nie von Mücken gestochen. Ich dagegen natürlich immer.

Ich habe noch drei Tage Zeit, mich vorzubereiten. Ich lerne, wie ich mein Lager aufbaue und die Plane bei Regen über meinem Schlafplatz anbringen muss. Wie soll ich das bloß allein schaffen?

Als ich Ulrich frage, ob er mir noch mal die angemessene Reaktion auf Wildschweine erklären kann, tut er es noch ein einziges Mal. Aber danach bekomme ich das Verbot, das Wort auszusprechen. So rede ich fortan nur noch von den »Ws«. Ulrich sagt: »Jetzt lässt du deine Tassen im Schrank, hockst dich in den Wald und erkennst, wer du wirklich bist.« Und er fragt mich, wovor ich eigentlich Angst habe.

Ja, wovor eigentlich? Sind Ängste nicht immer diffus? Ich kann nie wissen, was passieren wird. Es gibt Ängste, die einen davon abhalten, frei zu leben. Da fallen mir die Angst vor Ablehnung ein, die Angst vor finanziellem Ruin, die Angst vor einer Trennung. Das alles überlebt man. Also wieso belaste ich mich damit? Ich erinnere mich, was der Dalai Lama in Hamburg erzählte. Er sagte, dass man die meisten Ängste nicht brauche, manche aber schon. Er sei zum Beispiel mal vor einem großen schwarzen Hund davongelaufen. Alle hätten ihn dafür ausgelacht, aber er war sich sicher, dass der Hund ihn sonst gebissen hätte.

Meine beiden Betreuer werden sich im Basislager, dem toskanischen Landgut, für den Notfall bereithalten. »Bei Kaffee und Mandelkeksen«, denke ich etwas neidisch, »während ich fastend

KAPITEL 7

durchs Gebüsch klettere und zerstochen werde.« Ich kann bei ihnen jederzeit ein Gespräch oder eine warme Decke finden, aber eigentlich ist die Idee, den Kontakt zu Menschen zu meiden.

Jeden Morgen und jeden Abend soll ich signalisieren, dass ich noch lebe. Dafür binde ich einen Knoten in ein Seil, das in einem Baum nahe meines selbstgewählten Standorts hängt. Das ist dann das Zeichen, dass bei mir alles läuft. Vera wird mir ebenfalls mit einem Knoten antworten. Wenn ich meinen Platz für einen Spaziergang oder ein Bad im Fluss verlasse, muss ich ihnen eine Notiz hinterlegen: »Bin am Fluss«. Es passt also jemand auf mich auf, ein gutes Gefühl. Alles andere schreckt mich nun ab. Woher kommt diese Angst? Es ist doch nur die Natur! Na ja, es geht den gewohnten Grundbedürfnissen an den Kragen: kein Schutz, kein Essen, kein zwischenmenschlicher Kontakt. Dafür: Dunkelheit, darin leuchtende Tieraugen und sämtliche Szenen aus diversen Horrorfilmen, die ich in meinem Gedächtnis gespeichert habe.

Um mich langsam einzugewöhnen, mache ich Stichproben-Besuche in der Natur. Ulrich und Vera schicken mich in alle Himmelsrichtungen in die Wildnis. Auf dem Weg soll ich mich fragen: Warum bin ich wirklich hier? Was hätte mich abhalten können? Was bewegt mich? Die Antworten sollen durch die Natur zu mir kommen. Für ein paar Stunden ziehe ich los, unterwegs soll ich verschiedene Aufgaben erfüllen: mir zum Beispiel eine Ressource suchen, einen Stock oder einen Stein, den ich dann mitnehmen kann als Beschützer, was nur bedingt beruhigt. Ich suche mir natürlich einen starken Stock, gegen die Ws.

Ich soll beobachten, wo und wie die Natur verletzt ist und was der Anblick mit mir macht, wenn ich änger hinschaue. Ich merke, ich habe keine Lust auf die Übungen. So langsam glaube ich, jeden Stein in meinem Leben umgedreht zu haben. Nach so vielen Retreats durchschaue ich auch den Aufbau: Erst macht man sich stark mit einer Ressource, dann schaut man den Schwierigkeiten ins Gesicht, anschließend wird man wieder runtergeholt und integriert die Erfahrungen. Ich habe in den vergangenen Jahren so viel mit mir gemacht, dass ich keine großen Überraschungen fürchte. Ich kenne mich.

Für mich ist diesmal die besondere Herausforderung, so schutzlos zu sein. Ich stehe auf einer Lichtung und scanne den raschelnden Waldrand ab. Wenn da jetzt was rausschießt, würde dieser Ort zur Arena werden. Ich halte noch nicht einmal eine Waffe und fühle mich nackt und verletzlich.

Jemand spürt, dass ich noch nicht bereit bin, den Ws alleine was zu pfeifen, obwohl die Trillerpfeife immer um meinen Hals hängt. Die Hofhündin Tula kommt ungefragt mit auf meine ersten Erkundungstouren in der Wildnis. Ich bin anfangs davon nicht begeistert. Sie ist eine der wilden Sorte. Schwarz, groß, zottelig, mit etwas müden, aber treuen Augen. Eine Leine würde sie nie akzeptieren, ein Dach über der Schnauze schon gar nicht. Das Haus betritt sie nicht, auch nicht bei Regen. Sie lebt draußen, kommt und geht wie Tag und Nacht. Aber wehe, jemand Fremdes nähert sich dem Landgut! Da wird sie bissig. Die Ws hasst sie. Da performt sie ganz als mutige Jägerin.

Ich höre, dass sie ab und zu mit der Schnauze Frischlinge packt und sie im hohen Bogen ins Gebüsch pfeffert. Da stehen sie dann schlotternd und wissen nicht, was sie falsch gemacht haben. Sie kreuzen Tulas Weg und sind das schwächste Glied in der Rotte. Die Bache lässt sich so etwas natürlich nicht bieten, und so trägt Tula einige Kampfnarben davon – mit Würde. Ich sage ihr gleich, dass ich auf solche Kämpfe gerne verzichte. Sie könne ab und zu warnend bellen, aber sollte die Wildschweine bitte nicht reizen, wenn ich mit ihr durch den Wald ziehe. Sie

KAPITEL 7

scheint mir nicht zuzustimmen. Mit hoch erhobener Schnauze trottet sie voran. Es scheint ihr wichtig zu sein, dass sie die Herrin bleibt. Wenn ich mal ins Gebüsch zum Pinkeln gehe, folgt sie irritiert, schaut mich empört und mit halboffener Schnauze an, drängt mich ab und hebt ihr Bein genau da, wo ich mich hingehockt hatte. Selbstsicher zieht sie voran, während ich bei jedem Fremd-Rascheln im Gebüsch schon halb an einem Ast hänge, an dem ich mich wahrscheinlich nur mit ganz viel Adrenalin im Blut hochziehen könnte. Tula blickt dann kurz zurück und schüttelt den Kopf über diesen Angsthasen im Baum. Aber sie weicht nicht von meiner Seite. Wenn ich mich irgendwo auf eine gut überschaubare Lichtung setze und abgebrochene Äste beobachte, die mich daran erinnern, dass es in meinem Inneren auch einige Knicke gibt, liegt sie so dicht neben mir, dass ihr Schwanz mich beim Wedeln streichelt. In der Sekunde, in der ich entscheide, weiterzugehen, bewegt sie sich noch vor mir. Allzeit bereit. So langsam freue ich mich über meine ruppige Begleiterin. Man muss ja nicht immer nett und bescheiden sein.

Nur als ich meinen Platz für die Visionssuche finden muss, kommt Tula nicht mit. Sie spürt vielleicht, dass ich diese Schritte allein gehen sollte – oder die pragmatische Version: Sie kann nicht länger ihren Dienst am Hof schwänzen. Tja, und ich? Ich kann mich nun wirklich nicht für einen der Schlafplätze im Hotel Wald begeistern. Am Fluss schwirren die Mücken, mitten im Wald ist es düster und klamm. Und wenn irgendwo nur eine Ws-Spur im Schlamm auftaucht, erkläre ich das Gebiet eh weiträumig als Gefahrenzone. »Ich finde keinen Ort für mich«, sage ich zu Ulrich. Und er schaut wissend und meint, das sei eine wichtige Übung und ein Spiegel.

»Ja, ja, das kann man immer sagen«, denke ich genervt. Nur, weil ich hier keinen Ort finde, heißt das nicht, dass ich nicht ankomme! Ich habe keine Lust mehr auf die Suche. Ich übe also, wie ich manifestiere. Ich stelle mir erst den Ort vor, wie er aussehen soll: eine helle Lichtung, geschützt von nicht allzu hohen Bäumen. Einladend riechen soll es auch und nicht mehr als eine halbe Stunde Fußmarsch vom Landgut und vom Fluss, meinem Badezimmer, darf mein Zuhause liegen. Und siehe da, plötzlich komme ich an. Ich gehe einfach los und ende da, wo die Bäume frisch sind. Im Jungwald fühle ich mich gleich zu Hause. Alte Welten sind einfach nichts für mich. Hier riecht es nach Pfefferminze, nicht nach Harz. Frisch geschlüpfte Zitronenfalter schaukeln in der Luft. Es dringt genug Sonne durch das Blätterwerk, und ich kann mein Seil für die Regenplane zwischen den Bäumen aufspannen. Sie müssen etwa so alt sein wie ich. Ich will ja mit Gleichgesinnten wachsen. Ich stelle meine fünf Zwanzig-Liter-Wassercontainer ab und markiere das Revier, wie Tula es tun würde.

Als ich zurückkomme, verschwitzt und erledigt, liegen deutsche Urlauber auf Liegestühlen im Garten des Landguts, trinken Rotwein und lösen Sudoku. Ich packe meinen Rucksack, schnell bin ich fertig. Ich darf ja nichts mitnehmen, außer das notwendigste an Kleidung, Taschenmesser, Trinkbecher, Taschenlampe, Erste-Hilfe-Box, Zeckenzange, Trillerpfeife, Zahnbürste, Handtuch und Bikini. Und meine Meditationsbank. Ulrich und Vera packen noch ein paar Lieder dazu, die ich singen kann, wenn ich mich alleine fühle. Sie singen sie mir alle vor. Sie handeln vom Fluss des Lebens und den Wegen, die vor uns liegen.

Direkt nach Sonnenaufgang marschiere ich los. Ulrich und Vera räuchern mich zuvor mit weißem Salbei ab, das soll mich energetisch reinigen, ich trete in einen Steinkreis und sage den Satz, der mir als Erstes kommt und der gleichzeitig mein Rätsel für die nächsten Tage sein wird und das man nur mit dem

KAPITEL 7

Herzen lösen kann. Der Satz soll traditionell mit »Ich bin die Frau, die ...« starten.

»Ich bin die Frau, die frei und verbunden ist«, sage ich. Ich erhalte auch noch einen Satz von Ulrich: »Wo du dich spürst, liegt die Wahrheit. Sei achtsam und wachsam.« Ich komme mir vor wie bei »Herr der Ringe« oder einem anderen Fantasy-Epos. Ulrich gibt mir sogar eine Waffe mit: eine Rassel. Aha? Ich schaue enttäuscht, aber denke dann: Das ist mal originell. Er hat mir irgendwann erzählt, dass eine Frau vier Tage und vier Nächte mit einer Ws-Familie lebte, aber jeder in seinem Bereich blieb. Sobald sich eines der Tiere zu sehr annäherte, rasselte sie, und das Ws blieb sofort stehen.

Beide versprechen, auf mich aufzupassen. Einer bleibt immer im Basislager. Der andere wird meinen Platz zu Fuß weitläufig umrunden. Mit wackeligen Knien und Tränen in den Augen ziehe ich los und freue mich, dass ich nun erst einmal mit dem Einrichten meiner Open-Air-Bude abgelenkt bin. Auf einer wasserdichten Plane breite ich meine Luftmatratze und den Schlafsack aus, eine Plane spanne ich zwischen zwei Bäume, um bei Regen nicht allzu nass zu werden. Warum ich kein Zelt aufschlage? Weil so die Regeln sind, die ich nicht gemacht habe. Es geht darum, sich bewusst der Natur auszusetzen, statt sich von ihr abzugrenzen.

Gerade als ich einen Steinkreis um mein Lager ziehe, um mir meinen Raum zu schaffen, schießt Tula durchs Gebüsch. Das alte Mädchen hat mich aufgespürt. Sie bellt rund um meinen Platz, was mich beruhigt. So stimme ich mit ein und rufe richtig laut in den Wald: »Ich komme in Frieden und will keinen Ärger!« Tula findet das glücklicherweise nicht seltsam. Sie schaut sogar etwas stolz zu mir hoch und schaut mir dabei zu, wie ich die Plane so über mein Bett spanne, dass möglichst wenig Ameisen und Spinnen reinmarschieren können. Als alles fertig ist, verschwindet die Hündin so plötzlich, wie sie gekommen ist.

Es knurrt wenig später dennoch – ich zucke mit einem Schrei zusammen und greife schon nach der Rassel, um dann erleichtert festzustellen, dass sich nur mein Magen gemeldet hat. Hier draußen werde ich paranoid!

Zum Mittagessen gibt es Wasser mit selbst gepflücktem Salbei. Ich faste die nächsten Tage, um keinerlei Ablenkung zu erfahren. Ich bin froh, kein Essen dabeizuhaben, weil es Tiere anlocken könnte.

Dann der nächste Schock: Plötzlich rast eine junge Hirschkuh an mir vorbei, streift mich fast. Habe ich mich in ihrem Revier niedergelassen? Folgt gleich der Hirsch? In dieser Welt bin ich deutlich unterlegen. Meine Sinne sind längst nicht so geschärft wie bei einem Tier, ich kann ja noch nicht einmal im Dunkeln sehen. So steigt in der Dämmerung verständlicherweise meine Aufregung. Noch bevor es stockfinster wird, schlüpfe ich in meinen Schlafsack – muss aber zuvor eine Monster-Spinne rausschmeißen. Gewalt ist keine Lösung, daher sage ich ihr klipp und klar, dass sie auf drei abhauen soll. Die Energie kommt an, die Spinne rennt um ihr Leben und springt in einen Busch. Klappt doch, dieses Grenzen-Setzen! Klare Ansagen – das sollte ich auch in meinem normalen Leben öfter ausprobieren.

Dann knipsen Vater Himmel und Mutter Erde das Licht aus, und es wird laut. Bis ich erkenne, dass die gruseligsten Geräusche die röhrenden Hirsche machen, habe ich mir schon tausend andere Monster vorgestellt. Ich bereue, jemals einen Horrorfilm gesehen zu haben. In jedem bösen Film oder Märchen gibt es eine Gruselszene im dunklen Wald. Ich rufe gegen die röhrenden Hirsche, grunzenden Wildschweine und zirpenden

KAPITEL 7

Insekten an: »Lasst mich in Ruhe schlafen!« Keiner stört mich persönlich, aber bei jedem Mucks klappen meine Augen schlagartig auf. Trotzdem bin ich stolz auf mich. Ich könnte ja auch mit allem Recht in Panik ausbrechen. Eine Lampe auf der Stirn, eine mit Finger auf dem Knopf in der Hand, liege ich steif wie ein Brett da. Im Minutentakt knipse ich das Licht an. Mit dem spärlichen Kegel suche ich das Gebüsch ab und habe echte Panik vor dem Moment, dort in funkelnde Augen zu leuchten. Ich erinnere mich an Ulrichs Worte: »U-Bahn fahren oder ein Discobesuch sind gefährlicher als eine Nacht im Wald.« Aber erst als ich Tula voller Power in der Ferne bellen höre, schlafe ich ein. Sie bewacht mich.

Am Tag ist der Spuk vorbei. Ich war noch nie so froh, dass es endlich hell wird. Obwohl: Noch glücklicher bin ich, als Tula endlich kommt. Erstaunlich: Mir ist langweilig! Jahrelang wünschte ich mir einfach nur endlos Zeit, jetzt ist es mir ein Graus. Denn ich habe einfach NICHTS zu tun. Ich sehne mich nach all den ungelesenen Büchern in meinen vollen Regalen, während ich im Gras liege und die Wolken zähle. Bei zehn ist mir schon wieder langweilig. Nur mit Tula ist es witzig. Sie marschiert wie gewohnt vorneweg und zeigt mir ihre Lieblingswege. Ich trotte hinterher. Am Ende ist der Deal, dass wir gemeinsam im Fluss schwimmen. Da bin ich die Chefin. Sie schätzt das Bad nicht und paddelt mit zugepresster Schnauze hinter mir her. Ich muss über sie lachen, weil sie plötzlich so ungeschickt aussieht, so gar nicht in ihrem Element und Revier. So ist es, wenn man verpflanzt wird. Aber sie wartet treu, bis ich endlich ausgeplanscht habe und aus dem Wasser komme, und schüttelt sich erst dann, als auch ich mich abtrockne. Danach liege ich nackt neben drei Eidechsen auf einem Stein und lasse mich von der Sonne vollends trocknen. Es kommen kaum Spaziergänger vorbei, und wenn sich doch einer in meine Richtung verirrt, verstecke ich mich hinter einem Baum. Ich komme mir vor wie eine Aussätzige.

Als sich Tula am frühen Abend verabschiedet, überfällt mich wieder diese furchtbare Langeweile, und die Einsamkeit umklammert mich mit ihrer ganzen Kraft. Es gibt kein Entkommen, sie presst die Tränen aus mir heraus. Das sind diese Momente, in denen sich in mir alles eng zusammenschnürt. Ich brauche wieder Raum. Ich denke an meinen Mentor Martin, der mir geraten hat, in solchen Augenblicken sofort zu meditieren. Aber Meditieren wie beim Zen ist schwierig, denn sobald ich still sitze, fliegen alle Insekten auf mich. In der Natur zu sein ist eigentlich eine wenig einsame, dafür aber sehr körperliche Erfahrung. Ständig kitzelt etwas am Arm oder pikt ins Bein. Da verliert man sich nicht in Gedanken. Ulrich hat mir noch den Rat gegeben, ausnahmsweise alle Übungen, Routinen und Gewohnheiten sein zu lassen. Doch was soll ich sonst tun?

Als ich meinen Knoten in das Seil mache, sehe ich, dass Vera dort einen Blumenstrauß für mich hinterlassen hat. Ein spontanes Glücksgefühl packt mich. Und neuer Mut. Dann ein kurzer Tränen-Flash.

Wenig später greift der Endgegner an. Ich ahnte es und habe noch zu Ulrich gesagt: »Ich habe das Gefühl, dass es gewittern wird, wenn ich da draußen bin.« Im Wetterbericht stand nichts. Aber wer verlässt sich schon darauf? Meinen Platz habe ich extra schon recht sicher aufgebaut. Also kauere ich mich unter der Plane zusammen, werfe panisch alles Metallische weit weg und checke nach dem Blitz, der wie ein Stromschlag in der Luft knistert und meine Augen zum Flackern bringt, ob ich noch atme und lebe. Das ist auf seine spezielle Art eine krasse Meditationsübung. Ich spüre jeden Blitz und jeden Donner direkt über und in mir.

KAPITEL 7

Es gibt keine Sekunden zum Zählen dazwischen. Das Gewitter greift ohne Zweifel unmittelbar über mir an. Ich bleibe stark und ruhig. Ich bete, was ich seit meiner Kindheit nicht mehr getan habe. Wenn keine Eltern da sind, muss man auf Vater Himmel und Mutter Erde zählen. So halte ich mit all meiner Kraft dagegen, bis zum letzten Donnergrollen. Danach ist es ganz still, und ich höre nur noch mein Herz und meinen Atem. Zeit gibt es nicht mehr. Völlig irreal sägt plötzlich Ulrichs Stimme dazwischen, Tula muss ihm den Weg zu mir gezeigt haben: »Christine, wie geht es dir?«, fragt er in die Dunkelheit. Die Ironie des Augenblicks trifft mich wie das Unwetter. Ich höre meine Stimme: »Ich lebe!« »Bist du trocken?« »Das ja!« Ich bin wirklich stolz, wie gut ich mein Pseudo-Zelt gebaut habe. Ich zittere am ganzen Körper, aber nicht vor Kälte. »Na, dann schlaf gut!« Ulrich verschwindet. Ich muss lachen, weil ich mal wieder in so einer absurden Situation stecke, während andere einfach irgendwo ein Bier trinken. Natürlich erzählt er mir im Nachhinein, dass er sich um mich Sorgen gemacht habe. Er hat die ganze Nacht eine Kerze für mich brennen lassen. Selten war jemand von seinen Teilnehmern in so ein Gewitter geraten. Vor allem, und das war mir nicht klar: So ein Gewitter bleibt nie alleine, es folgt immer noch ein zweites als Abspann. Also, noch einmal alles von vorne. Anscheinend habe ich das gebraucht. Ich war nicht besonders dankbar.

Es klingt komisch, aber am nächsten Morgen fühlt es sich so an, als habe diese Naturgewalt mich zurück in meine Kraft gebracht. Die Idee der Visionssuche ist es, im Spiegel der Natur nicht nur Hirschen und Wildschweinen zu begegnen, sondern vor allem sich selbst zu vertrauen. Ich habe diese Probe bestanden. Mit Bravour.

Nun will ich aber nicht in meinen klammen Sachen daliegen, auf die zehn Zentimeter entfernte Zeltplane über mir starren und zuschauen, wie ich mich erkälte. Das fühlt sich an, wie lebendig begraben zu sein. Und dem Tod bin ich doch gefühlt gerade erst entkommen.

Ich packe meinen Rucksack und gehe zurück zum Basislager. Ich rufe trotzig nach Ulrich, der mich im Steinkreis trifft und mir nicht in die Augen schaut. Wir sprechen Rücken an Rücken, so ist es abgemacht, damit man keinen menschlichen Kontakt aufnimmt. Ich sage ihm, dass ich eine warme Decke und einen heißen Tee brauche. Außerdem würde ich mich in sein Tipi legen, das er ein paar Meter hinter dem Landgut aufgebaut hat. Er widerspricht mir nicht.

Das Tipi soll meine Sterbehütte sein. Wie, jetzt doch? Nein, das mit dem freiwilligen Sterben ist eine Pflichtübung während des Rituals, die sich dramatischer anhört, als sie ist. Obwohl, es ist schon ein wenig dramatisch. Tatsächlich geht es darum, Altes hinter sich zu lassen und sich dadurch wie neugeboren zu fühlen. Das kenne ich schon aus Guatemala und Nepal, und doch wird es dieses Mal anders. Irgendwie fühlt sich diese Transformation allumfassender an. Es geht bei mir schon längst nicht mehr um Liebeskummer oder Umdenken, sondern um etwas, das gerade in mir aufsteht. Und ich schaue dabei zu.

Ich hocke mich in das Tipi von Ulrich, was ein bisschen illegal ist, aber ich brauche den Schutz, weil ich mich entschieden habe, nackt zu sterben. Außerdem: Seit wann halte ich mich an Regeln? Dies ist mein Ritual, und ich fühle mich so frei, es selbst zu gestalten – nackt unter einer Wolldecke. Da liege ich nun in dem Tipi, neben mir jede Menge Ws-Scheiße, aber das ist jetzt Pillepalle. Ulrich hat keinen guten Standort ausgesucht, das werde ich ihm noch sagen. Jetzt steht erst mal sterben auf dem Plan.

Ich lege mich hin, schließe die Augen und falte die Hände über dem Herzen. Und dann kommt mir irgendwann ein immer

KAPITEL 7

noch nicht leichter Satz über die Lippen: »Ich bin bereit zu sterben.« Ich erinnere mich an meine Zeit in Nepal und fühle einen gewissen Stolz angesichts dessen, wie weit ich seitdem gekommen bin. Was ich jetzt noch mache, ist Feintuning und hat viel eher mit meinem Leben als mit dem Tod zu tun. Zuerst mache ich mir bewusst, was und wen ich nicht mehr in meinem Leben haben will, und verabschiede mich ganz offiziell. Einzeln, klar, entschlossen. Dann lasse ich einen Störenfried nach dem anderen los. Zwischendurch werde ich in Diskussionen, Streitgespräche und Heulattacken verwickelt. Es fällt mir immer noch schwer zu sagen, was ich wirklich denke und fühle. Also kümmere ich mich erst um die einfacheren Dinge: Ich sage einem Verehrer, dass ich ihn nicht liebe. Ich erkläre einem Auftraggeber, warum ich nicht mehr mit ihm arbeiten will, obwohl er gut zahlt. Ich löse eine weitere Zusammenarbeit auf, weil ich mich nicht respektiert fühle. Dann kommen alle emotionalen Befreiungsschläge. So sage ich meiner längst verstorbenen Oma, dass sie ruhen darf und nicht mehr auf mich aufpassen muss. Das dauert, aber ich habe Zeit. Erst als in mir eine tiefe Stille und Leere herrscht, stehe ich auf, ziehe frische Kleider an und dann wieder aus, springe in den Fluss und beziehe erneut mein Lager im Wald.

Tula kommt nicht mehr.

Die Zeit vergeht von Augenblick zu Augenblick, und gleichzeitig scheint sie stillzustehen. Stundenlang kann ich auf einem Stein sitzen und einfach nur ins Wasser starren. Ich befinde mich in einem leeren Raum und darf diesen nur bewohnen. In der Vergangenheit habe ich so viel losgelassen, hinterfragt, angezweifelt, integriert und Wünsche formuliert ... Grundgütiger, jetzt gelingt es mir, einfach mal nur zu sein. Es klappt und ich fühle, wie sich meine Wahrnehmung und mein Bewusstsein in dem leeren Raum von ganz alleine ausdehnen.

SEI ACHTSAM UND WACHSAM

Das bin ich, wenn alle Hüllen abfallen.

Mich verfolgen immer weniger hektische Gedanken, auch der Heißhunger bleibt aus. Ich bin automatisch achtsamer, dank der Ws-Gefahr. Die frische Luft und der intensive Kontakt zur Natur ernähren mich ausreichend, sodass ich keine feste Nahrung brauche. Ich schmiede keine Pläne, sondern lasse mich treiben, die Sonnenstrahlen laden mich mit Energie auf. Es klappt alles von selbst. So langsam kehren Frieden und eine erholsame Langsamkeit ein, ich vergesse dabei sogar minutenweise fahrlässig die Ws. Angeblich sieht man ja die schönen Dinge nur, wenn man langsam geht. Auf jeden Fall genieße ich es, mal nicht auf der Überholspur unterwegs zu sein. Auf einmal ist auch die Langeweile vorbei, so schnell kann sich die Wetterlage ändern.

Ich gehe gedankenfrei und lebendig kribbelnd durch den Wald und weiß immer ein paar Momente vorher, was passieren wird. So wittere ich das nächste Gewitter in der dritten Nacht. Noch bevor die ersten Blitze zucken, packe ich wieder meine wenigen Habseligkeiten und ziehe ins Haus. Ich sage Ulrich, dass ich kein zweites Gewitter mehr draußen durchstehen möchte. Ich sehe es einfach nicht ein, eine bestandene Prüfung zu wiederholen. Er hält mich nicht auf und respektiert mein Ritual.

Fünf bis zehn Minuten nachdem ich im Haus bin, bricht das Gewitter los. Es tobt wieder die ganze Nacht, und erst am nächsten Morgen ziehe ich schweigend in die Wildnis. Ich freue mich sogar darauf, denn ich bin noch nicht fertig. Wein trinken und Brot in Olivenöl dippen kann man ja noch das ganze Leben.

Es gilt jetzt, in neue Schuhe zu steigen, mit denen ich weiterlaufen werde. Den ganzen Tag bereite ich mich darauf vor, indem ich nichts tue.

KAPITEL 7

Die letzte Nacht der Visionssuche ist die sogenannte Wachnacht, in der ich nicht schlafe, sondern in das neue Leben hineinsitze. Ich werde wach sein, bis die ersten Farben am Himmel zu sehen sind. Dann erst wird die Solo-Zeit beendet sein, und ich darf wieder ins Basislager zurückkehren.

Meine letzte Kerze brennt vor dem Tipi. Ich merke nach einer Weile, dass Motten in das Licht geflogen sind, sie sterben sofort. Sie sammeln sich im flüssigen Wachs. Zerlegt. Sind sie der alte Spuk aus der Mottenkiste? Ich bekomme ein schrecklich schlechtes Gewissen und blase die Kerze aus.

Kaum habe ich mich an einen Baum gelehnt, stelle ich fest, dass ich mich direkt an die Ws-Autobahn gesetzt habe. Auf dem Pfad sehe ich die Spuren der furchterregenden Tiere – und spüre kaum Angst. Ich höre die Ws in meiner Nähe grunzen, und es beruhigt mich, nicht alleine zu sein. Ich rassele ein bisschen, sicher ist sicher. Mich zum Finale besuchen müssen sie jetzt nicht.

Ich erinnere mich, dass Ulrich mir von einem Firmenchef erzählt hat, der in die Wildnis gezogen ist. Er wollte den ganz großen Tieren begegnen, wie er es eben gewohnt war. Doch was sah er den lieben langen Tag? Krabbeltiere! Überall. Sie zogen laufend in Rinnsalen über ihn und seine Sachen. Da fing er irgendwann an, sie zu beobachten. Bis ins kleinste Detail. Sie waren seine Lehrer. Am Ende erkannte er unter Tränen: »Ich habe den Blick für die kleinen Dinge und für meine Mitarbeiter verloren.« In der modernen Gesellschaft sind meistens die Menschen unsere Spiegel und Referenzen. Es ist spannend, wenn diesen Job mal die Natur übernimmt.

Wie ist es bei mir? Alleine bin ich nie im Wald. Es ist ja eher ein All-ein-Sein. Obwohl: Alleine auf mich gestellt bin ich immer, auch wenn ich noch so viele Beziehungen habe. Im modernen Leben gibt es nur Millionen von Möglichkeiten, dieses Gefühl zu übertünchen: mit Arbeit, Sport, Essen, Meditieren, Fernsehen, Ausgehen. Was auch immer.

In dieser Nacht habe ich überraschend viel zu tun, obwohl ich nur herumhocke. Ich schlittere in einen Zustand zwischen Traum, Realität und Fantasie. Wie in einem Film erscheinen Menschen aus meinem Leben. Sie bringen mir Botschaften, Entschuldigungen, Ermutigungen, Tipps, Ideen. Ich bin selten so reich beschenkt worden wie in dieser Nacht, nur scheinbar ganz vereinsamt mitten in der Finsternis, an der Ws-Autobahn.

Auch meine Oma, die ich jeden Tag vermisse, kommt zu Besuch. Sie hat mich gleich zu Beginn meines Freiheits-Weges verlassen, kurz nachdem ich aus dem Kloster in Nepal zurückgekehrt bin. Ich habe damals wirklich sauer reagiert, dass sie einfach über Nacht gegangen war, wo ich gerade richtig losging. Sie war doch diejenige, die mich immer ermutigt hatte, frei zu leben.

Hier in der Toskana kommt sie zurück und sagt mir, dass sie nie gegangen ist und immer noch schützend ihre Hand über mich hält. Nicht nur das. Sie überreicht mir eine Schatzkiste, in der ein Herz liegt. Es schlägt wie mein eigenes. »Oma, das gehört doch mir!«, sage ich hörbar vorwurfsvoll und nehme die Kiste mit dem Herz an mich. Meine Oma bestätigt es: »Ich habe es mit all deinen Fähigkeiten für dich aufbewahrt, um dich zu beschützen, mein Tinchen. Deine Schätze sind so wertvoll und zerbrechlich. Nun bist du stark genug und kannst dein Herz selbst tragen.« Ich verstehe ihre Botschaft sofort.

Es ist die längste Nacht meines Lebens, am Morgen herrschen in mir Frieden und Versöhnung. So viel Zuversicht und Klarheit. Aber ich denke gar nicht darüber nach. Ich rieche und fühle wie ein Tier, ich spüre meine Wurzeln und meine Kraft. Ich bin gewachsen. Ich habe mein Herz gefunden, meinen Pulsschlag.

KAPITEL 7

Als ich in der Dämmerung zurückkomme, stehen Ulrich und Vera schon im Steinkreis. Als sie mich so sehen, nach dieser durchwachten Nacht, klopfen die Tränen bei uns allen an. Irgendetwas ist mit mir passiert, man sieht es mir an. Ich weiß ja nicht, wie ich aussehe. Ich habe vier Tage lang in viele Spiegel geschaut, aber nie mein Äußeres gesehen. Ich trete in den Kreis und sage: »Ich bin die Frau, die verbunden und frei ist.«

Unbewusst habe ich die Reihenfolge der Worte »frei« und »verbunden« vertauscht. Das ist meines Rätsels Lösung.

Noch bevor ich das Fasten mit einer Suppe breche, frage ich nach Tula. Das alte Mädchen hat mich ja einfach nicht mehr besucht. Ich muss uns verpetzen. Ihr Herrchen schaut erstaunt: »Tula? Sie war mit dir spazieren und schwimmen? Aber sie ist doch todkrank!« Gerade will er zum Tierarzt fahren und schauen, ob er Tula einschläfern lassen soll oder ihr noch eine Chance mit einer OP gibt. Gebärmutter-Krebs. Ich erzähle, wie viel Kraft in ihr steckt. Mit wie viel Energie sie durch den Wald gefegt ist. Und tatsächlich meint ihr Herrchen, sie wäre ihr ganzes Leben noch nie den Fluss rauf- und runtergeschwommen.

Wo ist sie denn? Da liegt sie sediert von Medikamenten draußen im Regen auf den kalten Steinen. Müde wuschelt ihr Schwanz, ihren Kopf hebt sie nur für einen schlappen Augenblick. Ah, die! Ich will sie reinholen, da schaut sie mich kurz verheißungsvoll an, zuckt, bricht aber ihre Regeln nicht. Ich schiebe ihr wenigstens eine Decke unter den Bauch, die robbt sie stur wieder runter. Sie kommt aus ihrer wilden Freiheit nicht mehr raus, meine stolze Freundin. Ich brauche nur das Gefühl, ihr etwas Gutes zu tun. Ohne Tula wäre es richtig krass gewesen, da draußen im Wald.

Drinnen setze ich mich an den reinen Tisch und löffele meine Suppe aus. Ich dusche, schlafe, trinke einen Kakao mit Ulrich und Vera. Dann bin ich bereit, meine Geschichte zu erzählen. Denn die Visionssuche endet nicht mit der Rückkehr. Sie endet, wenn ich wieder voll angekommen bin und das Erlebte in mein Leben gesteckt habe. Sonst macht es ja keinen Sinn, ich will nicht im Wald leben, sondern wieder im Großstadtdschungel. Also erzähle ich meine Geschichte, so wie sie hier steht.

Früher, als es noch keine Glotze gab, wurden viel mehr Geschichten erzählt. Einerseits ist es gut, Geschichten loszulassen, damit ich sie mir nicht immer neu erzähle. Familiengeschichten gehören dazu, Beziehungen auch, Enttäuschungen, Frechheiten. Der ganze Kram. Manche Anekdoten dürfen gerne gehen. Ja, und manche Geschichten wirken besonders, wenn sie noch einmal gespiegelt werden. Sie können Medizin sein. Wenn jemand wirklich hinhört und zwischen den Zeilen mitliest. So wie Ulrich und Vera, die mit dem Herzen zuhören, während ich spreche. Und die mir dann erzählen, was bei ihnen hängen geblieben ist.

In ihren Augen bin ich eine Frau, die schon viel an sich gearbeitet und nun im Wald ihre Ernte abgeholt hat. Die Geschichten von mir und der zähen Tula zeigen ihnen, dass ich enge Beziehungen leben kann, vor allem ohne Worte. Dass ich zwischendurch im Haus Schutz gesucht habe und im Tipi untergeschlüpft bin, sei kein Versagen gewesen. Ich sei jemand, der sich um sich selbst kümmere, der seine eigenen, kreativen Regeln mache und damit genau dort ankomme, wo er hingehöre. Manchmal sogar weiter vorne. Ich sei jemand, der das Leben so sehr liebe, dass ich bereit sei, Extreme und Risiken einzugehen. Und ich sei eine Frau, die ihrer Sehnsucht folge und die es trotz eines Lebens in der Großstadt schaffe, sich tief mit der Natur zu verbinden. Der letzte Babyspeck sei von mir abgefallen und ich hätte Grenzen gesetzt (wie bei der Spinne) und neue Verbindun-

KAPITEL 7

gen geschaffen (Tula!). Und sie sehen mich als Botschafterin, die mit Worten ihre Erfahrungen teilt.

Ulrich meint, er habe während der Tage und Nächte laufend über mich nachgedacht. Jemand, der mit so vielen Ängsten und Dramen in den Wald geht und dann herauskommt, als wäre nie etwas gewesen, hat ihn zu der Erkenntnis gebracht, dass das alles nicht so recht zusammenpasst. »Du bist eigentlich leicht wie eine Feder. Die Ängste und das Drama gehören nicht zu dir. Die hast du dir angeeignet, um so kompliziert wie die meisten in dieser Welt mitzuschwimmen. Aber dein Wasser ist still und einfach wie ein See und ruhig wie die Wolken«, sagt er.

Einfach zu sein und zu leben, das finde ich tatsächlich manchmal wirklich schwierig in dieser Welt, obwohl es meine Natur ist.

Da überreichen mir Ulrich und Vera einen Strauß aus Federn, die sie auf ihren Routen rund um das Tal und meinen Platz gesammelt haben. Außerdem gibt es noch eine Überraschung: »Nun hast du schon im Fluss gebadet. Aber wo endet der?«

»Im Meer!«

»Ja, und da fahren wir morgen hin. Es ist Zeit, in die Wellen einzutauchen!«

Auf unserem Abstecher ans Meer beklage ich, dass ich kein Wildschwein gesehen habe. Ich hätte das so gern in diese Geschichte eingebaut. Das kann doch nicht sein, haben sie tatsächlich auf mich gehört und sich ferngehalten? Oder gibt es gar nicht so viele in diesem Wald? »Oh, doch!«, sagt Ulrich. Und dann fährt er mich zu dem größten aller Wildschweine – einer Bronzestatue auf dem Marktplatz eines italienischen Dorfes. Ich klettere sofort daran hoch und posiere als Heldin, wie Asterix es getan hätte. Ich weiß auch nicht, warum, aber nach so einer tiefen inneren Einkehr werde ich immer albern und übermütig.

Ulrich und Vera holen mich wieder zurück auf den Boden. Als wir endlich am Strand sitzen und in der Sonne brutzeln, soll ich einen Plan aufstellen, wie ich meine Erfahrungen nach Hamburg transportieren kann. Ein Versprechen ist, dass ich mir einen Kraftplatz in der Natur suche, den ich immer wieder besuchen werde. Denn natürlich gibt es auch in Hamburg Wasser und Bäume.

Kurz vor meiner Abreise gehe ich noch einmal zu meinem Platz; ich habe das Gefühl, Danke sagen zu wollen. Ich nehme die Seile mit den Knoten ab und lege sie mit den Federn in meinen Koffer. Es ist immer gut, sich an die Heldinnengeschichten und seine Trophäen zu erinnern, wenn einem das Leben neue Hindernisse in den Weg wirft.

Auf dem Weg zurück ins Basislager implodiere ich fast vor Energie. Dieses Alleinsein-Abenteuer hat mich genährt, mit allem, vor allem mit mir selbst verbunden und voll aufgetankt. Ulrich sagt, dass er immer wieder beobachtet, dass Menschen auf einer Visionssuche alle ihre gemachten Erfahrungen in sich zusammenführen und dann ihren Platz in der Welt einnehmen.

So kann ich meine PS auf die Straße bringen, denke ich. Ich erkenne: Mut heißt, voller Angst zu sein, aber sich nicht von ihr beherrschen zu lassen.

Es gibt nur eine, die gerade auf meinem Energielevel funkt. Die wilde Wolfsfrau Tula prescht durch die Büsche und jagt wieder die armen Ws. Zum Abschied beißt sie mir beherzt in den Arm. Sie hat nur zwei Tage gebraucht, um sich nach der OP wieder aufzurichten. Na, siehste! Wir knicken nicht ein.

Kapitel 8
WEG MIT DEM MIST

Meine Freundin Simke, deren Besitz in zwei Koffer passt und die abwechselnd drei Outfits trägt, outet mich als Messie. Ich lasse sie freiwillig meine gut aufgeräumte Wohnung mit minimalistischem Blick begutachten. Ihre Augenbrauen bleiben die ganze Zeit oben: »Wann hast du das letzte Mal in dieses Buch geschaut? Wozu brauchst du drei Shampoos? Warum biegt sich in deinem Kleiderschrank die Stange? Und wieso stellst du alles mit Möbeln voll?«

Ich bin weit davon entfernt, ein Messie zu sein, aber als Simke mit bohrenden Fragen meine Wohnung durchforstet, komme ich mir so vor, als würde ich mich mit meinem Besitz selbst belasten und blockieren.

Das hat nichts mit Freiheit und Leichtigkeit zu tun. Meine Freundin schaut mich verschwörerisch an und sagt: »Wenn du dich von allem trennst, was du nicht mehr brauchst, werden ganz viele tolle Dinge in deinem Leben passieren.« Das legt meinen Schalter um!

Die einzige Notwehr gegen eine Welt des Überflusses scheint, selbst so sortiert wie möglich zu leben. Ist Minimalismus etwa der neue Kapitalismus? Wer mehr als hundert Dinge besitzt, gilt als arm, habe ich kürzlich gelesen.

WEG MIT DEM MIST

Es ist mir selbst oft zu viel: Ich kenne längst nicht mehr alle meine Facebook-Freunde, auf meinem Handy prasseln täglich unzählige Nachrichten über mehrere Apps herein, Supermärkte erschlagen mich, und ich horte viel zu viel Papierkram. Ich habe in meinem Leben viele reiche Menschen getroffen, und sie machten auf mich meist einen gestressten Eindruck, so als hätten sie viel zu verlieren. Ich glaube, solange man sich keine Existenzsorgen machen muss, ist jeder Mensch wohlhabend und kann danach als Millionär nur noch verlieren. Und wenn ich ehrlich zu mir bin, sind ein fröhliches Lachen mit Freunden, ein Fangspiel mit Kindern, eine Nacht in Löffelchenstellung oder ein Blick auf einen Wasserfall unbezahlbar.

Gibt es deshalb immer mehr Menschen, die ihren Besitz, ihre Gewohnheiten und insgesamt ihr Leben vereinfachen, reduzieren und wieder mehr mit dem verbinden, was sie wahrhaft erfüllt?

Ich habe das Gefühl, dass immer mehr neue Krankheiten entstehen, nicht zuletzt durch Hektik und Stress. Aber auch durch das industrielle Essen, das sich viele Menschen hastig am Schreibtisch reinschieben, die giftige Kosmetik, die wir an uns ranlassen, und die ständige Erreichbarkeit, die wir von uns selbst erwarten. Mittlerweile werden die ersten Krankheiten aufgrund der Dauernutzung von Smartphone & Co. diagnostiziert. Um dagegenzuhalten, gibt es Trends, die auf den ersten Blick wie ein Rückschritt wirken, bei denen man sich beispielsweise wie Menschen aus der Steinzeit ernährt (Paleo). In den USA ziehen Menschen aus ihren städtischen Anwesen in Mini-Häuser auf dem Land. Das soll schon Ehen gerettet haben. Ein Freund von mir schreibt nur noch Postkarten, um sich zu verabreden. Und eine Freundin wäscht ihre Haare mit Roggenmehl und Ei.

KAPITEL 8

Ich habe mal gelesen, dass Frauen, die besonders viele alte Unterlagen und Kleidung aufbewahren, Probleme haben, einen Partner zu finden. Wenig zu besitzen heißt logischerweise auch, sich um weniger kümmern zu müssen sowie mehr Platz, Zeit und Geld zu haben. Letztlich geht es für viele auch darum, weniger zu arbeiten, um mehr Zeit für ihre Herzensprojekte zu haben oder um andere Menschen ehrenamtlich zu unterstützen. Auch ich möchte die Welt durch Konsumverzicht und Nachhaltigkeit bereichern, indem ich teile, spende, recycle und niemanden ausbeute. Will ich jeden Tag ein Smartphone in der Hand halten, das von Kindern in China zusammengebaut wurde? Möchte ich wirklich Lebensmittel essen, die aus Chemie bestehen? Möchte ich Kleider tragen, die andere für Hungerlöhne zusammennähen, damit ich nur 35 Euro zahlen muss?

So packt mich der Ehrgeiz, mein Leben in Hamburg aufzuräumen. Ich möchte endlich in einer befreiten Wohnung leben. Wie oft habe ich mir schon vorgenommen auszumisten. Alle Orte in der Welt, an denen ich gelernt und geübt habe, zeichnen sich dadurch aus, dass sie schön, klar und aufgeräumt sind. In den Meditationsräumen im Zen-Kloster findet man kein schiefes Bild oder gar eine Kram-Schublade. Das hat einen tiefen Sinn, denn die äußere Form bestimmt die innere. Und ich lebe schließlich in dieser Wohnung und nicht in einem Kloster, Yogastudio und erst recht nicht im Wald, niemals.

Ich bin ordentlich, aber auch gut im Verstauen und Horten. Ich merke, dass bei dem ganzen Kram die Energie nicht frei fließen kann. Im Wohnzimmer bekomme ich kaum Luft, weil es vollgestellt ist mit Möbeln und sogar unter dem Sofa Kisten lagern. Warum habe ich die alten Rechercheunterlagen von längst geschriebenen Reportagen nie weggeworfen? Was will ich mit vier Jahre alten Kalendern voller gelebter Momente? Womit umgebe ich mich? Das alles beeinflusst mich vermutlich, und mit Sicherheit schlafe ich schlechter, wenn die Steuerunterlagen oder der Computer im Schlafzimmer stehen. Wie soll ich mich da von der Arbeit erholen? Wenn ich zu viel behalte, kann die Energie nicht mehr so gut fließen. Halt gibt mir eigentlich das Loslassen, ein Paradoxon. Beim Meditieren leuchtet mir das immer ein, aber nun gilt es, hundertfach real »Adieu« zu sagen. Das ist nicht meine Stärke.

Ich lebe in einer Fünfzig-Quadratmeter-Wohnung mit Keller – so schwer dürfte es nicht sein. Oder doch? Im Nachhinein weiß ich, dass hinter dem konsequenten Aufräumen eigentlich eine Schocktherapie steckt. Ich werfe nicht einfach weg, ich sortiere mich neu und hole alle Kisten aus dem Keller.

Als ich einmal einer guten Freundin beim Umzug von Hamburg nach Spanien geholfen habe, musste sie sich wirklich von fast allem trennen – aber dafür alles ein letztes Mal in die Hand nehmen. Während ich einfach ihre alten Uni-Unterlagen in den Müllsack donnerte, tauchte sie noch einmal hinterher, in Tränen aufgelöst. Sie brauchte Wochen, bis ihre drei Koffer gepackt waren, und lebte bis dahin wie in einer Parallelwelt. Nun verstehe ich, warum. Natürlich konnte sie nicht einfach Löschtasten drücken oder alles aus dem Fenster werfen. Das Innenleben haftet an dem Kram. So möchte ich am Ende nicht nur in einer schönen Wohnung leben, sondern auch klarer sehen können, womit ich mich umgeben möchte. Schlechte Angewohnheiten oder alte Geschichten sollte ich gleich mit recyceln.

Eine kurze Inventur und ich gestehe mir ein: »einfach loslassen« und »alles anders machen« sind schwer. Deshalb schließe ich mich einer Art Selbsthilfegruppe an, einem Stammtisch der Minimalisten in meinem Bekanntenkreis. Die Frauen und Männer in meinem Alter beschäftigt unter anderem, dass bei all

KAPITEL 8

dem Überfluss immer die wichtigen Dinge zu kurz kommen. Wir fragen uns bei den Treffen: Wie kann ich für mich Platz schaffen? Weniger Zeit verschwenden, weniger Dinge verwalten und mehr Sinnvolles tun? Wir tauschen uns ehrlich darüber aus und geben uns Hausaufgaben wie: die Küche! Das Bad! Dazu gehört nicht nur, vertrocknete Wimperntusche auszumisten, sondern auch selbstkritisch zu hinterfragen: Wie viel Zeit verbringe ich hier? Wie kann ich eine einfachere Routine finden? Vielleicht reicht auch Kokosöl zum Eincremen für den ganzen Körper, dazu noch als Haarkur und Zahnöl? In meinem Badezimmer gibt es Tuben, die ich seit Jahren nicht angefasst habe. Wann soll der Moment kommen, in dem ich die noch aufbrauche? Dieses ganze »irgendwann mal«, »vielleicht noch« oder »wer weiß, ob ich das noch brauche« streiche ich aus meinem Kopf. JETZT! Was brauche ich jetzt?

Mir wird durch die Selbsthilfegruppe bewusst, dass ich grundlegend Inventur machen möchte: von Versicherungen über Klamotten bis hin zu ungelösten Konflikten oder noch unerfüllten Träumen. Dann will ich neue Gewohnheiten finden wie: Ich kaufe nur noch regional angebautes Gemüse, dann gibt es eben keine Erdbeeren im März. Und für jedes neue Kleid gebe ich eins ab. Doch im selben Atemzug erinnere ich mich daran, dass ich keine Regeln mag und mich nur daran halte, wenn es um so etwas wie Straßenverkehr geht. Wieso kann das nicht auch alles einfach im Flow sein und ich authentisch aus mir selbst heraus handeln? Ich erinnere mich an meine isländische Freundin Ari, die tatsächlich so befreit lebt. Sie hat keinen Terminkalender, und ihr Besitz passt in eine Einkaufstasche vom Discounter, wie sie immer stolz betont. Yoga übt sie zwischendurch vorm Herd oder beim Warten an der Bushaltestelle. Routinen und Regeln gibt es für sie nicht, sie lebt wirklich von Moment zu Moment, was eine Verabredung unmöglich macht. Aber wenn man ihr begegnet, dann ist sie da und nicht irgendwo am Handy oder beim nächsten Termin. Sie sitzt bei mir, hört mir zu, und irgendwann landen wir vielleicht zusammen im Wald und machen ein Lagerfeuer oder wir fahren zur Tankstelle und essen einen Burger.

Ich vermute, dass man erst einmal Klarschiff machen sollte, bevor man losschippert. Mir hilft eine akkurate Japanerin, Marie Kondo, die eine magische Methode namens KonMari entwickelt hat, um sich von dem ganzen Ballast zu befreien. Viele meiner Freundinnen haben sie schon zu ihrem neuen Vorbild erklärt. In ihrem Bestseller Magic Cleaning erklärt Marie Kondo alles, was es über ihre Wunder-Methode zu erfahren gibt. Doch was soll an diesem Buch anders sein als bei anderen Ratgebern? Ich soll es bald erfahren. Das Grundprinzip: Ich darf nur das behalten, was mich mit Glück und Freude erfüllt. Dazu soll ich jedes Ding in die Hand nehmen, spüren und dann entscheiden: Soll es bleiben oder gehen? Laut der Autorin sind alle Dinge beseelt. Eingehaucht wird ihnen das Leben durch ihr Material, den Erzeuger und auch den Besitzer. Natürlich macht es einen Unterschied, ob ein Stuhl aus Plastik oder Holz ist, ob ein Pullover in China von ausgebeuteten Arbeitskräften gefertigt wurde oder von der Oma gestrickt.

Marie Kondo kommt mir auch bei der Ausrede zuvor, mit dem Aufräumen bis zum nächsten Umzug warten zu können. Erst einmal müsse man sich selbst einen guten Raum schaffen, um wieder Neues in das Leben zu ziehen. Sprich: die Traumwohnung, den Traummann. Bedeutet dies, wer in einer Krims-Krams-Wohnung lebt, bekommt auch Krimskrams im Leben?

Das Aufräumen soll man in einem Rutsch machen. Einmal im Leben. Und auf keinen Fall Zimmer für Zimmer, sondern

KAPITEL 8

nach Kategorien. Es geht los mit den Kleidern. Übermütig kippe ich meinen Kleiderschrank aus, werfe Jeans, Röcke, zahllose Kleider und Leggings in die Mitte des Raums, hole auch meine Tücher, Taschen und Mützen aus den Schubladen und meine Gummistiefel aus dem Keller. Was nicht zu übersehen ist: Ich habe zu viel. Und doch stehe ich oft vorm Kleiderschrank und frage mich: Was soll ich nur anziehen? Außerdem besitze ich mehrere Größen: passende, zu kleine und zu große. Was natürlich Quatsch ist. Ich bin gerade so, wie ich bin, und das sollte auch mein Kleiderschrank spiegeln. Ich greife nach einem Cordrock und frage mich zuerst: Ist der noch modern? Ich erinnere mich an die Zeiten, die wir zusammen verbracht haben, den Urlaub in Italien oder die durchtanzte Sommernacht. So habe ich schon den ersten Fehler begangen. Denn es geht nicht darum, in der Vergangenheit zu schwelgen, sondern einfach nur darum, jetzt im Körper zu spüren, ob mich dieser Rock erfreut und Glücksgefühle auslöst. Außerdem hätte ich mit den Kleidungsstücken beginnen müssen, die dem Herzen und der Haut am nächsten sind: Unterwäsche. Es gefällt mir, sehr wählerisch damit zu sein, was man so nah an sich trägt. So sortierte ich gleich alle kratzigen und synthetischen Bügel-BHs aus. Brauche ich überhaupt einen BH? Ich fange an, mich zu trennen und zu bedanken. Denn bevor ein T-Shirt in den schwarzen Müllsack wandert, muss es noch mal umarmt werden.

Während ich da so wie in Trance den Stapel verkleinere, verändert sich mein Bewusstsein für die Dinge. Ich reflektiere ihren Wert, wie und wo die Kleidung hergestellt wurde, und ich frage mich, ob rosa Kleider eigentlich noch zu mir passen. Muss ich die Wanderstiefel, mit denen ich zwei Mal den Jakobsweg gegangen bin und die entsprechend aussehen, behalten? Sie haben ihren Dienst getan, die Erinnerung kann mir eh keiner mehr nehmen. Nach drei Stunden bin ich noch nicht bei der Hälfte angelangt, nicke aber zwischen rotem Mantel und Skinny Jeans ein.

Als ich wieder aufwache, habe ich keine Lust mehr. Das ist das Problem: Wenn ich einmal ein Fass aufmache, dann kann ich es nicht mehr so leicht schließen. Deswegen bin ich auch froh, dass ich meinen Weg zu mir so langsam Schritt für Schritt gehe. Öffnen oder radikal ändern geht immer schnell, wieder schließen oder sich wirklich daran gewöhnen nicht so sehr.

Also, weiter: Tennisrock? Ja! Obwohl: Nein! Goldener Gürtel? Klar! Was für eine geniale Meditation, denn zwischen dem Anfassen und Entscheiden bleibt kaum Raum für etwas anderes. Ich sortiere bis spät in die Nacht, vergesse zu essen und schleppe noch vor dem Schlafengehen die Kleider zum Altkleider-Container, damit ich am Morgen nichts wieder herausfischen kann.

Am nächsten Tag knöpfe ich mir meine Bücher vor. In meinem Gehirn hat sich eingebrannt, dass man Bücher nicht wegwirft und sich höchstens vom Schund trennt. Bei meinen drei Regalen biegen sich allerdings schon die Bretter. Auch hier muss ich alles erst komplett auf einem Haufen sammeln und darf nicht einfach ein paar Bücher rauspicken und dann noch zwischendurch Staub wischen. Denn bei Marie Kondo sind Aufräumen und Putzen streng getrennt, es seien zwei unterschiedliche Prozesse. Wenn man die Bücher mit Marie Kondos Augen betrachtet, tragen sie alle Botschaften und Energien. Was also will ich direkt neben meinem Bett stehen haben, wo ich träume, ruhe und so weiter? Welche geschenkten Bücher werde ich eh nie lesen, welche bewahre ich nur auf, weil ich die Autoren persönlich kenne?

Mittendrin überrede ich mich selbst zum Schummeln: DAS BETT! Ich lasse mich ablenken, wie so oft im Leben, und schaue mir mein Bett an, das nun schon einige Jahre auf dem Buckel

KAPITEL 8

hat und stummer Zeuge von so vielem gewesen ist. Was lagere ich eigentlich darunter? Ich krieche dahin, wo die Wollmäuse leben, und entdecke neben meinem ersten, längst kaputten Laptop noch mehr Kleidung (die nun automatisch in den Sack kommt) – und eine rätselhafte Kiste. Was ist da drin? Sie liegt quasi direkt unter meinem Herzen, jede Nacht. Als ich sie öffne, krampft mein Magen: Sie macht mich nicht glücklich. Darin lagern Fotos, Briefe und Erinnerungen von einem Ex-Freund aus Studienzeiten. Die Beziehung habe ich schon vor langer Zeit beendet und es nie bereut. Mit dem Mann habe ich keinen Kontakt mehr, aber über Facebook erfahre ich, dass er verheiratet ist und ein Kind hat. Ich freue mich über sein Glück, aber will ihn nicht im Haus haben. Als wäre sie eine riesige Spinne, werfe ich die Box erst von mir und donnere sie dann mit spitzen Fingern in den Müllsack, den ich gleich entsorge. Ich hänge noch einen Spaziergang dran. Ich kann mir selbst nicht erklären, wer diese Kiste dort verstaut hat, und ich grübele darüber, was das wohl für energetische Auswirkung hatte, direkt unter meinem Herzen. Und wie müssen sich da die nachfolgenden Männer in meinem Bett gefühlt haben? Ich steigere mich total rein und frage mich selbst, wer dafür verantwortlich ist. Alles in mir duckt sich. Wenn das mit den Energien und Verbindungen unterbewusst so stark sein soll – dann bin ich vielleicht die vergangenen Jahre gar nicht so frei gewesen, wie ich dachte?

Ich kann es selbst kaum glauben, aber ein paar Wochen später ruft dieser Ex-Freund aus der Kiste unter meinem Bett an. So als hätte ich die Büchse der Pandora geöffnet und als wären nicht zehn Jahre vergangen, heult er ins Telefon: »Ich denke noch jeden Tag an dich. Ich will dich sehen.« Ich frage ihn, ob er betrunken sei. Das kam in der Vergangenheit durchaus vor. Er sagt Nein. Ich frage auch nach seiner Familie – und lerne, dass seine Ehe schon lange nicht mehr läuft. Social Media ist wirklich die krasseste Scheinwelt, die es nur geben kann. Natürlich postet da niemand ein Foto von einem Ehekrach mit den Hashtags #immerunglücklich #ichliebediesefraunichtmehr. Nun will er mit mir um die Welt reisen, glücklich werden. Ich höre da zwischen den Zeilen auch den Schrei eines kleinen Jungen nach seiner Mama. Mein Körper schlägt schon während des Gesprächs Alarm, ich zittere. Aber nicht, weil ich ihn noch liebe. Ich freue mich über die Erkenntnis, dass diese Gefühle vorbeigezogen sind. Meilenweit weg. Direkte Klarheit schießt durch mein Gehirn, in meine Zunge und dann durchs Telefon: »Ich möchte dich nicht wiedersehen! Ich bin nicht mehr die Frau, die du damals geliebt hast und die dich geliebt hat.« Er ignoriert, was ich sage. Das kommt mir bekannt vor, und es ist Zeit, aufzulegen. Natürlich berührt mich das Gespräch in der nostalgischen Ecke meines Herzens, deswegen hebe ich auch nicht wieder ab, als es noch hundert weitere Male klingelt.

Ich brauche nur einen Tag, um mich zu erholen und wieder auf meine Mission zu besinnen, die für mich nun mehr Sinn ergibt. Ich habe keine Zeit für die Vergangenheit.

Meine Motivation für das große Reinemachen fühlt sich grenzenlos an. Ich bin nicht mehr zu bremsen. Wie ein aufgedrehter Roboter schleppe ich eine Bücherkiste nach der anderen aus der Wohnung. Wir erfreuen uns in der Nachbarschaft an einem kleinen Tauschhäuschen auf dem Gehweg, wo man Dinge verschenken und wieder mitnehmen kann. Ich trage meinen halben Haushalt dorthin. Später vor allem die ganzen Souvenirs und den Krimskrams. Ich trenne mich zum Beispiel von so unwichtigen Dingen wie einer Matroschka, die ich mal in Polen gekauft habe. Verschämt lege ich das Teil schnell im Tauschhäuschen ab. Mit einem Freudenschrei greift eine ältere

KAPITEL 8

Dame zu: »Danach habe ich seit Jahren gesucht!« Wir freuen uns gemeinsam. Das passiert also, wenn man Dinge wieder in den Fluss bringt – sie machen mich nicht mehr glücklich, dafür aber jemand anderen umso mehr.

So langsam werde ich manisch, aber ich fühle mich merklich von Woche zu Woche besser. Jedes Mal, wenn jemand ein Möbelstück bei mir abholt, atme ich auf. Ich fasse jetzt den übermütigen Plan, eines meiner zwei Zimmer komplett leer zu räumen. Einen leeren Raum, den wünsche ich mir schon lange. Einen Ort, der komplett befreit ist. Hier würde ich nicht nur selbst meditieren, sondern auch andere Menschen unterstützen. Ich hänge alle Bilder ab und verkaufe einige Möbel. Den Fernseher habe ich ja bereits nach dem Retreat im Allgäu verkauft. Ich habe ihn eh kaum noch genutzt, denn ich wollte mich nicht mehr mit sinnloser Gewalt belasten. Es reicht, die Nachrichten zu lesen und sich mit den Problemen in der Realität zu befassen. Ich möchte aber nicht zusehen, wie jemand umgebracht wird, eine Frau vergewaltigt oder brutal gefoltert. Es scheint aber leider so, dass Krimis und Serien voller Gewalt besonders erfolgreich sind. Mich verfolgen diese Bilder noch jahrelang in meinen Träumen, das muss ich mir nicht mehr geben. Natürlich ist es schön, seinem Alltag zu entkommen und eine Serie zu sehen, um festzustellen: Hey, die Protagonisten haben ja ähnliche Probleme oder sogar noch mehr, und so lösen sie diese. Aber es reicht mir, wenn es dabei um Liebeskummer oder Familienkrach geht, ich brauche kein Blut und keine Gewalt. Und vor allem will ich mich mit dem Serien-Binge-Watching nicht dauerhaft der Realität entziehen. Wenn ich schaue, dann mit Genuss.

In meinen Räumen sollen also keine technischen Geräte mehr stehen, auch wegen der Energie. Ich bitte sogar einen befreundeten Elektrik-Fachmann, sämtliche Steckdosen zu isolieren. Doch dann gestehe ich mir ein, dass ich mir in der Großstadt nun wirklich keine Gedanken um Elektrosmog und Strahlung machen muss – ich kann dem sowieso nicht entkommen. Schalte ich mein Internet und Handy ab, befinden sich im unmittelbaren Umkreis mindestens zehn weitere Geräte. Eine Freundin fürchtet schon, dass ich demnächst im Alu-Anzug rumlaufen werde. Das passiert nicht, aber man kann sich ja immerhin mal bewusst machen, was so um einen herum funkt, und entsprechend ein paar Stecker ziehen. Vor allem mein Schlafzimmer wird von dem gesamten Ballast befreit: keine technischen Geräte, keine Steuerunterlagen, keine Krimis. Hier schlafe ich, hier meditiere ich, hier liebe ich.

Ich sprenge die sehr akribischen Regeln und den festgelegten Rahmen von Marie Kondo und gehe meine eigenen Wege – ich zweige mit großer Freude in viele Seitenstraßen ab. Zum Beispiel weigere ich mich, meine Kleidung akkurat zu kleinen Päckchen zu falten und dann im Schrank zu stapeln.

Ich komme innerlich und äußerlich ganz schön in Bewegung. Aber darum geht es ja. Ich fühle mich nach dem Ausmisten, als wäre ich einen Marathon gelaufen und meine innere Schneekugel so richtig durchgeschüttelt worden. Da helfen nur eine Runde Zen-Meditation und Laufen, um alles wieder zu beruhigen.

Ich dehne diesen Wohnungs-Detox immer mehr in alle Bereiche meines Lebens aus. So sortiere ich nicht nur meine Versicherungsunterlagen, sondern lasse mich auch gleich grundlegend von einer Fachfrau beraten: Was brauche ich, was nicht? Seit Jahren plagt mich mein schlechtes Gewissen: Bin ich gut genug versichert? Würde mich meine Berufsunfähigkeitsversicherung auffangen? Und warum sind die Menschen in Deutschland so extrem abgesichert, obwohl wir vergleichsweise wenigen Bedrohungen gegenüberstehen? Woher kommt diese Angst?

Ich hefte nicht nur meine Kontoauszüge ab, sondern befasse mich auch damit, wofür ich mein Geld ausgebe und wie es reinkommt. Auch hierbei lasse ich mich beraten und darüber informieren, wie ich investieren und fürs Alter vorsorgen kann. Ich habe schon zu viele Frauen sagen hören: »Das regelt mein Mann!« Wenn man sieht, wie viele Ehen geschieden werden, dann kümmere ich mich lieber selbst darum. Es ist eine traurige Tatsache, dass Frauen oftmals weniger verdienen als Männer und im Alter einem höheren Armutsrisiko ausgesetzt sind. Geld ist letztlich auch eine machtvolle Form von Energie, sie sollte fließen. Ich erkenne außerdem, dass ich mich in der Vergangenheit ab und an unter Wert verkauft habe oder Schwierigkeiten hatte, für meine Meditationskurse Geld zu verlangen. Was natürlich Quatsch ist: Energie sollte gegen Energie getauscht werden. Es macht besonders dann Spaß, wenn ich diese Energie mit anderen teilen kann. Immer wenn ich zu viel Geld für eine gute Sache ausgebe, kommt es zuverlässig irgendwann wieder zu mir zurück.

Statt der Krimis stapeln sich auf meinem Nachttisch bald zahlreiche Ratgeber-Bücher. Ich will wissen, wie man keinen Müll mehr produziert, sich vegan und gesund ernährt, sich am besten bewegt, seinen Tag strukturiert, kreativer wird, sein inneres Kind behandelt, mit Männern umgeht, die Welt rettet, offen kommuniziert, digital entgiftet. Ich lese jeden Tag vorm Einschlafen so viele Tipps und Regeln, dass ich nachts von perfekten Tagesroutinen träume, die ich immer wieder aufschreibe, um sie festzuzurren und dann doch wieder zu verwerfen: um 7 Uhr aufstehen, ein warmes Glas Wasser mit Zitrone trinken, Zähne putzen, Zahnzwischenräume bürsten, Zunge putzen, mit Kokosöl spülen, das Gesicht mit einem warmen Peeling-Schwamm abrubbeln, Dehnungsübungen, Meditation, Walken an der frischen Luft, einen warmen glutenfreien Getreidebrei mit Goji-Beeren und natürlich Chia-Samen essen ... und, und, und. Ich glaube zwar auch, dass es gut ist, sich seine Routinen zu schaffen und den Morgen unbedingt mit bewusster Me-Time zu starten, bevor die Arbeit losgeht, aber ich will mir auch kein zu starres Korsett anlegen. Es finden sich so viele unterschiedliche Meinungen, Studien und Theorien darüber, wie man ein gutes, gesundes Leben führt. Aber eigentlich möchte ich ja vor allem alles vereinfachen und mir nichts einreden lassen. Muss dafür zunächst alles erst mal kompliziert sein? Ich ertrinke in der Flut aus Möglichkeiten, mein Leben umzugestalten. Brauche ich Routinen, Verzicht und Regeln für meine Gesundheit? Oder kann ich auf mein Gefühl hören? Ich will nicht riskieren, intuitiv zu essen oder mich nach Lust und Laune zu bewegen, denn da haben sich in der Vergangenheit schnell zu viele ungesunde Gewohnheiten bei mir eingeschlichen. Ich bin im Büro groß geworden, die einzige Belohnung ist dort die Schokolade am Nachmittag, und für Sport bleibt keine Zeit. Aber vermutlich muss ich nur lernen, meine Gefühle zu unterscheiden und richtig einzuordnen: Was tut mir wirklich gut, was ist bloß eine (schöne) Erinnerung?

Ich beschließe, für die Umstellungsphase sind solche Routinen hilfreich. Danach werde ich besser wissen, was mir wirklich guttut.

Ich verstehe nicht, warum manche Menschen immer erst den Beweis brauchen, dass etwas wirklich funktioniert, bevor sie es überhaupt ausprobieren – das gilt besonders für Meditation. Schließlich gibt es nicht den einen Masterplan, jeder hat unterschiedliche Lebensbedingungen und entsprechende

KAPITEL 8

Bedürfnisse. Was bei dem einen funktioniert, ist nicht zwangsläufig der richtige Weg für den anderen. Ich bin meine eigene Forscherin und vertraue nur dem, was ich erlebe und für mich persönlich als richtig empfinde. So klappe ich nach einer Weile alle Bücher zu und gehe in die Testphase über. Ich will verschiedene Lebens- und Ernährungsstile erst im Extrem durchziehen, um dann selbst zu entscheiden, ob und wie ich sie in mein Leben integrieren möchte.

Ich scheitere sofort grandios daran, plastikfrei zu leben. Wie soll man nur dieser Hölle entkommen? Wenn man nur einen Tag bewusst auf den Plastikgebrauch achtet, wird man bereits wahnsinnig. Da muss man eigentlich mit einer Alu-Dose zum Asia-Takeaway rennen und sowieso immer einen Mehrwegbecher für den Coffee-to-go und eine Trinkflasche mitschleppen. Eingekauft wird idealerweise in verpackungsfreien Läden, die lose Ware anbieten, die man dann in Jutebeuteln oder Gläsern mitnimmt. Ich muss gestehen, dass auch ich jedes Mal heulen könnte, wenn wieder ganze Plastikteppiche am Strand angespült werden, aber ganz auf Plastik verzichten kann ich nicht. Dennoch entscheide ich mich nach meiner Testphase, meinen Beitrag zu leisten: Ich bekomme mein regionales Obst und Gemüse in einer Kiste direkt vom Hof geliefert, trinke nur Leitungswasser, nutze eine Menstruationstasse und bevorzuge alles, was in Papier oder Gläsern steckt. Ich bitte in Geschäften oder beim Bäcker immer darum, auf Verpackung und Tüten zu verzichten, und transportiere meine Einkäufe in Stoffbeuteln.

Als Nächstes probiere ich alle Yogastile von Kundalini bis Bikram durch und wünsche mir, dass es irgendwann funkt. Ich teste auch Qigong sowie verschiedene Kampfsportarten wie Judo. Mir gefällt die Idee, Yogini zu werden. Gut stehen würde es mir. Aber auch, wenn ich die bunteste, stylishste Yogaleggings trage, muss ich mir eingestehen, dass die große Freude erst bei der abschließenden Entspannungsübung einsetzt, bei der man bewegungslos auf dem Rücken liegt und nur atmet. Ich habe mal gehört, das sei eine der schwierigsten Yogaübungen. Ich beherrsche sie perfekt. Ich liebe Yoga, aber ich mag es nicht, Sportübungen in der Gruppe angeleitet zu bekommen. Ich finde es fürchterlich, korrigiert zu werden, und vergleiche mich doch mit den anderen, auch wenn davon abgeraten wird. Wer fühlt sich nicht wenigstens ein bisschen komisch, wenn alle anderen einen Kopfstand üben und man selbst nur ein Bein in die Luft bekommt? Ich bin generell eher der Typ Mannschaftssportart. Zu Schulzeiten habe ich Tennis und Basketball gespielt. Beides kann man nicht alleine machen, aber ich finde keine geeigneten Partner, um regelmäßig zu trainieren. So übe ich schließlich Yoga zu Hause weiter, integriere die Übungen in meinen Alltag, wenn mein Körper nach einem »herabschauenden Hund« ruft. Ich gehe draußen walken und tanke dabei auch noch frische Luft. Und ich tanze bei jeder Gelegenheit, einfach so, ohne besonderen Anlass.

Nachdem das mit der Bewegung geklärt ist, gilt es als Nächstes, vegan zu leben. Ich arbeite alle Bereiche ab, wie auf einer Behörde. Ich esse schon seit meiner Jugend nichts mehr, was mal Augen hatte. Die Entscheidung war damals weder politisch noch ethisch motiviert. Der Gedanke, Tiere zu essen, schmeckte mir noch nie. Ich wurde dennoch groß ohne Mangelerscheinungen. Nach einer Blutanalyse hat mich mein Arzt einmal gefragt: »Sind sie Vegetarierin?« Ich nickte zur Antwort bibbernd und dachte, ich müsste bald in ein blutiges Steak beißen. Stattdessen sagte er, das habe er sich bereits gedacht bei meinen vorbildlichen Blutwerten. Er meinte, dass meistens die Vegetarier die guten Blutbilder hätten, weil sie sich insgesamt gesün-

KAPITEL 8

der ernähren und bewusster leben würden als die Currywurst-Fraktion. Und ich habe wirklich das große Glück, so gut wie nie krank zu sein. Ich bin der lebende Beweis, dass Meditation, Kakao, gemäßigte Bewegung, ein Traumjob und gute Freunde besser wirken als jedes Medikament und dass man ohne Fleisch und Fisch gut (über-)leben kann. Doch seit Vegetarier zum gesellschaftlichen Standard gehören, frage ich mich: Kann ich noch mehr tun, damit Lebewesen nicht gequält oder ausgemolken werden? Ich beschließe, noch bewusster zu essen: keine Milchprodukte, zuckerfrei, koffeinfrei und weizenfrei. Dank Hafermilch, Getreidekaffee, Dinkel und Stevia stellt die praktische Umsetzung kaum noch ein Problem dar. Wenn ich selbst koche, komme ich gut klar und kann meinem Körper genau das geben, was er mag und braucht. Doch auswärts brauche ich Entschuldigungen: Oh, den selbst gebackenen Geburtstagskuchen kann ich leider nicht essen und den Champagner bei der Feier nicht trinken. Auf einen Kaffee treffen? Oje! Ich bin gut genährt, fit, voller Energie und leichter, dank der ganzen grünen Smoothies. Ich fühle mich gesund, aber dennoch nicht wirklich befriedigt. Ich suche nach altbekannten Geschmäckern, denn ich verbinde mit dem Essen auch Emotionen und Erinnerungen, besonders aus der Kindheit: Am Badesee gab es Eis und zur Belohnung Schokolade. Außerdem weiß ich bald, dass ich diesen Lebensstil nicht durchziehen werde, ohne mich ständig selbst zu beschummeln. Ich verbringe viel zu viel Zeit in der Küche, vor allem mit Abwasch. Immer wenn ich den Entsafter reinige, denke ich daran, dass dies länger dauert als der Genuss des ausgepressten Rote-Bete-Möhren-Ingwer-Saftes. Ich frage mich: Ist es okay, eingeflogene Bio-Mango zu essen? Schadet Soja meinem Hormonhaushalt? Und dann ist auch noch Fasten gerade hip, wovon mir immer schwindelig wird. Ich lese ständig neue Theorien und mache mich selbst verrückt. Sich so sehr mit Essen zu beschäftigen, empfinde ich beinahe als eine Essstörung. Mir erzählen auch viele Männer, dass sie bei der Partnersuche genervt sind, wenn Frauen zu viel über Essen reden oder sich Genuss verbieten.

Doch gleichzeitig nehme ich wahr, wie sich der Geschmack von echten Lebensmitteln anfühlt. Ich bekomme ein Gefühl dafür, was mich nährt und was mir guttut. Weizen macht mich träge, Zucker ist mir zu aggressiv süß geworden und Snacks zwischen den Mahlzeiten, wie Kekse, machen nie satt.

Ich liebe vegane Superfood-Restaurants, weil sie oft nur gesunde Speisen auf der Karte haben, die mit besonders viel Liebe zubereitet werden. Außerdem sind die Lokale immer gemütlich eingerichtet. Doch ich finde es fatal, dass die Gerichte so genannt werden wie die Originale: Eine rohe vegane Pizza ist eine Mogelpackung. An einem Abend gehe ich mit meiner Genießer-Freundin Anni in so ein Lokal, und sie fragt ernsthaft nach den ersten Bissen: »Was bitte ist das und wann kommt unsere Käseplatte?« In meinem Mund breitet sich gerade ein trockener Schwamm aus, der nach Moder mit Nüssen schmeckt. Ich darf jetzt auf keinen Fall loslachen, denn die Käseplatte ist natürlich bereits serviert.

Wenn Anni ihren BMI ausrechnen würde, dann wüsste sie, dass die Wissenschaft sie als zu dick bezeichnet. Aber Anni ist jemand, die sich nie wiegen würde und so sexy glüht, dass die Männer ihr Telefonnummern in der Hamburger U-Bahn zustecken. In Hamburg, wo die Männer eigentlich sehr zurückhaltend sind, ist das ein Sechser im Lotto. Ich glaube, der knallrote Lippenstift und das herzliche Lachen, das aus all ihren Poren strömt, machen es aus. Wir gehen zwei Lokale weiter und bestellen uns eine Pizza mit Extra-Käse beim Italiener. Sie fragt:

KAPITEL 8

»Findest du nicht auch, dass die Veganer so leere Augen haben und viel zu dünn sind? Ich würde denen gerne mal sagen: Wenn ihr Hunger habt, dann esst!« Ich mache einen auf Moralapostel und erkläre, dass man andere nicht bewerten dürfe und dass man darauf achten solle, was man so in seinen Körper lässt. Diese Pizza wird uns in dreißig Minuten in ein Koma fallen lassen, das wissen wir beide. Die Diskussionen über Essgewohnheiten kann man natürlich endlos führen. Ich bin durch meine Ratgebersucht so angefüttert mit Statistiken und Theorien, dass ich dies nun alles im Gespräch mit Anni verdauen und rauslassen kann. Sie steigt aus, als ich darüber diskutieren möchte, ob man glutenfrei essen sollte, wenn man gar keine Weizen-Unverträglichkeit hat. Oder: Ist Milch nun gesund oder nicht? Und stirbt man Jahre früher, wenn man nicht endlich seine Zuckersucht wegfastet? Wir einigen uns darauf, dass wenigstens keine Tiere unter unserem Konsum leiden sollten und wir keine Industrieprodukte in unsere wunderschönen Körper lassen wollen. Also: besser Bio-Markt als Discounter. Von allem nicht zu viel, möglichst zuckerfrei und frisch.

Zu Hause bin ich die perfekte Superfood-Bio-Veganerin mit Mandelmilch und selbst geschrotetem Frühstücksbrei, die mit viel Liebe kocht, unterwegs bin ich die entspannte Genießer-Vegetarierin, die nach gemütlichen Lokalen Ausschau hält, in denen ebenfalls mit Liebe gekocht wird. Ich genieße ohne Gewissensbisse und ernähre mich überwiegend gesund mit viel Gemüse. Vor allem Alkohol habe ich fast ganz gestrichen, traurige Industrie-Lebensmittel mit einer langen, unverständlichen Inhaltsstoffliste kommen mir nicht ins Haus. Aber das mache ich nicht mit einem Gefühl von Verzicht, sondern mit der guten Gewissheit, das ich nur Dinge in meinem Körper lassen möchte, die mir Energie schenken.

Ich erzähle Anni, wie mir ein tibetischer Arzt damals in Nepal den besten Rat gab: »Du kannst alles essen, was dir gute Energie gibt. Und es sollte niemals von einer Sache zu viel sein, sondern immer in Balance.« Es reicht mir sogar, nur zwei Mal am Tag zu essen: um 11 und um 17 Uhr. Schräg, aber so ist das bei mir.

Beim Tiramisu berichte ich von meiner Entscheidung, nur noch vegane Kosmetik zu benutzen. »Isst du die dann auch?«, fragt Anni und prostet mir mit ihrem Prosecco-Glas zu.

Ich stelle fest, dass man in Italien wohl schwer einen Superfood-Veganer finden wird, der sein Essen erst auf Instagram stellt, bevor er zulangt. Der Kellner bestätigt uns das: »Wir essen ja aus Freude und Genuss!« Na ja, ich erkläre ihm, dass ich Mandelmilch in meinem Cappuccino auch genieße – und er gibt uns kommentarlos noch eine Extrarunde aufs Haus. Obwohl ich eigentlich gar keinen Alkohol mehr trinke.

Nach ein paar Wochen extremer Selbstoptimierung sitze ich endlich in meinem leeren Raum, komplett erleichtert. Ich hocke da, schalte in den Meditationsmodus und scanne meinen Körper. Es fühlt sich da innerlich aufgeräumt an. Das alles war emotional aufwühlend, auch beängstigend. Weil ich so viel losgelassen und geändert habe, frage ich mich automatisch: Wer bin ich eigentlich noch? Da wären wir wieder beim Zen! Ich habe schon jetzt gefühlt mehr Zeit, mehr erfüllende Momente, mehr Überraschungen, letztlich auch mehr Geld und mehr Freiheit. Ich dachte immer, Minimalismus bedeutet Verzicht und Einschränkung. Dabei geht es um jede Menge Reichtum. Die Leere darf sich jetzt mit ganz viel Schönem füllen! Ich merke, dass es ungewohnt ist, diese Leere auch zu halten. Ja, auszuhalten. Nicht zu wissen, was als Nächstes kommt. Raum zu haben. Alle Wünsche und Ziele sind formuliert, alles ist in

KAPITEL 8

Bewegung. Ein paar Wochen gewöhne ich mich an dieses neue Gefühl und muss zugeben, dass es auch nicht immer viel leichter ist. Denn wenn da plötzlich was frei ist, schaltet sich mein Reflex ein, es gleich wieder zu füllen. Neue Pläne zu machen, weiter zu optimieren.

Doch jetzt ist Schluss mit Muss, ich lasse auch diesen Drang endlich los. Nichts wird in meinem Leben je perfekt sein, das wäre wirklich langweilig. Ich will mir nicht ständig Challenges und Verzicht zumuten, auch wenn das chic ist. Meine Ökobilanz wird wegen des dauernden Reisens per Flieger sowieso nie sauber sein. Es geht schließlich um die Leichtigkeit des Seins und darum, authentisch zu bleiben (dazu gibt es ja übrigens auch schon zahllose Ratgeber). Anders hätte ich den ganzen Tag das Gefühl, zu scheitern. Die Ratgeber-Autoren sind letztlich Helden auf ihrem Feld. Irgendwo anders ist bei denen auch ein Abgrund, wette ich. Ich bin mir nicht sicher, wie viele Freunde eine Perfektionistin wie Marie Kondo hat, die vor allem Dinge liebt.

Von einem Thema habe ich mich mit den ganzen Selbstversuchen erfolgreich abgelenkt: der Liebe. Es gibt massenweise Ratgeber zum Thema, wie man erfüllte Beziehungen führt oder »Selbstliebe« lebt, indem man den Selbstwert so aufbaut, dass man frei von äußerer Bestätigung ist. Ich habe keines dieser Bücher gelesen, denn in der Liebe sollte es keine Regeln geben. Auch keine Vierzig-Tage-Regel.

Ich verschenke alle Ratgeber. Ich will keine Vollzeit-Optimiererin sein. Aber Schritt für Schritt bewusst zu verzichten gefällt mir. Bei allem Neuen frage ich mich ab sofort: Brauche ich das, macht mich das glücklich, will ich das wirklich? Es geht nicht nur um das zehnte Paar Schuhe, sondern auch um neue Bekanntschaften oder ein zunächst aufregend klingendes Projekt. Ich prüfe bei einer Einladung: Will ich da wirklich hin, oder wäre ein Spaziergang in der Natur bereichernder? Ich achte darauf, wie ich mich eincreme, was ich esse und mit wem ich wo Zeit verbringe. Qualität statt Quantität. Und alles, was man mit Genuss, Selbstliebe und Freude macht, kann nicht schaden.

Nur eine Sache kommt mir neu ins Haus: eine aufblasbare Badewanne. Jahrelang habe ich gemault, dass ich meine Wohnung liebe, aber keine Wanne habe. Dabei kann ich die jetzt sogar ins leere Zimmer vor den Kamin stellen und mich belohnen. Es schadet nicht, sich selbst dafür zu loben, dass man so viel losgelassen hat und damit auch nicht aufhört. Fast wie eine Klimaanlage, die permanent für sich selbst filtert. Also picke ich mir einfach das heraus, was für mich funktioniert und was hängen geblieben ist. Unterm Strich: weise wählen, seine wahren Bedürfnisse kennen und bewusst reduzieren. Um ganz viel Platz im Leben zu schaffen für alles, was jetzt Raum bei mir findet: Zeit, Ideen, Menschen, Energie zum Gestalten. Dieses neue Ich fühlt sich immer noch vertraut an, nur ist es jetzt bereit für ganz viel frischen Wind. Ich schalte mich in einen Laufen-lassen-Modus, die Tage gestalten sich von selbst, kommen und gehen, von Moment zu Moment. Ich erlaube Überraschungen.

Und eines schnöden Tages, als ich von der Meditation aufstehe, aus der raren, völligen Gedankenleere, fühle ich mich wie geküsst und lebe meinen nächsten Schritt. Ich setzte mich direkt an den Laptop, öffne eine neue Datei und schreibe dort hinein: »Mein Buch-Exposé«. Ich weiß, jetzt muss ich einfach losschreiben, bloß schneller tippen als die Selbstzweifel und die Selbstsabotage. Noch bevor sich die kritische Stimme in mir melden kann: »Wie, du willst jetzt auch noch ein Buch schreiben?! Wer will das denn lesen?« Ich lasse meine Finger schneller flitzen als die Gedanken an die Gefahr, von sämtlichen Verlagen dieser Welt abgelehnt und von Zynikern verhöhnt zu werden.

KAPITEL 8

Ich beeile mich, und tatsächlich fließen die Buchstaben wie von alleine. Bevor dieser Rausch wieder vorbeigehen kann, schicke ich das Exposé an eine Agentin, die meine Idee befeuern und bei einem Verlag unterbringen soll. Durch mich schießt so viel Energie wie nach allen Kakao-Zeremonien, Zen-Retreats und OM-Übungen zusammen, und ich weiß, ich bin auf dem richtigen Weg. Ich fühle mich wie in einem Flugzeug auf der Startbahn. Ich male mir bereits aus, wie das Cover aussehen soll und dass ich die ersten Seiten auf Bali schreiben werde – bis ich zwei Tage später ein Beinchen gestellt bekomme. In meinem Postfach lauert eine Mail mit höflichem Geplänkel, gefolgt von einem Würgegriff: »Ich glaube nicht, dass noch irgendjemanden das Thema Meditation und Selbstfindung interessieren könnte. Ich wünsche Ihnen trotzdem alles Gute.« Radumm! Ich erinnere mich mit einem Paukenschlag an alle Schwarzmaler der Vergangenheit, an alle Menschen, die mich unterschätzt haben, die mir meine Ideen ausreden wollten, die mich kleingemacht und auf niederträchtige Art korrigiert haben, alle abschätzigen Blicke. Und mit dieser wunderbaren Wut im Bauch lösche ich die Mail und schreibe gleich die nächste Agentin an. Zehn Minuten später antwortet sie: »Ihre Idee gefällt mir. Können wir bitte telefonieren?«

Kapitel 9
»DU BIST FREI, FLIEG!«

Ich komme mir vor wie ein lebendes Klischee, als ich endlich nach Bali fliege, um mein Buch anzufangen, für das ich nun einen Vertrag in der Tasche habe. Ubud, wirklich? Der Ort, an dem alle Frauen nach der Lektüre des Selbstfindungs-Bestsellers *Eat, Pray, Love* erst sich selbst und dann die Liebe finden wollen? Wieso eigentlich nicht? Könnte ja auch mir passieren! Insgeheim hoffe ich dies natürlich. Und vielleicht gibt es dort auch noch mehr zu erleben? Einfach mal auszuspannen nach den ganzen Befreiungsschlägen, ginge auch!

Nur Soley aus Island ist skeptisch und fragt: »Wolltest du nicht immer nach Hawaii? Wieso jetzt Bali? Ich glaube, da findest du nicht, was du suchst! Wovor läufst du davon?« Ich kann nie erklären, warum ich etwas einfach mache. Ich suche gerade nicht konkret, sondern will einfach im Flow leben. Auf keinen Fall will ich an einem geleiteten Retreat teilnehmen. Damit bin ich erst mal durch, ich gerate sogar in eine innere Rebellion, wenn ich an Selbstfindung denke. Leben, das ist das Motto!

Als ich meinen Coworking-Kolleginnen aus dem Betahaus davon erzähle, muss ich vor Begeisterung sprühen, denn drei von ihnen verkünden gleich: »Wir kommen mit!« Wir könnten uns zusammen eine Villa mieten, da an unseren Laptops

KAPITEL 9

abhängen, Kakao trinken und im Pool baden. So der Traum, der dann fast platzt, denn kurz vor unserem Flug bricht ein Vulkan auf der Insel aus, und der Flughafen wird geschlossen. Mich kann damit niemand groß schocken, denn Island ist ja meine zweite Heimat geworden, inzwischen reise ich fast jeden Sommer dorthin. Und wer da Angst vor Vulkanen hat, kann gleich nach Hause gehen. Ich freue mich auf die Energie – aber lasse mich von den anderen zu einem Mundschutz überreden, falls es Asche regnen sollte. Das gute, alte deutsche Sicherheitsbedürfnis.

Vor Ort ist dann alles anders als gedacht: Die Luft ist rein und hängt bald wie ein nasser Waschlappen an mir. In Bali fühle ich mich wie in einer Dampfsauna. Mir ist zu heiß, aber ich spüre auch, wie mein Körper mit jedem Schritt weicher und fließender wird. Bali wirkt sofort bei mir, auch wenn wir in der Nacht ankommen und unsere Rollkoffer durch die Dunkelheit einer matschigen Gasse bis zur Villa schleifen. Ich schlafe schlecht. Schon am nächsten Morgen erwache ich aber in einem wahren, guten Traum: Ich schaue auf eine Kokospalme und springe in den Pool. Danach meditieren und tanzen wir eine Runde zusammen. Das gehört nun wie selbstverständlich zu unserem Leben dazu. Wir sind vier Freundinnen aus Hamburg, die alle freiberuflich arbeiten. Zu uns gesellt sich noch eine neue Freundin von mir, eine digitale Nomadin, die ich bei der jährlichen Konferenz in Berlin getroffen habe, wo ich einen Vortrag über Meditation gehalten habe. Nun meditieren wir ein paar Wochen später gemeinsam unter Palmen.

Ich könnte jeden Morgen mit so vielen freien Frauen den Tag feiernd beginnen. Wer weiß, wie lange das noch so gehen wird? Ich verstehe, warum Menschen eine Kommune aufbauen. Ich würde auch sofort in eine einziehen, aber da ich Diskussionen,

Konfliktgespräche und Gemeinschaftskassen scheue, könnte das schwer werden. Vielleicht fällt einer von uns noch eine Idee für eine moderne Kommune ein? Wir haben alle unsere eigenen Köpfe und Ideen.

Wir fühlen uns wie Hollywoodstars. Eine von uns hat ein paar Ängste aus Deutschland heimlich im Koffer eingeführt: »Was ist, wenn wir hier überfallen werden? Unser Tor kann man nicht abschließen.« Wir anderen schauen uns irritiert an, trinken unsere frischen Kokosnüsse aus und bringen unsere Projekte am Laptop voran. Wir schreiben Texte, bauen Homepages oder entwickeln Designs. Unseren Auftraggebern ist es egal, von wo wir arbeiten. Hauptsache, wir liefern. Und das tun wir. Die Arbeit hat Vorrang, das ist der Preis für die Freiheit. Es ist nicht schlimm für uns, tippend am Pool zu sitzen, denn wir lieben, was wir tun. Und das lieben auch unsere Kunden.

Für den Rest des Tages ist der Plan, nichts zu planen. Ich gönne mir als Erstes eine Massage und ein Blumenbad. Ich schlittere in den sinnlichen Modus. Bei der Hitze kann man sich eh nur langsam bewegen, und weil der Schweiß immer läuft, fühle ich meine Haut und erwache aus der kalten Erstarrung, die mich im Hamburger Winter einnimmt. Die feminine Genießerin in mir streckt sich aus. Sie liebt den Duft von Blumen, im Wasser zu treiben, berührt zu werden, einfach nur zu sein und vor allem offen zu bleiben für alles, was kommt oder geht. Eine Single-Freundin hat mich mal gefragt: Wie kann ich Sinnlichkeit leben, wenn ich keinen Freund habe? So! Auch wenn es kitschig klingt. Mama Bali hat große, weiche Arme, die einen gleich an sich drücken und wärmen. Sie legt einem Blumenkränze um den Hals und verführt zu einem Tanz mit dem Leben. Doch sie wirkt nicht allein: Der strenge Opa Vulkan mit seiner explosiven Energie sorgt dafür, dass alles hochkommt, was dem Flow

KAPITEL 9

im Weg steht. So wird der Genuss immer mal von Ausbrüchen begleitet. Bei allen von uns.

In der dritten Nacht kommt der Einbrecher – wir werden tatsächlich ausgeraubt und überfallen ... oder besser gesagt, die Freundin mit der größten Angst. Mitten in der Nacht bricht jemand das Schloss auf und steht in ihrem Zimmer. Sie schreit, der Einbrecher rennt weg. Wie ein Gespenst flattert sie danach im Nachthemd in mein Zimmer und zieht bei mir ein. Mir wurde Geld aus der Tasche geklaut, einer anderen Freundin auch. Sofort entscheiden wir, dass wir den Ort verlassen werden, sobald es hell ist. Wir haben von Anfang an das Gefühl, dass es in diesem Haus keine gute Energie gibt.

Überall in Bali sehen wir, wie die Menschen voller Hingabe ihre Häuser und Geschäfte ehren. Sie legen Opfergaben auf den Gehsteig mit Blumen, Räucherstäbchen und Keksen. Die Hunde essen die Kekse, aber es macht nichts, denn die Geister haben sich schon energetisch an der Süßigkeit bedient. So der Glaube. Überall gibt es diese Rituale gegen böse Geister, nur in unserer Villa nicht. Das haben wir nun davon. Wir verlassen den Fake-Villa-Traum freiwillig und wählen ein einfaches Gasthaus im Zentrum von Ubud. Mit Ameisenstraße im Bad und abgerockter Bettwäsche. Hier beten die Besitzer jeden Tag, an allen Ecken qualmen Räucherstäbchen, und Schmetterlinge tanzen um die Blumen. Hier wird der Rahmen für uns gesetzt, um selbst aufzublühen. Und dafür muss man sich sicher fühlen und vertrauen.

Von unserem Gasthaus schwärmen wir aus, um Ubud zu erkunden, dieses spirituell-touristische Städtchen. Ich kenne keinen anderen Ort auf der Welt, wo sich eine ganze Stadt so sehr auf die Bedürfnisse von urbanen Neu-Hippies/digitalen Nomaden/Yoginis/Sinnfindern eingestellt hat. Ohne zu suchen, findet

»DU BIST FREI, FLIEG.«

man Coworking-Spaces, in die man sich für Stunden oder Tage zum Arbeiten einmieten kann, es gibt unzählige Schulen, die alle möglichen Kurse anbieten, sei es Yin Yoga oder ein Atemkurs, und in den Restaurants isst man vor allem »clean«. Das bedeutet, es gibt nur frische Lebensmittel, Superfood-Smoothies, Cappuccino mit Cashewmilch, gluten- und zuckerfreie Kuchen und Super-Bowls mit Quinoa und Tempeh. Veganer, Rohköstler und Lebensmittel-Nichtvertrager feiern hier jeden Tag die verführerische Auswahl. Denn das Essen ist so bezahlbar und reichhaltig, dass es sich kaum lohnt, selbst Gemüse zu schnippeln. Ich könnte das jetzt alles furchtbar touristisch und nicht mehr authentisch finden, aber ich liebe es. Ubud ist ein modernes Paradies, in dem es nie kalt wird und die einzigen Störenfriede die Affen sind, die einem am Yogabeutel hängen und die ungesunden Kekse klauen wollen, die wir zwischendurch essen. Hier flitzt man auf kleinen Rollern durch den dichten Verkehr, spaziert durch Reisfelder und beobachtet die Einheimischen, die fast jeden Tag etwas feiern und Türme mit Opfergaben wie Obst und Süßigkeiten auf ihren Köpfen und zu den Tempeln balancieren, die Frauen vor allem. Sie tragen weiße, bestickte Blusen und bunte Röcke, die Haare sind ordentlich am Hinterkopf geknotet. Mit viel Anmut schleppen die zierlichen Damen kilometerweit die Spenden zu den Göttern, während wir in Flipflops und mit strubbeligen Haaren zu unserem Yogakurs schlappen und uns fragen: Ist heute wieder Feiertag? Wir bleiben außen vor, denn diese Kultur scheint voller Geheimnisse und Rituale zu sein, die wir nicht enträtseln können. So etwas gibt es bei uns in Hamburg leider nicht.

Wenn wir nach der Meditation unseren Avocado-Toast schlemmen, sind die Köchinnen schon seit fünf Uhr morgens wach, haben längst meditiert, freiwillig die Straßen gefegt und ihre Kinder versorgt. Die Übung des Lebens vollbringen sie voller Freude im Moment des Gemüseschneidens. In allem steckt diese Liebe und Hingabe, die endlos zu sein scheint und nicht in den Rahmen einer Yogastunde gepresst wurde.

Ich lasse mich bedienen und fühle mich dabei hedonistisch. Ich frage meine Freundinnen: »Ist das eine neue Form des Kolonialismus? Wir können hier mit einem normalen Einkommen wie Reiche sehr bequem leben. Und wieso fegen wir nicht auch die Straße, anstatt in den Yogakurs zu gehen?« Wir wissen keine klare Antwort, aber da wir ja auch Teilzeit im Urlaub sind und sonst immer alles selbst stemmen, gönnen wir uns diese Unterstützung. Ich schwanke immer hin und her zwischen dieser Selbstliebe und den Zweifeln: Wo fängt die Liebe für sich an und wo beginnt der Narzissmus? Wann bin ich faul und wann brauche ich wirklich mal eine Pause? Ich wäre gern immer da, wo auch die Einheimischen sind, die sich diese Fragen vielleicht gar nicht mehr stellen. Sie verschönern mit ihren Gebeten und ihrem Sinn für Blumendekorationen nicht nur ihr Leben, sondern das der ganzen Insel. Ich behaupte sogar in einem Grünen-Smoothie-Rausch, dass die Menschen auf Bali einen großen Teil der Welt heimlich mit Liebe versorgen.

Wie Magneten werden hier die Menschen aus der ganzen Welt angezogen, um zurück zu sich zu finden oder andere auf ihrem Weg zu begleiten. Das Angebot an Kursen, Workshops und Privatsessions ist überwältigend. Jeden Tag könnte man hier etwas Neues probieren, wie zum Beispiel Sound Healing oder Estatic Dance. Natürlich halte auch ich meinen großen Zeh in diese Gruppen – doch ich merke, dass ich satt bin. Es passt nichts mehr rein. Seit der Visionssuche im Wald möchte ich vor allem meine eigene Lehrerin sein. Mir hat mal jemand gesagt: »Wenn du die Nachricht verstanden hast, dann leg den

»DU BIST FREI, FLIEG.«

Hörer auf!« Der Punkt ist bei mir erreicht. Ich fühle mich wie eine Außenseiterin in den meisten Gruppen, ich kann mich nicht richtig einlassen. Ich habe das Gefühl, alles schon einmal gehört zu haben. Überall soll ich tief atmen, meine Emotionen spüren, mich frei bewegen, ich selber sein, tiefer gehen, auf mein Herz und meinen Körper hören. Ich habe keine Lust mehr auf spirituellen Small Talk, der sich manchmal für mich aufgesetzt anfühlt. Wenn ich sage, dass ich müde bin, kann das nicht einfach so stehen bleiben? Aber da heißt es dann gleich gut gemeint von anderen: »Die Insel arbeitet mit dir.« Manchmal bin ich einfach müde. Punkt. Ich unterstelle den perfekt geschminkten und an den Füßen oder am Rücken tätowierten Frauen, die mit viel zu langen Ohrringen in die Yogastunde gehen, dass sie nicht nur bei sich sind, sondern auch bei den Männern, die sich nebenan mit freiem Oberkörper rekeln. Und natürlich erwische ich mich wenig später dabei, wie auch ich von einer romantischen Begegnung träume. Und den Männern unterstelle ich, dass sie den Frauen bei der Kopfüber-Pose »Herabschauender Hund« auf den Po schauen, obwohl das nicht gewünscht ist. Beim Yoga soll man ja bei sich bleiben, niemals vergleichen. Meine Annahme wird dadurch bestätigt, dass ich nach fast jedem Kurs von Männern im Superfood-Café des Yogazentrums angesprochen werde: »Reist du alleine? Gehst du heute Abend auch zum Ecstatic Dance?« Langsam kapiere ich, wie schlau diese Männer sind. Man muss einfach an einen Ort reisen, wo viele attraktive, allein reisende Single-Frauen sich selbst suchen, und nur zu schnell bereit sind, ihr Retreat für ein Abenteuer mit einem Mann über Bord zu werfen. Damit sie dann zu Hause davon berichten können und sich wohlfühlen, weil sie in einen Hormonrausch kommen, der gerade so lange anhält, bis sie wieder abreisen. Alles schön unverbindlich und nur das Schöne

KAPITEL 9

einsacken, das ist der Zauber von Urlaubsflirts. Ich bin dafür auch anfällig, aber ich fürchte, dass es mich wieder ablenken würde, von mir selbst. Ich habe beschlossen, mein Buch hier zu schreiben. Ich will, dass mich nur die Muse küsst. Vor ein paar Tagen saß ein Frosch auf dem Bilderrahmen eines Gemäldes. Von dort oben schaute er mit pulsierenden Wangen auf mich herunter, die auf dem Sofa der Grusel-Villa saß. Aus Scherz rief ich hoch: »Frosch, küss mich!« Und keine Minute später sprang er mit einem Satz wie ein nasser Sack direkt auf mich. Kreischend hechtete ich zur Seite. Jetzt wollte ich doch nicht mehr geküsst werden. Sogar die australischen Surfer, die mich am Strand ansprechen, lasse ich zur nächsten Frau weitergehen. Dumm? Ja und nein.

Wenn ich schreibe, Ideen ausbrüte, brauche ich nicht nur Raum im Inneren, damit alles ins Fließen kommt, sondern auch einen Raum im Außen, in dem mich niemand stört. Wirklich, wirklich nicht stört. Manchmal fliegen mich Ideen und Worte in meinen Träumen an, wenn ich gerade Fahrrad fahre oder Liebe mache. Dann muss ich höflich die Muse darum bitten: Jetzt nicht, ich kann nicht! Aber ich habe noch nie etwas Wichtiges vergessen. Zum Glück können sich inzwischen auch Frauen ihre Freiheiten nehmen. Sie haben zwar selten jemanden, der ihnen den Haushalt macht und die Kinder komplett betreut, aber immerhin können sie ihre kreativen Phasen ausleben und sich dabei von Smoothies ernähren, weil das Zeit spart.

So mache ich es auch. Ich weiß von einer Malerin, die sich immer einen Topf Gemüsesuppe vorkocht, den sie dann während der Arbeit mit dem Strohhalm aus Einweckgläsern trinkt. So wird sie durch nichts abgelenkt, kippt aber nicht während des Schaffens um. Während ich schreibe, spüre ich keinen Hunger, dann bin ich genährt.

»DU BIST FREI, FLIEG.«

Es kann losgehen. Nach den ersten Wochen mit meinen Freundinnen habe ich eine eigene kleine Villa für ein Schreib-Retreat gemietet. Sie hat eine Veranda, die zu den Reisfeldern ausgerichtet ist, und einen kleinen Brunnen, der stärker fließt als ich. Obwohl alles da ist, vom Vogel-Orchester bis hin zum Blumenduft, ich sogar Ananas-Pfannkuchen zum Frühstück serviert bekomme, tropfen nur ein paar Worte aus mir heraus. Nicht genug für den Strom, den ich erzeugen will. Das mit der Muse funktioniert nicht auf Knopfdruck. Dabei habe ich meine Hausaufgaben gemacht: Mein Herz steht sperrangelweit offen, ich bin mit meiner Intuition verbunden, durchströmt von Liebe und Lust. Muse, küss mich! Mich zieht es dennoch weg von mir, raus in die Welt, und gleichzeitig will ich in mir drinbleiben. Es bleibt mein ewiger Konflikt.

So treffe ich mich mit Steve, einem Sinnsucher aus Austin, Texas, den ich bei einem Meditationskurs kennengelernt habe – genau das, was ich eigentlich nicht wollte. Zwischen uns schmilzt jedoch schnell das Eis, ganz wie bei langjährigen Freunden. Wir ziehen gemeinsam von einem Lokal zum nächsten; er ist die Sirene, die mich vom Schreiben ablenkt. Aber es hilft auch, sich mit jemandem auszutauschen. Steve redet gern über sich und seinen Weg. Er hat seinen Tech-Job geschmissen und seine wunderschönen Locken wachsen lassen. Jetzt verbraucht er sein Erspartes, um einen Tunnel zurück zu seinem Herzen zu graben.

Ich kriege mich vor Lachen nicht mehr ein, wenn er erzählt, wie er wochenlang mit einem Ecstatic-Dance-Bus durch die USA gefahren ist. Das bedeutet, dass er tagelang nur tanzte. Und zwar so, dass man sich bestimmt gut über ihn lustig machen konnte. Aber das ist ihm mittlerweile egal. Natürlich probiert er alle möglichen Rauschmittel aus, aber nur die biologisch abbaubaren, wie Pilze, Ayahuasca und Hanf.

KAPITEL 9

Steve ist für mich ein moderner Hippie. Ich genieße es, mit ihm meine Zeit zu verschwenden. Er sagt zu allem Ja, findet alles toll und freut sich wie ein Kind, wenn wir in ein Restaurant gehen und uns rohe Brownies aus Mandelmehl, scharfe Currys, Waffeln mit Schokoladensoße, Sushi oder vegane Lasagne teilen. Obwohl er eigentlich von seinem Heilpraktiker gesagt bekommen hat, dass er Pilze in seinem Darm habe und weder Zucker noch Weizen essen dürfe. Wie leicht wäre es, ihn als undiszipliniert zu bezeichnen. Wir knicken ja beide immer mal wieder unsere Ideale wie Strohhalme und trinken, was das Leben so zu bieten hat.

Steve wird nur durch einen kleinen Unfall auf dem Roller ausgebremst. An seinem Bein klafft eine Wunde. Und ich denke: Wie gut, dass er sich nun um sich kümmern muss.

Wir gehen trotzdem zusammen in den Dschungel, um eine kleine Visionssuche zu machen. Für drei Stunden trennen wir uns, jeder geht seinen Weg mit der Natur. Anstatt sitzen zu bleiben, will ich etwas erleben. Besser gesagt: Ich denke, ich müsste etwas erleben. Ich klettere ehrgeizig im Bikini einen Wasserfall hoch, rutsche dauernd ab, hole mir drei blaue Flecken, ruiniere meine Pediküre und bin nur genervt davon, nicht anzukommen. Wie sinnlos! Neben mir knipst ein Paar lustige Selfies im Wasserfall. Wenn sie keine Happy Moments für die Fotos inszenieren, streiten sie sich. Ich urteile: Was zählt so ein Moment, der keiner ist?

Ich sehe von oben, wie Steve am rauschenden Flussufer sitzt und schreit. Ich höre nichts, weil der Wasserfall so laut ist, doch die Wut fliegt bis zu mir.

Danach sieht er weicher aus. Als wir uns wieder treffen, sind wir beide erschöpft. Ich schlage für uns eine frische Kokosnuss an einem Felsen auf. Wir stärken uns wie Raubtiere an dem

»DU BIST FREI, FLIEG.«

Fleisch. Wir sitzen verdreckt, verschwitzt und zerstochen halb nackt mitten im Dschungel auf Steinen, zerlegen frische Mangos und Papayas, die Säfte kleben an unseren Händen, das Fruchtfleisch in unserem Gesicht. Dieser Moment ist einfach nur roh und nackt. Da brauchen wir kein Kloster, kein Retreat. Irgendwann fließen seine Tränen und Worte, sie treffen direkt in mein Herz. Steve fragt mich: »Wie konnte ich ignorieren, dass meine Mutter mich nie verlassen hatte?« In seinem Hippie-Bart hängen die Papayakerne, die zusammen mit den vielen Tränen jetzt salzig schmecken müssen. Ich sage nichts, mein Herz kann besser für ihn da sein als meine Worte.

Als Steve ein Kind war, starb seine Mutter. Er weint jetzt wie das Kind, das nicht verstehen kann, warum die Mutter nicht mehr da ist. Ich fühle seine so lange vergrabenen Gefühle für eine kleine Ewigkeit mit. Trauer und Liebe mischen sich zu einem Brei. Ich schmecke nur die bedingungslose Liebe seiner Mutter, die um uns herum ein Netz webt – ich fühle mich beschenkt und denke: Wie gut, dass nun der richtige Moment gekommen ist. Als Kind hätte er den Schmerz vielleicht nicht überlebt.

Dann öffnet sich der Himmel und schickt uns eine Dusche. Innerhalb von drei Sekunden sind wir durchnässt. Wir singen im Regen, irgendwas, ganz ohne Regeln und Rhythmus, und kriechen anschließend in eine Höhle.

Am Abend, zurück in der Zivilisation, wollen wir uns belohnen und landen in Utopia. Wir stolpern in ein Lokal abseits der Massen, wo sich die Bewohner der Stadt feiern. Nicht die Balinesen, sondern die Zugezogenen aus den USA, aus Australien, Schweden oder Singapur. Ich habe selten so viele strahlende Menschen auf einem Haufen gesehen. Sie wiegen sich in ihren Blumenkleidern zu den gängigen Melodien der Live-Band, die ab-

KAPITEL 9

wechselnd Songs wie »Sweet Home Alabama« und Latino-Klänge spielt, berauschen sich am Superfood, mittendurch rennen ihre fröhlichen Bilderbuch-Kinder. Die Menschen berühren sich, lächeln sich an, scheinen leicht zu schweben. Im Raum hängen keine Erwartungen, keine Klagen, keine Angst, keine Wut. Alles, was man greifen kann, ist der Moment. Der Ort selbst übertrifft die vielen anderen grandios dekorierten Lokale in Ubud. Von den Decken baumeln überdimensionale weiße Traumfänger, alles blitzt, das weiche Licht schmeichelt jedem Gesicht. Wir räkeln uns auf knallbunten, plüschigen Sofas, über uns nur ein perfekter Sternenhimmel. Würde mir der Teufel jetzt einen Vertrag vorlegen, in diesen Klub einzusteigen, ich würde unterschreiben. Am nächsten Morgen würde ich dann mit einem Smoothie-Kater aufwachen und mich fragen: Wo ist der Haken?

Steve ist eigentlich jemand, der mich nimmt, wie ich bin. Dachte ich. Jetzt urteilt er plötzlich, dass ich der bewertendste Mensch sei, den er kenne. »Hey, ich bin eine Journalistin aus Deutschland, es ist wirklich schwer für mich, keine Schubladen auf- und zuzuschieben«, witzele ich. Ich muss einfach kommentieren, dass sich eine Frau im Yogakostüm neben uns den ganzen Tag selbst Engelkarten legt und den Kellner passiv-aggressiv anzickt, wenn er ihr nicht sofort den koffeinfreien Kaffee mit Cashewmilch bringt. Und dann meckert sie auch noch, wenn er ihr Zucker dazu anbietet. Zucker!? Wer vergiftet sich noch damit!? Ich rege mich auf, wenn die Honeymoon-Touristen im Café in ihre Smartphones glotzen, anstatt sich mit ihren Partnern zu unterhalten. Wieso sind sie dann zusammen hier? Aber vielleicht haben sie sich davor bereits drei Stunden unterhalten. Haben sie sich vielleicht gerade gestritten? Steve fragt mich: »Könnte auch alles ganz anders sein?« Ich übe mich darin, den Kern jedes Menschen zu sehen. Voller Mitgefühl anzuerkennen, dass wir alle geformt wurden und wir über alles, was wir sehen, einen Filter legen. Wie bei Instagram. Der Weg zu diesem Kern kann steinig oder sogar unbegehbar sein. Über uns denken die anderen vielleicht, dass wir vor dem Leben davonrennen, dass wir uns gerade ineinander verlieben, dass wir nutzlose Quasselköpfe sind, unerwachsen. Nichts davon ist wahr, würde aber auch irgendwie passen. Unsere Beziehung hat keinen Stempel und ist jeden Tag anders.

Wenn ich ganz ehrlich zu mir selbst bin, will ich, dass hier auf Bali etwas total Supermagisches passiert, über das ich dann schreiben kann. Ich will vor meinen unbequemen Gefühlen abhauen, sie passen nicht in dieses Paradies. Ich habe doch wirklich alles aufgeräumt, alle Steine umgedreht, alles aufgearbeitet. Denke ich zumindest. Warum steckt dann immer noch Einsamkeit in meiner Niere? Wieso spüre ich in der Leber Wut? Und was bitte macht die Traurigkeit in meinem Herzen? Ich frage bei mir nach, was denn eigentlich los ist. Mama Bali ist streng zu mir und zeigt mir auf ihre liebevoll bestimmte Weise, dass ich nicht gründlich genug aufgeräumt habe. Sie flüstert mir zu, dass ich zwar grob mit mir im Reinen bin. Jetzt geht es aber noch darum, mich von den Gefühlen zu trennen, die mir nie gehört haben, die ich wie ein Schwamm von anderen Menschen aufgesogen habe. Ich mache ein paar Yogadehnungen, schüttele mich, es hilft. Aber nicht ganz. Ich werde richtig wütend deswegen, was man mir in dem Moment aber nicht ansieht. Ich will, dass jemand diese Fremdgefühle aus mir entfernt, weiß aber gleichzeitig, dass das nicht geht – und auch unseriös wäre. Wenn ein Lehrer, Heiler, Mentor oder Kursleiter verspricht, etwas wegheilen zu können, ist man vermutlich an einen Scharlatan geraten. Wenn ich nicht selbst an den Dingen arbeite, die mich blockieren, werde ich abhängig von anderen.

KAPITEL 9

Eine Bekanntschaft erzählt mir im Superfood-Café in Ubud, dass sie sich dauernd die Karten legen lässt. Interessanterweise sagt ihr die selbst ernannte Wahrsagerin verlässlich, dass bei ihr alles toll sei, Schuld seien immer ihr Ehemann, die Kinder, der Chef oder die Mutter. Die seien Energieräuber, Narzissten und Egoisten. Sie fühlt sich danach in ihrem eigenen Narzissmus bestätigt, urteile ich. Ich glaube, dass man so überleben kann, sich aber nicht entwickelt und wirklich lebt. Eine andere Frau erzählt mir, dass ein Heiler sie während der Behandlung auf Drogen setzte und sexuell belästigte. Sie konnte gerade noch entkommen. Ein schlechtes Gefühl hatte sie vorher schon gehabt, aber leider nicht darauf gehört.

Ich meditiere und packe dann meine Tasche. Himmel, nein, ich will nicht alles alleine machen! Auf Bali geht man am besten zu den Einheimischen, bei denen auch die anderen Einheimischen sitzen. Das ist wie bei Restaurants: nicht den Touristen folgen. Gleich in der ersten Woche sind wir Freundinnen natürlich aufgeregt kichernd zu dem Heiler gegangen, der auch in der berühmten amerikanischen Selbstfindungs-Geschichte *Eat. Pray. Love* vorkommt. Oder besser gesagt: Es handelt sich um den Sohn des Handlesers, bei dem die Filmheldin ihre Bestimmung gesucht hat. Auf Bali spielt sich alles draußen ab – so sitzt auch Ketut mit weißem Turban auf einer Veranda und hält schon eine hoffende Touristinnen-Hand, als wir ankommen. Wir hängen im Patio ab, und ich wundere mich, warum die Balinesen Vögel in goldenen Käfigen halten. Ich habe alleine zehn Käfige im Blickfeld. Das passt nicht in mein Bild von der Insel der Liebe und des Mitgefühls. Noch bevor ich mir dazu weitere Gedanken machen kann, bin ich dran. Ich sitze vor dem Mann, der halb so groß ist wie ich und mich aus einem alterslosen Gesicht angrinst. In gebrochenem Englisch versichert er mir, dass ich ein langes und gesundes Leben vor mir habe. 93 Jahre alt würde ich werden. Das freut mich schon, besonders, weil meine Freundinnen genauso alt werden sollen. Er sagt uns allen irgendwie dasselbe. Aber ist es nicht auch so, dass wir uns alle nach denselben grundlegenden Dingen sehnen? Gesundheit, berufliche Erfüllung, harmonische Beziehungen, die große Liebe. Es kann auf jeden Fall nicht schaden, wenn jemand einen darin bestärkt, dass man dies alles haben wird. Als ich schon denke, dass nur allgemeiner Einheitsbrei kommt, zwinkert Ketut mir zu, tätschelt meine Schulter und grinst. »Schreib! Schreib aus deinem Herzen und Leben!« Ich finde es schlau, dass Ketut den Sinnsuchern nicht alles sagt, was er wirklich sieht. Ich kenne das, es ist oft unbequem, wenn man das macht. Menschen motiviert auf den Weg zu schubsen, reicht ja auch; sie werden schon selbst lernen zu sehen.

Auf Bali wird eine ganz eigene Religion gelebt, eine Mischung aus Buddhismus und Hinduismus. Bevor die Menschen zum Arzt gehen, besuchen sie erst einen Heiler, der sie eventuell überweist. Hier glaubt man an böse und gute Energien. Wer krank ist, muss erst einmal seine Energie säubern. Ein beliebtes Medikament ist das Wasser. Ein Tempel besteht oft aus vielen Brunnen und sprudelnden Quellen, in denen sich die Einheimischen waschen können oder gewaschen werden. Auch ich bade in einer der Quellen, nur in ein Tuch eingehüllt, um den Fremdschrott abzuwaschen. Ich lasse das eiskalte Wasser über meinen Kopf rauschen, tauche ab und wieder auf. Ich atme aus und stelle mir vor, wie sich ein paar weitere Schichten abwaschen. Es wirkt prompt, ich lache ohne Grund und spüre mein Herz fröhlich pulsieren. Das sind immer die besten Lebenszeichen. Ich bin angedockt und brauche nicht mehr. In solchen Momenten mache ich mich immer über mich selbst lustig, wie ich mit so

KAPITEL 9

vielen Zweifeln und Fragen durch die Welt ziehen kann. Aber auch das wird sicher seinen Sinn haben. Wenn alles immer einfach gut wäre, würden wir stillstehen. Ich höre von einer Priesterin, die Menschen tagein, tagaus einen Eimer Wasser über den Kopf schüttet, viele erleben diesen Moment wie eine Katharsis. Diese junge Frau wollte den Job gar nicht machen, was sie in meinen Augen als besonders glaubwürdig auszeichnet. Sie selbst fiel nach einem Unfall in ein Koma. Als sie erwachte, erinnerte sie sich. Sie brauchte keine langwierige Ausbildung zur Priesterin, sie wusste alle Rituale, sogar alte Sprachen und Schriften. Obwohl sie nicht zur Priesterkaste gehörte, konnte man gar nicht anders, als sie aufzunehmen: Die Männerriege musste sie gewähren und Menschen segnen lassen. Die junge Frau sträubte sich, denn das Leben einer Priesterin bedeutet komplette Hingabe und Verzicht auf ein herkömmliches Leben. Doch sie spürte, dass sie die Gabe hat, andere zu befreien. Sie konnte nicht einfach so tun, als wäre nichts gewesen. Ich will diese Frau natürlich unbedingt treffen, doch sie reist gerade durch Indien, um dort zu heilen.

Doch zum Glück muss man auf Bali nicht lange suchen, um eine andere Heilerin zu finden. Die Gabe einer Frau soll sein, sich in absolutes Mitgefühl zu verwandeln, in dem man dann baden und heilen kann. Ich setze alles in Bewegung, diese Frau zu treffen – alte Journalisten-Sturheit. Ich finde einen Einheimischen, der für mich mit ihr spricht. Ich warte einige Tage, aber ich weiß, sie wird mich einladen. Sie tut es, und ich sitze sofort in einem Auto, um zu ihr in die Mitte des Landes zu fahren. Ubud zu verlassen macht mich unruhig. Hier fühle ich mich einfach richtig.

Natürlich dauert es keine zwei Sekunden, bis Steve überzeugt ist, die Heilerin auch besuchen zu wollen. Ehrfürchtig bereiten wir uns im Auto auf die Begegnung vor, indem wir endlich mal gemeinsam schweigen. Wir beide wissen, dass uns etwas Unvorhersehbares erwartet. Unser Fahrer Wayan schweigt mit uns und hält ab und zu an, wenn er am Wegesrand einen Obststand sieht, wo goldene Kokosnüsse oder besondere Bananen verkauft werden. Wir würden ihren Wert nicht an ihrer äußeren Schale erkennen. Diese Früchte sind auf Bali den Göttern vorbehalten, und Wayan kauft sie für uns, damit wir sie opfern können.

Wir betreten den balinesischen Hof, der so sauber und gepflegt ist wie alle Häuser der Einheimischen. Kein Blatt vergammelt hier in einer Ecke, alle Blumen blühen. Wir setzen uns ins Wohnzimmer, das quasi eine überdachte Terrasse in der Mitte des Hofs ist. Ich bin es nicht gewohnt, so viel draußen zu sein. Ich bin eher die Sorte Mensch, die zu Hause mit einem Tee und Buch im Bett kuschelt. Außerdem gehöre ich zu denen, die immer von Mücken gestochen werden. So sprühe ich mich gerade wieder einmal genervt, mit zusammengepressten Lippen ein, als die Heilerin sich leise zu uns gesellt. Ich wäre ihr gern mit mehr Würde und in meditativer Haltung begegnet. Ihr Blick streift mich nur einmal kurz, sie knotet sich in einen Schneidersitz, ihr langes schwarzes Haar streichelt ihr Gesicht, das so aussieht wie bei einer Achtzehnjährigen. Dabei ist sie bereits Großmutter.

Als wäre es die wichtigste Sache der Welt, isst sie eine Feige, dann eine balinesische Süßigkeit aus Honig und Nüssen und noch ein paar Schlangenfrüchte. Wir warten, dass etwas passiert, aber sie sagt nur mit einer Handbewegung: Esst! Nach zwanzig Minuten gemeinsamen Schweigens, das nur von unseren Schmatzgeräuschen unterbrochen wird, deutet sie auf mich und sagt etwas, schnell und entschieden. Der Fahrer übersetzt:

KAPITEL 9

»Sie sagt, Körper, Geist und Energie sind gut. Es gibt nur noch einen Rest uralte Traurigkeit.«

Die Heilerin steht unvermittelt auf, ihre Haare tanzen. Nach einer Ewigkeit ruft sie uns zu ihrem Altar. Darauf haben wir gewartet wie Kinder vor der Bescherung. Bevor wir uns dem mit unzähligen Blumen, Opfergaben, Räucherstäbchen und Götterfiguren überladenen Altar nähern, schüttet sie jedem von uns das Wasser einer goldenen Kokosnuss über den Kopf. Endlich dürfen wir die auch mal probieren. Lecker!

Die Heilerin schaut mich mit anderen Augen als zuvor an, als sie plötzlich ein Lied anstimmt. Schock-Gänsehaut ergreift meinen ganzen Körper. Diese Frau, die eben noch Feigen mit uns gegessen hat, ist nicht mehr da. Ich spüre nur noch ungefilterte Liebe. Was sind eine Romanze, Sex oder ein nettes Wort im Vergleich zu dieser Energie aus reinem Mitgefühl? Ich bade mich darin, schließe meine Augen, tanze innerlich. Vor mir tanzt die Heilerin. Alles fließt butterweich. Die Frau nimmt meine Hände, ganz zart. Ich genieße den Moment – bis mich ein unglaublicher Schmerz packt. Ich schreie ganz Bali zusammen. Ich reiße empört die Augen auf, und die Heilerin lächelt mich säuselnd an. Neben mir wimmert Steve voller Mitleid. Ich rufe ihm noch nett zu: »Geh nicht in meinen Schmerz! Das ist jetzt mein Bier!« In den Fingern hält die Heilerin ihre Waffe, ein abgebrochenes Streichholz. Das hat sie mir gerade unvermittelt in die Kuppe meines Mittelfingers gerammt und noch nicht entfernt. Ich schaue vorwurfsvoll zum Übersetzer. »Du sollst atmen und den Schmerz gehen lassen. Sie hilft dir«, sagt er, ohne jede Emotion. Ich lache voller Ironie, dabei baut sich Panik in mir auf. Da hat sie schon wieder zugeschlagen, und ich kreische noch schriller, die Tränen spritzen nur so aus mir heraus. Ich werfe mich auf den Boden. Mein Gott, hört das nie auf? Wie viel muss ich denn loslassen, wie viele Schmerzen ertragen? Die Heilerin lässt nicht von mir ab, barfuß läuft sie jetzt auf meinem Bauch herum und hört nicht auf zu singen. Wie in einem Psychothriller. Sie presst einen Fuß in meinen Unterbauch, natürlich tut auch das höllisch weh. Unglaublicherweise verschwindet der Schmerz irgendwann, obwohl sie den Druck nicht rausnimmt. Dieser Moment fühlt sich leicht an. Ich atme wie in einem Geburtsvorbereitungskurs. Wenn ich ihr Vertrauen nicht während des kleinen Picknicks gefasst hätte, wäre ich schon längst gegangen. Ich schwöre mir, dass dies das letzte Mal ist, dass ich etwas mit Schmerzen ertrage. Als Steve dran ist, erhole ich mich. Ich liege da, fertig, halte innerlich meine Hände ergeben hoch und sage: »Ja, Leben, du hast mich! Ich tue alles für die Freiheit! Alles! Aber jetzt bin ich erst mal müde!« Steve ist tapferer als ich, von ihm hört man kaum etwas, obwohl die Heilerin auch auf ihm herummarschiert.

Für die Heimreise packt mir die Heilerin noch ihre weisen Worte ein: »Du meditierst fleißig. Jetzt bring alles in das Leben und zu den Menschen. Lebe das Mitgefühl. Du bist das Mitgefühl. Was du in mir siehst, ist in dir. Du bist frei, flieg.«

Auf der Rückfahrt schlafe ich sofort ein. Steve legt seine Hand auf meine, das spüre ich noch. Ich glaube, er legt mir seine Welt zu Füßen, aber ich hebe sie nicht auf. Ich weiß nicht, warum. Vielleicht ist es zu einfach, vielleicht kann ich einfach nicht. Vielleicht habe ich schon einige Chancen in meinem Leben verpasst, vielleicht aber auch nicht. Ich habe Steves Herz gehalten, und das war eine in dem Moment andere Form von Liebe. Oder war auch das ganz anders? Ich habe Steve nie gefragt.

Meine Liebesbeziehung ist gerade mein Buch, das plötzlich aus mir herausfließt. Es hat Platz, und je mehr ich im Zustand

KAPITEL 9

des gefühlten Nicht-Schreibens bin, desto besser läuft es. Alles andere nehme ich als ablenkende Sirenen wahr. Bis Silvester verbringe ich ein paar Tage alleine. An so einem Tag fällt das Alleinsein schwer, und ich möchte mich nicht mehr quälen. Ich entscheide mich für eine Runde mit Gleichgesinnten, Expats aus aller Welt, die auf Bali leben und die in dieser Nacht nicht trinken, sondern die Kraft des Anfangs eines neuen Jahres nutzen wollen, um ihre Wünsche zu formulieren. Wer mit Erwartungen in die Silvesternacht geht, wird immer enttäuscht. So fliege ich leicht wie eine Feder auf die Veranda der Gastgeberin, auf der schon Blütenblätter zu einem Herz geformt und alle Kerzen angezündet sind.

In dem Moment, in dem ich reinkomme, dreht sich Dan um. Er steht mit dem Rücken zu mir am Fenster und schaut in den Garten, mit ihm im Raum die zehn anderen Menschen, die sich heute gegenseitig bei dem Übergang in das neue Jahr begleiten werden. Es ist klar, dass Dan sich neben mich setzen wird, es ist gewiss, dass diese Nacht unsere werden wird, weil da ein unerklärlicher Reiz zwischen uns aufflackert. Dan sagt nicht viel, ihn umgibt etwas Geheimnisvolles und Unnahbares. Er sieht aus, wie ein attraktiver Amerikaner eben aussieht. Sympathisch erscheint er mir nicht.

Diese Nacht ist das schönste Silvester, das ich je gefeiert habe. Ich tanze und singe mit Menschen, die mit sich im Einklang wirken. Nichts daran scheint aufgesetzt. Wir nehmen nichts zu uns außer Tabak und Kokablättern, die eine der Frauen von einem indigenen Stamm aus Brasilien bekommen hat. Tabak in seiner reinsten Form soll Wünsche und Gebete verstärken, der Rauch soll alles direkt zu den Göttern tragen. So positiv habe ich eine Zigarette noch nie betrachtet. Ich glaube, so ist es mit allen natürlichen Substanzen, die missbraucht werden. Man sollte sie achten und in kleinen Dosen zu sich nehmen, wenn man die Wirkung genießen möchte. Man muss nur ein paarmal daran ziehen, und angeblich soll dieser Tabak nicht schädlich sein, weil von den Medizinmännern keine Chemie beigemischt wurde. Eine Zigarette muss nicht immer eine Zigarette sein. Das Gleiche gilt für das Kokablatt. Von dem Pulver aus dem getrockneten und gemahlenen Blatt nimmt jeder nur einen winzigen Löffel wie Medizin ein. Es soll unsere Wünsche sichtbar machen. Das Medikament heißt bei dem südamerikanischen Volk »Sweet Truth«. Es schmeckt süß wie Stevia und pappt unter der Zunge. Ich lege mich neben Dan auf den Boden und schaue mit geschlossenen Augen, welche Downloads für mich kommen. Mhm, süß.

Er fragt mich: »Was ist deine süße Wahrheit?« Was ich sehe? Ich kann es nicht beschreiben. Wie sieht die Gewissheit aus, dass man richtig und nicht falsch ist, dass der Weg der richtige ist, dass alles Sinn macht, auch wenn es einen auch mal wütend macht? Vielleicht ein wenig wie die Milchstraße? Ich will es Dan, dem wortkargen Geheimniskrämer, nicht sagen, es würde zu naiv klingen. Also klappe ich die Augen auf und antworte: »Nichts!« Er lacht und weiß, dass ich bewusst lüge. Bevor das Jahr zu Ende ist, so plötzlich die Idee der Gruppe, sollten wir jemandem noch ein Geschenk machen. Dan will mich beschenken. Er füttert mich mit einem rohen, zuckerfreien, veganen Schokokuchen. Erst gefällt mir die Idee nicht, denn ich will mich nicht füttern lassen, auch nicht verführen. Nicht von Dan. Doch in dem Moment, als ich es einfach zulasse, wirkt auch diese Medizin. Er ist beim Füttern etwas dominant, lässt mich kaum schlucken, was aber erotisch wird, als er mir einen hängen gebliebenen Krümel von der Unterlippe in den Mund schiebt. Dieser Dan. Ich finde ihn arrogant, auf eine gewisse Art

KAPITEL 9

fühle ich mich dennoch angezogen. Und der Anziehung sollte ich doch folgen, hat mir der Kakao-Schamane gesagt.

Nach dem Feuerwerk löst sich die Runde auf. So viel Optimismus für ein neues Jahr habe ich noch nie aus einer Silvesternacht mitgenommen. Ich liebe hier wirklich alle, vor allem mich selbst. Ich bin wieder bereit für das Eremitinnen-Leben. In dem Moment, in dem ich schon alles habe, gar nicht mehr möchte, bekomme ich noch einen Bonus-Track dazu. Dan, der um die Ecke wohnt, bietet an, mich quer durch die Stadt nach Hause zu fahren. Ich genieße es, auf seinem Roller hinter ihm zu sitzen und mich einfach nur festzuhalten. Helme tragen wir beide nicht. Ich weiß nicht, wie er darauf kommt, aber er erzählt mir gegen den Fahrtwind, dass er gerade *Eat. Pray. Love* liest. Schau an. Ich sage etwas abschätzig: »Ich wusste gar nicht, dass das auch Männer interessiert!« Er nimmt es schweigend hin. Vor meiner Haustür tobt noch eine Party, die Einheimischen feiern auf der Straße mit Dosenbier und Salsa-Musik. Wir werfen unsere Vernunft über Bord und trinken mit, tanzen mit. Irgendwann gehe ich allein ins Bett, mit Dans Nummer. Ich höre schon die anderen Stimmen: »Wie, ihr habt euch nicht geküsst? Wie, ihr wart nicht im Bett?« Nein, es geht auch so! Das kann so stehen bleiben. Wem will ich eigentlich ständig etwas beweisen?

Am nächsten Morgen entscheide ich, etwas gierig, dass ich Dan wiedersehen will. Die Worte kommen gerade nicht, ich brauche Ablenkung. Ich schlage ihm vor, zusammen Kakao zu trinken. Am Abend findet die wöchentliche Kakao-Zeremonie in Ubud statt, zu der alle Expats in Ubud pilgern. Wir setzen uns im Kreis um ein Feuer, und ich fühle mich gleich bei den ganzen bunten Menschen wohl. Ich werde herzlich aufgenommen, nicht schräg gemustert. Auch wenn Dan und ich nicht ganz in den

Rahmen passen, weil wir nicht allen überschwänglich um den Hals fallen. Ich habe mir zwar auch ein wallendes Blumenkleid und lange Ohrringe gekauft und sehe plötzlich so aus wie die Frauen, die ich vorher noch als moderne, klischeehafte Hippies verurteilt habe. Aber in Hamburg werde ich wieder Jeans tragen, denn da würde man mein wallendes Kleid bloß kurz anschauen und spöttisch fragen: »Ist dir nicht kalt?« Dan ist ordentlich rasiert und trägt Segeltuchschuhe wie ein klassischer Spießer. Auch ich bin glatt rasiert und habe mir die Wimpern verlängern lassen wie eine richtige Tussi. Wir sind weder Spießer noch Tussi. Wir sind alles und nichts. So klimpern meine Wimpern neben Dans glatten Wangen. Ich trinke Kakao und schaue eigentlich nur zum Mond hoch. Um mich herum wird getanzt, gesungen, gewünscht, erzählt, über das Universum gesprochen, über den richtigen Moment für einen Übergang in eine neue Zeit – die spirituelle Revolution wird herbeigerufen. Mir ist das alles gerade eher gleichgültig, ich schaue in den Mond und denke, dass er eigentlich immer voll ist. Dan wird von einer anderen Frau zum Tanzen in den Kreis gezogen, auch das ist mir auf eine herrliche Art egal. Mein Gott, wie gelassen ich alles nehme. Es ist mir nicht wichtig zu wissen, was wir sind und wohin wir steuern. Der Mond reicht mir gerade. Er schenkt mir das Vertrauen, dass alles zu mir kommt, wie es passt. Mir fällt eine Zeile aus einem japanischen Zen-Koan ein: »Kein Wasser, kein Mond.«

Ich denke an Martin aus dem Allgäu. Er und seine Worte sprudeln in meinem Herzen. Ich brauche ihn weder anzurufen noch zu treffen. Ich weiß immer, was er mir sagen würde, so nah sind wir uns seit der ersten Begegnung vor einiger Zeit. Jetzt wäre es nur wenig: »Siehst du.« Mit dem Verstand käme hier keiner mit, bei meinen stummen Mond-Gesprächen. In diesem Moment schreibt Martin eine auf das Wesentliche reduzierte

KAPITEL 9

Zen-SMS an mich: »Ich habe gerade an dich gedacht. Wie geht es dir?« Gute Frage!

Als Dan sich wieder zu mir setzt, merke ich: Die Tanzeinlage hat ihm keine Freude gemacht, weil er dazu überredet wurde. »Lass uns gehen!«, sage ich, und er steht sofort wieder auf. Wir gehören zwar eher hierher als woanders hin, aber irgendwie auch nicht. Dan rollert uns in ein lokales Restaurant ohne Firlefanz. Wir sitzen auf Holzbänken, ich soll direkt neben ihm sitzen und Dan bestellt uns Ingwertee. Er mag es, für uns zu entscheiden, bis zu einem gewissen Punkt kann ich damit leben. Ich entscheide sonst alles selbstständig in meinem Leben. Er zündet sich eine Zigarette an, bläst den Rauch in die andere Richtung und bittet mich, meine Geschichte zu erzählen. Ich nippe an meinem Ingwertee und überlege ernsthaft, warum er alles über mich in epischer Länge wissen will. Es hätte eher gepasst, dass er über sich erzählt. Doch dann rede ich einfach drauflos. Im Grunde ist es eine Kurzversion von allem, was bisher in diesem Buch steht. Dan hört jedes Wort, beobachtet jede Mini-Geste von mir und fühlt die passende Stimmung mit. Manchmal wirft er einen kurzen Kommentar ein. Etwa, wenn er findet, dass ich übertreibe. Er hat ja recht. Meist nickt er zustimmend, ermutigend und spiegelt mit jeder seiner Gesten, dass er mich ernst nimmt und an mich glaubt. Ich bekomme seine ungeteilte Aufmerksamkeit. Als eine Kakerlake über den Tisch kriecht, schnippt er sie beiläufig für mich weg. Als meine Tasse leer ist, bestellt er nach. Mehr kann man doch nicht verlangen. Ich danke ihm herzlich und sage ihm, dass ich jetzt merke, was für ein schöner Mann er ist. Für einen kurzen Moment lässt er sich davon berühren, dann zieht er an seiner Zigarette. Nur als er von sich erzählen soll, weicht er aus. Natürlich habe ich seinen Namen schon bei Google eingegeben. Es kamen viele

»DU BIST FREI, FLIEG.«

Treffer: Er war sehr erfolgreich mit Unternehmensgründungen. Ich weiß, dass er so innovativ ist, weil er mit sich in Kontakt ist. Er bekommt dauernd Downloads, woher auch immer. Das merke ich, wenn wir zusammen sind, weil ich es von mir selbst kenne. Ich lasse ihn undercover und bescheiden sein – was spielt das schon für eine Rolle.

Als er doch noch über sich erzählt, spricht er von seiner Ex-Freundin und dass er sie bei Vollmond während einer Kakao-Zeremonie kennengelert habe. Ich spüre gleich, dass das Wort »Ex« nur ein Begriff ist. Sie wohnt noch in seinem Herzen. Als er weiter erzählt, sehr intime Details, lerne ich ihn noch einmal neu kennen. Die potente Fassade fällt. Diese Frau hat ihn auf subtile Art entmannt. Wieso hängen Männer an solchen Frauen? Aber wer bin ich, dies zu bewerten? Ich mit meinen Männern, die auch alle einen Teil von mir genommen haben, wobei ich das immer als Letzte merkte. Da darf er noch ein paar Scherben aufkehren und sich selbst wieder zusammenbauen. Ich bin raus und haue es einfach auf den Tisch: »Dan, trenn dich von ihr. Sie tut dir nicht gut!« Er sagt: »Sie hat mich verlassen.« Und ich behaupte: »Aber du bist nicht gegangen!«

Auf dem Nachhauseweg fragt Dan nach hinten auf den Rücksitz: »Hast du eigentlich dein Einhorn schon gefunden?« Er meint damit die eine, besondere Liebe. Ich lockere meine Umarmung und verneine. Es fühlt sich furchtbar unromantisch an. Nach einer Pause macht er den Moment noch schlimmer: »Hast du manchmal Angst, dass du es niemals finden wirst?« Ich sage: »Nein!« Ich möchte jetzt einfach nicht ehrlich Ja sagen. Aus Stolz und auch, weil ich mir die Hoffnung nicht selbst nehmen mag. Außerdem will ich kein Einhorn suchen, das klingt wirklich hoffnungslos. Er sagt: »Ich habe Angst davor, auch vor Kompromissen.«

KAPITEL 9

Ich erinnere mich daran, was mir die Heilerin ungefragt noch gesagt hat. Ich habe es vergessen, verdrängt, nicht geglaubt, dass es so sein könnte, wie auch immer. Sie sagte: »Du kennst deinen Partner schon, er ist längst in deinem Leben. Schau nur genau hin!« Ich habe natürlich gefragt, wo und wer? Sie ließ nur heraus: »Er ist in Deutschland.« Ich habe immer gehofft, ich würde jemanden auf meinen Reisen treffen. Verflixt, habe ich zu Hause mein Liebesglück übersehen? Und dann gehe ich alle deutschen Männer, die ich kenne, im Kopf durch. Ich habe wirklich keine Ahnung, wer es sein soll.

Dan bringt mich wieder bis zur Tür, ich sage ihm dort Gute Nacht. Ich lasse ihn gehen und habe ein bisschen das Gefühl, aufgehalten worden zu sein. Noch in der Nacht schreibe ich zehn Seiten. Ich ärgere mich ein wenig über mich selbst, dass ich nicht einfach alleine auf Balis Wellen surfe. Wieso, um Himmels willen, bleibe ich nicht einfach auf der Veranda hocken und tippe? Hier ist es einfach, leicht zu leben. Ich bin versorgt, kann mir alles leisten, es ist immer warm und überall blühen Blumen. Es ist aber nur scheinbar einfacher im Paradies. Denn gerade da, wo alles gut sein müsste, fallen die inneren und äußeren Gegensätze noch mehr auf. Ich merke, wie sehr ich meinen Heimathafen Hamburg liebe, seine Ecken und Kanten vermisse. Dort darf man alle Launen aufs Wetter schieben. Die Regengardinen lassen sich tagelang nicht aufschieben, und das ist gut so. Ich vermisse meine Nachbarn, die bei mir in der Eckkneipe verlässlich um neun Uhr ihr erstes Bier bestellen, wenn ich an ihnen nach meiner Meditationsrunde vorbei nordicwalke. »Moin, moin!« Ich vermisse meine uralte Nachbarin, die den ganzen Tag aus dem Fenster nach ihrer Nichte ruft, die aber nur zwei Mal pro Woche kommt. Ich freue mich darauf, dass nicht ständig ein Krabbelvieh an mir saugen und der Drang, ständig

»DU BIST FREI, FLIEG.«

etwas erleben zu wollen, abebben wird. Ich freue mich auf mein indisches Lieblingsrestaurant auf dem Kiez, wo das Palak Paneer sofort in der Pfanne gewärmt wird, wenn ich eintrete und mir nach dem Essen immer noch einen Tag lang warm ist. Ich vermisse meinen Arbeitsplatz, an dem die Finger nicht beim Tippen schwitzen. Und vor allem fehlen mir meine Freunde. Ich verabrede mich schon jetzt mit all meinen Heimatfreunden, die an Zufälle glauben, die nicht alles akzeptieren, als ob es so sein sollte. Die nicht immer nett und verständnisvoll sind, sondern auch mal losmeckern wie die Rohrspatzen, die sich in Rage reden, anstatt runterzukommen, die sich für meine Begriffe aber insgesamt leichter anfühlen als so manche Retreat-Gruppe. Ich küsse im Geiste alle meine verwurzelten Freunde, die immer da sind, während ich herumschwirre und damit vielleicht genauso weit komme. Meine Heimatfreunde, die mir nie nett gemeinte Ratschläge geben, die einfach wissen, was ich brauche. Wenn es drauf ankommt und mir zu eng wird, sagen sie nur: »So!« Dann packen sie zu, schleppen mich an den Hafen und stellen mich in den Wind. »Jetzt atme!« Ich bin dann empört, weil ja ich die Meditationstrainerin bin. Aber sie wissen, dass es mir wieder gut geht, wenn die Schiffe fröhlich hupen und ich die Freiheit darin erkenne. Ich weiß schon, wie sie mich an sich drücken, küssen und neidlos begrüßen werden: »Tine, du hast ein Leben, da kann man ja nur von träumen.« Ich werde ihnen Räucherstäbchen mitbringen, zusammen mit ganz vielen neuen Geschichten und ihnen sagen: »Ja, mein Leben ist ein Traum, aber manchmal sieht es auch nur so aus. Wie eures.« Wieso schätzt man sein Leben erst, wenn man es verlässt?

Ich fahre mit Steve noch auf eine Kakao-Farm und kaufe Nachschub für meine Cacao-Rituale, wir fahren weiter bis an die Küste, stecken unsere Füße in den Sand und beobachten wag-

KAPITEL 9

halsige Surfer, während wir safe eine frische Kokosnuss schlürfen. Ich frage Steve: »Wieso habe ich aus Bali nur ein Projekt machen wollen? Es ist doch alles so gekommen, wie es sollte!«

»Weil auch das so sein sollte!« Und da liebe ich wieder diesen spirituellen Small Talk. Wir schweigen danach. Zwischendurch wird immer wieder Plastik vor unsere Füße gespült, ein Knick im Traum-Poster. Traurig, wie wir unsere Paradiese zerstören. Unsere gemeinsame Reise endet nach Sonnenuntergang. Ich verabschiede mich freundschaftlich, lasse ihn gehen, ohne mehr zu erwarten. Ich weiß, dass ich danach nichts mehr von ihm hören werde. Ich habe von allen Begegnungen auf Bali mehr als genug bekommen.

Ich genieße eine letzte Massage, besuche noch einmal einen Sound-Healing-Kurs, ohne genervt zu sein von mir oder anderen. Ich bedanke mich bei dem wunderbaren Musiker, der ohne Worte in mein Herz trifft. Da ist es auch egal, ob ich nun im Abendkleid auf ein klassisches Konzert in Hamburg gehe oder eben hier in Yogaleggings zuhöre. Ich bedanke mich bei allen Menschen und Momenten dieser Reise, auf der ich so viele meiner Vorstellungen hinter mir lasse, wie ich oder diese Welt zu sein haben.

Meine Dankesliste hört echt nicht mehr auf. Zuletzt bedanke ich mich sogar bei meinen Mückenstichen, deren Jucken mich ins Hier und Jetzt holen. Ich bin weit gekommen, finde ich. Und die Hälfte es Buches steht im Laptop.

Ich umarme Mama Bali und verlasse dieses traumhafte, magische Land. Dann fliege ich weiter, nach Nepal. Dort werde ich einen kleinen Abstecher einlegen, um eine Reportage über die Auswirkungen des Erdbebens zu schreiben, meinen Mönchsfreund treffen und das Kloster besuchen, in dem diese Reise begann.

»DU BIST FREI, FLIEG.«

Als ich dort nach der Landung wieder mein Handy einschalte, piept eine Sprachnachricht von Dan rein. Er erzählt alles Mögliche. Doch was er eigentlich sagen will, passt in wenige Sätze. Seine Stimme zittert etwas: »Du hattest recht. Ich habe meiner Ex gesagt, dass ich sie nicht wiedersehen möchte, und ihre Nummer gelöscht.« Immerhin, eine Atempause. »Hast du Lust auf einen Kakao?«

Ich seufze, lasse mich in ein Taxi fallen und lache wegen der Ironie des Lebens. Der Fahrer stimmt ahnungslos einfach mit ein. Er braucht keine Erklärung. Ich schraube mich mit ihm in Kurven hoch bis zum Kloster. Und auch diese Begegnung ist genauso wertvoll oder nicht, wie ich es möchte.

Ich gehe wieder durch die Eingangstür, hier ist die Zeit für mich stehen geblieben. Mit dem vertrauten Geruch nach Rhododendron steigen alle anderen Erinnerungen in mir auf. Waren es zwei, drei Jahre? War es gestern? Kommt diese Geschichte erst morgen? Ich sehe mich mit meiner gelben Tasche voller Bücher über den Vorplatz schleichen, in Gedanken versunken, Hand in Hand mit Sofia. Ich sehe mich auf einer Mauer sitzen und in den Himmel schauen, im Kopf diese ganzen Fragezeichen, anstatt nur die Wolken vorbeiziehen zu lassen. Ich setze mich wieder auf meinen Lieblingsplatz auf der Mauer. Ich schließe die Augen. Ich fühle mich an wie vor Jahren, nur ein bisschen stiller. Erst erschreckt es mich, wollte ich doch Meilen weiter sein, dann stelle ich fest: Ich war schon die ganze Zeit da, es gab nie etwas zu erreichen. Ich merke es erst jetzt.

Kapitel 10
ÜBERSEHE ICH ETWAS?

Als ich (mal wieder) meinen Koffer auspacke, merke ich, dass ich nicht nur eine balinesische oder nepalesische Ameise mitgebracht habe, sondern auch die Frage an mich: »Läufst du vor Beziehungen davon?«

Ich weiß auf den ersten Blick, ob sich ein Paar noch liebt. An der Art, wie mir eine Freundin von der ersten Begegnung mit einem Mann erzählt, erkenne ich, was er eigentlich von ihr will. Ich kann immer sagen, ob ein Mensch wirklich fröhlich pfeift oder lieber jemanden umbringen würde. Ich spüre, wann der passende Moment für etwas ist. Und ich bilde mir auch ein, dass ich fühle, was meine Stadt und die Welt bewegt. Nur eines weiß ich nicht: Welcher von den Milliarden Männern dieser Welt passt zu mir? Wenn es zu diesem Thema kommt, fühle ich mich unsicher. Vielleicht kenne ich ihn schon, das macht die Wahl nicht viel einfacher.

Natürlich könnte ich auch einfach auf das Leben vertrauen, wie Soley auf Island das macht. Sie datet nicht, sie sucht nicht, sie lässt sich finden. Sie hält sich dann nach der ersten Begegnung an die Vierzig-Tage-keinen-Sex-Regel und lässt währenddessen niemand anderen an ihren Körper heran. Diese Regel funktioniert bei mir nur tageweise. Was es nicht einfacher macht: Ich lebe in der Single-Hauptstadt Hamburg, die Werbetafeln sind gepflastert mit Online-Dating-Reklame, die Liebesglück im Minutentakt verspricht. Im Alltag wird eine Frau in Hamburg so gut wie nie in einer Bar angesprochen. Da muss leider ich aktiv werden. Aber ist das denn überhaupt angesagt als Frau? Mir wurde immer eingeredet, dass ich den Mann den ersten Schritt machen lassen sollte, weil er mich erobern möchte. Es sei besser, mich rarzumachen, um respektiert zu werden und nicht den Eindruck zu vermitteln, ich sei allzu leicht zu haben, was immer das auch bedeutet. Ich höre sofort alle meine Lehrer und Workshop-Leiter im Chor säuseln: »Christine, es gibt in der Liebe keine Regeln! Mach genau das, wonach du dich fühlst. Suche nicht, dann wirst du finden. Es gibt für jeden ein Gegenüber und ihr trefft euch im richtigen Moment, wenn ihr beide frei und bereit seid. Hör auf zu kontrollieren!«

So heißt es immer, aber ich bin mir nicht sicher, ob der Flow-Modus reicht. Oder ob dieser Anspruch auf einen Seelenpartner zu hoch gegriffen ist. Ich habe das Gefühl, wir sind alle verbunden, wir sind Menschen. Natürlich versteht man sich mit manchen besser, mit manchen schlechter. Für mich scheint das Wichtigste zu sein, dass beide potenziellen Partner bereit sind, sich einzulassen und miteinander zu wachsen. Aber sicher weiß ich es auch nicht! Ist es wirklich so, dass der passende Partner kommt, wenn man nicht mehr sucht? Als ob ich das abstellen könnte.

Ich habe auf meinen ganzen Reisen und während meiner zig Workshops niemanden gefunden, der das Geheimnis der Liebesbeziehungen erklären oder durchschauen konnte oder fähig war, mich in Liebesdingen umfassend zu beraten. Ich habe auch Meditationslehrer mit Liebeskummer getroffen und völlig unharmonische Beziehungen unter bewussten Menschen beob-

KAPITEL 10

achtet. Und ich habe viele perfekt wirkende Beziehungen ganz plötzlich zerplatzen sehen wie eine Seifenblase. Sicher ist es am besten, mit sich allein glücklich zu sein, um sich dann einen Partner auf Augenhöhe zu suchen, der nicht zur Projektionsfläche wird, sondern zum Spiegel. Beide sollten sich weder schützen noch verteidigen, sondern miteinander in voller Intimität wachsen können. So haben beide die wunderbare Chance, Halt und gleichzeitig sich selbst zu finden und weiterzuentwickeln. Das erfordert natürlich einiges an Voraussetzungen wie zum Beispiel Kommunikationsfähigkeit und ein offenes Bewusstsein.

Kürzlich sagte mir eine Yogalehrerin: »Nimm den nächsten Mann einfach zum Üben. Und wenn es klappt, bleib mit ihm zusammen.« Auf jeden Fall will ich mich nicht mehr nur begnügen. Wer sich nicht regelmäßig meldet, hat kein Interesse. Und ich habe zu viele Ausreden für Männer gesucht, die sich aus verschiedenen Gründen nicht ganz und gar an meine Seite gestellt haben. Ein richtiger Mann verwöhnt eine Frau und liebt es.

Wie wäre es also, wenn ich doch mein Glück steuern könnte? Während ich hier im Café diesen Text schreibe, sitzt ein sehr attraktiver Mann am Tisch neben mir. Aber denkst du, da passiert etwas? Wir befinden uns zwar in einem italienischen Café, ich werde schon beim Eintreten mit Handküssen der Kellner und fröhlicher Gelassenheit empfangen, aber wir sind längst nicht in Italien! Der Hamburger neben mir schaut rüber, aber kommt nicht her. Ich tippe weiter.

Ich erinnere mich, dass ich mal für das *Süddeutsche Zeitung Magazin* über Liebesgeschichten geschrieben habe, die alle in Rimini begannen. Italienische Männer verführten deutsche Frauen. Jede davon war voll von so viel Leidenschaft, dass es fast naiv rüberkam. Da sangen die Männer Ständchen unter dem Fenster

ÜBERSEHE ICH ETWAS?

und fuhren in der Nacht in einem klapperigen Fiat von Italien nach Düsseldorf, weil sie eifersüchtig waren. Ich will Liebe und Verhalten nicht an Nationalitäten festmachen, aber kann ich im Dating-App-Zeitalter verlangen, dass mir der rote Teppich ausgerollt wird? Ich finde schon.

Ich wünsche mir vor allem einen lebendigen Mann, bei dem die Emotionen einfach fließen, denn sonst verhungere ich. Ich erinnere mich an eine kurze Affäre mit einem Italiener. Ich hätte mir keine Beziehung mit ihm gewünscht, weil er zu sehr Lebemann war, aber wie er meinen Körper anbetete, jeden Zentimeter mit Küssen und Komplimenten bedeckte, hat meine Haut nicht vergessen. Seit diesem Moment habe ich meinen Körper nie wieder versteckt.

Doch wie komme ich in einer zurückhaltenden Flirt-Kultur an einen Mann? Online-Dating empfinde ich spontan als seelenlos und oberflächlich. Zu mir würde es besser passen, wenn ich meinen zukünftigen Lieblingsmann auf ganz verrückte Art und Weise nebenbei treffe. Ich wünsche mir, dass mir das Leben ihn vor die Füße spült, wie im Film. Mit Kollegen hat es nie geklappt, im Sportstudio schon gar nicht, die Freunde von Freunden wurden mir alle vorgestellt, und in meinen Meditationskreisen schaue ich mich nicht mehr um. Es reicht, wenn einer auf diesem Trip ist. Obgleich mein Zukunftsmann natürlich fähig sein sollte, zu reflektieren. Himmel, diese Ansprüche!

Aber da ich so viel online mache – wieso nicht auch einen Partner finden? Nur eines will ich nicht mehr: warten. Also ziehe ich los. An meiner Seite alle meine Freundinnen, denn jede Frau braucht eine Frau, mit der sie alle SMS, Dialoge und Stimmungen von Männern bis ins Detail analysieren kann. Es scheint mir oft, als sprächen die Geschlechter einfach eine unterschiedliche Sprache. Und es fühlt sich auch so an, als wären viele

KAPITEL 10

Herzen mit Mitte dreißig schon »ausgeleiert«. Da wollen Männer und Frauen den Rahmen abstecken, indem sie angeben, was sie auf gar keinen Fall mehr mögen (Depressionen oder Veganerinnen, weil diese als anstrengend gelten) oder unbedingt einfordern (Verbindlichkeit oder Lust auf Fetische). Viele Begriffe kenne ich gar nicht. Was bedeutet Cockolding oder non-Vanilla? Doch was ich nicht für normal halte, ist für jemand anderen die Norm. In was für einer Welt leben wir eigentlich? Wo gibt es Raum für die spontane Begegnung ohne ein Aussortieren?

Sinn macht das Auswerten nicht, aber Spaß. Meine Freundin Nina mag es, für mich bei den Dating-Profilen nach Männern zu gucken. Sie lebt mit ihrer vierköpfigen Familie im Hipster-Viertel und hat sich ihre Freiheiten weitestgehend bewahrt. Wenn ich will, kann ich mit ihr Nächte durchtanzen und sie auch nachts um eins anrufen. Klagen höre ich sie nie, und sie hat immer eine originelle Art, Männer für mich gut oder schlecht zu finden. »Darf ich mal für dich suchen?«, fragt sie manchmal. Aber selbst mit ihrer fachkundigen Hilfe funkt nichts. Es liegt an mir. Ich tappe in die Falle, lasse mich vom Äußeren blenden und wische eher die Fotos von den Männern, die für mich ansprechend aussehen, nach rechts. Wonach soll ich auch sonst gehen, wenn mir nur Äußerlichkeiten angeboten werden? Nina gibt auch anderen eine Chance, aber sie muss sie ja nicht daten. Einmal habe ich mich mit jemandem getroffen, den ich nicht attraktiv, aber nett fand. Das Date verlief dermaßen zäh, weil nichts bei mir rüberkam, und der Mann dachte, er hätte die Frau seines Lebens getroffen. Ich lag die ganze Nacht wach und grübelte, ob ich ihm eine Chance geben sollte, aber mein Körper ging in den Streik, da kribbelte nichts. Ich finde, die Anziehung muss bei mir gleich da sein. Oder wäre es andersherum nachhaltiger?

ÜBERSEHE ICH ETWAS?

So ist das, wenn man sich sein Leben selbst aufgebaut hat, wenn man frei ist und sich nicht binden möchte, um sich zu binden. Ich brauche keinen Ernährer und Versorger, sondern vor allem jemanden, der verlässlich und klug ist, sich alle Alltagsgeschichten anhört, das gemeinsame Leben mit aufbaut und mit dem das Körperliche sinnlich ist. Ich bin also wählerisch – und stehe mir damit vielleicht ein wenig selbst im Weg.

Mit meinem Fokus auf das Äußerliche gerate ich an ein paar arrogante Typen, die noch nicht einmal ein Date möchten, sondern sich gleich zu Hause treffen wollen. Wie funktioniert so etwas? Tür auf und vögeln? Die reine Lust, die nicht befriedigt wird und nicht länger als elf Minuten andauert? Offensichtlich gibt es Frauen, die sich darauf einlassen, bei mir funktioniert das nicht, wenn ich nicht wenigstens einmal mit dem Mann gesprochen habe. Jedenfalls höre ich auch von Frauen, die sich fast jeden Abend jemand anderen nach Hause liefern lassen wie eine Pizza. Irgendwie finde ich, dass das durchaus was Positives hat. Also, dass Frauen über Dating-Apps bestellen, wenn sie Appetit haben. Ich aber halte an dem naiven Glauben fest, dass es auch »andere« Männer bei den schnelllebigen Dating-Portalen gibt. Die, mit Gefühlstiefe und Wertschätzung, beim ersten Date die Rechnung bezahlen und einem auch mal ein Kompliment machen. Da bin ich etwas von gestern – oder wieder ganz neu?

Ich bin voller Hoffnung, auch wenn diese Art, jemanden kennenzulernen, gegen alle meine Ideale des Flow und der Bestimmung des Lebens spricht. Schon allein der Ton, der eine neue Nachricht ankündigt, klingt so optimistisch. Außerdem sind viele meiner Freunde auf solchen Portalen aktiv. Und die sind alle super. Es kann also nicht nur Idioten und Idiotinnen geben! Und immer werde ich gefragt: Was suchst du? Dafür sollte ich wohl mal eine Pauschalantwort in meinem Profil ergänzen.

KAPITEL 10

Ich habe unzählige Matches, aber keinen Treffer. Wie kann das sein? Mit einer Quote von 101 Prozent picke ich mir für ein Date den Falschen heraus. Es ist wie im Film und gehört auch so aufgeschrieben:

Er: Typ verrückt
Szene: Schickes Restaurant
K.O.-Satz: »Ich sag es dir lieber gleich: Der Geist meiner toten Großmutter begleitet uns heute Abend.«

Er: Typ Schnorrer/Muttersohn
Szene: Verrauchte Studentenkneipe
K.O.-Satz: »Ich hätte gerne einen Kakao – mit Sahne. Kannst du die Rechnung zahlen?«

Er: Typ Lügner
Szene: Portugiese um die Ecke
K.O.-Satz: »Ich wiege zwar 10 Kilo mehr als im Profil angegeben, habe vier Kinder und bin 55 statt 40 Jahre alt – aber ich dachte, wenn du mich erst mal persönlich siehst, wirst du mich schon mögen.«

Er: Typ Model alias schöner Egoist
Szene: Beim (zu schnellen) Sex
K.O.-Satz: »Du brauchst aber lange, um zu kommen. Kannst du überhaupt kommen?«

Er: Typ moderner Exhibitionist
Szene: Erstes Telefonat (über den Job)
K.O.-Satz: »Ich halte ihn schon in der Hand und habe dir ein Foto von ihm geschickt.«

ÜBERSEHE ICH ETWAS?

Er: Typ bindungsgestört, eigentlich auf der Suche nach einer Freundschaft
Szene: Nach einem romantischen Konzert-Besuch
K.O.-Satz: »Ich muss los. So, welche Bahn musst du jetzt nehmen?«

Er: Typ Narzisst/Arschloch
Szene: Drittes Date auf einer Party
K.O.-Satz: »Ich habe gerade eine hübsche Dame auf der Toilette kennengelernt.«

Er: Typ verzweifelt vorschnell
Szene: Speed-Dating
K.O.-Satz: »Ich kann kochen, bin romantisch und wünsche mir drei blonde Kinder mit dir.«

Er: Typ großzügig-geizig
Szene: Tapas-Restaurant
K.O.-Satz: »So, ich zahle dann meine Tapas-Schälchen und deinen halben Wein.«

Es schockiert mich, dass ich noch endlos so weitermachen könnte. Allerdings – was die Männer wohl über mich erzählen? Natürlich gab es auch ein paar normale Dates, die aber dann so normal waren, dass weder der eine noch der andere sich je wieder gemeldet hat. Und manche Treffen kamen erst gar nicht zustande, weil der Mann vorher nach meiner BH-Größe fragte oder mich einfach löschte und ohne Erklärung von der Bildfläche verschwand. Dieses Ghosting finde ich absolut gruselig.

Ich höre aber auch Geschichten von merkwürdigen Frauen. Eine soll mal direkt beim ersten Treffen an ihrem Gegenüber

KAPITEL 10

geschnuppert haben, weil sie gelesen hat, dass der Geruch entscheidet, ob er der Richtige ist. Ich lache gerade, aber eigentlich ist es auch ein wenig zum Heulen. Und es zeigt meine Verwirrung und auch die Angst, wieder an einen Narzissten zu geraten oder mich mit einer Beziehung zu vergiften. Workshops zu dem Thema sind immer schnell ausgebucht.

Ich sehe täglich enge Paare, und in meinem Freundeskreis gibt es fast nur Langzeitbeziehungen ohne große Zwischenfälle. Meine Lieblingsmenschen sind versorgt, das ist wunderbar. Es macht aber mich ein wenig einsamer. Und manchmal auch wütend, insbesondere, wenn ich Bekannte nach einiger Zeit wiedertreffe und das Einzige, was sie interessiert, ist, ob ich jemanden gefunden habe. Da wird einem einfach nicht geglaubt, dass man glücklich ist, da wird kaum auf berufliche Erfolge oder meine Freiheit geschaut. Wer hingegen schwanger ist oder heiratet, wird gefeiert. Auch wenn jemand in einer schrecklichen Beziehung gefangen ist, wird er weniger mitleidig angeschaut als ein Single. Zumindest kommt es mir oft so vor. Ich finde, es ist eine ebenso große Leistung, mit sich selbst klarzukommen, wie eine gute Beziehung zu führen. Wollen alle wirklich nur mein Bestes oder mache ich ihnen Angst, weil ich eine freie Frau bin? Man stelle sich vor, ich würde meine Bekannten mit Kindern fragen: »Und, wie sieht die Karriere aus?« Oder ich würde nachhaken: »Wie oft habt ihr noch Sex im Monat?« Da fänden mich mit Recht alle unmöglich! Aber ich darf offensichtlich ungeniert gefragt werden, ob ich noch Kinder möchte und ob ich endlich in einer Beziehung bin. Mir wird in besorgtem Ton gesagt, dass es statistisch ab Mitte dreißig immer schwieriger werde, einen Partner zu finden, weil da ja eigentlich schon alle Männer vergeben seien ... ja, und für Kinder hätte ich meine Eizellen schon längst einfrieren lassen müssen, das sei nun auch

ÜBERSEHE ICH ETWAS?

schon zu spät. Als Mann fängt das Leben dann erst an, bei der Frau soll alles vorbei sein?

Ich muss an meine isländische Freundin Ari denken, der ich von alldem erzählte. Sie sagte sofort: »Liebes, das ist das alte Denken. Es ist nicht unmöglich, mit 45 ein Kind zu bekommen und ihm dann deine ganze Lebenserfahrung mitzugeben. Also, genieß die nächsten Jahre. Heiraten kannst du immer, so richtig frei sein nicht.« Ich liebe sie dafür, es nimmt mir so viel Druck. Und gerade hat eine Bekannte mit 57 ein gesundes Kind bekommen.

Ich glaube, dass es sehr viele glückliche Paare gibt, und natürlich wünsche auch ich mir einen Partner und eine Familie. Doch nicht um jeden Preis. Ich glaube, dass manche Partnerschaften nur deswegen funktionieren, weil sich zwei Menschen gefunden haben, die sich gegenseitig um ihre inneren Kinder kümmern und nicht gemeinsam wachsen oder erwachsen werden. Ich könnte es nicht ertragen, vereinnahmt zu sein oder stillzustehen. Ich möchte nicht mein ganzes Glück von einem anderen Menschen abhängig machen. Dann betrügt man sich irgendwann, die Fassade bröckelt, aber man trennt sich dennoch nicht.

Ich habe wirklich unzählige verheiratete Männer auf Dating-Portalen getroffen, nicht alle davon leben in offenen Beziehungen. Manche waren die Ehemänner meiner Bekannten. Was macht man da? Petzen?

Und ich habe umgekehrt von vielen Frauen gehört, die sich unter Wert verkaufen und denken, dass sie einen Mann mit Sex oder Snapchat-Öhrchen für sich gewinnen können. Ich denke, so eine Schummel-Verbindung ist eher das kleine Glück. Ich habe die Sehnsucht, das große Glück zu finden, auch wenn es bedeutet, zwischendurch länger allein zu sein. Und natürlich

KAPITEL 10

bin ich auch mit der Zeit kritischer geworden. Eine meiner Freundinnen sagt mir immer: »Der Mann muss nur ein Bier beim ersten Date bestellen, und schon ist er bei dir raus, weil du Bier nicht magst.« So ist es natürlich nicht. Aber es stimmt schon, dass ich extrem wählerisch bin und schnell die Türen zumache. Doch nur aus Selbstschutz und nicht aus Arroganz oder Schubladendenken heraus.

Auf meiner Suche passiert es mir auch, dass ich jemanden richtig toll finde und er sich einfach nicht mehr meldet nach dem ersten Date. Warum, kann ich mir nicht erklären, weil ich durchaus das Gefühl hatte, dass er mich mochte und er auch sagte, er wolle mich wiedersehen. Kritisch fragt mich Soley bei einem Skype-Call: »Wer ist zuerst gegangen – du oder er? Wenn dich ein Mann zu gut versteht, bist du doch weg. Mit Schutzwall geht gar nichts.« Wie ein Schlag traf mich die Erkenntnis: Vielleicht wussten diese Männer nicht, wie sie bei mir andocken konnten? Vielleicht redete ich mir ein, nicht liebenswert zu sein? Vielleicht war meine Angst vor Ablehnung so groß, dass ich dichtmachte und mich abweisend verhielt?

Ich lasse mich nicht entmutigen und probiere noch mehr aus. Sogar Speed-Dating in einer Kneipe. Ich glaube, das ist einer der zähsten Abende, die man verbringen kann. Je zehn Minuten spreche ich mit zehn Männern, die alle so überhaupt nicht zu mir passen. Ich schlage innerlich mit den Fäusten auf den Tisch wie ein trotziges Kind. Äußerlich beantworte ich höflich Fragen nach meinen Hobbys. Hobbys? Ich habe noch nie irgendwelche Hobbys gehabt – außer Briefmarkensammeln als Schulkind. Und ins Kino geht doch jeder gern. Aus dem Alter bin ich so was von raus, dass ich beim Date nach meinem Musikgeschmack gefragt werden möchte. So geht das nicht weiter. Ich möchte nicht abgecheckt werden oder eine Schablone vorgehalten bekommen, ob es passt. Ich denke, es ist zu viel Druck im Raum und es geht alles zu schnell. Manchmal braucht es Zeit, bis ein Gefühl entsteht. Und das ist wahrscheinlich auch besser so.

Eines meiner letzten gescheiterten Dates der Versuchsserie habe ich mit einem Traummann wie aus dem Bilderbuch. Er sieht nicht nur gut aus, er ist in meinem Alter, möchte Familie, wohnt drei Straßen weiter, hat einen erfüllenden Job, ist sich seiner Stärken und Schwächen bewusst, hört mir zu, kann mit mir lachen – aber es kommt absolut kein Gefühl bei mir rüber. So auf Plan funktioniert eben nichts.

Dann erkenne ich, dass diese Dating-App eigentlich eine wunderbare Achtsamkeits-App ist. Wie viel ich über mich gelernt habe! Und ich denke mir, wenn das wie beim Meditieren ist, dann kann ich auch bestimmen, was ich daraus mache. So gehe ich das Ganze fortan mit mehr Lockerheit und Spaß an. Ich entscheide mich bewusst für die attraktiven Männer, auch auf die Gefahr hin, dass es nur eine Affäre werden sollte. So matche ich schwups mit Luc, einem französischen Fotomodel. Zuerst glaube ich ihm nicht, dass seine Fotos echt sind. So schön, das kann nur ein Fake sein. Er fragt mich dasselbe. Doch es stellt sich heraus, dass er wirklich so gut aussieht und dazu noch lustig ist, schlau und ein wunderbarer Lebenslehrer für mich. Er schlägt vor, dass wir uns für jede Menge Spaß treffen, er sei ein paar Tage in Hamburg. Ich sage ab. Er reagiert mit Unverständnis: »Was hast du gegen Spaß? Wieso gibt es für die deutschen Frauen immer nur Schwarz und Weiß und in der Mitte nicht ganz viel tolle Zeit? Heiraten kannst du nach mir immer noch. Aber nun lass uns den Moment genießen.« Da hat er mich!

Als wir uns sehen, flötet er mir bald fröhlich entgegen, dass er mich gern massieren würde. Und ein paar Augenblicke später verwöhnt mich dieser Mann aus der Unterwäschewerbung

KAPITEL 10

bei mir zu Hause stundenlang, ohne eine Gegenleistung zu erwarten. Danach raucht er mit verkniffenem James-Dean-Gesicht eine Zigarette, und wir unterhalten uns bei einem Kakao über das Leben. Immer wenn er den Rauch ausgeblasen hat, sagt er etwas wie: »Haben wir nicht ein wunderbar freies Leben?« Ich sehe auch meine Freiheit in seinen Augen und kann es nur aus vollem Herzen bejahen. In etwa so muss es gewesen sein, als Tiger und Bär feststellten, wie schön Panama ist. Luc ist mal Philosoph mit gerunzelter Stirn, mal Unterhaltungskünstler mit federleichter Haltung zum Leben und mal wunderbarer Liebhaber, der sich mehr über meine Verzückung freut als über seine eigene. Der Mann ist im Moment mein persönliches Geschenk vom Himmel, das ich zuerst wie ein Sexobjekt betrachtet hatte. Mit betörendem französischen Akzent sagt er: »Liebes, und du dachtest, dass ich ein schöner Egoist wäre, der dich nur ausnutzen möchte!« Es stimmt! Meine Vorstellungen und Vorurteile hätten mich fast davon abgehalten, in ein paar wundervolle Momente abzutauchen – die enden, als er Hamburg für New York verlässt. Ich lasse alles so stehen. Auch eine Affäre kann erfüllend sein, solange ich bei mir bleibe und der Mann eine Frau verwöhnen kann. Dann existiert kein Gut oder Schlecht und es ist auch nicht schlimm, wenn es keine gemeinsame Zukunft gibt.

Der Franzose hat etwas in mir gelockert. Und so kommen wie durch ein Wunder über dieselbe App, die eben noch für viel Frust bei mir sorgte, einige tolle Liebhaber in mein Leben. Kluge, schöne, aufmerksame und unterhaltsame Männer, die nun meine Freunde mit gewissen Vorteilen sind. Ein junger Künstler, der noch zartere Haut hat als ich, der jedes Mal wie Peter Pan durch mein Fenster rein- und rausschwebt – und ganz viel Inspiration dalässt. Ein Leichtathlet, der mich erinnert, wie toll es ist, seinen Körper zu kennen. Ein Berater, dem ich immer wieder aufs Neue erkläre, wie mein Leben ohne Sicherheiten funktioniert, und der mich erdet mit seiner Skepsis. Ein Pilot, der mir wieder beweist, wie man sich in der Welt verlieren kann, und der bei mir auf den Boden zurückkehrt. Ein Lehrer, der noch verstrubbelter als Harry Potter aussieht, für ein neues Bildungssystem gegen Windmühlen kämpft und mich lehrt, dass man auch in starren Systemen Freiheitskämpfer sein kann. Das Prinzip der vielen Verbindungen fühlt sich nun befreit an, weil ich es auf Zeit anlege und mich selbst auch freier fühle. Meistens jedenfalls. Körper und Geist singen zu lassen – da spricht nichts dagegen, bis ich mich für den Richtigen entscheide und komplett einlasse. Wenn ich weiß, wer ich bin, und voller Liebe und Wertschätzung für mich und andere bleibe, gibt es keine schlechten Männer für mich.

Ich lege mein Dating-Profil nach der wunderbaren Erfahrung dennoch still und gestehe mir ein: Es ist Zeit, erwachsen zu handeln! Diese Affären werden zur zuckersüßen Sucht, aber befriedigen nicht nachhaltig. Eigentlich will ich eine verbindliche Partnerschaft, da möchte ich meiner Vision schon treu bleiben, sonst entfaltet sie sich nicht.

Ich frage mich: Übersehe ich etwas? Gibt es einen Grund, warum keiner der Männer wirklich in mein Leben und zu mir passt? Zur Sicherheit besuche ich einen Aufstellungs-Workshop für Singles in Hamburg. Systemische Aufstellungen, auch Familienaufstellungen genannt, haben mir schon oft geholfen, Klarheit über Situationen zu gewinnen. Ich arbeite zum Teil selbst in meinen Coachings damit, wenn kluge Menschen nicht mehr weiter wissen, weil sie im Kopf feststecken. Es bringt immer verblüffende Ergebnisse. Ich habe sogar mal gehört, dass auch hochrangige Politiker und Prominente Aufstellungen

KAPITEL 10

machen und so Klarheit (über ihre Macht) finden. Es würde ihren Erfolg erklären.

Wie so etwas geht? Es ist nicht einfach zu beschreiben, wenn man es nicht selbst erlebt hat. Es trifft sich eine Gruppe von Menschen, die von einer Therapeutin/einem Therapeuten geleitet wird. Dann formuliert eine Person ihr Anliegen oder ihr Problem und sucht unter den wildfremden Menschen der Gruppe Stellvertreter aus, zum Beispiel für sich selbst und den Partner, und platziert sie an einer Stelle im Raum. Die so aufgestellten Menschen fühlen sich in die Rolle ein und handeln intuitiv. Es ist verblüffend, dass sie sich genauso bewegen oder reden wie die Originale. Ihnen fallen Sätze ein, sie fühlen sich plötzlich krank, verliebt oder tot. Das hat etwas mit Energie und Verbundenheit zu tun. So, wie die Stellvertreter positioniert sind, spiegeln sie das Unterbewusstsein des Aufstellers wider. Er sieht von außen seinem Inneren zu, erkennt, worum es eigentlich geht, jenseits der eigenen Gedanken, Theorien und Bewertungen.

Mehr als man es sich oft eingestehen will, wurden die meisten Menschen von ihrer Familie geprägt. Auch wer glaubt, er hätte in Therapien bereits alles aufgearbeitet, wird in der Aufstellung erneut erleben, wie sehr es schmerzt, dass er nicht genug Liebe und Anerkennung von Mama oder Papa bekam. Oder wie sehr er leidet, weil es ein Geheimnis in der Familie gibt: eine Abtreibung verschwiegen, eine Affäre vertuscht worden ist. Es kommt immer heraus, denn alle merken unterschwellig, dass etwas nicht stimmt. Wahnsinn! Ich habe Frauen erlebt, die ihr ganzes Leben das Gefühl von Unvollständigkeit mit sich herumschleppten, bis sie herausfanden, dass sie ein Zwilling sind, aber die Schwester bei der Geburt starb und keiner es ihnen erzählt hatte. Ich habe viele Aufstellungen gesehen, in denen deutlich wurde, dass die Kinder hilflos ein Trauma oder ungelebte Ge-

ÜBERSEHE ICH ETWAS?

fühle ihrer Eltern auffingen, was sich in unterschiedlichsten Erscheinungsformen zeigte. Ein kleiner Junge litt zum Beispiel an heftiger Verstopfung, und die Mutter war schon ganz verzweifelt. Doch in dem Moment, in dem sie in der Gruppe endlich mal weinte und losließ, konnte das Kind wieder normal auf die Toilette gehen. Da können Ärzte lange erfolglos herumdoktern, wenn die Ursache für die Beschwerden ganz woanders liegt!

All diese vielen subtilen Dinge spielen natürlich auch eine Rolle bei der Partnerwahl bzw. ob man sich überhaupt einlassen kann. Natürlich kann man ewig suchen, aber wer dockt schon an, wenn man den Tod des Partners nicht aufgearbeitet hat? Wer hat eine Chance, wenn man eigentlich den verstorbenen Vater sucht? Sicher kann man sich umgekehrt in einen Mann verlieben, der eigentlich seine Mutter sucht, wenn man nicht als Frau gesehen werden möchte. Es gibt so viele verschiedene Beziehungsmodelle, die nach Unfreiheit schreien. Und immer geht es darum, dass alle nach Liebe und innerem Ausgleich streben. Es ist berührend, diese Aufstellungen zu sehen und zu erleben. Mir haben sie gezeigt, wie viel unterschwellig in uns wirkt, wie viel unausgesprochen ist und wie wichtig es ist, dass man bei sich die Leichen aus dem Keller holt und sich davon berühren lässt. Es ist nie zu spät, neu zu beginnen. Es ist nie zu spät, sich kennenzulernen.

Aber natürlich erfordert es Mut. In einer Aufstellung kann ich nichts verstecken, ich mache mich sichtbar und verletzlich. Ich gebe die Kontrolle komplett ab, was für mich besonders fordernd ist. Eine Frau, die mal als meine Stellvertreterin in der Aufstellung stand, erlebte meine Hitze und mein Verlangen, das mir Energie gibt und zu mir gehört. Sie lief rot an und schämte sich, dies zu fühlen. Aber es geht einfach so, ohne Sex, einen Orgasmus im Leben zu bekommen. Diese Energie habe ich in

KAPITEL 10

mir freigelassen, ich werde sie nie wieder unterdrücken. Ich will vielmehr Frauen anstecken mit diesem Virus namens weibliche Kraft.

Dass ich bisher an Männer geriet, die mich nicht so wertschätzten, wie ich bin, lag auch daran, dass ich meinen eigenen Wert lange verleugnete, dass ich mich kleinmachte, um nicht zu viel für andere zu sein. Auch damit soll Schluss sein, so der Plan! Ich kann nie zu viel sein. Und ich spüre mittlerweile auch jeden Tag, wie unendlich wir alle geliebt sind, ganz automatisch.

Während ich auf dem Weg zum Workshop mit dem Rad über Hamburgs schlechte Radwege holpere, schwöre ich mir: Wenn mir noch einmal irgendwer sagt, dass ich eine Blockade habe, noch etwas lösen müsse, alte Beziehungen aufarbeiten oder Selbstliebe aktivieren, werfe ich einen Stuhl an die Wand. Mit Karacho! Langsam habe ich wirklich alle Baustellen bearbeitet, finde ich. Ich fühle mich so weit, dass ich nicht die Mutterrolle für einen Mann übernehme und er nicht die Vaterrolle für mich. Ich wähle keinen viel stärkeren oder schwächeren Mann. Ich schaue sogar nicht mehr zuerst auf das Äußere, mich interessiert auch sein Vermögen nicht. Für mich zählt die Energie, wenn ich jemandem in die Augen sehe. Also?

Was mir fehlt, das merke ich jetzt, ist das Gefühl für den passenden Mann. Bei dem Single-Workshop stelle ich deshalb einfach meinen idealen Partner auf, den auf Augenhöhe. Der weder stärker noch schwächer ist. Der nichts in seinem Leben verdrängt, aber auch nicht mit einer Haremshose auf dem Sofa sitzt und weise über sich spricht. Jemand, der erfolgreich ist, aber nicht getrieben. Jemand, der fühlt und liebt, aber mich nicht einengt.

Ein fremder Mann aus der Gruppe übernimmt diese Rolle, ich bleibe ich selbst. Er setzt sich neben mich auf einen Stuhl.

ÜBERSEHE ICH ETWAS?

Ich traue mich eine Zeit lang nicht, ihm in die Augen zu schauen, und blicke auf den Boden. Dann hebe ich den Blick doch, und meine Augen treffen ruckartig auf seine, die ja gar nicht die des Stellvertreters sind, sondern die von meinem zukünftigen Lieblings-Mann. Er kommt mir bekannt vor. Aber ich konzentriere mich nur auf das Gefühl. Ich will diese Energie abspeichern, damit ich sie nicht vergesse. Denn auf diese warme, leichte, freudige, unerschütterliche Energie zwischen uns kommt es an. Auf die Tiefe, auf die Verbindlichkeit, auf das Vertrauen. Alles steht in diesem einen Blick geschrieben, traumhaft. Ich komme innerlich zur Ruhe und lächele. Sofort kommt das Lächeln zurück. Es fühlt sich ganz lächerlich einfach an, mein Herz zieht, mein Körper sprudelt, mein Atem entspannt sich. Da sind keine Erwartungen, keine Hoffnungen, keine Träume, nur dieser Augenblick und die unerschütterliche Gewissheit: Wir gehören zusammen. Dazu brauche ich keinen Ring am Finger, kein Versprechen, denn es gibt keine Zweifel mehr.

Nach einer Zeit schüttele ich mich wieder in den Raum zurück und sage: »Ich hab's!« Ich lasse den Blick los und weiß: Ich würde diesen Mann zur richtigen Zeit anziehen wie ein Magnet. Egal, wann, wie und wo. Es ist gewiss, ich brauche mir keine Gedanken zu machen. Aus der Sehnsucht ist Hoffnung geworden. Und nichts spricht dagegen, meinen wunderschönen Zukunfts-Mann jetzt schon zu lieben.

Kapitel 11
MOMENT, ICH KOMME AN

Genau in dem Moment, als ich auf Hawaii lande, bricht ein Vulkan aus. Straßen reißen auf, Wälder brennen, Steine fliegen durch die Luft, und die Lava fließt in Strömen, nimmt Häuser mit. Ich glaube, ich liebe Vulkane zu sehr, und sie lieben mich. Wann immer ich in eine Gegend komme, in der ein Vulkan steht, sprudelt er über. Aber dieses Mal wird mir mulmig. Fallon holt mich mit dem Auto ab, wir brauchen ewig, bis wir auf die Farm kommen, wo ich die nächsten Wochen verbringen werde. Die Amerikanerin aus LA lebt hier schon seit ein paar Tagen, um sich von ihrem stressigen Leben als Managerin zu erholen. Warum bin ich hier? Jetzt im Auto plane ich nur noch, den nächstbesten Flug zu buchen, der mich von hier fortbringt. Auf dieser kleinen Insel, so weit weg wie nur möglich von anderen Ländern, will ich nicht auf einem kochenden Kessel sitzen. Leichte Panik breitet sich in mir aus, und ich frage wie ein Kind von der Rückbank nach vorne: »Wo wir wohnen, ist es doch nicht gefährlich, oder?«

Ich hätte den Weg zur Farm niemals allein gefunden, wir fahren über steinige Feldwege, durch mannshohe Gräser, und um uns sind keine Lichter zu sehen. Im Nirgendwo halten wir, und nur zwei wild bellende Hunde bestätigen uns, dass wir angekommen sind. Ein kleiner Lichtkegel nähert sich, die Stirnlampe von Rashani, der Farmbesitzerin. Vor mir steht eine kleine Frau mit weisen Augen, der man ansieht, dass sie viel im Garten arbeitet und vom Leben gelernt hat. Sie drückt mich juchzend mit ihren starken Armen voller Wärme an sich. »Du kommst genau richtig, der Vulkan bricht gerade aus. Ist es nicht wundervoll?« Das ist die andere Perspektive. Entweder ich gehe nun mit der Naturgewalt oder mit der Angst, die nicht immer schlecht sein muss, denke ich.

Die nächsten Tage heißt es für mich, extrem einfach zu leben. Wir befinden uns fernab von jeder Zivilisation. Auf dem weitläufigen Gelände der Farm gibt es Rashanis Häuschen, ein paar Hütten und mein kleines Gästehaus, in dem ich schlafen kann, aber alles andere spielt sich draußen ab: kochen, duschen, auf die Toilette gehen, da Bad und Küche einfach auf die Veranda gebaut wurden. Rashani erzählt mir begeistert, dass mein Vorgänger den ganzen Tag nur Geckos beobachtet hat. Obwohl ich das alles schon mal im Wald in der Toskana mitgemacht habe, fühle ich mich nicht direkt im Einklang mit allem. Hier suche ich etwas anderes. Hawaii war für mich immer das Strandparadies mit Menschen, die ihrer Sehnsucht nach Freiheit folgen. Diese Vorstellungen!

Und dann, als ich mir nur noch mal schnell in Unterwäsche die Zähne putzen will, sperre ich mich aus meinem Häuschen aus. Da stehe ich, im komplett Dunklen, sehe keine der Hütten, in denen die anderen schlafen, komme nicht in mein Haus, verfange mich in Spinnennetzen und habe zu allem Überfluss auch die Kontaktlinsen schon rausgenommen. Die Mücken sind glücklich, der Hund springt mich ungeniert an, wir kennen uns noch gar nicht lang. Und jetzt?

Vor Sonnenaufgang wird es noch einmal so richtig dunkel, habe ich mal gehört. So fühlte sich mein Leben eine Weile vor

KAPITEL 11

meiner Reise nach Hawaii an: Es ging in Hamburg emotional bergab vor dem Finale meines Buches. Ich schlief schlecht, Albträume ließen mich in der Nacht hochschrecken. Irgendetwas schüttelte mich durch. Wieso das denn? Ich dachte: Es ist doch alles gut, weil es einfach nur ist. Mein Leben ist ein Traum, mein Traum das Leben. Darf ich bitte mal in Ruhe in meinem Garten sitzen, schreiben und Kakao trinken? Mein Herz schlug schneller als sonst, dabei war ich gar nicht verliebt. Seit langer Zeit war da sogar mal kein Mann, der mir Energie raubte. Trotzdem hatte ich das Gefühl, dass ich mein Herz festhalten müsse, damit es mir nicht aus der Brust springt.

Ich war aufgeregt. Zum ersten Mal in meinem Leben würde ich mich mit einem Buch und einem gleichnamigen Podcast dazu wirklich sichtbar machen, alles von innen nach außen kehren, mich freiwillig allen Bewertungen aussetzen. Obwohl ich es so wollte, peitschte es mich auf. Und mit jedem Wort, das ich schrieb, wirbelte ich auch wieder die Erinnerungen hoch.

Die letzten Jahre sind ein wunderbarer Ritt gewesen, ich bereue nichts wirklich, außer dass ich mich mit unwichtigen Dingen viel zu lange aufgehalten und abgelenkt habe. Doch es war auch hart. Sich allen Ängsten und Gefühlen zu stellen, sich so für das Leben zu öffnen, bis es schmerzt, rieb mich auf. Auch wenn es sich bis zu diesem Augenblick gelohnt hat. Der Freiraum, der in meinem Leben und Herzen entstanden ist, den will ich nicht mehr hergeben. Denn nichts tut mir mehr weh als das Gefühl, mich selbst verloren zu haben – wie damals, ganz am Anfang, als ich in einer Hängematte auf den Fidschis lag.

In dem Moment, wo ich all dies akzeptierte und nicht noch mehr als nötig in der eigenen Suppe rührte und sie aufkochte, kehrte wieder Klarheit und Gelassenheit ein. Mein Herzschlag fühlte sich eher lebendig als aufgeregt an. Ich hatte mich selbst zu sehr unter Druck gesetzt. Ich erkannte, dass mein Herz nicht immer offen sein, nicht jeden Tag strahlen muss, nicht immer ist jeder Moment voller Glück oder Freude. Diesen Druck wollte ich mir nicht länger machen.

Ich war mit diesem Buch und mit mir in der Gegenwart angekommen. Alle meine Geschichten waren erzählt, meine Erfahrungen geteilt. Und es gab noch kein Ende. Das sorgte zuerst für Panik bei mir, dann dachte ich, was dies für eine wunderbare Übung ist: einfach nur in das Leben zu vertrauen und mir gewiss zu sein, dass dieses Buch endet, wenn ich den letzten Satz schreibe. Wie, kann ich nicht kontrollieren. Und ob überhaupt noch etwas passiert. Bestimmt wird es nicht das sein, was ich erwarte. Alles, was es für mich zu tun gab, war, im Moment präsent zu bleiben – immer noch schwierig genug.

Von da ab lief alles wie von selbst. Ping, tauchte eine fremde Frau in meinem Mailpostfach auf. Sie wollte mich unbedingt treffen. Ich antwortete ausweichend, beschäftigt, sie ließ nicht locker. Sie schrieb mir noch einmal, zur minutengenau selben Zeit. Ich antwortete auch zur selben Zeit, was ich erst später merkte. Als wir uns in einem Café in der Sternschanze sahen, erzählte sie mir ungefragt eine halbe Stunde von ihrer lebensverändernden Reise nach Hawaii, dass sich dort ihre Sinne geöffnet hätten und sie gedacht habe, sie drehe durch. Sie habe nicht mehr unterscheiden können, was real ist und was ein Traum. Dabei habe sie nie meditiert oder Yoga gemacht, das habe sie nie interessiert. Aber seither würde sie die Welt und sich mit anderen Augen sehen. Ich sagte ihr, dass sie nicht verrückt sei, nur wach. Und ich spürte gleichzeitig, dass meine Füße kribbelten und sich wieder bewegen wollten. Hawaii, dort wollte ich doch schon immer hin!

KAPITEL 11

Ich fragte die ungefähr gleichaltrige, lebensfrohe und in sich ruhende Frau, die mich an mich erinnerte, warum sie mich hatte sehen wollen. Sie schaute mich an, als würde ich sie aus einem Traum aufwecken, und antwortete: »Ich weiß es nicht.« Ich bekam eine Gänsehaut und sagte: »Aber ich weiß es. Du schickst mich gerade nach Hawaii!«

Ich protestiere selten, wenn ich auf Reisen gehen soll, und buchte den Flug direkt. Erst danach stellte ich fest, dass ich mir diese Hochzeitsreisen-Insel gar nicht leisten kann und eigentlich auch gerade nicht raus wollte aus meinem Hamburger Leben. Doch die Lösung flog mir bald zu. Ich landete auf der Homepage einer Künstlerin und spirituellen Lehrerin, die auf Hawaii auf einer Farm mit Garten lebt. Dort hat sie ein einfaches Gästehaus stehen, das sie an Schreiber relativ günstig vermietet. Ich könnte von ihr lernen und zwischendurch mein Buch zu Ende bringen, so der naive Plan. Denn es würde natürlich alles wieder anders kommen.

Ich musste mich nur noch bei der Künstlerin namens Rashani bewerben, wir lernten uns über Skype kennen. Das Gespräch dauerte eine Minute. Sie schaute mir kurz in die Augen und sagte: »Aloha! Okay, du kannst bei mir wohnen. Es gibt hier kein WLAN, und du musst dich mit Bio-Seife waschen. Und du solltest eine Stunde am Tag im Garten arbeiten!« Dann beendete sie das Gespräch, bevor ich ihr sagen konnte, dass ich wirklich keinen grünen Daumen habe. Aber ihr effizienter Zen-Stil gefiel mir.

Ich lege bei meiner Hinreise einen kurzen Zwischenstopp bei meiner Schwester in San Francisco ein. Meine fünfjährige Nichte und ich führen eine Fernbeziehung. In letzter Zeit haben wir fast täglich über Facetime gesprochen. Als ich da so als Überraschungsgast vor der Tür stehe, kann sie den Augenblick zuerst nicht greifen. Auch wenn wir uns immer nah sind, können Berührungen nicht ersetzt werden. Sie klebt sich an mich und lässt mich drei Tage nicht los. So meditiert sie am Morgen einfach mit. Neu ist es für sie nicht. »Ich meditiere auch in der Vorschule«, erzählt sie stolz. Klar, wir sind nahe am Silicon Valley, der Selbstoptimierungs-Vorzeigegegend. Wie toll wäre es, auch in deutschen Schulen Meditation einzuführen! Die Kleine faltet ihre Hände, hält sie vor das Herz und schließt die Augen. Ich leite eine kurze Meditation an und sage, dass wir immer geliebt sind. Sie öffnet ein Auge und fragt nach: »Wirklich immer?« »Ja!« Und ich füge hinzu, dass wir so, wie wir sind, bereits perfekt sind. Sie nickt wild, mit geschlossenen Augen. Und dass wir immer die anderen unterstützen sollten, wenn sie Hilfe brauchen. »Wenn sie keine Hilfe brauchen, helfen wir nicht, stimmt's?«, fragt sie mit einem offenen Auge. Ich muss schmunzeln. Nach den vier Minuten Stille macht sie beide Augen auf und ruft: »Jetzt tanzen wir!« Ich habe selten so eine aufmerksame Schülerin gehabt, die gleichzeitig meine Lehrerin ist. Viele Frauen denken, dass ihre Reise zu sich selbst aufhört, wenn sie Kinder haben, weil keine Zeit mehr dafür bleibt. Aber ich denke, für Mütter ist das Leben ein noch größeres Geschenk, weil sie so wunderbare kleine Achtsamkeitstrainer haben. Als ich nach Hawaii fliege, fragt sie: »Wann kommst du wieder?«

»In drei Wochen.«

»Wie lange ist das?«

Es kann sich wie eine Ewigkeit anfühlen, wenn man halb nackt auf einer Farm im hochgelobten Paradies festhängt und nichts sieht. Doch es stimmt, was man in jedem Ratgeber liest: Es gibt immer einen Weg. Schließt sich eine Tür, öffnet sich eine neue. Oder ein Fenster. Ich reiße das Mückengitter ab und ziehe mich durch, lande mit einem Handstand auf dem Boden.

KAPITEL 11

Aber ich bin drin. Jetzt nur schnell die Augen zumachen, denn über mir surrt ein Bienennest. Gute Nacht!

Wenn ich keine Abenteuer suche, finden sie mich. Am nächsten Tag habe ich endlich das Prinzip der Kompost-Toilette verstanden, die kalte Outdoor-Dusche genossen und den Mücken mit langen Ärmeln und Hosenbeinen die Angriffsfläche verringert – da kommt alles ins Wanken. Erst schreit der Pfau der Farm, dann bebt die Erde. So ist das also. Auch wenn ich schon so oft gehört habe, wie man sich in dem Moment verhält, bleibe ich wie angewurzelt in meinem Häuschen stehen. Ich atme und will fröhlich bleiben, wie ich es in Nepal gelernt habe: Im Augenblick des Todes guter Stimmung sein und meditieren. Und ich wundere mich über mich selbst, wie wenig Angst ich habe. Es hört sich so an, als würden Steine im Trockner rotieren. Und dann ist das Erdbeben auch schon vorbei. Der Pfau pickt weiter, und ich schreibe, bis der Strom ausfällt.

Zwei Mal wird an diesem Tag die Erde wackeln, ein paar Meter Luftlinie von mir spuckt der Vulkan giftige Gase und schleudert Gesteinsbrocken um sich. Aber mein größtes Problem ist klein, vielzählig und heißt Mücken. Wie gern hätte ich draußen Zeit verbracht, doch das kostet mich pro Minute mindestens drei Stiche.

Rashani sagt, dass die Mücken mich nach ein paar Tagen in Ruhe lassen werden, sie testen nur das Frischfleisch. Rashani sagt auch, dass sie vor Freude getanzt hat, als die Erde bebte. Dann zeigt sie mir ihre Welt. Diese Farm ist undurchschaubar. Angeblich leben hier noch sieben weitere Menschen. Nur wo? Ich sehe nur grün. Rashani pflückt für mich Tulsi, Oregano und Spinat. Alles soll gegen Mücken helfen. Dabei erzählt sie mir ihre besondere Geschichte. Rashanis Familie lebt in Frankreich, ihr Bruder ist ein angesehener Zen-Meister, sie selbst gibt sich keinen Titel und schließt sich keiner Gemeinschaft an. »So entstehen wieder neue Systeme und Hierarchien«, sagt sie. Doch ich bekomme mit, dass sie laufend Skype-Sitzungen hält und Menschen aus der ganzen Welt bei ihr Unterstützung suchen. Sie selbst kam nach Hawaii, um zu sterben. Die Ärzte hatten ihr noch ein Jahr gegeben, weil sie an einer Borreliose litt. Anstatt ihren Körper mit Antibiotika zu fluten, entschied sie sich für ein schönes letztes Jahr auf Hawaii. Das ist mehr als 23 Jahre her. In dieser Zeit pflanzte sie Hunderte Bäume. Anstatt zu sterben, wurde sie gesund und erschuf ein Paradies. Ihre Hände waren verkrüppelt, ihr Körper kaum zu kontrollieren, als sie ankam. Je öfter sie die Hände in die Erde tauchte, umso mehr tauten ihre Hände, ihr ganzer Körper auf. »Damals, als ich mich nicht bewegen konnte, dachte ich, ich lebe nur im Traum. Aber ich glaube, ich erstarrte, weil ich nicht meinen Traum lebte.« Ihr Bewusstsein veränderte sich allein dadurch, dass sie jeden Tag so oft die Erde berührte und nur noch das aß, was sie selbst angebaut hatte. »Geben und nehmen, Christine, und dabei den Blick für das Wesentliche nicht verlieren, das kannst du hier jeden Tag üben.« Während wir so durch die ordentlich angelegten Beete streifen, erkenne ich nicht nur, dass ich Vollpension gebucht habe. Morgens Grapefruit, mittags Spinatsalat, abends Gemüseeintopf. Rashani unterrichtet mich auch. Sie nimmt den Eimer, in den ich pinkele, füllt ihn mit Wasser auf und gießt damit den Bambus. »Wir düngen ihn mit Nitrat, dafür schenkt er uns Sauerstoff.« Und dann merkt sie noch an, dass ich mehr trinken müsse, der Urin sei zu gelb. Ich frage, ob ich auch mein Blut aus der Menstruationstasse in die Erde schütten soll – und sie ist begeistert, schwärmt von meiner natürlichen Weiblichkeit. »Du bist die erste Deutsche auf der Farm, die ohne Scham über diese Themen redet.« Ich merke, dass ich mich tatsächlich nicht schäme. OM sei Dank.

KAPITEL 11

Sie gibt mir noch ganz beiläufig eine Übung mit, wie bei einem Vieraugengespräch mit einem Zen-Lehrer. »Morgen früh, so um sieben Uhr, setzt du dich mit deinem Tee vor dieses Beet und schaust zu, wie die Blüten aufgehen, wenn der erste Sonnenstrahl sie berührt. Und wenn die Blüten offen sind, kommen die Bienen von selbst. Mach jeden Tag ein Foto von einer Blüte, und am Ende hast du ein Selbstporträt.« Ich denke wieder an die Mücken, die dann auch schon wach sein werden. Sie merkt es. »Lass die Mücken einfach da sein, du kannst es nicht ändern.« Als ich wieder Unkraut jäte, mich eine Mücke direkt in die Lippe sticht und sie anschwillt, frage ich Rashani: »Sieht es sehr schlimm aus?« Sie sagt, es sei wunderschön und geht wieder. Nach 25 Minuten, so lange wie eine Runde beim Zen dauert, ist der Mückenstich-Schmerz meist vorbei.

Da kommt die hibbelige Amerikanerin Fallon von einem Ausflug zurück, erzählt von der Panik in der Stadt, von der ich hier im Garten Eden nichts mitbekomme. Sie sagt, wenn das nächste große Erdbeben komme, sollten wir mit dem Auto auf den höchsten Berg fahren, weil ein Tsunami folge. »Ist das so?«, fragt Rashani emotionslos, ohne eine Antwort zu erwarten. Sie erzählt, wie es vor einigen Wochen hieß, dass eine Atombombe auf Hawaii zufliege. »Wie konnte ich wissen, ob es wirklich wahr ist?«, fragt sie und entschied sich einfach, gedankenfrei und leer zu bleiben. Und keine Angst zu haben, falls es zu Ende gehen sollte. »Wir wissen es eh nicht.« Dann stellte sich alles als ein Fehlalarm heraus. Auch das kann niemand gewusst haben.

Ich gehe schlafen, und die schnellen Käfer in meinem Bett sind wirklich kleine Probleme. Ich google die halbe Nacht nach Unterkünften auf der Nachbarinsel Maui. Die Medien machen ein Drama um den Vulkan, aber ich sehe noch nicht einmal

Rauch, rieche den Schwefel nicht. Ich bewege mich gedanklich zwischen: Bleib, wo du bist, und lerne, die Dinge so zu akzeptieren, wie sie sind. Und alternativ: Die Insel schüttelt sich und verjagt mich mit ihrem Beben und den vielen Mücken. Welchen Zeichen soll ich folgen? Ich beobachte, dass ich alles immer noch besser haben möchte, als es ist.

Rashani sieht am Morgen, dass ich meine Koffer noch nicht ausgepackt habe, und nimmt mich mit raus, erstmals weg von dieser abgelegenen Farm. Nach einer Stunde Autofahrt zum Supermarkt laufe ich einfach durch die Regalreihen, kaufe nutzlose Dinge wie Moskito-Spray. Kein einziges der Welt hat bei mir je gewirkt, und doch hoffe ich immer wieder aufs Neue darauf. Rashani wartet im Auto auf mich und sagt, als ich neben ihr Platz nehme: »Großstädter haben Angst vor der Natur, dabei sind wir die Natur.« Wir fahren über die Insel, und mit ihr zusammen zu sein wird zu einer einzigen Lektion. Sobald ich in Gedanken versinke, macht sie mich auf das Lavafeld draußen aufmerksam, auf dem ein Baum gewachsen ist. »Leben setzt sich immer durch, schau.« Wenn ich ihr nicht richtig zuhöre, setzt sie mit dem Reden aus und fährt einfach fort, wenn ich voll da bin. Wie ich hat sie viel in ihrem Leben ausprobiert, von Zen über tibetischen Buddhismus bis zu Pflanzenmedizin – und dann ihr eigenes Ding ohne Namen gemacht. »Die Lampen sind anders, aber das Licht ist dasselbe«, sagt sie.

Obwohl in ihrem Garten die Pflanze Ayahuasca wächst, mit der viele Menschen auf einen Trip gehen, rührt sie diese nicht an. »Wo soll ich denn hin, was soll denn anders werden durch einen Rausch?« Wie ich würde sie nie Substanzen nehmen, die einen irgendwo hinbringen, von wo man vielleicht nie zurückkommt. Rashani hat einige von einem Trip oder einer Krise zurückgebracht, aber es hat Monate gedauert.

KAPITEL 11

Sie erzählt, dass einmal ein Vater seinen 22 Jahre alten Sohn auf die Insel flog, weil er einfach nicht mehr sprach. Nach einer Weile auf der Farm fiel der junge Mann in Ohnmacht. Doch anstatt in Panik zu geraten oder ihn im Krankenhaus zu verkabeln, sagte Rashani zu dem Vater: »Sie besorgen Windeln, um den Rest kümmere ich mich.« Sie spürte, dass dieser Zustand für den jungen Mann gerade genau richtig war, weil er sich von einem schweren Trauma erholte. Er war als Kind im Internat missbraucht worden, wie sich später herausstellte. Rashani lobte den Bewusstlosen jeden Tag, dass er sich endlich eine Auszeit nahm, um zu heilen. Bald wachte er von selbst auf, erholt und frei, er fing an, Lieder zu schreiben.

So unterstützt Rashani Menschen, sie lässt sie einfach sein, ist für sie da, angstfrei und entschieden. Nachdem sie bereits eine Weile auf dem Land hier gewohnt hatte, gab eine hawaiianische Schamanin Rashani und diesem Ort einen Namen. Sie nannte die Farm Oase und sie die Frau, die eine Oase für sich und andere schafft. Hier gibt es keine Kaffeeplantagen oder Hanf. Ich habe alles nach Feldern abgesucht, bis ich verstand: Es sind eher Menschen, die auf dieser Farm wachsen, und sie baut dafür einen Rahmen. Sie sagt, dass andere meinen, bei ihr würden Wunder geschehen. »Dabei lasse ich die Menschen nur genau so, wie sie sind, und gebe ihnen meine ungeteilte Aufmerksamkeit und Liebe. Es ist einfach.« Rashani ist keine Nonne, hat auch einen Sohn, der in Frankreich lebt. Sie meint, dass wir Frauen nicht im Zölibat leben müssten. Ich sehe das auch so, aber sie drückt es anders aus. »Wir Frauen sind das pure Leben, lebende Gebete, wir brauchen keinen Rahmen wie ein Kloster.«

Ich bekomme Anrufe und Mails von Freunden, sie raten mir, die Insel zu verlassen. Ich setze mich hin und weiß, dass es gerade keinen besseren oder anderen Ort für mich gibt. Die Oase befindet sich in einem Zwischenraum, an den zwei unterschiedliche Vegetationen angrenzen: Wiesen und tropischer Wald. »In diesen Zonen, die nirgendwo hingehören, kann Neues entstehen«, sagt Rashani. Ich habe wenig Angst, ich fühle mich nicht einsam. Ich denke nur, dass ich mich so fühlen müsste.

Der kleine schwarze Welpe Tashi zwickt in meine Wade, als ich gerade die Spinnweben aus meinen Haaren spüle, da erinnere ich mich an Tula aus der Toskana. Hier und jetzt kommt alles wieder und fügt sich zusammen. Ich verzeihe dem ungezogenen Hündchen, obwohl er schon einen Schuh, eine Strickjacke und ein Hemd von mir zerfetzt hat. Er zahnt. Warum ist es leichter, einem jungen Wesen zu verzeihen?

Als ich meine Mückenstiche zähle, kommt Rashani mit einem Stapel Bücher und Hör-CDs mit Titeln wie »Shift into Freedom« vorbei und schickt mich in den Yogaraum, den Strom habe sie schon angemacht. »Ich will nichts mehr über den Geist lesen und hören. Ich lerne im Leben«, sage ich. Ich stelle keine CD an, da bin ich eigen, aber ich packe endlich meinen Koffer aus.

Am Abend lese ich Rashanis Buch. Es ist ihre Geschichte, so wie dies die meine ist. Viele Verluste und Todesfälle haben sie auf den Weg geführt. Ihr Gedicht bleibt bei mir hängen: »Es gibt eine Zerbrochenheit, aus der das Unzerbrechliche entsteht. Es gibt eine Erschütterung, aus der blüht das Unzerstörbare. Es gibt eine Trauer jenseits aller Wut, die zu Freude führt. Es gibt eine Verletzlichkeit, aus deren Tiefe Kraft hervorgeht. Es gibt Leere, die zu groß für Worte ist.«[1] Noch bevor ich einschlafe, ist die Suche nach einem anderen Ort vorbei, auch wenn die Erde unter mir wackelt. Hier bin ich, und das ist genau richtig.

---

1 Frei übersetzt. Das Original ist auf Englisch und nachzulesen auf der Webseite von Rashani Rea, www.rashani.com

KAPITEL 11

Diese Insel vereint so viele Ökosysteme, es ist ein eigener Planet. Während es im Osten von Hawaii regnet, scheint im Westen die Sonne. Auch hier im Nirgendwo kommt die Zerstörung durch Menschen an, allein sieben Flüsse gehen auf das Konto des hohen Wasserverbrauchs der Zuckerrohrindustrie, erzählt Rashani. Hier sagen die Einheimischen, wenn Pele, die Göttin der Zerstörung, aufwacht, hat dies auch etwas damit zu tun, wie das Land behandelt wird. Viele der Grundstücke, über die gerade die Lava läuft, gehören nicht Hawaiianern. Sie wurden für den Profit verkauft.

Der nächste Tag bringt die Wende. Ich beschließe, alles mit anderen Augen zu sehen, mit einem positiven Blick. Ich höre vor meiner Tür das klingelnde Windspiel, das mich an die vielen Glöckchen in Nepal erinnert. Ich esse genüsslich eine Papaya vom Baum, und sie schmeckt wie die erste meines Lebens. Nein, wie meine zweite. Auf Bali habe ich schon zuvor den Geschmack von echter Papaya erlebt.

Aber Abhängen scheint hier nicht drin zu sein, Rashani ruft mich aufgeregt zu sich. Erst jetzt hat sie entdeckt, dass am Tag des Vulkanausbruchs, am Tag meiner Ankunft, zwei Ziegen geboren wurden. Zwillinge! Ich sage: »Ein Junge und ein Mädchen, stimmt's?« Sie fragt nicht, woher ich das weiß. So ist das also, denke ich. Ich begegne hier meiner Vergangenheit, ich lebe (so gut es geht) im Moment und ich sehe meine Zukunft.

Als ich eines der Kleinen im Arm halte, bekomme ich eine von Rashanis Lehreinheiten mit. Cathy aus San Francisco arbeitet schon seit Monaten auf dieser Farm. Eigentlich hatte sie in einem Zen-Zentrum leben wollen, doch da wären ihr die Regeln und die Form zu streng gewesen. Und es hätte zu viele Männer gegeben. Bei dem Gedanken muss ich lachen, sie wundert sich. Ein bisschen ruppig, so wie sie auch sonst von ihrer Ausstrahlung her rüberkommt, reißt sie die Gräser für das Zicklein heraus. In dem Moment sticht sie eine Wespe. »Schon wieder, was soll das?«, schreit sie heraus. Rashani hält inne, ich frage: »Tut es weh?« »Ich fühle meinen Körper und den Stich, ich würde nicht Schmerz sagen«, kommt als Antwort. Cathy ist offensichtlich auch schon länger dabei im Klub der bewussten Selbsterforscher. Rashani sagt ihr, sie solle die Medizin der Wespe annehmen. Ich denke an die drei Skorpione in Guatemala und wünsche mir insgeheim, nicht auch gestochen zu werden. Ich bin schon von den Mücken durchgeimpft. Rashani fragt: »Welche Eigenschaften der Wespe könntest du gebrauchen?« Cathy überlegt und meint, sie könnte sich mehr durchsetzen und wehren, aggressiver sein, auf eine gute Art. Rashani nickt zufrieden: »Sei eine Wespe, für die nächsten zehn Minuten.« Cathy rupft nun die Gräser noch forscher raus und ruft mir entschieden zu: »Christine, willst du nicht auch mal anpacken?« Ich mache ein Gesicht wie das Smiley-Emoticon mit dem gequälten Lächeln. »Ich übe Ziegen-Baby-Meditation«, sage ich und Rashani nickt. Damit kommt man hier durch. Ich überlege währenddessen, inwiefern ich mehr wie eine Mücke sein könnte. Nerviger? Nein, zielgerichteter. Die Biester kennen nur eins: stechen!

Ich kann mit allem leben, sogar mit den Pipi-Eimern, nur die kleinen Quälgeister treiben mich immer noch in den Wahnsinn. Die Mücken sind ein Fluch. Auf dem Farm-gelände, das ich immer noch nicht vollständig erfasst habe, weil es aus so vielen Beeten, wuchernden Pflanzen und Bäumen besteht, durch die die unterschiedlichsten Pfade führen, entdecke ich heute einen Esel und eine kleine Meditationslaube. Die wäre toll, doch leider kann man da nicht im Freien sitzen. Wer hat seine Zeit mit diesem Bau vergeudet? Oder ist dies ein Tempel für Mücken-Meditation? Ich erinnere mich an den Lama aus Nepal, der den

KAPITEL 11

Mücken großzügig seinen Rücken zum Stechen anbot. So weit bin ich definitiv nicht.

Diese Mücken sind die krassesten der ganzen Welt und nutzen jede Situation schamlos aus, sogar auf der Toilette und unter der Dusche. Ich komme nur mit meiner deutschen Daunenjacke gegen sie an. Da stechen sie nicht durch, durch alles andere schon. Und mich stechen sie am meisten. Ich frage mich immer, ob das eine Auszeichnung ist, wenn sie sich auf mich stürzen und andere neben mir links liegen lassen. Wie etwa Rashani. Ich habe es genau beobachtet, die Mücken kreisen um sie, aber stechen nicht zu. Vielleicht hat sie mich deshalb nicht gewarnt, weil es für sie keine Plage ist? Ich meine, sie hat mir gesagt, ich soll Insektenschutzmittel mitnehmen. Aber das nimmt man ja immer mit in die Tropen. Nichts wirkt. Ich fasse es nicht und will ihren Zauberspruch haben. Sie fragt: »Wärst du gekommen, wenn ich dir von den Mücken erzählt hätte?«

»Nein!«

»Siehst du, das wäre doch schade gewesen.«

Mir fällt plötzlich ein Spruch des Dalai Lama ein: »Falls du glaubst, dass du zu klein bist, um etwas zu bewirken, dann versuche mal zu schlafen, wenn eine Mücke im Raum ist.« Mein weiser Begleiter. Anstatt zum Mücken-Jammer-Opfer zu werden, hat Cathy einen Kürbis aus dem Garten geerntet und daraus Suppe für alle gekocht. Als sie mir ein noch warmes Einmachglas wortlos vor die Tür stellt, weiß ich, an wen sie mich erinnert: an Sofia aus dem Kloster in Nepal. Sie ist zurück, nur sieht sie anders aus. Aber ich suche keine Nähe zu Cathy, weil ich gerade gern alleine bin.

Morgen werde ich mir ein Auto mieten, das schneller als alle Mücken ist. Innere Einkehr beim Schreiben, gärtnern bis mittags und äußeres Erleben bis abends – das ist das Rezept, das mir Rashani verordnet, damit ich mich jetzt nicht verzettele oder Steine um mich werfe wie der Vulkan. Obwohl, sie fände das sicher gut. Sie merkt, dass die verdammten kleinen Racker mich in die Enge treiben und ich nur noch das Mücken-Mantra wiederhole: »Haut ab, haut ab!«

Rashani zwingt mich zuerst nach Sonnenaufgang in die Knie, bringt mich zum Schwitzen. Sie lässt mich unter Sträucher kriechen, Schneisen mit einer Machete schlagen, wuchernden Mega-Oregano trimmen. Ich erledige nichts davon mit Freude, aber effizient. Ich packe an, mache schnell, ziehe durch, das ist eine meiner Stärken. Rashani ist leider begeistert und gibt mir immer mehr Aufgaben. Sie merkt nur an: »Christine, sieh das Gärtnern nicht als Arbeit. Es ist keine Arbeit. Das Wort ›Arbeit‹ habe ich vor Jahren aus meinem Vokabular gestrichen. Genauso wie ›spirituell‹. Es kommt darauf an, was du im Moment tust. Alles ist schon spirituell.« Minutengenau spannt sie mich täglich eine Stunde ein. Ich tue es für diesen Ort, der Oase heißt. Hier wachsen Bäume, die Menschen auf der ganzen Welt gestiftet haben, nachdem Rashani sie unterstützt hat. Sie lässt sich auch in Bäumen bezahlen, wenn jemand ihr Gedicht nachdruckt. Und ich tue es, weil alle mit anpacken und wir es so vereinbart haben.

Ich sehe nur Frauen im Feld, der einzige Mann auf der Farm ist ein junger Eremit mit zotteligem Bart und Husky-Augen. Er ging einmal an mir vorbei, ohne zurück zu grüßen oder nach meinem Namen zu fragen, er ist ein guter Lehrer für Menschen mit bestimmten zwischenmenschlichen Erwartungen. Also auch für mich. Und er wirkt wie ein Kind, das nicht kommt, wenn man es zu sich ruft. Er wird an diesem Ort nicht dafür bewertet. Das Unnormale ist hier normal, dabei scheint niemand verrückt, sondern es leben eher alle wahrhaftig. Wir sind alle

KAPITEL 11

spleenig, wenn wir mal ehrlich zu uns sind. Da können wir uns noch so sehr als Bürohengst oder Instagram-Star ausgeben. Rashani erzählt mir, dass sie sich einmal mit ihren Schülern verkleidet habe und sie gemeinsam ins Restaurant essen gegangen seien. Es war als Übung gedacht, um zu sehen, wie sehr wir an äußerlichen Identitäten festhängen. Sie selbst trug ein Ballett-Tutu und einen Cowboyhut. Als zufällig die ehemalige Klassenkameradin einer der Schülerinnen vorbeikam, wurde ihr Rashani, die wie eine Verrückte aussah, als die Lehrerin der Gruppe vorgestellt. Amerikanisch-freundlich freute sich die spießig angezogene Frau: »Das ist so wundervoll!« Was sie wirklich dachte, kann man sich ausmalen.

Eine junge, sehr schöne Frau, die auch in der Oase lebt, lässt ihren Oberlippenbart stehen. Noch bevor ich mir Gedanken darüber machen kann, erzählt sie, dass sie die Haare jahrelang ausgerupft hat. Doch in dem Moment, als sie in ihrem Leben das Kontrollieren aufgab, ließ sie auch den Bart wachsen und fühlt sich damit besser als je zuvor.

Während ich arbeite und das Unkraut herausziehe, erzählt mir Rashani eine Geschichte nach der anderen aus dem Leben, das ist ihre Spezialität. Nebenan mäht eine resolute Frau in BH und Gummistiefeln den Rasen. Mit ihr habe ich mich noch nicht unterhalten, weil sie immer Kopfhörer trägt und die lauten Dinge erledigt. Fallon grummelt vor sich hin, während sie Gräser schneidet. Sie ist wie der Vulkan, in ihr brodelt es, und wir wissen nicht, wann sie ausbrechen und wohin die Lava fließen wird. Die zierlich-drahtige Cathy sägt übereifrig Äste, sie gibt immer alles, und ich rattere durch die Beete und bearbeite sie so akkurat, bis sie aussehen wie die Schrebergärten in meiner Hamburger Nachbarschaft. Es ist völlig sinnlos, weil hier niemand kritisch auf die Büsche blickt. Wenn das Unkraut dazwischen wuchern würde, na bitte. Wer entscheidet, was nicht wuchern darf? Ich würde einfach alles wachsen lassen. Ich weiß, man kann im Garten zu sich finden. Es gibt viele Menschen, für die so etwas wie hier Wellness wäre. Für mich ist es das nicht, und ich werde auch nicht so tun, damit das jetzt besser ins Buch passt: »Bei der Gartenarbeit war sie voll und ganz im Moment.« Nein! Ich plane währenddessen den Tag, beobachte andere und rege mich über eine nervige E-Mail aus Hamburg auf, obwohl das Problem meilenweit weg ist. Das einzig Gute: Ich entdecke endlich einen Mückenschutz. Mein eigener Schweiß hält sie fern, bis zur Dusche.

Da ruft mich Rashani zu sich, noch mit nassen Haaren laufe ich zu ihr. Wenn sie einen ruft, sollte man möglichst bald kommen. Jedenfalls vermittelt der Klang ihrer Stimme, dass kein Widerwort drin ist, zum eigenen Besten. Sie sitzt schon im Auto, fegt Kakerlaken mit einem Handschlag aus der Beifahrertür und wartet, dass ich einsteige. Sie möchte mit mir ihren Solarstrom-Kühlschrank abholen – weil sie Angst hat, dass er sonst von der Lava zerstört wird. Er wird gerade in einem Haus im Gefahrengebiet des Vulkanausbruchs repariert. Doch eigentlich geht es um etwas anderes, das spüre ich schon. Ich fahre mit ihr mitten rein in die Angst und habe keine. Ich sehe den Vulkan rauchen, ich rieche sein schwefeliges Gas. Endlich habe ich ein Gefühl zu den Bildern aus dem Internet. Wir setzen uns auf eine Bank vor einem Supermarkt am Rande der roten Lava-Zone, trinken Kaffee und reden mit den Menschen. Viele von ihnen mussten innerhalb von Minuten nach dem Ausbruch ihre Häuser verlassen. Alles, was sie mit eigenen Händen aufgebaut haben, viele von ihnen Hippies mit dem Traum von einer eigenen Farm. Als sie das günstige Land kauften, wussten sie im Grunde, dass es im Lavastrom stehen würde und ihre Träume verglühen

KAPITEL 11

könnten. Aber sie dachten, es würde schon gut gehen. Sie waren auch ihrer inneren Stimme gefolgt. Jetzt fließt der glühende Brei durch ihre Garagen, Schlafzimmer und Vorgärten und macht alles platt. Es ist zum Heulen. Trauma liegt in der Luft. Wir sitzen mit Männern zusammen, die vor Schock nicht reden können, aber durch unsere Gegenwart und unser Mitgefühl endlich weinen. Wir sehen Familien, die in einem mit Lebensmitteln vollgepackten Auto leben. Und wir hören die Geschichte von einem Mann, der im Rollstuhl sitzt, weil er vor Jahren von einer Kokosnusspalme fiel. Auf der Insel seiner Träume, mitten in seinem Aussteigerleben. Damals sagte er zu sich: »Es ist, wie es ist.« Nun hat die Lava sein Haus ausgelöscht, und er sagt: »Es ist, wie es ist.« Ich lerne jeden Tag von Menschen. Wir sitzen nur da, neben mir Rashani in Hawaii-Hemd und schmutziger Garten-Jeans, mit Erde unter den Fingernägeln, die alle mit einem fröhlichen »Aloha!« grüßt und in einem Kloster wahrscheinlich die Meisterin und Äbtissin in Robe wäre. Sie sagt von sich, sie sei Hausmeisterin und Gärtnerin. Und ich, in einem bunten Sommerkleid und mit Gasmaske am Handgelenk für den Fall der Fälle, ich frage Rashani, obwohl ich die Antwort schon weiß: »Warum sind wir hier?«

»Damit die Menschen ihre Geschichte erzählen können und ein Ventil haben. Wir sind in stiller Präsenz für sie da.« Ein Mini-Retreat to go, das wir vor den Supermarkt gebracht haben. Sie erzählt allen, dass ich eine wundervolle, lachende Meditationslehrerin aus Deutschland sei, und tarnt sich selbst. Bald glauben alle an meine Magie und wollen, dass ich mit dem Vulkan rede oder eher mit der hawaiianischen Feuergöttin Pele, von Frau zu Frau. »Jetzt ist es aber gut, ich bin eine Touristin!«, sage ich, und Rashani lacht glockenhell. Zum Abschluss sucht sie sich noch drei Gestrandete aus, die mit uns auf der Farm leben können. Sie ist dabei sehr wählerisch. Ihr Zuhause, ihr Schloss. Sie sagt ihnen entschieden: »Keine Drogen auf meinem Land!« Und schon haben wir Zuwachs. Im Auto stelle ich klar: »Ich pfeife auf Titel, Label und Zuschreibungen. Ich bin nichts.« »… und alles«, ergänzt Rashani. Wir schütteln uns vor Lachen. Je länger ich sie kenne, umso jünger wirkt sie. Unser Eis ist heute gebrochen, ich habe ihre Tests bestanden, sie meine. Sie ist meine Lehrerin und ich ihre.

In der Nacht ruft mich Rashani raus, sie steht unter meinem Fenster und zeigt mir das Leuchten des Vulkans in der Ferne und den Mond, der darüberhängt. »Ist es nicht magisch?«, fragt sie, und ihre Augen leuchten dabei bestimmt. Ich nicke mit verkniffenen Augen. Sie zitiert ein Mond-Gedicht in die Dunkelheit: »Der Mond ist schon voll, er scheint aus deinen Augen und erhellt dir den Weg.« Nach einer Pause sagt sie zu mir, wie eine Mutter zu ihrer Tochter: »Ich liebe deine Präsenz, wie du die Essenz des Zen lebst und zu deiner eigenen, weiblichen Version gemacht hast.« Von mir fallen Zweifel ab, ob ich in irgendeiner Hinsicht richtig oder falsch bin, ob ich konsequent genug bin, ob noch etwas fehlt. Ein größeres Kompliment kann man mir fast nicht machen. Sie sagt noch: »Dein Buch wird genauso wundervoll! Danke, dass du es schreibst.« Dann geht sie wieder. So hatte ich das bisher nicht gesehen. Ich sitze noch eine Weile im Mondschein.

Den nächsten Tag lasse ich mal einfach so laufen. Ich fahre zum schwarzen Strand, schaue den Riesenschildkröten zu, wie sie schachmatt an Land ihre schweren, gepanzerten Körper herumschleppen und im Wasser federleicht und schnell werden. Ich sitze unter einer Palme, und plötzlich kommt eine Ente vorbei, schnappt sich meine Tasche und schleppt sie ab. He, da ist der Laptop mit meinen Geschichten drin! Die Ente kriegt richtig

KAPITEL 11

Ärger. Als ich mit meinem Mietwagen wieder durchs Gebüsch zurück zur Farm krieche und beim Ankommen froh bin, dass die Stoßstange noch dran ist, wirft sich der Pfau in mein Sichtfeld, wie immer. Er schlägt sein Rad, dreht sich. Ich mag den Pfau nicht, weil er nie bei seiner Frau und den fünf Küken ist. Er ist ein abwesender Vater, denke ich. »Hau doch ab, du eitler Pfau«, rufe ich und hupe. Diese Wut passt nicht zu mir. Er dreht noch eine Extrarunde, zieht dann seine Federn ein, gackert und stolziert davon. Auf Hawaii machen die Tiere, was sie wollen. Und ich merke, dass ich wohl zu wenig Kontakt mit Menschen habe, dass ich diese ganzen Tiergeschichten erzähle. Und dass ich bei mir noch nicht alles Unkraut an der Wurzel rausgezogen habe.

Ich finde Rashani im Ziegenstall, sie sitzt traurig da und hält ein kleines Zicklein im Arm. Der Welpe Tashi ist spurlos verschwunden und noch mehr Erdbeben wurden angekündigt. Wir könnten jetzt panisch werden. »Bleib einfach beim Oregano und trimme ihn. Mehr kannst du gerade nicht tun«, sagt Rashani, als ich sofort in einen Da-muss-man-doch-was-machen-Modus schalte. Es klingt naiv, aber es ist vernünftig: nur Oregano schneiden. Zwischendurch schießt ein Gedanke hoch: Armer Tashi! Rashani und ich träumen in der Nacht, dass er geklaut wurde. Wir sind uns sicher, dass er nicht tot ist. Wir hoffen, er kommt wieder. Wir wollen dies aber nicht einfach dem Schicksal überlassen, und so starten wir einen Aufruf auf Facebook.

Am nächsten Abend treffen wir Farmbewohner uns alle für den wöchentlichen Austausch in der Yogahütte, die voller Staub hängt. Jeder erzählt, was ihn beschäftigt, was er so erlebt. Und ich sehe mal die Menschen, die mit mir hier wohnen. Es sind fast nur Frauen, zwei Männer, die sich auf der Durchreise befinden, und der Eremit, der aber natürlich nicht zu der Runde erschienen ist. Ich finde ihn saucool.

Für viele ist das Unkraut hier der beste Lehrer, erfahre ich. Rashani hat mir heute ein Unkraut gezeigt, das durch einen Felsen gewachsen ist. Das hat sie tief berührt. Ich ziehe es einfach raus und hoffe, dass ich die Wurzel erwische. Sonst muss ich noch mal ran. Ich höre alle diese wunderbaren Geschichten übers Gärtnern, von einer Frau, die mal 55 Lilien einpflanzen sollte, aber sie nur auf die Erde setzte, ohne ein Loch zu graben. Rashani sagte nichts, die Frau holte sich keine Hilfe von ihr. Als der Wind die Blumen wegfegte, war die Verzweiflung der Frau groß. Sie hatte sich nicht getraut zu fragen, wie es richtig geht, wie man sich und eben diese Lilien verwurzelt. Auf der Farm lernte sie es dann, beides. Als sie nach Hause zurückkehrte und direkt hintereinander zwei Angehörige verlor, dachte sie immer wieder an die Lilien. Ohne ihre Lehre der Verwurzelung wäre sie vom Leben weggepustet worden.

Ich erlebe so eine Einsicht im Garten nicht. Und in mir machen sich nun doch wieder Zweifel breit: Mache ich etwas nicht richtig, lasse ich mich nicht ein? War mein Ruf nach Hawaii eine Illusion? Hätte ich mein Buch nicht auch in Hamburg fertig schreiben können? Jetzt bin ich so unendlich weit gereist und sitze auch nur an einem Schreibtisch, allerdings umgeben vom Ozean und unter dem Druck, noch etwas erleben zu müssen. Wenn ich rausgehe, denke ich an das Buch. Wenn ich drin bin, ans Meer. Sollte ich langsamer arbeiten? In Ratgebern heißt es ja immer, dass man die Langsamkeit entdecken soll. Ich möchte mich aber nicht verbiegen, ich bin nicht langsam. »Streich alle Konzepte, wie etwas zu sein hat!«, sagt da Rashani zu mir. »Du bist perfekt.« In mir drin rumst es, ich empfinde den Hinweis gerade als wunderbar befreiend. »Du machst deine Erfahrungen auf deine Weise, genauso wie du auf deine Weise im Moment bist. Das kann langsam oder schnell sein. Hauptsache,

KAPITEL 11

du erzählst dir selbst keine Geschichten über dich und bist voll da. Mit Körper und Geist. Und warum schreibst du eigentlich nicht am Meer?« Tja, ich habe mein Gedankengerüst aus Deutschland mitgenommen, und natürlich passt es hier nicht rein. Ich bin auf Hawaii, alles fühlt sich anders an. Meine gewohnte Umgebung, mein so perfekt eingerichtetes Zuhause, meine Routine hat hier keinen Wert. Und dann tobt da auch noch der Vulkan, die Welt dreht durch.

Rashani erzählt, dass die stärksten Werkzeuge, die wir in einer Welt des Chaos einsetzen können, Mitgefühl und Erkenntnis sind. Also mitfühlende Weisheit. Ich nicke und sage: »Ja, ja, das weiß ich, schon oft gehört.« Sie sagt mir, dass es nicht reiche, es zu wissen. Ich müsse beides verkörpern. Sie wirft mir ein Wort zu: Immanenz. Ich brüte darüber. Ja, wie wäre es, wenn ich immer präsent wäre, ohne darüber nachzudenken? »Es fühlt sich leer an, aber ich fühle es«, sage ich zu ihr, ein paar Tage später. Rashani hält mir ihre Hand für ein High-Five hin.

Bald erkenne ich auch, dass nicht alle dieselben Aufgaben im Garten bekommen. Ich muss demütig auf allen vieren irgendwo unter Büsche kriechen und da Unkraut jäten und alle Pflanzen, die überwuchern, eindampfen, damit die Bäume drum herum atmen können. Ich diskutiere immer wieder mit Rashani, dass doch ruhig alles wuchern kann und dass am nächsten Tag ohnehin schon wieder alles nachgewachsen sei, sie drückt mir aber immer aufs Neue eine Minisense in die Hand, und ich muss trimmen, Raum schaffen, ins Gebüsch kriechen. Bin ich zu abgehoben und soll deshalb hier buckeln? Aber kleinmachen will ich mich auch nicht mehr. Da halte ich plötzlich ein soeben mit einem kleinen Schrei herausgerissenes Büschel von dem Gras in der Hand, das einen Stamm umzingelt, und erkenne mit einem Stich im Magen, dass es um mich geht. Ich halte inne. Auch ich versuche jeden Tag, nicht vereinnahmt zu werden, nicht zuzuwuchern mit Gedanken, Aufgaben, Plänen, Terminen, Ideen, Ausflügen, Reisen, Arbeit, Gesprächen und Vorstellungen, wie das Leben zu sein hat. Ich setze mich mitten rein in das wuselige Kraut, atme durch, schaue auf mein Werkzeug und gebe mich geschlagen. Der Garten hat mich erwischt, ich gieße das Unkraut mit meinen Tränen. Aber ich habe immerhin diese Minisense, um mich zu wehren! Schon muss ich auch lachen, über das verrückte Leben und die Tatsache, dass es mich immer wieder einholt. Ich gebe auf und denke mir, dass ich es nie verstehen werde, und das ist okay für mich, weil ich es gar nicht verstehen muss. Das Leben passiert auch ohne mich.

Da raschelt der Kies, und als ich hochblicke, habe ich eine Zunge im Gesicht. TASHI! Der Welpe ist zurück, und mein Handschuh klemmt schon in seiner Schnauze. Ich ziehe ihn zu mir ,und wir knuddeln. Er wurde in der Nachbarschaft bei einer Frau gesehen, die behauptet, er sei ihr zugelaufen. Ja, ja! Eines unserer Mädels hat ihn zurückgeholt, ein Moment voller Freude für alle. Wenig später lehrt mich das Leben, wie nah die Trauer bei der Freude liegt. Ulrich schreibt mir aus der Toskana, dass Tula gestorben sei. Die Hundedame, die mich auf der Visionssuche begleitet hat. Der Krebs war zurückgekommen, und eine zweite OP hatten ihr alle ersparen wollen. Ein Nachbar schreibt mir, dass meine uralte Nachbarin noch kränker aus dem Krankenhaus gekommen und dann gestorben sei. Geknickt wie ein Ast hänge ich da im Beet und versuche, nur zu atmen, verdammt. Tashi prescht wieder heran, wirft sich auf den Rücken, zieht die Pfoten ein und schaut mich an, bis ich seinen Bauch ewig kraule. Wenn ich aufhöre, schnappt er nach meiner Hand. Ist das gemeint, wenn irgendwo steht, dass alles zu einem zurückkommt, nur in anderer Form? Ist das hier alles der viel

KAPITEL 11

besungene und gereimte »Kreis des Lebens«, der sich nun schließt? Traurig bin ich trotzdem und weine, wie das sonst nur Kinder tun.

Rashani, diese wunderbare, weit gereiste, so erfahrene Lehrerin sorgt sich heute auch wegen vieler Dinge. Sie diskutiert mit ihrem Mobilfunkanbieter, weil ihre SIM-Karte nicht in das neue Handy passt, sie flucht, weil die Dusche kaputt ist. Mir fällt da ein, dass mir auch ab und zu die scheinbar einfachen Dinge im Leben lästig sind. Wenn andere im Nu ihre Wohnung putzen, dann noch den Garten machen, mal eben drei Konflikte klären und danach für eine Großfamilie kochen, schwirrt mir der Kopf. Aber meditieren, schreiben, Gefühle aushalten, Ängste anschauen – das kann ich ewig tun. Ist Selbstfindung mein Hobby geworden?

Ich frage mich, warum ich dafür ans andere Ende der Welt geflogen bin und nun mehr Probleme habe als vorher. Wir alle fürchten den Vog, also Vulkan-Smog, der über die Insel zieht. Da kann man sich noch so clean ernähren, jeden Tag meditieren und bei sich sein. Die Luft hängt voller Schwefel, und wir müssen das Gift einatmen. Rashani schickt mich in die eineinhalb Stunden entfernte Stadt, um bestimmte Kräuter zum Detoxen zu kaufen. Sie ist schon dabei, ihre Tiere zu verkaufen, die Ziegen, den Esel. »Ich will bereit sein, diesen Ort hier jederzeit zu verlassen«, sagt sie. Es gefällt mir, dass sie nicht weltfremd alles der Feuergöttin Pele überlässt, sondern realistisch bleibt. Jeden Tag liest sie eine Stunde lang die Online-News über ihr Smartphone und checkt, wie der Wind steht und ob Asche in unsere Richtung weht. Dann schreibt sie für uns ein Protokoll der Ereignisse. Und ich komme mir so vor, als wäre ich die Einzige, die kein Drama macht. Überall reden die Menschen über nichts anderes mehr. Das »Theaterstück« ist gerade nicht meins, ich will aber dazugehören, und nur deswegen smalltalke ich mit. Es ist paradox, ich fühle den Weltschmerz in all dem Wahnsinn, der passiert. Ich spüre es, und doch schaffe ich es, bei allem ein Fels in der Brandung zu bleiben. Ich glaube, das kann nützlich sein.

Was mir bleibt, sind meine eigenen kleinen Dramen. Es ist Muttertag, und überall gratulieren mir die Menschen. Ich bekomme sogar einen Gratis-Kaffee im Coffeeshop überreicht. »Ich bin keine Mutter«, sage ich und zahle die verdammten vier Dollar mit Nachdruck. Es versetzt mir kurz einen Stich ins Herz, und ich habe ein dumpfes Gefühl im Magen. Anstatt richtig traurig zu werden und jetzt alle Gedankenfilme abzuspielen, beschließe ich, dass heute ein guter Tag ist, um mich auf meine zukünftigen Kinder zu freuen. Tief in mir drin spüre ich unerschütterlich, dass ich sie haben werde. Es ist natürlich nicht rational, aber wie könnte es das sein? Ich fahre ein Stück weiter mit dem Auto, halte beim nächsten Panoramapunkt an, steige aus, sehe die Weite und die Offenheit, auch in mir. Und ich bin über mich selbst erstaunt, wie gelassen ich bin. Einfach so. Ich könnte jetzt mit Liebe um mich werfen wie der Vulkan mit seiner Lava, so ein Moment ist das. In dieser Sekunde habe ich das Gefühl endlich verabschiedet, dass noch mehr passieren muss, als schon passiert ist, und dass ich am Ende einen Orden erhalte für alles, was ich für mich getan habe. Auch dieses Harmoniegefühl geht vorbei. Zurück im Auto, überfallen mich Gedanken, vor allem die Frage: Mache ich mir selbst etwas vor?

Die meiste Zeit auf der Farm verbringe ich mit Fallon, die eigentlich schwer zu ertragen ist, weil sie ja stets wie ein Vulkan kurz vor dem Ausbruch handelt. Ihr ist langweilig, sie ist genervt, absolut rastlos. Superanstrengend. Ich lade sie trotzdem zu einem Kakao zu mir ein, denn es könnte auch mir passieren,

KAPITEL 11

dass ich durchdrehe. Ich bin fast stolz auf mich, dass ich ihr nicht aus dem Weg gehe oder sie verurteile. Ich merke, dass ich Menschen einfach so stehen lassen kann. Das spart viel Energie. Sie erzählt mir von ihrem Großstadtleben in L.A., ich ihr von meinem in Hamburg. Und wir beschließen, dass wir den geliebten Wahnsinn noch unser ganzes Leben lang haben können. Nun heißt es eben absolute Abgeschiedenheit, Komposttoilette und Zölibat. Ich habe eine Partnerin in Crime, auch für den »Sex and the City«-Talk. Sie hat das Angebot von einem Einheimischen bekommen, mit ihm »einen Film zu gucken«, und mir hat am Strand ein ganz netter Amerikaner das Angebot gemacht, mit ihm das Wochenende zu verbringen. In der Nacht bevor es losgehen soll, verfällt Rashani in einen Muttermodus und schreibt mir eine SMS: »Was weißt du über den Mann und warum sollst du zu ihm kommen und kommt er nicht zu dir?« Sie ist nicht spießig, hatte selbst viele Liebschaften und rät mir auch dazu, meinen »Körper singen zu lassen«, wie sie es ausdrückt. Doch sie achtet penibel darauf, dass ich mich nicht unter Wert verkaufe. Ich reagiere zunächst patzig und sage ihr, dass es mein Leben sei. Sie entschuldigt sich und gibt zu, dass sie sich um mich wie eine Mutter sorgt.

 Ich schreibe ihm dann doch, dass wir uns ja auch in der Mitte treffen können, jeder eine halbe Stunde Fahrtzeit. Da fängt der Mann auch schon an, komisch zu werden. Er antwortet, dass sein Auto nicht so fit sei, aber dass sich der Weg lohnen würde, da er den größten Schwanz der Insel habe. Dass ich mich für ihn freue, antworte ich da, wie eine Mutter ihr Kind lobt, und lösche seinen Kontakt. Ich denke: Wann gerate ich endlich an einen richtigen Mann? Keine kleinen Jungen mehr, bitte! Keine Sex-Idioten! Ich stecke diese lächerliche Episode schnell weg. Nun habe ich Besseres zu tun: Unkraut jäten, Ziegen streicheln,

MOMENT, ICH KOMME AN

Mücken abwehren und den Grillen beim Zirpen zuhören. Ich frage Rashani, warum ich so respektlos behandelt werde. Sie schleudert erst einen Ast weg, dann wirft sie mir hin: »Weil du dich noch nicht ganz selbst respektierst!« Na, toll! Dieses Unkraut, ich will es ein für alle Mal an der Wurzel herausziehen.

Ich stürze ab, gerate in einen Modus, in dem mich diese Farm, einfach alles, nervt. Der steinige Weg nach Hause über Schotterpisten und Feldwege; Kakerlaken, die mein Toilettenpapier auffressen; eine Outdoor-Küche, wo sich alles Krabbelvieh schon auf das Essen im Kochtopf stürzt, und dann die Dunkelheit, die alle schon um 20 Uhr zum Schlafen zwingt. Ich winde mich auf dem Boden, weil keine Worte kommen und die Stiche jucken, ich liege in den finalen Schreib-Wehen und habe Heimweh, was sehr undankbar ist, hier im Paradies.

Bevor es schlimmer wird, liegt vor meiner Tür eine Karte von Rashani mit dem Spruch eines Zen-Lehrers vorne drauf: »Du findest keine Erleuchtung außerhalb vom täglichen Leben.« In die Karte hat sie ein paar persönliche Worte geschrieben: »Liebe Christine. Ich bin von Herzen froh, dass du hier auf der Farm bist. Und ich bin mir sicher, dass deine Worte viele Menschen erreichen werden. Also, kein Grund, sich zu quälen. Du bist schon da, wo du immer sein wolltest. Deine Rashani.« Ich weine und sammele dabei neue Kraft.

Ich schlüpfe in meinen Bikini, springe ins Auto und fahre mit lauter Musik, barfuß und eine Hand aus dem Fenster hängend, so schnell um die Kurven wie die Einheimischen, bis an den Strand zum Surfen. Und zwar zum Bodysurfing, wie ich es bei den Hawaiianern beobachtet habe. Dafür muss ich nichts leisten, brauche auch kein Brett, sondern lasse mich einfach von den Wellen hin und her schleudern wie in einer Waschmaschine. Danach schüttele ich mich wie ein Hund, steige wieder

KAPITEL 11

ins Auto, zurück geht's an den Schreibtisch, und es läuft. Ich schreibe, gedankenfrei.

Ich erinnere mich daran, dass ich als Achtzehnjährige mit meiner Freundin einfach so mit dem Auto durch die Gegend gecruist bin, bei lauter Musik, weil es in unserem langweiligen Ort nichts zu tun gab. Damals fühlten wir uns so, als würde das ganze Leben erst noch kommen. Heute, doppelt so alt, empfinde ich genauso.

Rashani schickt mich später in den Garten, um alles Abgestorbene zu entfernen. Als würde der Vulkan uns nicht schon jeden Tag lehren, wie vergänglich alles ist und was für eine wunderbare Lebensfreude daraus entstehen kann, wenn man den Moment zu schätzen weiß. Welke Blätter, abgeknickte Äste und vergammelte Früchte. Ab und zu geht sie vorbei und fragt mich: »Was würdest du tun, wenn du nur noch drei Tage zu leben hättest?« Ich werfe vertrocknete Blüten weg. Ja, was würde ich tun? Gefühlt bin ich die vergangenen Jahre oft gestorben und dann wiedergeboren worden. Jetzt gerade fühle ich mich so lebendig, dass ich sogar neues Leben in die Welt setzen möchte. Ich werde so weitermachen, ich werde dieses Buch noch zu Ende schreiben und das Manuskript abschicken. Ich werde mich bei allen meinen Weggefährten und Lehrern bedanken. Meinen engsten Freunden und meinen Familienmitgliedern werde ich etwas Motivierendes und Liebevolles sagen. Und ich werde meinen Eltern danken, dass sie mir das Leben geschenkt haben, und meinem Vater sagen, dass ich ihm längst verziehen habe, dass er nicht nachfragt, ob seine Tochter überhaupt noch lebt. Lachen werde ich, essen, was ich will, alle meine Lieblingsbücher noch einmal lesen und Sex haben. Und ich werde unglaublich froh sein, jeden einzelnen der kommenden Tage. Also, einfach alles so weitermachen wie bisher.

MOMENT, ICH KOMME AN

Da kommt Rashani wieder vorbei: »Christine, stell dir vor, du hättest nur noch drei Tage zu leben.« Jetzt nervt sie mich, ich sage: »Nun ist aber mal gut, ich lebe im Moment und nicht in der Zukunft!« Wir lachen und ich trimme die Büsche und fahre danach auf den Mauna Kea, einen der höchsten Berge der Welt, der für die Hawaiianer besonders heilig ist. Dennoch wurde er mit Teleskopen von allen möglichen Nationen vollgestellt. Die Einheimischen kämpfen schon seit Jahren dagegen. Ich erinnere mich, dass der Lieblingsfilm meiner Nichte »Vaiana« ist, ein Disneyfilm über ein starkes Mädchen aus Hawaii, das ihre Heimatinsel verlässt und ins Ungewisse segelt. Meine Nichte liebt den Film genauso wie ich, weil die mutige Vaiana spürt, dass sie eine Mission hat, die nur außerhalb ihrer paradiesischen Heimatinsel erfüllt werden kann: das Gleichgewicht der Natur wiederherzustellen. Jeder versucht, sie von der Reise abzuhalten, dabei rettet sie am Ende allen das Leben.

Ich treffe vor meiner Bergtour eine Einheimische, um sie zu fragen, wie man sich auf dem Berg respektvoll verhält. Sie rät mir, beim Anstieg einfach den Berg zu fragen, ob es okay sei, hochzugehen, und sagt: »Die Bergspitze ist schon am Fuß erreicht. Du musst nicht nach oben.« Es erleichtert mich, was sie sagt. Die letzten Jahre habe ich immer versucht, auf den Gipfel zu kommen, was für ein Unsinn von mir. Und so entscheide ich mich für die Mitte des Berges, von hier sieht man den Sonnenuntergang und später den Mond. Und den Vulkan. Er brodelt, und ich habe selten etwas so schrecklich Schönes gesehen.

In der Nacht, als ich wieder zurückkomme, dreht der Eremit durch, wie es scheint. Ich höre ihn auf dem Farmgelände schreien. Ich schreibe Rashani eine besorgte SMS. Sie antwortet: »Ich mache mir mehr Sorgen um diejenigen, die nicht schreien.« Sie sagt mir am nächsten Morgen, dass dieser Mann, der so

KAPITEL 11

unbeteiligt auf dem Gelände umherschleicht, unsere unterdrückten Gefühle filtert und rauslässt. Da könnte was dran sein. Wir treffen uns am Abend im Frauenkreis, ich koche Kakao, und wir lassen unsere Tränen fließen. Endlich. Fallon weint, weil heute vor einem Jahr ihr bester Freund gestorben ist. Der Trauer wollte sie in den letzten Tagen dringend entkommen. Jetzt gibt sie auf, und ich sehe deutlicher, wer sie ist. Cathy weint, weil sie in einer Organisation mit misshandelten Kindern arbeitet und manchmal einfach hilflos bleibt, obwohl sie alles tut, was sie kann. Ich verstehe ihre hyperaktive Art nun. Rashani ist den Tränen nahe, sie zeigt uns ein Video von Opfern einer Schießerei in den USA. Alle diese Menschen wurden aus dem Leben gerissen und werden nun schmerzlich vermisst. Ich weine, weil der blöde Pfau, der nie bei seinen Kindern ist, jeden Tag unter meinem Fenster jault oder sich vor mein Auto wirft, mich an meinen abwesenden Vater erinnert. Für das alles gibt es kein Zurück und auch keine Ratschläge.

Rashani zieht mich später zur Seite und wird streng. Sie sagt mir, dass ich nun final damit aufhören kann, mir Geschichten über mein Leben zu erzählen und mir selbst einzureden, wie es besser gewesen wäre und besser sein könnte. »Du hast die Familie und das Leben bekommen, wie es sein sollte. Alles ist so gelaufen, wie es gut für dich ist. Du bist liebenswert.« Und vor allem soll ich die Versionen löschen, bei denen ich das Opfer bin. »Du hast deine Präsenz, deinen klaren Geist, deine Freude, es gibt nichts für dich zu erreichen. Respektiere dies und dich.« Ich weiß nicht, warum und wieso gerade jetzt, aber ich fühle mich erleichtert. Meine Schultern sacken gelassen nach unten, in meinem Bauch löst sich eine Schraube. Es heilt eine Wunde, die ich selbst immer offen gehalten habe, und es rastet etwas final und für immer ein.

MOMENT, ICH KOMME AN

Zwei, drei Tage fliegen an mir vorbei, und es passiert nichts. Bis ich abreise. Als ich zum letzten Mal mit dem Auto von der Farm fahre, steht da die ganze Pfaufamilie für mich zusammen, wie bei einem Theaterstück. Sie wollen mir etwas zeigen: Papa Pfau schlägt sein Rad, Mutter und Kinder schauen zu. Der Pfau sieht so aus, als ob er seine Kinder lieben würde. Ich hatte die Situation einfach die ganze Zeit anders betrachtet. Ich lehne mich mit dem Kopf aufs Lenkrad, atme. Wieso mache ich mir also nicht die Welt endgültig »widde widde wie sie mir gefällt«? Ab aufs Gaspedal, Pippi Langstrumpf!

Ich gehe noch einmal baden. Als ich da so durchgewirbelt werde, kommt mir die Einsicht, dass es Zeit ist, alle Vorstellungen loszulassen. Über das Leben, über Paradiese wie Hawaii, über mein Schreib-Retreat, über Erleuchtung, über Arbeit, Beziehungen, Familie, das perfekte Leben, über mich. Ich radiere mit jeder Welle etwas aus. Ich fühle mich erleichtert und unerwartet unglaublich sexy, obwohl ich mich kugele, Sand und Wasser schlucke, obwohl ich die ganze Zeit Angst habe, aufs Meer hinausgezogen zu werden. Ist es nicht schrecklich-schön, lebendig zu sein?

Kurz bevor ich fliege, checke ich bei mir ein. Wie geht es mir? Ich fühle mich für den Moment fein, so was von befreit. Ich lasse mal alles, sogar das Meditieren in der Zen-Form, für ein paar Tage sein. Das Leben stellt immer mehr meine Meditationsform dar. Der Druck, die Zweifel, das Suchende in mir, es hat sich abgenutzt. Ich bin mir selbst aus dem Weg getreten, und es gibt viel Raum. Ich bin endlich zurück, wieder bei mir eingezogen, mit einem letzten Schritt. Ich bin zu Hause, und doch so weit weg von meinem Hafen Hamburg wie nie.

Dort scheint auch die Sonne, ich streife bald wieder durch die vertrauten Straßen meiner Stadt, und es ist, wie es ist. Nur

KAPITEL 11

gefühlt grandios anders. Da gibt es gerade nichts zu rütteln und zu rühren. Ich fühle in jeder Sekunde das Leben durch meine Sinne rauschen, und obwohl ich überhaupt nicht weiß, wie es weitergeht, ich sogar keine Pläne schmiede, krampft sich in mir nichts mehr zusammen. Die Aufs und Abs passieren nur noch, bei mir bleibt es im Lot. Alles, was ich fühle, ist eine prickelnde Leichtigkeit, in der Freude wie Seifenblasen aufsteigt. Einfach so. Mir fehlt nichts.

Der Moment ist gekommen, die magische Box zu öffnen. Es überrascht mich nicht, dass sich fast alles erfüllt hat, was ich mir vor vielen Monaten ausgemalt habe. Magie ist real. Vergessen hatte ich, dass ich ein von meiner Nichte gemaltes Bild hineingelegt hatte. Es zeigt eine Prinzessin vor einem Schloss. Ich lache laut für mich. Im Märchen würde jetzt noch der Prinz fehlen. Aber mein Leben ist gerade deshalb eine gute Geschichte, weil es mir auch ohne dieses Add-on gut geht, finde ich.

Ein paar Tage später sehe ich Martin wieder. Wir leiten gemeinsam einen Meditations-Workshop für junge Menschen im Allgäuer Zen-Kloster, um die nächste Generation für das Meditieren zu begeistern. Wir sind uns schon länger einig, dass wir beide all unsere Erfahrungen addieren und multiplizieren wollen, um nicht nur unsere Zukunft zu gestalten, sondern auch die der Generation, die hoffentlich bald die Gesellschaft umkrempeln wird. Egal, wie sie das dann tatsächlich macht. Wenn wir mit den jungen Erwachsenen meditieren, merken wir, wie schnell sie lernen und wie offen sie für diesen Weg zu sich selbst sind. Wir unterstützen sie als Mentoren, ihre Ideen auszugraben und die Kraft dafür zu aktivieren, wir vermitteln ihnen Vertrauen und Zuversicht und motivieren sie. Denn die Antworten auf ihre Fragen sowie neue Ideen tragen alle bereits in sich. Da braucht es nur Impulse von uns und eine mehrjährige Wegbegleitung. Ich werfe Martin zu: »Ich will so mit dir weitergehen, für andere.« Er schaut mich nur aus tiefblauen Augen an, als habe er es vom ersten Moment unserer Begegnung an gewusst, und sagt: »Ich gehe mit dir überallhin.«

Ich wünsche mir einen besonderen Ort, ähnlich wie auf Hawaii, der frei ist, auch von Labels, Regeln und Dogmen. Dort könnten Menschen Kraft sammeln und dann etwas in der Welt bewegen, ob als Krankenschwester, Lehrer, Sänger, Politikerin, Journalistin, Mutter oder Führungskraft. Als junger Mensch lernt man schneller, auch sich selbst treu zu bleiben. Wenn in immer mehr Büros, Schulen, Familien und Unternehmen ein anderer Geist wehen würde, dann wären tief greifende Veränderungen möglich. Wir könnten Menschen ein Stück auf dem Weg zu sich selbst begleiten, damit sie mithilfe von Meditation, Körperübungen und persönlichem Coaching alle Energie in sich aktivieren und ihr Herz so weit öffnen, dass es viele weitere inspiriert und auf diese Weise völlig neue Ideen entstehen. Ich denke daran, was der Dalai Lama mir – gefühlt vor so langer Zeit – gesagt hat: dass ich den Weg zu mir gehen soll, um ihn dann mit anderen zu teilen. Mission läuft!

Martin scheint auch schon längst geahnt zu haben, wo unsere gemeinsame Reise hinführt: »Ich will dir etwas zeigen«, sagt er, gewohnt geheimnisvoll. Was kann das sein? Ich habe keine Vorstellung und das ist gut so. Er fährt mich dreißig Minuten durch das Allgäu, seine Heimat. Er schweigt, ich flippe innerlich aus vor Neugier und rutsche auf dem Sitz hin und her. Was er nicht weiß: dass ich mir den heutigen Tag im Kalender markiert habe, als das Finale des Buches. Was ich nicht weiß: Das Märchen beginnt erst.

Wir fahren eine Anhöhe hinauf, und ich denke, er will mir die Allgäuer Berge zeigen. Das hatte er mir schon seit unserem

KAPITEL 11

ersten Treffen versprochen: »Immer wenn du im Süden bist, werden wir uns die Berge angucken.« Aber denken bringt nichts, das sollte ich gelernt haben. Auf diesem Hügel, auf dem wir schließlich oben ankommen, thront ein Schloss. So richtig mit Türmchen und Erkern. Es sieht verlassen aus und dennoch wunderschön. Wir laufen über den Steg, der über einen Graben zum großen Eingangstor führt. Im Garten rund um das Gelände wächst Wein, und neben einem ruhigen See am Fuße des Schlossberges muhen Kühe. Der Anstrich der Mauern ist ergraut, und der Ort wirkt, als läge er im Dornröschenschlaf. Dabei war dies einmal eine fürstliche Sommerresidenz. Martin hält tatsächlich die Schlüssel in der Hand, schließt wortlos das alte Tor auf. Wer hier wohl schon durchgelaufen ist seit dem frühen Mittelalter? Wir betreten die knarzenden Dielen beide zum ersten Mal. Er erzählt nun, dass sein Bauunternehmen dieses Denkmal begutachten und ein Konzept für die Nutzung entwickeln soll. Es riecht nach Keller. Spinnweben beweisen, dass sich hier lange niemand gekümmert hat. Wir schleichen über den Flur zum ersten großen Saal, schauen wie Kinder aus den Fenstern auf die von der Sonne erleuchteten Berge. Wir steigen Stockwerk für Stockwerk hoch in die vierte Etage, dann noch in den Glockenturm und läuten. Wir finden alte Koffer, einen Rollstuhl wie aus dem Museum, Gemälde aus dem Mittelalter und ein Spinnrad, an dessen Spindel sich vermutlich Dornröschen gestochen hat. Wir streifen mit den Händen die Holzgeländer entlang, wir staunen über alte Waschschalen, die wohl mal die Nonnen nutzten, die hier eine Zeit lang einquartiert waren. Wir wundern uns, welche Geschichte die Stuckdecken mithilfe der Gemälde erzählen. Draußen knallt ein kraftvolles Gewitter, drinnen schaue ich Martin fragend an, während mir das Adrenalin durch die Adern schießt und das Herz schon mal vorpocht, weil ich weiß, dass jetzt etwas kommt, das mich final niemals mehr an Magie zweifeln lassen wird. Jetzt, am letzten Tag dieser Reise. Alle Absprünge, jede Durststrecke, der steilste Anstieg, die Stille, das Verlassen von lieb gewonnenen Menschen und Orten, die ganze schöne Scheiße hat sich gelohnt, jeder Schritt, alles. Es gab nie ein Falsch, dafür immer einen Weg und eine Richtung, das wusste ich schon, bevor Martin sagt: »Ich habe dieses Schloss für uns gefunden.«

Das Leben, es ist die spannendste Reise.

Kapitel 12
HAPPY, AM ENDE

Ich bin weit gereist und oft zurückgekommen. Ich habe getestet, erlebt, bin gestürzt, aufgestanden, weitergegangen, zurück, nach vorne, stehen geblieben. Alles Glück, alles Leid, alle Momente waren von kurzer Dauer. Ich konnte nichts davon festhalten, auch nicht auf Fotos. Und es ist okay. Man könnte meinen, diese Reise habe im Äußeren stattgefunden, von einem Ort zum anderen, von einem Lehrer oder Lebensmodell zum nächsten. Sicher. Aber eigentlich bin ich im Inneren gereist. Denn neben den ganzen Erlebnissen und Begegnungen öffnete sich immer mehr ein Raum in mir, ich brach meine eigenen Begrenzungen im Inneren auf, bis ich Freiheit schmeckte, roch, fühlte, sah und spürte, in mir.

Und nun? Ich habe in meinem Leben so viele Fragen gestellt und so viele andere Menschen interviewt, aber nie mich selbst. Jetzt bemerke ich – in aller Bescheidenheit – meine Lust darauf.

Christine, wie geht es dir? Immer mal anders. Aber das Grundrauschen fühlt sich positiv an. Ich bin gelassen und hätte nie gedacht, dass es darum gehen könnte. Gelassenheit hört sich lapidar an, aber aus diesem Zustand heraus fühlt sich alles einfacher an, auch wenn es mal schwer ist. Der Druck ist raus.

Ich versuche nicht mehr anders oder woanders zu sein, als ich bin.

Hat sich dein Leben entschleunigt? Es ist nicht schneller oder langsamer geworden. Ich streife auch nicht im Zeitlupenmodus durch die Natur. Mein Kopf und meine Gedanken sind aber langsamer. Ich lebe Schritt für Schritt, das hat schon ausgereicht, um mich nicht mehr so getrieben zu fühlen.

Was genau fühlt sich anders an? Die Monster in meinem Kopf fressen mich nicht mehr auf. Mein Herz schlägt wirklich anders, schneller und mutiger. Und ich lasse es viel öfter bleiben, zu kontrollieren, zu bewerten oder andere von mir zu überzeugen. Ich sabotiere mich weniger mit ausgedachten Geschichten über Situationen, sondern frage mich: Ist es wirklich so – oder vielleicht ganz anders? Ich bin selbstbewusster, weil ich mich mit mir und meinem Körper verbunden fühle.

Was ist spirituell? Ich habe keine Ahnung und habe das Wort auch aus meinem Vokabular gestrichen, genauso wie Selbstfindung oder Erleuchtung. Das alles sind nur Worte und Labels, die leer bleiben, wenn man keine nachhaltigen Erfahrungen macht und diese dann in sein Leben einbaut. Also, wichtig sind für mich Antworten auf Fragen wie: Was unterscheidet Mitgefühl von Mitleid? Wann erzähle ich mir eine Version über mein Leben, die genauso anders sein könnte? Wieso unterteile ich mein Leben in Arbeit und Freizeit, Urlaub und den Rest des Jahres? Und welche Botschaften schickt mir mein Körper?

Welche wichtigen Erfahrungen hast du gemacht? Einen Weg gehen heißt, andere Wege zu verlassen. Man sollte sich von dem Leben verabschieden, das man für sich geplant hat, und stattdessen das Leben führen, für das man geboren wurde. Den

Zugang fand ich in dem Moment, in dem ich brutal ehrlich zu mir war. Als ich mein Herz und mich unvollständig akzeptierte, wurde es vollständig.

Woher bekommst du Ideen und Energie? Aus der Verbindung mit mir selbst, die ich täglich aufs Neue über Meditation und Körperübungen aufbaue und intensiviere. Woraus ich schöpfe, ist meine Intuition. Ich habe gelernt, die Stimmen in mir zu unterscheiden, und weiß, wann die reine Wahrhaftigkeit und Weisheit in mir spricht – und wann die Kritikerin oder Zweiflerin. Und diese Fähigkeit hat jeder in sich, nur oft vergraben.

Du sagst, dass man sich vor allem in seinem Alltag findet, und doch bist du immer wieder gereist. Wie passt das zusammen? Ins Unbekannte oder in die Stille zu gehen macht lebendig. An anderen Orten entdecke ich andere Seiten an mir. Und alles, was ich da über mich lerne, kann ich mit nach Hause nehmen und dort anwenden. Es bleibt aber wertlos, wenn ich nur auf Reisen oder in einem Retreat so lebe, wie ich mir das vorstelle, und im Alltag dann wieder im Wahnsinn ertrinke. Oder sogar noch unglücklicher bin, weil ich mir ausmale, wie friedlich der Yogakurs auf Bali doch war und wie doof nun so eine Fahrt in der U-Bahn ist.

Welche Frage würdest du gern deinen Lesern stellen? Wer bist du und wozu lebst du? Welcher Mensch möchtest du in dieser Welt sein?

Warst du mal drauf und dran, alles aufzugeben und mit dem Meditieren und der Selbstreflexion aufzuhören? Logisch, ganz oft. Aber mit der Zeit habe ich festgestellt, dass es gar keinen Weg zurück gibt. Je mehr ich mich damit beschäftigt habe, wer ich eigentlich bin und wie ich leben möchte, desto weniger passte ich in mein altes Leben, und meine Denkmuster überholten sich. Ich startete mit einem leeren Herzen voller Sehnsucht und wurde nach und nach immer beherzter. Mich hat nicht wirklich die Disziplin auf dem Weg gehalten, sondern die Sehnsucht. Und aus der Nummer kommt man nicht mehr raus.

Hast du etwas bereut? Ich habe nie irgendetwas bereut, das mich als Mensch wachsen lässt und in die Freiheit führt. Ich bin gesprungen, habe ein paar blaue Flecken riskiert. Ich habe weder finanzielle Polster noch einen Versorger. Ich habe aber immer mich und meine Vision, und viele Dinge kommen zu mir, wenn ich den Kontakt halte. Ich hätte gern die wirklichen Weisheiten des Lebens an der Schule gelernt. Ich bereue höchstens, dass ich nicht früher losgegangen bin. Ich habe mich viel zu lange in einem Wartemodus befunden. Ich werde nicht mehr warten, dass sich etwas in meinem Leben ändert oder dass jemand sich für mich ändert.

Was wünschst du dir für die Gesellschaft? Ich hoffe, dass viele Menschen ihr Bewusstsein erweitern und ihrer Bestimmung folgen. Ich stelle mir vor, wie ein offenes Herz und Bewusstsein ganz selbstverständlich zum Mainstream gehören. Das ist auch schon der Fall, zumindest in vielen Bestsellern wie *Harry Potter* und deutschen erfolgreichen Filmen wie »Honig im Kopf« von Til Schweiger oder Musik von »Wir sind Helden«. Bei Harry Potter spielte sich alles in einer Fantasiewelt ab, nun ist es an der Zeit, dies real werden zu lassen. Die Welt braucht wahre Magie und Ideen angesichts von Nazis, Kriegen, Umweltzerstörung und Machos. Ich wünsche mir, dass jede Frau und auch jeder Mann diese Energien in sich aktiviert, denn dann wäre die Welt bunter und origineller. Und wir würden noch mehr

Wandel in der Gesellschaft bewirken können. Dabei geht es nicht darum, dass jeder zum Weltenbummler wird. Es geht darum, dass wir uns die Stimmung nicht mehr gegenseitig vermiesen und keiner wie eine Fliege über seinem selbst gesammelten Mist kreist. Wenn die Sehnsucht stärker ist als die Angst, und die Energie vorhanden, etwas anzupacken, ist das mächtig.

Das Schloss hast du gefunden, hättest du auch gern gleich deinen Traumprinzen dazu gehabt? Ja, sicher. Doch ich finde es auch gut, dass dieses Buch nicht wie eine typische Hollywoodgeschichte endet. Also, *sie* (in dem Fall ich) trifft den Mann fürs Leben und ist dann glücklich. Daran glaube ich nicht. Doch ich weiß, dass ich bald jemanden an meiner Seite haben werde, der mein Leben bereichert, aber nicht für mein Glück verantwortlich ist. Bis dahin genieße ich es genau so, wie es ist. Und da mache ich mir wirklich nichts vor. Ich habe so viele schöne Beziehungen in meinem Leben, die mich komplett ausfüllen. Vor allem die Beziehung mit mir.

Was bedeutet Freiheit für dich? Nicht unbedingt ausbrechen und in einer Hütte im Wald leben oder dauernd reisen. Es bedeutet für mich, bei mir anzukommen und in den Spiegel schauen zu können, ohne das Gefühl: Bin ich das wirklich?

Würdest du anderen raten, auszusteigen, wenn sie nicht zufrieden mit ihrem Leben sind? Ich rate selten jemandem etwas. Ich bin aber auch kein Fan von zu langen, zu strengen Retreats, jedenfalls würde ich sie nicht generell für alle empfehlen. Meditation bringt einen auch nicht weiter, wenn sie nur zur Selbstoptimierung genutzt wird. Eine Freundin von mir stieg mal drei Monate aus und schwieg, ernährte sich ganz clean und meditierte nur. Als sie zurück in die Großstadt kam und ihr Freund saß immer noch auf dem Sofa und schaute fern, erlitt sie einen Schock und war weitere drei Monate aus der Welt. Sie hatte den Übergang in den Alltag nicht gut vorbereitet und war letztlich geflüchtet, daher verbesserte sich in ihrem Leben nichts, es wurde sogar noch unaushaltbarer.

Und jetzt, wie geht es bei dir weiter? Und vor allem bin ich neugierig, was aus dem Schloss wird! Nun geht es darum, im Moment zu leben, in den Antworten zu leben, nicht in den Fragen. In dem Schloss wollen Martin und ich eine Schule fürs Leben gründen, ein modernes Hogwarts. Wir haben uns das Vorkaufsrecht auf das Schloss gesichert und vertrauen darauf, das Geld zusammenzubekommen –wenn es so sein soll –, auch wenn es Millionen sind.

Ein Schlusswort? Ich will allen und auch mir selbst immer wieder zurufen: Bitte nicht warten, bis das Leben beginnt, Losgehen, machen, wirklich! Es lohnt sich immer. Und solange ich bei mir bleibe, ist alles gut.

DANK

Ich danke von Herzen allen Menschen, die mich unterstützen und an mich glauben. Ich danke allen Kritikern, die mich daran erinnern, bei mir zu bleiben. Ich danke meinem zukünftigen Lieblingsmann. Und ich danke mir.

Kontakt
mail@christinedohler.de, www.christinedohler.de

Pipi-Pausen-Meditation

MEDITIEREN FÜR FRISCHLINGE

DER **Online-Kurs** MIT CHRISTINE DOHLER JETZT AUF
christinedohler.de/meditationskurs

L·E·O